Julia McKay
The Holiday Switch

Julia McKay

The Holiday Switch

Aus dem Englischen von
Jens Plassmann

dtv

MIX
Papier | Fördert gute Waldnutzung
FSC® C019821

2. Auflage 2024
Deutsche Erstausgabe

Titel der amerikanischen Originalausgabe:
›The Holiday Honeymoon Switch‹,
erschienen 2024 bei G. P. Putnam's Sons,
an imprint of Penguin Publishing Group,
a division of Penguin Random House LLC, New York

Tumblingerstraße 21, 80337 München
verlag@dtv.de

Lektorat: Catherine Beck
Umschlaggestaltung und Illustration: dtv
nach einem Entwurf von Tal Goretsky
Gesetzt aus der Janson Text
Satz: Greiner & Reichel, Köln
Druck und Bindung: Druckerei C.H.Beck Nördlingen
Printed in Germany · ISBN 978-3-423-22097-2

Für Sophie

PROLOG

16. Dezember 2016
New York City

Manche Dinge gehören einfach zusammen, vor allem zur Weihnachtszeit. Wie Popcorn und Cranberrys, deren Girlanden sich durch das Astwerk der Douglastannen winden. Oder Clementinen, die mit duftenden Nelken gespickt sind. Kamine und Strümpfe, Engel und Baumspitzen, heiße Schokolade und Marshmallows, Schlittschuhlaufen und das Rockefeller Center, Mistelzweige und gestohlene Küsse, Esskastanien und brennende Holzscheite. Oder eben Stechpalme und Efeu.

Wozu Santa Claus hierzulande *holly and ivy* sagt.

Wie in Holly Beech und Ivy Casey. Beste Freundinnen, die nicht nur die Sätze der jeweils anderen zu Ende führen, sondern die gegenseitig ihre Kochexperimente stets bis zum letzten Bissen bewältigen. Sogar den Cassoulet-Versuch. Menschen, für die Halsketten mit sich ergänzenden »Beste«- und »Freundinnen«-Anhängern einst erfunden wurden. Freundinnen, die ihren eigenen Karaoke-Song haben (*Wannabe* von den Spice Girls, was sonst?), über ein ganzes Arsenal an Insiderwitzen verfügen (die umso komischer werden, je weniger die anderen Leute sie lustig finden) und die nie Nein sagen zu einem gemeinsamen Marathonfilmabend unter irgendeinem zusammengesponnenen Motto (etwa: Alle Filme, in denen Brad Pitt jemals aufgetreten ist, einschließlich und vielleicht besonders *The Favor*). Taylor und Selena, Oprah und Gayle, Cameron und Drew, Bette und 50 Cent, Marissa und Summer … all diese Freundschaftspärchen können Holly und Ivy nicht das Wasser reichen – die sich gleich zum ersten Mal begegnen werden.

Zur Feier der in Kürze beginnenden Weihnachtsferien veranstaltet die Phi Delta Epsilon ihre alljährliche Columbia-U Christmas Kegger. Holly wirft bereits sehnsüchtige Blicke Richtung Ausgang, weiß jedoch, dass ihr Freund Matt wie üblich der »Last Man Standing« sein will, ganz so, wie es auf seinem T-Shirt steht.

»Hey, Sweetheart«, sagt er lallend und drückt ihr einen roten Einwegbecher in die Hand. »Du muss' unbedingt den Eggnog mit Rum probier'n.«

Holly schaut in das hübsche gerötete Gesicht und versucht, ihrem verzerrten Mund ein Lächeln abzuringen. »Vielleicht solltest du trotzdem besser bei Bier bleiben, Matty«, sagt sie und nimmt den Becher. »Vergiss nicht, was bei der Purple-Jesus-Party passiert ist.«

Er grinst und gibt ihr einen schlabbrigen Kuss halb über die Wange. »Da has' du wie immer recht«, räumt er ein. »Und dafür lieb ich dich, Holly McBollyface.«

Während er sich auf die Suche nach einem Bier macht, fahndet sie nach einer Stelle, an der sie den widerlichen Eggnog entsorgen kann. Auf einem Fensterbrett stellt sie den Becher ab und würde ihn nur zu gern gegen etwas Leckereres eintauschen. Doch das wird hier nicht zu finden sein, wie sie weiß. Als sie zu einem von Matt organisierten Treffen mit Mädels aus ihrer Sorority und seinen Fraternity-Jungs eine gute Flasche Wein mitgebracht hatte, hörte sie auf der Toilette zwei ihrer Kommilitoninnen – die sie zwar nicht unbedingt für enge Freundinnen, aber zumindest für freundlich gesinnte Bekannte gehalten hatte – über sie tuscheln. »Ich meine, ist die vierzig, oder was?«, sagte eine, gefolgt von Kichern. »Ist sie meine Mutter? Wer bringt denn zu einer Toga-&-Schaum-Party einen Chablis mit?« In ihrer Kabine hob Holly rasch die Füße an, um unentdeckt zu bleiben.

Sie war an solche Sprüche gewohnt. Schon als sie mit fünf ihre Eltern angebettelt hatte, doch aufbleiben zu dürfen, um das Interview von Barbara Walters mit Monica Lewinsky zu sehen, hatten alle sie eine »alte Seele« genannt. Oder als sie mit sieben von ihrer Oma ein Abo der Kinderzeitschrift *Highlights* bekam und sie prompt fragte, ob sie stattdessen den *New Yorker* haben könnte. Dennoch beschloss sie, nie wieder Wein zu einer von Matts Frat-Partys mitzubringen, es sei denn, im Karton. Bloß nicht aus dem Rahmen fallen!

Ganz in Gedanken versunken stolpert sie über eine Gruppe Partygäste, die gerade eine Runde Bottle-Flipping spielen. »Ich hab's geschafft!«, schreit ein Mädchen mit hohem Pferdeschwanz und springt so aufgeregt herum, dass die seidig glänzenden Haare im Gleichtakt hüpfen. »Ich hab sie zum Stehen gebracht!«

Holly berührt ihre eigenen dunklen Haare, die sie vor der Feier noch extra geglättet hat. Doch in den Räumen der Fraternity ist es so heiß wie im Affenhaus des Brooklyn Zoos im Hochsommer, und sie kann fühlen, wie die Strähnen sich an Stirn und Nacken bereits wieder zu kräuseln beginnen.

Holly wendet sich ab und hätte fast die Ellbogen von zwei Leuten an den Kopf bekommen, die versuchen, ein Selfie mit High-Five zu machen. »2016, du hast echt einen Knall«, murmelt sie beim Zurückweichen. Aber der Gedanke, dass in zwei Wochen bereits ein neues Jahr anbricht, zaubert ihr ein Lächeln auf die Lippen. Ungeachtet ihres Vornamens hat Holly mit Weihnachten nie so viel anfangen können wie mit Silvester. Schon allein die Vorstellung, demnächst mit dem Jahreswechsel ein völlig unbeschriebenes neues Kapitel im Leben aufzuschlagen, verursacht ihr ein erwartungsvolles Kribbeln im Bauch. Ein neuer Tagesplaner, ein neuer Schwung Hefte, neue Ziele, neue Träume. Alles scheint möglich an Neujahr – und Holly hat nie nachempfinden können, warum so viele Menschen diese magischen, chancensatten vierundzwanzig Stunden am liebsten zusammengerollt unter der Bettdecke verbringen wie ein verkaterter Shrimp.

Matt hat sich inzwischen zu den Bottle-Flippern gesellt und winkt ihr von der anderen Seite des Raums fröhlich zu. Sie winkt zurück und schaut auf die Uhr. Erst 23:15 Uhr. Zu früh, um sich schon zu verdrücken. Außerdem muss irgendjemand Matt ja vom Eggnog fernhalten, sollte er erneut auf Abwege geraten.

Holly und Matt waren zusammen, seit Hollys Mitbewohnerinnen sie als »teambildende Maßnahme« zu einem Tauziehwettbewerb für Erstsemester geschleppt hatten, wo sie beide sich über eine Schlammgrube hinweg in die Augen gesehen hatten. Andernfalls hätte Holly den Großteil ihrer Collegejahre wahrscheinlich über Bücher gebeugt in der Bibliothek verbracht. Oder in ihrem Zimmer beim exzessiven Konsum von Naturdokus – was sie früher gern als ihr »guilty pleasure« bezeichnet hatte, bis ihr älterer Bruder Ted klarstellte, dass die Sucht nach Filmberichten über den Klimawandel oder das Aussterben bedrohter Tierarten keineswegs der lexikalischen Bedeutung von »guilty pleasure« entsprach.

Jedenfalls ist es gut, dass Matt sie dazu bringt, ihre Komfortzone zu verlassen. Außerdem kennen ihre Väter einander aus Yale und ihre Mütter sich vom Vassar College. Alle finden diese Beziehung toll, und ihr weiterer gemeinsamer

Lebensweg ist bereits genau vorgezeichnet: Bachelor an der Columbia, Zulassung fürs Jurastudium in Yale erhalten, zusammenziehen, Praktika in angesehenen Kanzleien machen, Jobs in Topfirmen bekommen, heiraten, Kinder.

Nächste Woche wird Holly beim traditionellen Weihnachtssingen der Familie Beech zu Heiligabend auch wieder Matts Eltern begegnen und dabei einmal mehr bestätigt finden, welch intelligente Wahl sie mit diesem Partner getroffen hat. Fast dürfte das sogar genügen, um den Abend für sie zu retten, der doch in Wahrheit alles andere als ein warmherziges, geselliges »Christmas-Eve-Carol-Singen« ist. Das Ganze ist eine Protzveranstaltung mit professionellem Catering im Townhouse von Hollys Eltern in Brooklyn Heights. Das Singen der Weihnachtslieder übernehmen professionelle Musiker, die extra dafür engagiert werden. Im vergangenen Jahr waren es die Lumineers. Hollys Mutter wird sich wieder darüber aufregen, dass der Caterer kanadische Austern von der Ostküste serviert statt der von ihr ausdrücklich gewünschten von der Westküste. Ihr Bruder, der inzwischen in Belgien als leitender Wissenschaftler bei der US-amerikanischen Umweltschutzorganisation EDF tätig ist und nur noch zu Weihnachten nach Hause kommt, wird sich mit ihrem Vater über Politik streiten, und Holly hegt die Befürchtung, dass die Auseinandersetzungen in diesem Jahr schlimmer denn je ausfallen werden. Holly wird sich die Fingernägel bis zum Nagelbett abkauen und die Stunden zählen, bis Weihnachten mit all seinen nie wirklich erfüllbaren Erwartungen endlich hinter ihr liegt und sie frisch ins neue Jahr starten kann. Bis sie zumindest diesen einen Tag lang das Gefühl hat, alles im Leben sein und machen zu können.

Sie steuert gerade mit einer Flasche Wasser, die sie aus dem zum Flippen gedachten Vorrat entwendet hat, auf eine leere Couch in einer dunklen Zimmerecke zu, als sie Matt schreien hört: »Holly! Komm mal her! Hier ist jemand, den du *unbedingt* kennenlernen musst!«

Ivy Casey hasst Keg-Partys. Aber D'Arcy, ihr aktueller Freund, ist nun mal Phi Delta Epsilon. Ivy hat ihn in einem Pub kennengelernt, in den sie zufällig nach einem Kurs für Modellzeichnen geriet. Sie hat noch nie zuvor einen Frat-Typen gedatet und ist sich auch ziemlich sicher, dass dies nicht mehr allzu lange der Fall sein wird, aber für diese Keg-Party hat sie ausnahmsweise zugesagt, um ihrer Mitbewohnerin an der Cooper Union und deren Freund, der von auswärts zu Besuch gekommen ist, etwas Privatsphäre zu gönnen. Außerdem geht sie davon aus, unbemerkt verschwinden zu können, sollte es ihr gar nicht gefallen. D'Arcy würde sie am nächsten Tag einfach erzählen, sie sei die ganze Zeit da gewesen, er könne sich bloß nicht mehr erinnern.

Nachdenklich betrachtet sie ihn. D'Arcy ist groß, muskulös und besitzt so eine Theo-James-Attraktivität, samt kantigem Kinn und großspurigem Grinsen. Er flippt eine Wasserflasche, bringt eine perfekte Landung zustande und umarmt den dunkelblonden, ähnlich gut aussehenden Typen neben ihm, als hätte er gerade in der letzten Sekunde des Super Bowls mit einem Verzweiflungswurf über das ganze Feld für den entscheidenden Touchdown gesorgt. Sogar die Dankesgeste gen Himmel und das gegenseitige Tätscheln des Hinterns können sich die beiden nicht verkneifen. Während sie die Szene verfolgt, fragt sich Ivy, ob ihre Beziehung die bevorstehenden Feiertage oder überhaupt den heutigen Abend überdauern wird. Dann wirft sie den langen dunklen Zopf zurück und macht sich auf die Suche nach einer Sitzgelegenheit.

Die Musik wechselt von Rihannas *Work* zu *Last Christmas*

von Wham!, woraufhin der halbe Raum anfängt mitzusingen. Ivy blickt auf die Uhr. 23:15 Uhr. Wenn jetzt bis Mitternacht nur Weihnachtsmusik läuft, bricht sie die Nummer ab und verschwindet in bester Aschenputtelmanier. In ihrer Familie ist Weihnachten nie groß gefeiert worden, daher hat sie selbst keinen richtigen Bezug dazu. Für ihren Vater sind die Feiertage nur ein kapitalistischer Trick, um den Materialismus zu befeuern, die Massen mit Zucker und Fett zu verdummen und den Planeten in Unmengen von Plastikverpackungen zu ertränken. Keine schlechten Argumente. Als Ivy im vergangenen Jahr nach Hause fuhr, um Weihnachten auf der Ahornsirup-Farm ihrer Eltern im kanadischen Quebec zu verbringen, stellte sich heraus, dass ihre Eltern bereits nach Brasilien abgereist waren, wo sie im Amazonas-Regenwald an der Ayahuasca-Zeremonie eines Schamanen teilnehmen wollten. Da ihre Eltern Geldhandel ablehnten, hatten sie bei einer unorthodoxen Reiseagentur Farmmaschinen dafür eingetauscht. Ivy hat ihnen den Reinfall nie verübelt, schließlich hatten ihre Eltern schon immer nach ihren eigenen Vorstellungen gelebt, genau wie sie. Aber gerade erinnert es sie daran, warum sie die Weihnachtszeit nicht mag. Viel zu viele Erwartungen.

Sie entdeckt eine leere Couch und steuert darauf zu. »Da bist du ja!«, hört sie D'Arcys Stimme hinter sich. Er umschlingt sie und küsst erst ihr Ohr, dann ihren Nacken. Sofort spürt Ivy einen leisen Anflug dieses reizvollen Prickelns, das sie D'Arcy bei ihrer ersten Begegnung überhaupt erst bemerken ließ. Vielleicht ist er diese Party ja genauso leid wie sie und schlägt gleich vor, zurück in sein Zimmer zu gehen und das zu tun, wofür sie ihn definitiv zu schätzen weiß. Er ist auf einfallsreiche Weise super im Bett und für so einen Vollblut-Bro erstaunlich wenig egoistisch.

Aber zu früh gefreut.

»Ist diese Party nicht total abgefahren?«, erklärt er. »Und da ist jemand, den du unbedingt kennenlernen musst. Mein bester Kumpel, Matt – weißt du noch, von dem habe ich dir schon viel erzählt?«

Ivy nickt unsicher.

»Du musst einfach seine Freundin kennenlernen! Glaub mir, ein echtes Weihnachtswunder! Komm.« Er presst sich von hinten an sie und dirigiert sie mit pendelnden Schritten quer durch den Raum. Der dunkelblonde Typ, mit dem D'Arcy eben seinen Bottle-Flip gefeiert hat, winkt ihnen zu.

»Das ist Matt!«, verkündet D'Arcy überschwänglich.

Matt zieht eine hübsche Brünette mit weit auseinanderstehenden dunklen Augen, herzförmigem Gesicht, leicht krausen Haaren und einem verlegenen Lächeln in ihren kleinen Halbkreis. Matt und D'Arcy strahlen wie kleine Jungs am Weihnachtsmorgen. Was ist hier los?

»Ta-da!«, ruft Matt.

»Äh, hi?«, erwidert Ivy stockend und streckt der jungen Frau, die ebenso verwirrt wirkt wie sie, die Hand entgegen.

»Ich bin Holly«, sagt sie.

Jetzt dämmert es ihr.

»Und ich Ivy«, gibt sie gequält zurück.

»Na, super«, bringt Holly noch heraus, bevor Matt und D'Arcy eine lallende Version des Weihnachtsklassikers *The Holly And The Ivy* anstimmen, wobei ihnen jedoch der Text nicht einfällt, weil den sowieso niemand kann, und sie sich damit begnügen, bloß »The holly and the ivy! The holly an the ivy! Dadadadadadadaaaa!« zu grölen.

»Und!«, fährt D'Arcy begeistert fort. »Seht euch beide doch mal an! Ihr seid quasi …« Er sucht nach dem richtigen Wort und findet es endlich. Zumindest fast. »Doppelbanger.«

»Du meinst vermutlich Doppel*gänger*«, murmelt Holly.

»Ihr seht beide genauso aus wie Summer in *O. C., California*«, fällt Matt ein. »Ihr seid wie … Zwillinge! Zwillinge, die sogar Drillinge sind, wenn man Rachel Bilson mitrechnet!«

»Ein echtes Weihnachtswunder«, ergänzt D'Arcy, was die beiden prompt mit einem weiteren Chest-Bump feiern.

»Schätze, wir haben uns Nachschub verdient«, sagt Matt mit einem Blick in seinen leeren Becher und zerrt D'Arcy in Richtung Bierschlange. »Ihr könnt euch ja solange miteinander bekannt machen!«, ruft Matt noch über die Schulter.

Holly und Ivy mustern sich wie zwei schüchterne Kleinkinder, die von ihren Müttern zusammengebracht wurden, um miteinander zu spielen. Selbst Ivy, der es gewöhnlich nicht schwerfällt, sich mit Fremden zu unterhalten, fühlt sich plötzlich unsicher. Sie betrachtet Holly und muss zugeben, dass gewisse Ähnlichkeiten bestehen. Die dichten Augenbrauen etwa, der breite Mund, das spitze Kinn. Dieselbe Haarfarbe, dunkelbraun wie Johannisbrotschoten.

»Ich *hasse* Keg-Partys«, sagt sie genau in dem Moment, in dem Holly dasselbe sagt. Sie müssen beide lachen. Das Eis ist gebrochen.

»Du hättest nicht zufällig Lust auf ein eiskaltes Glas Sauvignon Blanc?«, fragt Ivy und winkt mit der Edelstahl-Thermosflasche in ihrer Hand.

»Machst du Witze?«, antwortet Holly mit weit aufgerissenen Augen. »Das ist *haargenau* das, worauf ich jetzt Lust hätte.«

Sie schnappen sich zwei Plastikbecher und gehen zur leeren Couch, wo Ivy erst Hollys Becher füllt und dann ihren eigenen. Holly trinkt einen Schluck und schließt die Augen.

»Oh mein Gott, tut das gut. Ich danke dir.«

»Einem Freund meines Vaters gehört ein Weingut an der Loire, und jedes Jahr tauscht er eine Kiste Ahornsirup gegen eine Kiste hiervon ein. Da meine Eltern Cannabiscocktails und extrastarken Kombucha bevorzugen, schenken sie mir immer den Wein. Normalerweise hebe ich ihn für besondere Momente auf, aber nun ist das neue Jahr ja schon fast da.« Beim Gedanken daran muss Ivy unwillkürlich grinsen. »Und ich hatte noch eine Flasche übrig, daher …« Sie hebt ihren Becher. »Santé.«

»Im Gegenzug für Ahornsirup«, sagt Holly. »Von dieser Methode, an einen guten Wein zu kommen, habe ich auch noch nie gehört. Die meisten Menschen, die ich kenne, bezahlen einfach dafür.«

»Meine Eltern leben vollkommen ohne Geld«, erklärt Ivy. »Der legendäre Ahornsiripraub von 2011 hat meinen Vater zu der Erkenntnis gebracht, dass Ahornsirup wie flüssiges Gold ist. Also haben meine Mutter und er das Chalet in den Laurentinischen Bergen von Quebec, in dem sie Yoga- und Meditationskurse abgehalten hatten und ich den Großteil meiner Kindheit verbracht habe, gegen einen stattlichen Ahornbestand in der Nähe getauscht, und jetzt stellen sie eben Sirup her.«

»Legendärer Ahornsirupraub?«

»Vielleicht kennt den auch nur, wer aus Kanada kommt«, sagt Ivy achselzuckend. »Obwohl ich genau genommen beide Staatsbürgerschaften habe. Ich bin nämlich unerwartet in einer Jurte bei einem Schweigeretreat im Bundesstaat New Mexico zur Welt gekommen. Aber jetzt erzähle ich die ganze Zeit nur von mir, statt mich nach dir zu erkundigen. Erzähl mir von dir, Holly. Ich will alles wissen.«

»Oh, mein Leben klingt nicht halb so interessant. Geboren in New York City, wohnhaft in New York City, und wahrscheinlich wird sich daran auch nie etwas ändern.«

»Auch nicht schlecht. Nichts geht über New York City. Welcher Teil?«

»Brooklyn Heights. Aber mehr muss man zu mir auch gar nicht wissen. Ich kann durchaus nachvollziehen, warum D'Arcy so verrückt nach dir ist. Was für ein faszinierendes Leben! Erzähl doch mal, wie das war, in einem abgelegenen Yogazentrum aufzuwachsen und später auf einer Baumfarm.«

Ivy beißt sich auf die Unterlippe und beschließt, ganz offen zu sein. »Irgendwie glaube ich nicht mal, dass ich … besonders gut zu D'Arcy passe. Ich weiß, er ist der beste Kumpel deines Freunds, aber du bist so sympathisch, und ich will dir nichts vormachen. Ich bin mir ziemlich sicher, dass ich die Party heute Nacht ohne ihn verlasse und wir danach getrennte Wege gehen.« Sie neigt den Kopf zur Seite. »Tut mir leid, dass ich so kalt klinge. Aber für Romantik habe ich einfach keine Ader. Ich gebe mein Bestes … aber vielleicht bin ich ja auch bloß noch nicht dem Richtigen begegnet. Findest du es zu fies, ausgerechnet an Weihnachten mit jemandem Schluss zu machen?«

Holly wirkt entsetzt, und Ivy fürchtet schon, sie mit so viel Offenheit überfordert zu haben.

»Wow, das war mal erfrischend ehrlich«, sagt Holly aber, und Ivy ist so erleichtert darüber, ihre neue Freundin nicht gleich verschreckt zu haben, dass sie spontan ihren Arm ergreift.

»Ich meine, versteh mich nicht falsch«, fährt Holly fort. »D'Arcy ist … na ja, er ist ein guter Freund von Matt. Die beiden sind wie Brüder. Aber ich könnte mir nie vorstellen, mit ihm zusammen zu sein. Außerdem ähnelt seine Aufmerksamkeitsspanne der einer Fruchtfliege. Ganz gleich, wie sehr er dich auch mag, ich bin sicher, er kommt darüber hinweg.«

Ivy beschließt, es nicht gleich zu übertreiben, und verzichtet lieber auf die Erwiderung, dass Holly ihrer Meinung nach nur eine andere Spielart von D'Arcy datet und sie es sich daher ebenso wenig vorstellen kann, mit Matt zusammen zu sein. Stattdessen sagt sie nur: »Matt macht einen supernetten Eindruck. Wie lange seid ihr denn schon zusammen?« Während sie Wein nachschenkt, fasst Holly kurz ihre zweijährige Beziehung zu Matt zusammen, was für Ivy wie das Abhaken einer Checkliste klingt.

»Und liebst du ihn?«

Holly wirkt überrascht von der Frage, lächelt aber dann und senkt den Blick. »Das tue ich«, erklärt sie. »Es sollte wohl so kommen. Unser gemeinsames Leben ist schon komplett durchgeplant. Ich bin froh, dass ich ihn gefunden habe. Ich bin nicht so der gesellige Typ, und er bringt mich dazu, auch mal etwas anderes zu machen.« Die Musik wechselt zu *My Only Wish (This Year)* von Britney Spears, und erneut grölt ein Großteil der Partygäste mit. Ivy und Holly verdrehen synchron die Augen.

»Selbst Britney wird es heute Abend nicht gelingen, mich in Weihnachtsstimmung zu versetzen«, sagt Ivy.

»Mich auch nicht«, pflichtet Holly bei. »Ich könnte Weihnachten problemlos ausfallen lassen und direkt mit Silvester weitermachen.« Sie schaut erschrocken auf. »Ich glaube, das habe ich noch nie jemandem erzählt.«

»Da bist du bei mir richtig. Meine Eltern feiern kein Weihnachten, weil sie es für ein sinnentleertes, materialistisches Fest halten, das nur den Konsum anheizen und den Kapitalismus stärken soll …«

»Wow!«

»Yepp. Sharon und Ron sind schon heftig drauf, aber ich liebe sie und nehme sie so, wie sie sind. Jedenfalls hat mir schon als Kind Silvester immer mehr bedeutet als Weihnachten. Ist das nicht der eigentliche Höhepunkt der Feiertage? Der Moment, in dem alles auf null gestellt wird und wir wieder von vorne anfangen? Ist das nicht viel aufregender?«

»Wahnsinnig aufregend. Es ist, als würdest du meine Gedanken lesen. Meine Eltern tun immer so, als hinge unser ganzes Leben davon ab, dass wir jedes Jahr ein perfektes Weihnachtsfest feiern, dabei endet es immer gleich. Irgendwas geht unweigerlich schief, und jedes Mal wird es eine Enttäuschung. Silvester dagegen hat mich noch nie enttäuscht, da am nächsten Morgen immer etwas Nagelneues da ist, etwas, das ganz mir gehört. Ein völlig neues Jahr. Und wenn man rechtzeitig daran gedacht hat, auch ein neuer Tagesplaner.«

»Ich bin ja so froh, mich nicht direkt wieder von dieser Party weggeschlichen zu haben«, erklärt Ivy grinsend.

»Und ich erst. Wenn du abgehauen wärst und dich von D'Arcy getrennt hättest, wären wir uns vielleicht nie begegnet.«

»Das mit D'Arcy lässt mich nicht kalt, okay?«, versichert sie mit einem Seufzer. »So herzlos bin ich gar nicht. Er ist ein netter Kerl. Ich hätte gern diesen Funken gespürt, ganz im Ernst. Aber bislang hat mich noch keiner … so richtig weggefegt, verstehst du? Ich meine, abgesehen von dem Typen in der Highschool, in den ich komplett verknallt war. Aber das waren 75 Prozent Hormone und 25 Prozent örtliche Nähe. Außerdem muss jedes Herz wenigstens einmal im Leben zertrümmert werden … da bin ich froh, es gleich in jungen Jahren hinter mich gebracht zu haben.«

»Ich verstehe das«, sagt Holly nickend. »Weggefegt. Wie in diesem Film mit Brad Pitt, in dem er den Tod spielt.«

»Genau! *Rendezvous mit Joe Black!* Die Szene, in der Anthony Hopkins zu Clarie Forlani, die seine Tochter spielt, sagt, dass sie und ihr Freund so viel Leidenschaft füreinander zeigen wie ein …«

»Meisenpärchen!«

»Ja! Und dann wünscht er ihr noch, sie würde einmal so richtig weggefegt …«

»In der Luft schweben. Wie schön, dass du so etwas mit Matt gefunden hast.«

In diesem Augenblick springt Matt auf einen Stuhl und lässt zu Britney Spears elvismäßig die Hüften kreisen. Holly betrachtet ihn mit einem unergründlichen Gesichtsausdruck.

»Findest du es nicht irgendwie ungerecht, wenn man den Meisen einfach jede Leidenschaft abspricht?«, sagt sie nach einer Weile und schaut wieder Ivy an. »Vielleicht sind Meisen in Wahrheit ja richtig heißblütig.«

»Durchaus möglich. Schließlich heißen sie hier ja auch ›titmice‹.«

Holly lacht kurz auf, wird aber sofort wieder ernst. »Keine Ahnung, ob Matt mich jemals in der Luft hat schweben lassen, aber bei *ihm* bin ich mir ziemlich sicher, dass nur Keg-Partys diese Wirkung haben. Aber es läuft trotzdem gut zwischen uns. Ich glaube nicht, dass Filme die wahre Liebe immer besonders akkurat zeigen.«

»Du meinst, ich sollte meine Datingtipps nicht aus einem Film ableiten, in dem Brad Pitt den Tod spielt?«

Holly lächelt. »Auf keinen Fall. Aber vielleicht ist 2017 für dich ja trotzdem das Jahr, in dem du die große, rauschhafte Liebe findest. Wer weiß?«

»Oder die kleine Meisenliebe. Eine von beiden. Fürs Erste bin ich jedenfalls bereit, einen Schlussstrich unter 2016 zu ziehen und zu sehen, was so Neues kommt.«

Die nächste Stunde verbringen sie damit, auf der Couch zu sitzen, Ivys Wein zu trinken und eine Liste all der Dinge zu erstellen, die sie mit dem Jahresabschluss 2016 gern hinter sich lassen würden.

»Bottle-Flippen«, sagt Ivy.

»Dab-Poser überall«, fügt Holly hinzu.

»Dieses neumodische Rainbow-Food. Ich will keinen Rainbow-Burger!«

»Oder einen Rainbow-Bagel!«, stöhnt Ivy.

»Regenbogenfreies Essen. Fertig!«

»Avocado, überall. Bitte nicht zu *allem* Avocado schmeißen!«

»Die vielen Memes zu ›Ist das ein Welpe oder ein Bagel?‹.«

Ivy hätte vor Lachen fast ihren Wein ausgespuckt. Beziehungsweise zu »Babyarm oder Brötchenzopf?«.

Kichernd spielen sie sich weiter die Bälle zu – werden aber auch immer wieder ernst und sind auch dabei in allem einer Meinung –, bis der Wein fast leer ist und ihnen die Wangen und Bäuche vom vielen Lachen schmerzen.

»Okay, aber irgendwas Gutes muss 2016 doch gehabt haben, oder?«, fragt Ivy, schüttet den restlichen Wein in Hollys Becher und zieht die Beine unter sich.

»Das *Lemonade*-Album von Beyoncé?«, schlägt Holly nach kurzer Überlegung vor.

»*Ja*. Und ich meine, irgendwo gelesen zu haben, dass es wieder mehr Tiger gibt.«

»Und mehr Solarenergie.«

»Jackie Chan hat einen Oscar gewonnen.«

»Meghan Markle hat angefangen, Prinz Harry zu daten.«

Ivy seufzt. »Tja, aber das bedeutet auch, dass er jetzt nicht mehr zu haben ist.«

»Du würdest gern Prinz Harry daten?«, fragt Holly.

»Klar, ein paar Wochen lang. Für ein paar Wochen date ich jeden. Und ganz sicher einen Prinzen.«

»Ich weiß gar nicht, wie das ist, ständig neue Typen zu haben. Macht das wirklich so viel Spaß?«

»Du bist eher notorische Monogamistin, sehe ich das richtig?«

»Erwischt«, gibt Holly zu und senkt den Kopf. »Ich hatte in der Highschool durchgängig denselben Freund und bin mit Matt hier seit der Orientierungswoche für Erstsemester zusammen. Also … ja. Du hast mich durchschaut.«

»Ach, *chacun à son goût*«, beruhigt Ivy sie. »Ich werde dich nie wegen irgendwas verurteilen, versprochen.«

»Ich dich auch nicht, versprochen.« Sie schauen einander kurz in die Augen, und die Sache ist besiegelt.

»Und wir bleiben immer rückhaltlos aufrichtig zueinander«, fügt Holly hinzu. »So wie du in Bezug auf D'Arcy.«

Ivy kramt in ihrer Stofftasche und reicht ihrer neuen Freundin einen Haargummi. »Deine Frisur«, sagt sie. »Sie löst sich langsam ein wenig …«

»Tausend Dank«, ruft Holly aus und greift nach dem Gummi. »Der falsche Abend, um sich die Haare zu glätten. Die Luftfeuchtigkeit hier drin ist aber auch irre! Und ich bin nun mal ein Wuschelkopf.«

»Deswegen habe ich mich für einen Zopf entschieden.«

»Hast du etwa auch so krauses Weiß-nicht-was-es-will-Haar?«

»Genau das.«

»Willst du wissen, was wirklich gut war an 2016, Ivy?«, sagt Holly und bindet sich lächelnd die Haare zurück. »Dass wir uns begegnet sind.«

Ivy erwidert das Lächeln. Und noch Jahre später werden beide darin übereinstimmen, sich auf keiner Weihnachtsfeier jemals so gut amüsiert zu haben wie damals, als sie sich kennenlernten.

1

IVY

16. Dezember, ein paar Jahre später
New York City

»Und an diesem Abend vor ungefähr acht Jahren war mir klar, dass wir für immer Freundinnen sein werden«, sagt Holly und erhebt im Sternerestaurant Cote das Glas Sancerre zu Ehren ihrer Brautjungfer Ivy. Wie sie in dem stechpalmengrünen Kleid, das sie zusammen bei Barney's im Sale entdeckt haben, am Kopf der Tafel steht, macht die Braut auf ihre beste Freundin einen wunderhübschen und ungeheuer glücklichen Eindruck. Auf derselben Einkaufstour ist Ivy unter den Restposten auch auf den körperbetonten Overall in perfekt dazu passendem Cranberryrot gestoßen. Sie hatten beide über die Absurdität des Ganzen lachen müssen: Zwei Frauen mit höchst ambivalenter Beziehung zu Weihnachtsoutfits kleiden sich in korrespondierenden Festtagsfarben.

Ivy fühlt die Ergriffenheit in ihrer Brust wie eine Kugel aus leuchtendem Sternenstaub. Holly sieht so zuversichtlich und erwartungsvoll aus mit ihrem erhobenen Glas. Am liebsten hätte Ivy all den Sternenstaub in ihrem Innern für den einen Wunsch gebündelt, dass ihre Freundin tatsächlich dieses vom Glück gesegnete Leben haben möge, das sie so verdient, das sie sich immer gewünscht und auf das sie die letzten zehn Jahre hingearbeitet hat.

»Mit Matt hatte ich meinen Seelenverwandten damals bereits gefunden«, fährt Holly fort, und jetzt fällt es Ivy schwer, ihr hoffnungsfreudiges Lächeln beizubehalten. In ihren Augen gibt es zwar nichts an Holly auszusetzen – zumindest nichts Bedeutsames oder Freundschaftsgefährdendes, wobei ihr natürlich klar ist, dass niemand perfekt ist –, aber was Holly an Matt findet, hat sie nie begriffen. Seit sie bei ihrer ersten Begegnung beschlossen haben, stets rückhaltlos ehrlich zueinander zu sein, ist dies der einzige Punkt, in dem sie ihrer besten Freundin etwas verheimlicht. Allerdings ist das eine recht schwerwiegende Ausnahme. Bei der Vorstellung, wie sich die Probleme in den kommenden Jahren summieren dürften, weil sie den Partner ihrer besten Freundin nicht leiden kann, verliert das magische Sternenglück in ihrer Brust seine makellose Kugelform und beginnt in Richtung Magengrube abzurutschen. »Und nachdem ich dir begegnet bin«, sagt Holly gerade, »hatte ich auch als beste Freundin eine Seelenverwandte. Kann ein Mensch mehr Glück haben? Danke, dass du immer für mich da bist, Ivy. Nicht nur während der Planungen für diese Hochzeit, auch bei allem anderen in den vergangenen acht Jahren. Ich kann mir ein Leben ohne dich …«

»Auf Matt und Holly!«, ruft Hollys Mutter Barbara und springt von ihrem Stuhl auf. »Cheers, cheers, santé – oder sollte ich besser sagen, Sant*a!* Auf das glückliche Brautpaar und ihre Weihnachtshochzeit!«

Einen Wimpernschlag lang herrscht erschrockenes Schweigen unter den Gästen, die erst verarbeiten müssen, dass die Mutter der Braut hier den Probedurchlauf für die feierliche Dinnerrede ihrer Tochter so abrupt unterbricht, als wäre sie das Orchester bei der Oscarverleihung 2014 und Holly der sich bedankende Matthew McConaughey.

Ivy behält standhaft das breite Lächeln im Gesicht, obwohl ihr Magen bereits nervöse Kapriolen schlägt. Sie ist Holly immer schützend zur Seite gesprungen, doch in solchen Momenten weiß sie nicht, wie sie ihr helfen soll. Dann versetzt Ted, der links von ihr sitzende ältere Bruder Hollys, ihr einen sanften Stoß mit dem Ellenbogen. »Typische Machtdemonstration von Barbara«, murmelt er. »Sie ist einfach nur eifersüchtig darauf, dass du stets so für Holly da gewesen bist, wie sie das nie über sich gebracht hat.«

Teds Frau Mingzhu wirft Ivy einen mitfühlenden Blick zu, was diese wieder mal daran erinnert, dass Holly in Wahrheit doch ein paar vorzügliche Menschen auf ihrer Seite hat. Ivy zwingt sich zu glauben, dass ein Happy End für Holly trotz allem möglich ist, und erhebt ihr Glas, um in den Toast der anderen einzustimmen.

Doch unvermittelt klopft Holly mit dem Messer an ihr Weinglas. Sie wirkt leicht angefressen. Das schrille Geräusch bringt alle Gäste an der langen Tafel des koreanischen Sternerestaurants zum Schweigen. »Nein, nein, wartet«, erklärt sie entschlossen. »Ich bin noch nicht fertig. Da ich die Braut bin, müssen alle zumindest für die nächsten vierundzwanzig Stunden nach meiner Pfeife tanzen.«

»*Darauf* ein dreifaches Hoch!«, ruft Ivy und hebt das Glas erneut.

»Ivy«, fährt Holly mit fester Stimme fort. »Mit dir gemeinsam die weihnachtlichste aller denkbaren Weihnachtshochzeiten zu planen war ein absoluter Traum und hat *unendlich viel* Spaß gemacht.« Sie blickt ihre Freundin einen Moment vielsagend an.

Ivy weiß genau, wie es in Wahrheit gemeint ist. Eigentlich hätte es eine einzige Qual sein müssen, aber irgendwann verpuffte der Schreck darüber, dass Holly in eine Weihnachtshochzeit eingewilligt hatte. Der Grund war, dass der Termin im Dezember, für den Matt und ihre Mutter plädierten, es ihr ermöglichen würde, während der Feiertage in den Flitterwochen zu sein und Weihnachten mit ihrem frisch angetrauten Ehemann auf Hawaii zu verbringen, statt all die Familientreffen und -veranstaltungen über sich ergehen lassen zu müssen. Außerdem wäre sie so rechtzeitig für das Silvester mit ihrer besten Freundin von der Hochzeitsreise wieder zurück. Der Termin garantierte also das Beste aus allen Welten. Nachdem das geklärt war, stürzte sich Ivy mit hemmungsloser, wenn auch bisweilen nicht ganz ironiefreier Begeisterung in die Planung der Feierlichkeiten. Eine Cocktailrunde mit Glühwein und kleinen Mince Pies, zu der ein Gospelchor Weihnachtslieder vorträgt? Gebongt. Gastgeschenke, um die sich die Anwesenden beim Weihnachtswichtel streiten können? *Ja*. Einen Schauspieler engagieren, der um Mitternacht einen Überraschungsauftritt als Santa hinlegt? Wird gemacht. Den Veranstaltungsort – Lotte New York Palace – mit kugelbehangenen Weihnachtsbäumen ausstaffieren? Definitiv. Zwei Akrobaten anheuern, die in einer riesigen, über vier Meter großen Schneekugel eine atemberaubende Show abliefern, während permanent ein Glitterregen auf sie herabrieselt? Na schön, diese Idee konnten Holly und Ivy nicht umsetzen, aber dafür muss Holly jetzt nur »riesige Schneekugel« flüstern, und beide brechen sofort in unbeherrschbares Lachen aus.

»Ich bin dir schrecklich dankbar, Ivy«, sagt Holly. »Und ich weiß, dass du, genau wie Matt, ewig ein Teil meines Lebens sein wirst.« Jetzt schimmern Tränen in ihren Augen. »Ich kann mir ein Leben ohne dich gar nicht mehr vorstellen. Danke für alles.« Um den Tisch herum stoßen erneut die Weingläser hell aneinander, und Holly wendet sich jetzt Matt zu, der rechts neben ihr sitzt. Doch der spielt gerade abwesend mit der Dessertgabel. Auf seiner Stirn glänzt Schweiß, und Ivy fragt sich, ob das noch immer die Nachwirkungen seines Junggesellenabschieds ein paar Nächte zuvor sind, bei dem er sich, wie Ivy zu Ohren gekommen ist, am Ende splitternackt im obersten Stock des Empire State Buildings wiedergefunden hat. *Was für ein Idiot*, geht es Ivy unwillkürlich durch den Kopf. Holly dagegen schaut ihren verschwitzten, mit sichtlichem Unbehagen dahockenden Bräutigam an, als wäre er die Mona Lisa und sie zum ersten Mal in Paris und schnurstracks in den Louvre geeilt.

»Matt, morgen ist der Tag, von dem wir träumen, eigentlich, seit wir uns das erste Mal gesehen haben und es beide …« Sie legt sich die Hand über das Herz, und die beerenroten Nägel glänzen im Licht der Kerzen. »Wir es beide wussten. Wir haben einander über diese Schlammgrube hinweg angesehen und *wussten* es einfach. Ich freue mich so darauf, Mrs. Carter zu werden. Wobei ich deinen Namen zwar offiziell nicht annehme, aber im Herzen werde ich Mrs. Carter sein, okay? Ich freue mich riesig darauf, ab morgen den Rest unseres Lebens mit dir zu verbringen. Ich liebe dich.« Sie sieht ihn erwartungsvoll an, da er nun eigentlich aufstehen, sein Glas erheben und an ihrer Seite seine eigene Rede halten sollte.

Doch Matt lässt nur weiter seine Gabel auf das Tischtuch flippen, als wäre auch das ein Wettbewerb. Das peinliche Schweigen will kein Ende nehmen, und endlich schaut er zu Holly hoch. Er wirkt verwirrt, fast als würde er sie in diesem Moment erst bemerken.

»Oh. Danke. Das war wirklich hübsch gesagt. Ähh, ich …« Er lockert die Krawatte, um besser Luft zu bekommen, räuspert sich. »Genau. Ja. Verdammt. Ich sollte heute Abend ja auch eine Rede halten.« Er steht auf und umklammert die Rückenlehne seines Stuhls. Seine Knöchel treten weiß hervor, was Ivy nicht entgeht. Gegenüber von ihr sitzt ein ebenfalls schwitzender D'Arcy, der noch immer sein bester Freund ist und sich ebenso unwohl in seiner Haut zu fühlen scheint. Sowie er allerdings Ivys Blick bemerkt, wirft er ihr ein vieldeutiges Augenbrauenwackeln zu. Obwohl sie nur ein paar Wochen vor inzwischen acht Jahren zusammen gewesen sind und das Beste an dieser Beziehung war, dass sie Ivy mit Holly in Kontakt brachte, spricht D'Arcy noch bis heute bei jeder sich bietenden Gelegenheit von ihr als seiner »Ex«. Nach ein paar Gläsern vertraut er dann noch jedem, der es hören will, an, dass sie die eine sei, die ihm »durch die Lappen gegangen ist«, und dazu ein »echt geiles Luder in der Kiste«.

Ivy wendet den Blick von ihm ab und bemüht sich angestrengt darum, wieder in diese hoffnungsfrohe Stimmung für ihre Freundin zurückzufinden. Matt fummelt noch immer an seiner Krawatte herum und räuspert sich erneut.

»Mom, Dad, vielen Dank für die Einladung zu diesem Dinner«, beginnt er, und seine Eltern strahlen ihn voller Stolz an. »Es war köstlich. Acht Gänge, alle Fleisch oder fleischhaltig. Mein Traummenü.«

Ivy hatte man als einziger Vegetarierin am Tisch derweil sechs Gänge lang grünen Salat sowie eine überaus traurige gefüllte Paprika vorgesetzt. Selbst der Nachtisch enthielt Gelatine, weshalb sie ihn gar nicht erst probiert hatte.

»Und Ed und Barb, vielen Dank für … ach, ihr wisst schon, alles eben. Ihr wart einfach toll.«

Seine Stimme wird wacklig, und Ivy ist überrascht, dass ihn seine Gefühle plötzlich so überwältigen. Er verhält sich merkwürdig, selbst für Matts Verhältnisse.

Mit geballter Faust reibt er sich eine Träne fort, erhebt sein Glas und erklärt mit zittriger Stimme: »Cheers, ich liebe euch alle!«

Die Anwesenden stoßen erneut an, und niemand scheint zu bemerken, dass Matts Glas leer ist – und dass er seine

Braut mit keinem Wort erwähnt hat. Niemand, abgesehen von Ivy. Ihr ist nichts davon entgangen, und ihr ist speiübel.

»Oha, ich bin tatsächlich etwas beschwipst«, verkündet Holly, als sie in den Fond der Limousine steigen, die sie zu Ivys Wohnung bringen soll. »Bei meiner Hochzeit morgen wird mein Gesicht komplett aufgedunsen aussehen.«

»Unfug. Du könntest die ganze Nacht durchtrinken und im Flanellpyjama zum Traualtar schreiten und wärst immer noch die schönste Braut der ganzen Welt.«

»Ach, Ivy«, seufzt Holly und lehnt den Kopf an die Schulter ihrer besten Freundin.

Ivy streicht ihr über die Haare.

»Ich weiß gar nicht, was ich ohne dich machen würde.«

»Dito«, erklärt Ivy.

»Wir bleiben auf ewig Freundinnen.«

»Das machen wir«, versichert Ivy und glaubt fest daran. Natürlich wird das Eheleben vieles ändern, aber auch das werden sie zu meistern wissen. Als Holly für ihr Jurastudium nach Yale ging und Ivy in New York ein enorm forderndes Praktikum in der Werbefirma absolvierte, in der sie inzwischen leitende Grafikdesignerin war, hatten sie einander bisweilen wochenlang nicht gesehen. Aber spätestens nach einem Monat hatte stets eine von ihnen den Zug genommen und war für ein Mädelswochenende in die Stadt oder nach New Haven gefahren.

Holly beugt sich vor und wirft einen Blick auf die Uhr am Armaturenbrett. »Noch 45 Minuten bis Mitternacht, dann ist er da. Mein Hochzeitstag.«

»Der Countdown läuft. Dir bleiben nicht mal mehr sechzehn Stunden als Single.«

»Wie sehen denn die weiteren Pläne für den Abend aus?«

»Tuchmaske aufs Gesicht und dazu ein Film.«

»Super. Welcher Film?«

»Das ist eine Überraschung. Und ist ein harter Kampf gewesen. Ich meine, nur ein einziger Film, kein vollständiger Marathon? Da fällt die Auswahl schwer. Aber ich habe es geschafft und den romantischsten Streifen überhaupt genommen, der zugleich aber auch völlig schräg ist und einer unserer absoluten Lieblingsfilme aller Zeiten …«

»Rendezvous mit Joe Black!«

»Volltreffer«, bestätigt Ivy lachend. »Und zum Film gibt's ein paar Kollagendrinks, diese aztekische Urschokolade, die einem angeblich die sanfte Haut eines Neugeborenen verleiht, und ganz eventuell einen winzig kleinen Schluck edelsten Tequila, da man von richtig gutem Zeug ja bekanntlich keinen Brummschädel bekommt. Dann noch ein Schaumbad für dich und … ein letztes Mal schlafen, bevor du ganz offiziell eine verheiratete Lady wirst.«

»Eine verheiratete Lady«, wiederholt Holly und seufzt. »Ich werde deshalb aber nicht gleich wie meine Mutter, oder?«

»Holly, ich schwöre dir, die Wahrscheinlichkeit liegt bei null Prozent.«

»Tut mir leid, dass sie heute so schroff war. Es ist nicht so, dass sie dich nicht mag …«

»Nein, sie hasst mich bloß«, beendet Ivy den Satz. »Und das ist schon okay. Ehrlich, Hol. Du weißt, dass ich in der Hinsicht nicht sehr empfindlich bin. Sie hätte nur zu gern, dass ihr beide so eine Beziehung habt, wie wir sie haben …«

»Aber das geht doch nicht, wenn sie sich ständig so bescheuert benimmt.«

Ivy lacht schnaufend auf und sagt nickend: »Wie wahr.«

»Irgendwann bist du an der Reihe mit Heiraten«, sagt Holly. »Und ich hoffe nur, dann wenigstens eine halb so gute Brautjungfer zu sein wie du.«

»Vielleicht«, erwidert Ivy.

»Du meinst, ich werde vielleicht halb so gut sein wie du?«

»Gott, nein, du wirst bestimmt alles super machen, wie immer, wenn du was anpackst. Du wirst mich völlig in den Schatten stellen. Könnte nur sein, dass es nie dazu kommt.«

»Es wird dazu kommen. Eines Tages begegnet dir die große Liebe, die dich schweben lässt ...«

»Und vögeln wie eine geile Meise?«

»Das volle Programm. Geile Meise und alles.«

Der Wagen hält vor Ivys Apartmentblock in Greenwich Village. Sie steigen taumelnd aus und haken einander unter. »Ich bin so froh, dass ich bei dir immer ganz ich selbst sein kann«, sagt Holly.

»Und ich erst, vor allem, dass dir das an mir auch noch gefällt«, erwidert Ivy, die zwar generell jedem gegenüber authentisch ist, sich damit aber nicht immer Freunde macht. Bei Holly jedoch muss sie nie befürchten, für barsch gehalten zu werden oder exzentrisch oder für übertrieben ehrlich oder zu offen in Sexdingen. Holly mag sie einfach so, wie sie ist. Ivy kann nur nicht begreifen, warum dies nicht auch für Hollys eigenes Leben gilt. Sollte man nicht gerade auch bei dem Menschen, den man im Begriff ist zu heiraten, ganz man selbst sein können?

»Hey, alles okay mit dir?«, fragt Holly, während sie am Fahrstuhl stehen und warten.

»Alles bestens.«

»Es wird dazu kommen«, versichert Holly, die den missmutigen Gesichtsausdruck ihrer Freundin falsch deutet. »In diesem Augenblick ist er irgendwo da draußen und wartet nur darauf, dir zu begegnen. Die Frage ist nur, wo das sein könnte.«

Ivy öffnet die Tür zu ihrer Wohnung und tritt ein, während Holly in verträumtem Ton immer weiterredet. »Er könnte überall sein. Hier in dieser Stadt oder … vielleicht auf irgendeiner Ferienranch in Montana …«

»Das ist doch mal eine Idee. Mit einem Cowboy habe ich noch nie geschlafen, fehlt mir das vielleicht?«

»Nicht nur fürs Bett, zum Heiraten«, verbessert Holly sie und folgt Ivy in die schmale Küchenzeile, wo ihre Freundin große Gläser mit Leitungswasser füllt und aus einer blau-weißen Keramikflasche Tequila einschenkt. Dann bringen sie alles ins Wohnzimmer und stellen auf dem Couchtisch Abschminkcreme, Wattepads, Tuchmasken und Snacks bereit. Während Ivy den Film startet, beginnt Holly damit, sich abzuschminken.

Sobald sie fertig ist, gönnt sie sich einen Schluck Tequila. »*So* lecker«, sagt sie.

»Für die Braut nur das Beste vom Besten.«

»Es ist so praktisch, dass wir beide guten Schnaps mögen. Bloß zu trinken, um betrunken zu werden, habe ich noch nie kapiert.«

»Andererseits, so ab und zu mal leicht angesäuselt sein …«

»Fröhlich beschwipst.«

»Halbwegs einen in der Krone haben.«

»… kann schon ziemlich lustig sein. Und diese Schokolade hier wird deinen Worten zufolge meinen Alterungsprozess umkehren …«

»Wobei es natürlich bereits jetzt nichts an dir auszusetzen gibt …«

»Und diese Tuchmasken werden mich derart wieder in Form bringen und revitalisieren, dass ich morgen trotz des Alkohols einigermaßen gut aussehe.«

»Mehr als nur einigermaßen gut, Holly. Du wirst die atemberaubend schönste Braut der ganzen Welt sein. Ausgestattet mit dem besten aller Herzen. Und dem schärfsten Verstand.«

»Danke, beste Freundin. Film ab?«

Ivy drückt die Starttaste, und sobald Brad Pritt beim Überqueren der Straße zufällig von einem Auto erfasst wird, bricht Holly in prustendes Gelächter aus. Prompt spielen sie die Szene noch mal ab, wie sie das immer tun. »Entschuldige«, sagt sie und ringt nach Luft. »Ich weiß, das sollte nicht komisch sein, aber …« Noch einmal fliegt Pitt durch die Luft, und sie vergräbt rasch das Gesicht in einem der Zierkissen, das anschließend ganz feucht ist von ihren Lachtränen.

Wenig später erreichen sie die Szene, in der Pitt in seiner Rolle als Tod zum ersten Mal Erdnussbutter isst. Wie immer sagt Holly: »Also wenn ich das sehe, bekomme ich jedes Mal Heißhunger auf ein Sandwich mit Erdnussbutter.« Normalerweise geht Ivy dann in die Küche, um ihr eins zu machen – doch genau in diesem Augenblick klingelt es an der Tür.

»Einer deiner diversen Lover auf Abruf?«, fragt Holly mit erstaunter Miene.

»Um Gottes willen, hoffentlich nicht. Allerdings arbeitet der Typ, mit dem ich gerade was habe, als Notarzt in der Ambulanz und hat entsprechend merkwürdige Dienstzeiten. Vielleicht verschwindet er ja, wenn ich mich nicht melde.«

Doch da das Klingeln kein Ende nimmt, dreht Ivy schließlich genervt um und geht zur Gegensprechanlage. »Hallo?«

»Ich bin's, Matt. Ich muss mit Holly sprechen.«

»Matt?«, sagt Holly. »Oh, das ist aber süß! Und so gar nicht Matt!« Sie steht auf, doch plötzlich werden ihre Augen groß. »Es ist gar nicht seine Art, einfach aufzutauchen, so spontan und romantisch. Vielleicht ist etwas passiert?«

Ivy geht zwar derselbe Gedanke durch den Kopf, doch

sie erwidert nur lächelnd: »Natürlich nicht. Dein Bräutigam ist bloß so verrückt nach dir, dass er seiner künftigen Frau vor der Hochzeit noch mal einen feurigen Gutenachtkuss geben will.«

Aber sobald Holly nach unten verschwunden ist, kippt Ivy erschöpft gegen die Wohnungstür. Das Gefühl einer düsteren Vorahnung verstärkt sich. Matt war so sonderbar heute Abend. Irgendwas ist hier faul, das hat Ivy gleich gemerkt. Um die Wartezeit zu überbrücken, geht sie zurück ins Wohnzimmer und schaut auf ihr Handy. Die Nachrichten ignoriert sie, schließlich ist sie offiziell im Urlaub. Dann ist da noch eine E-Mail von Aiden Coleman, dem Vermieter der kleinen Selbstversorgerhütte im Hudson Valley, die sie für die zwei Wochen unmittelbar nach Hollys Hochzeit gemietet hat. Hier will sie in diesem Jahr ihren »Malerei-Honeymoon« verbringen, den sie seit einer Weile jedes Weihnachten einlegt. Ivy hat Bildende Kunst studiert und aufgrund ihres Talents sogar ein Teilstipendium für Cooper Union bekommen. Dort ermutigten ihre Professoren sie, sich mit den üppigen Landschaften in Ölpastell, für die sie an der Kunsthochschule bekannt war, als freie Künstlerin zu versuchen. Doch auch wenn sie mit viel liebevoller Zuneigung an ihr unkonventionelles, bohemienhaftes Elternhaus zurückdenkt, hat sich Ivy für ihr eigenes Leben stets mehr Sicherheit gewünscht. Die Vorstellung, eine berufliche Existenz auf dem Verkauf ihrer Landschaftsbilder zu gründen, wie ihr Vater es ihr anriet, hatte für sie nicht den geringsten Reiz. Daher belegte sie in ihrem letzten Collegejahr einige Kurse in Grafikdesign und merkte, dass es ihr lag. Und so wurde die letzte Ausstellung vor ihrem Abschluss zugleich die letzte, an der sie je teilnahm. Sie machte Schluss mit der Malerei und absolvierte zur Überraschung aller ein Praktikum bei Imagenue, einer der angesehensten Markenagenturen New Yorks. Heute setzt sie ihre künstlerischen Fähigkeiten und kreative Bildersprache für die Entwicklung von Marken und Produkten ein. Sie liebt ihren Job nicht, aber er gefällt ihr. Er zahlt ihre Rechnungen, was keine Kleinigkeit ist, da der Alltag als alleinstehende Frau in New York nicht annähernd so mühelos zu bewältigen ist, wie Carrie Bradshaw es in *Sex and the City* aussehen ließ. Ivy musste Studienkredite zurückzahlen, und als das geschafft war, für die Miete in dem Viertel aufkommen, wo sie gern leben wollte – und Greenwich Village, in das sie sich schon im College verliebt hatte, ist nun mal teuer. Also braucht sie diesen Job.

Allerdings versank Ivy während ihrer ersten beiden Jahre in der Welt des Big Business prompt in eine spirituelle Krise, die sich für ihren Geschmack viel zu sehr einer ausgewachsenen Depression annäherte. Daher kam sie in ihrem dritten Jahr bei Imagenue auf die Idee zu ihrem ersten »Malerei-Honeymoon«. Sie mietete eine Hütte in den Catskill Moutains und verbrachte vierzehn fantastische Tage damit, Ramen-Fertigsuppen zu essen und Landschaftsbilder zu malen, die idyllisch und zugleich rau wirkten, schroff und üppig. Am Ende waren die Ölkreiden, die sie mitgebracht hatte, allesamt zu bunten Stummeln geschrumpft, und ihre Fingerkuppen schimmerten wie Regenbogen. Sie verschenkte die Bilder an Freunde und Verwandte, hängte ein paar in ihre Wohnung und fühlte sich besser. Es reichte. So würde sie es durch das nächste Jahr schaffen. Also wiederholt sie das Ganze und macht daraus eine feste Gewohnheit. Tatsächlich wird diese Auszeit bereits ihr fünfter Honeymoon dieser Art sein.

Rasch tippt sie eine Antwort für Aiden, in der sie ihm die voraussichtliche Ankunftszeit in zwei Tagen mitteilt, und gönnt sich einen kurzen Moment der Vorfreude auf zwei Wochen, in denen ausschließlich ihre eigene Kreativität zählt, bevor sie ihre Aufmerksamkeit wieder Holly zuwendet und dem möglichen Grund für Matts nächtlichen Besuch.

Als sie wenig später hört, wie ihre Freundin die Tür aufschließt, erfasst sie Erleichterung. Niemand löst am Vorabend der Hochzeit eine Verlobung in nur *sieben* Minuten. Offenbar wollte er wirklich nur seiner Braut einen Gutenachtkuss geben. Vielleicht wird Ivy der Ehemann Matt ja sogar sympathischer als der feste Freund Matt.

Doch dann tritt Holly ins Wohnzimmer, und nichts erinnert mehr an Ivys lachende, herumalbernde, leicht beschwipste Freundin von vor sieben Minuten.

»Holly!«, ruft Ivy aus und springt von der Couch auf. »Was ist passiert? Alles okay mit dir?«

»I… ich …«, stammelt Holly und erstarrt mitten im Raum, »… weiß nicht.«

»Was ist passiert?«, fragt Ivy erneut

Holly öffnet den Mund und schließt ihn wieder.

»Du machst mir Angst. Was ist los?«

»Er hat Schluss gemacht.« Hollys leblose Stimme würde zu einer Marmorstatue passen. »Es gibt eine andere.«

Ivy zieht Holly zur Couch und schenkt ihr einen Tequila ein, da leicht angesäuselt jetzt definitiv nicht ausreicht. Heute Abend würde es die volle Dröhnung brauchen, um Holly dazu zu bringen, der Flut an Gefühlen, die sich gerade unverkennbar in ihr aufstaut und ihr den Blick eines Zombies aus *The Walking Dead* verleiht, freien Lauf zu lassen.

»Was hat er gesagt?«

Holly schüttelt den Kopf. »Etwas wie … etwas, das verdammt nach Anthony Hopkins in *Rendezvous mit Joe Black* klang.« Ihre Augen starren ins Nichts. Sie schüttelt erneut den Kopf. »Dass es sich ganz anders anfühlen würde als bei uns, wenn man sich richtig verliebt. Er meinte, dieses Prickeln, das man spüren sollte … hätte es bei uns nie gegeben. Er meinte … vielleicht wären wir auch nur zusammengekommen, weil wir das Gefühl gehabt hätten, damit einen Punkt auf den Listen abzuhaken, die unsere Familien für uns erstellt haben.«

Ivy hasst es, mit Matt einer Meinung zu sein. Sie hält die Hände ihrer Freundin fest umklammert und hofft, dass ihre Miene sie nicht verrät. Doch Holly nimmt sowieso nichts wahr, da sie wie ein Roboter vor sich hin starrt. »Offen gesagt, dass er mich nicht liebt, hat er nicht, glaube ich, aber das war auch nicht nötig. Das war auch ohne Worte klar. Er liebt mich nicht, und er will mich nicht heiraten. Aber ich liebe ihn, Ivy. Das tue ich doch.« Sie stockt und fährt sich durch die Haare, die ihr dank einer kürzlichen Kreatinglättung in glänzenden Wellen tief auf den Rücken fallen. »Oder nicht? Ich habe doch nicht jemand heiraten wollen, bloß weil wir gut zusammenpassen. Abgesehen davon, was ist so schlimm daran, gut zusammenzupassen? Behaupten nicht alle, dass man das passende Puzzleteil finden und diesen Menschen dann heiraten soll?«

»Ja«, sagt Ivy. »Natürlich.« Sie verschweigt lieber, dass sie nicht glaubt und nie geglaubt hat, dass Matt in Hollys Fall dieses passende Puzzleteil ist. Dafür ist jetzt der falsche Zeitpunkt. Sie drückt einfach nur ihre Hand.

»Ich meine, ja, wir passen auch auf dem Papier gut zusammen, und unsere Familien stehen sich nah.« Holly bricht ab und starrt auf ihren Schnaps. Dann stürzt sie ihn hinunter und hält Ivy das Glas hin.

Angesichts der Ausnahmesituation schenkt Ivy kommentarlos Tequila nach und holt ihrer Freundin ein neues Glas Wasser.

»Was hat er noch gesagt?«

»Er hat jemanden auf der Arbeit kennengelernt … er weiß zwar nicht, was genau daraus wird, muss es aber … ausprobieren.«

»Und du? Was hast du gesagt?«

»›Okay.‹ Das ist alles, was ich gesagt habe. *›Okay.‹* Ich habe dagestanden und gedacht, eigentlich sollte ich jetzt schreien, heulen, ihn anflehen. Aber ich habe gar nichts gespürt, und so geht es mir immer noch. Ich bin einfach nur … leer.«

»Es tut mir unendlich leid.«

»Als ich mich umgedreht habe und ins Haus zurückgehen wollte, hat er mir nachgerufen. Da dachte ich schon: ›Oh, war es doch nicht ernst gemeint.‹«

»Und was hat er gewollt?«

»Er hat mich gefragt, ob ich nicht trotzdem die Hochzeitsreise machen will. Das Ganze sei weder stornierbar noch übertragbar, und meine Eltern hätten so viel Geld dafür ausgegeben, und es wäre doch Verschwendung, es einfach verfallen zu lassen. Er meinte, in Anbetracht des großen Schocks sollte ich das einfach machen und die zwei Wochen nutzen, um mal so richtig zu … Ich habe vergessen, wie er sich ausgedrückt hat. Regenerieren? Reflektieren?«

»Was hast du darauf gesagt?«, bringt Ivy hervor.

»Ich habe natürlich abgelehnt. Das wäre viel zu schmerzhaft. Dann bin ich zurück zu dir.« Sie vergräbt das Gesicht in den Händen, aber als sie wieder aufschaut, sind ihre Augen noch immer trocken. »Ich meine, dass es echt eine Riesenverschwendung ist, damit hat er natürlich recht. Nicht nur die Hochzeitsreise, sondern einfach alles.«

»Ach, Liebes«, sagt Ivy und reibt ihrer Freundin sanft den Rücken, so wie ihre Mutter es früher bei ihr immer getan hat. »Ich bin da, okay? Was immer ich für dich tun kann, übernehme ich.«

»Mir ist nicht mal klar, was jetzt zu tun ist! Muss ich wirklich jedem Bescheid geben?« Ihr Gesicht nimmt einen panischen Ausdruck an.

»Natürlich nicht. Gar nichts musst du machen, okay? Ich rufe deine Eltern an und erzähle ihnen, was passiert ist. Und dann rufe ich ein paar unserer Freunde an, die dafür sorgen sollen, dass alle Bescheid wissen.«

»Okay. Danke. Ich schaffe das einfach nicht.«

»Natürlich nicht. Bist du sicher, dass ich sie sofort anrufen soll? Wir könnten auch bis morgen früh warten. Vielleicht überlegt Matt es sich ja noch mal anders.«

»Ich kann doch nicht jemanden heiraten, der nicht weiß, ob das der richtige Schritt für ihn ist. Er hat gesagt, was er gesagt hat. Ein Zurück gibt es nicht. Also ruf sie an. Bitte.«

Ivy schließt ihre Freundin kurz in die Arme und steht auf. »Ich gehe rüber, um anzurufen«, erklärt sie. »Gleich wieder da.«

»Ich komme schon zurecht«, versichert Holly mit einem Lächeln, das ihre Augen nicht erreicht. »Ich habe ja Don Julio, der mir Gesellschaft leistet«, fügt sie hinzu und schwenkt die Flasche.

In ihrem Zimmer muss sich Ivy erst einmal davon abhalten, Matt anzurufen, um ihn einen Kopf kürzer zu machen. Sie schließt die Tür und holt einen tiefen, zittrigen Atemzug, der ihr jedoch im Hals stecken bleibt, als sie Hollys Hochzeitskleid am Kleiderschrank hängen sieht. Es ist schneeweiß und aus feinster Seide, hat ein eckiges Dekolleté und breite Träger, die ihre Schlüsselbeine perfekt einfassen, einen tief ausgeschnittenen Rücken und einen ballonartigen Rock, der – was das Beste am ganzen Kleid ist – über große Taschen verfügt. Holly sieht in dem Kleid wie eine fleischgewordene Disney-Prinzessin aus und irgendwie trotzdem toll. Rasch stopft Ivy den weißen Traum in den Schrank und schlägt die Tür vor der Schleppe zu. Dieses Kleid braucht jetzt niemand zu sehen.

Barbara hebt nicht ab, also versucht Holly es noch einmal. Diesmal springt sofort der Anrufbeantworter an. »Mrs. Beech, hier ist Ivy. Ich rufe an, um Ihnen zu sagen, dass Matt Ihre Tochter nicht mehr heiraten will, wie er Holly eben gerade mitgeteilt hat. Die Hochzeit ist abgeblasen. Holly ist verständlicherweise am Boden zerstört. Ich kann dem Caterer eine Mail schicken und dem Friseur und der Make-up-Stylistin eine Textnachricht zukommen lassen. Könnten Sie morgen früh beim Veranstalter anrufen, damit er Bescheid weiß, und vielleicht vorab schon mal eine E-Mail senden, sobald Sie diese Nachricht abhören? Ich mache mich jetzt daran, über unseren Freundeskreis so viele Gäste wie möglich in Kenntnis zu setzen, und gehe mal davon aus, dass Sie die Mitglieder Ihrer Familie übernehmen. Könnten Sie bitte auch mit Matts Familie Kontakt aufnehmen, sofern er das nicht bereits selbst getan hat, um sicherzugehen, dass auch sie überall absagen? Rufen Sie mich bitte an, sobald Sie diese Nachricht bekommen. Ich werde die ganze Nacht aufbleiben. Wir bringen unser Mädchen schon irgendwie da durch. Danke.«

Sie legt auf und kehrt ins Wohnzimmer zurück, da klingelt auch schon Hollys Handy. »Barb«, sagt Holly und zeigt ihr das Display.

Ivy schnappt sich das Handy und hebt ab. »Hallo?«

»Holly, bist du das? Was meint Ivy mit ›die Hochzeit ist abgeblasen‹? Ist sie betrunken? Oder high? Das *darf* einfach nicht wahr sein. Es wäre eine entsetzliche Peinlichkeit, die uns vermutlich auf ewig anhängen würde. Wir haben so viel Geld dafür ausgegeben, werden nichts von all den Anzahlungen wiedersehen, dazu die Flitterwochen, dazu …«

Für eine Frau, die gern erzählt, wie ihre Vorfahren auf der *Mayflower* mit Kisten voller Gold in der neuen Welt eingetroffen sind, und deren Ehemann ein mächtiges Sümmchen aus dem Nachlass einer Schiffswerft geerbt hat, zeigt sich Hollys Mutter verblüffend erbost darüber, Geld »aus dem Fenster zu werfen«. Zwar hatte sie selbst einmal anlässlich der feierlichen Verabschiedung ihres Schwiegervaters eine sechsstellige Summe allein für Abalone ausgegeben, doch selbstverständlich hatte Barb dabei sorgsam darauf geachtet, den *optimalen Preis* für diese extrem rare Meeresfrüchte-Delikatesse herauszuhandeln.

»Mrs. Beech? Hier spricht Ivy. Holly kann jetzt nicht telefonieren.«

»Gib mir gefälligst sofort meine Tochter!«

»Haben Sie sich meine Nachricht überhaupt ganz angehört? Werden Sie morgen früh beim Veranstalter anrufen? Und die Gäste informieren, von denen Sie die Kontaktdaten haben, um …«

»Das wird nicht geschehen!«

Ivy ist wütend. Zugleich tut es ihr für Holly leid. Wie so ein herzensguter Mensch – und, was das betrifft, auch ihr Bruder Ted – einem solchen Elternhaus entspringen kann, mit einer Mutter wie Barbara und einem Vater wie Ed, der ungefähr so viel Empathie besitzt wie ein leeres Hummeraquarium in der Grand Central Oyster Bar, dürfte Ivy auf immer ein Rätsel bleiben. Sie ist aber weiter fest entschlossen, unbeirrt von eigenen Empfindungen nur das zu tun, was sie Holly versprochen hat. Nämlich, sich um alles zu kümmern und ihre Freundin nicht mit irgendwelchen Details zu behelligen. »Ich fürchte, es geschieht gerade«, erwidert sie daher ruhig. »Und wir müssen Holly jetzt zur Seite stehen. Ich werde mich darum bemühen, unseren Freundeskreis zu informieren. Sie benachrichtigen Ihre Verwandten und Bekannten. Morgen früh sprechen wir uns noch mal und teilen die Lieferanten auf.«

»Aber …«

»*Wir sprechen uns morgen früh*«, unterbricht Ivy sie und legt auf.

»Weißt du«, sagt Holly mit wackligem Lachen, »manchmal jagst du mir richtig Angst ein. Für jemanden, der von den friedliebendsten Hippies großgezogen wurde, die mir je begegnet sind – ich meine, abgesehen von den Momenten, in denen dein Dad zu einer seiner Tiraden über das amerikanische Großkapital ansetzt –, gibst du die Margaret Thatcher wahnsinnig überzeugend.«

Ivy stimmt ähnlich unsicher in ihr Lachen ein und sagt: »Für dich spiele ich eben auch die Eiserne Lady, wenn es sein muss.«

Holly lächelt auf ihre traurige Art, greift nach der Tequilaflasche und stellt sie dann wieder ab. »Das hilft auch nicht.«

»Ich mache uns Tee«, erklärt Ivy. »Wir werden das gemeinsam durchstehen, okay? Ich bleibe an deiner Seite, bis es dir wieder gut geht.«

Holly wirkt nachdenklich. »Nein«, sagt sie schließlich. »Das wird nicht funktionieren. Übermorgen ist Abreisetag für dein Kunstretreat. Du *kannst* nicht bei mir bleiben. Du *liebst* diese kleinen Fluchten so. Du *brauchst* deinen Malerei-Honeymoon.«

»Ohne dich gehe ich nirgends hin«, erklärt Ivy und schüttelt entschlossen den Kopf. »Das steht fest.«

»Aber …«

Ivy bringt sie mit erhobener Hand zum Schweigen. »Ich würde alles für dich tun, das weißt du. Aber dich in dieser Situation allein zu lassen, zählt nicht dazu.«

»Einverstanden, hier anderer Meinung zu sein«, kontert Holly mit dem Spruch, mit dem sie jedem Streit gern aus dem Weg geht. »Wir können morgen darüber sprechen. Solange wäre Tee wundervoll.«

Ivy geht in die Küche, um den Wasserkocher anzuwerfen, und unterdrückt die Tränen, die ihr in die Augen steigen. Wenn Holly nicht weint, wird sie das auch nicht tun. Sie wird ebenso stark sein wie ihre Freundin – und wenn Holly irgendwann unvermeidlich die Kraft verlässt, wird Ivy bei ihr sein und sie stützen.

2
HOLLY

17. Dezember
New York City

Holly schreckt hoch. »Ahh! Wir haben verschlafen! Heute ist doch mein Hochzeitstag!« Dann kommt ihr Hirn in Schwung, und ihr fällt ein: Nein, heute ist nicht mein Hochzeitstag. Heute wäre mein Hochzeitstag gewesen. Jetzt ist es … bloß ein ganz normaler Tag.

Sie befindet sich auf Ivys Couch. Ivy muss im Sessel eingeschlafen sein, aus dem sie jetzt voller Panik und zugleich halb benommen aufspringt. »Alles okay?! Hast du dir wehgetan?«

Holly presst die Augen zusammen und lässt sich zurück auf die Couch sinken, die sie speziell für ihre häufigen Besuche so breit und gemütlich ausgesucht hatten. Genau dasselbe superbequeme Modell, das Ivy und sie beim Räumungsverkauf eines Möbelhauses zum Schnäppchenpreis ergattern konnten, da sie gleich zwei davon kauften, stand in ihrer Wohnung in der Upper East Side.

»Entschuldige«, sagt Holly. »Ich habe dich geweckt. Dabei gibt es nicht den geringsten Grund, warum wir schon aufstehen sollten, um …« Sie setzt sich wieder auf und sucht auf dem Couchtisch nach ihrem Handy für die Uhrzeit, kann es aber nicht finden.

»Es ist in meinem Zimmer«, erklärt Ivy. »Ich habe es ausgestellt. War das okay?«

Holly nickt. »Tja, wie spät auch immer es sein mag, wir müssen jedenfalls nicht aufstehen. Schließlich werden wir heute nirgends erwartet.« Trotz der halb leeren Tequilaflasche auf dem Tisch hat sie keinen Brummschädel und fühlt sich körperlich topfit. Mit Ausnahme ihres Brustkorbs. Irgendwas stimmt mit dem nicht. Sie hebt eine Hand, legt sie sich auf das Herz.

»Sieht fast aus, als wolltest du überprüfen, ob dein Herz noch da drin ist«, bemerkt Ivy.

»Genau das mache ich«, gesteht Holly. »Ich kann zwar spüren, wie es schlägt, weshalb es objektiv betrachtet da sein müsste, aber es fühlt sich an, als wäre da … nur ein riesiges Loch, wo mein Herz eigentlich sein sollte. Ist das normal?«

»Es tut mir unendlich leid. Das ist einfach nicht fair. Es ist zum Kotzen, dass dir so etwas passiert.«

»Es ist also tatsächlich passiert, ja? Ich habe es nicht nur geträumt?«

»Alles leider passiert«, bestätigt Ivy und schüttelt traurig den Kopf. »Willst du versuchen, noch ein wenig zu schlafen, oder hättest du gern Kaffee?«

»Beides wäre toll«, sagt Holly mit einem Seufzer. »Schlaf zu finden, wenn man ihn braucht, aber auch die Wärme einer heißen Tasse Kaffee, verfeinert mit einem Tropfen Ahornsirup von deinem Vater.«

»Wie mir scheint, haben wir endlich die einzige Situation entdeckt, in der koffeinfreier Kaffee sinnvoll ist«, verkündet Ivy und steht auf.

»Ein Silberstreif am Horizont«, ergänzt Holly und bringt ein schwaches Lächeln zustande.

Während Ivy den Raum verlässt, legt Holly sich die Decke um die Schultern und schaut aus den großen, nach Osten weisenden Fenstern, die für sie das Schönste an der gemütlichen, im Boho-Chic des Greenwich Village gehaltenen Bleibe ihrer Freundin sind. Die Stadt liegt noch in tiefdunklem Grau, durchsetzt von funkelnden Lichterpunkten. Doch über der Skyline regt sich bereits ein schwaches Schimmern, ganz vorsichtig, wie ein Teenager, der nach einem nächtlichen Ausflug morgens heimlich durchs Fenster zurückklettert. Schon bald wird dieser Tag offiziell beginnen – und es wird nicht der Tag sein, den Holly sich seit zehn Jahren ausgemalt hat. Wieder legt sie die Hand auf den Oberkörper, spürt ihr noch schlagendes, aber empfindungsloses Herz. Alle reden immer davon, welche Schmerzen ein gebrochenes Herz verursacht. Niemand hat je diesen klaffenden Abgrund erwähnt. Die Leere, die sich einstellt. Das Nichts. Vermutlich liegt das daran, dass es einfach nicht für gute Lovesongs taugt, denkt Holly. *Mein Herz ist ein entsetzliches Loch aus Einsamkeit*, würde es definitiv nicht unter die Top 40 bringen. Sie schlingt die Arme um ihre Knie und starrt weiter aus dem Fenster. Sollte sie nicht wütend sein? Macht sie das überhaupt richtig? Warum fühlt sie sich innerlich bloß so taub?

Ivy kommt mit zwei dampfenden Bechern zurück, und Holly greift nach ihrem. Sie nimmt immer den mit dem Aufdruck »Ich wünsch dir einen Tag, ebenso hübsch wie dein Po«, der Ivy mal von einem ihrer zahlreichen Lover geschenkt worden war. Ivy benutzt stets den Becher mit Bigfoot und dem Spruch »I believe«, den sie auf einem gemeinsamen Roadtrip durch Kalifornien gekauft hatten.

»Du machst einfach den besten Kaffee«, sagt Holly und atmet gierig den duftenden Dampf ein.

»Und du starrst in deinen Kaffee, als wolltest du Carly Simon nacheifern.«

»*Clouds in my coffee*, wie in *You're So Vain*, genau.« Holly blickt noch eindringlicher in ihren Becher. »Ich wünschte, ich könnte da drin ein paar Antworten finden.«

»Du musst jetzt nicht gleich auf alles eine Antwort haben, das ist dir doch klar, oder? Es ist völlig in Ordnung, erst mal nur herumzujammern.«

»Matt hat gesagt, da wäre eine andere«, erwidert Holly und schaut auf. Wenn sie es laut ausspricht, wird es nur noch realer, und das gefällt ihr gar nicht. »Das habe ich dir gestern Abend schon erzählt, oder? Alles ist so verschwommen.«

»Hast du«, bestätigt Ivy.

Holly schließt die Augen und presst die Lippen zusammen. Es fällt ihr schwer, es auszusprechen, aber Ivy gegenüber kann sie es ruhig zugeben. »Ich hab's gewusst, denke ich.« Sie stellt den Becher neben die unangebrochene Packung Gesichtsmasken. »Als er gestern Abend davon sprach, dass er sich zu einer anderen hingezogen fühlt, *wusste* ich sofort, wer es war. Vor ein paar Monaten waren wir bei irgendeiner Firmenfeier von ihm, und in seinem Team gab es eine neue Anwältin namens Abby. Die beiden waren ganz auf einer Wellenlänge, haben die Sätze des anderen beendet. Sie stehen beide auf *Blink 182*. Und dann habe ich vor ein paar Wochen eine Nachricht von ihm bekommen: ›Kann es kaum erwarten, dich heute Abend zu sehen, Abby.‹ Eine Minute später schrieb er: ›Upps, da hat die Autokorrektur versehentlich *Baby* geändert! LOL.‹ Aber er hat mich noch nie ›Baby‹ genannt. Kein einziges Mal. Es war also direkt vor meiner Nase.«

»Dass man sich verknallt, kann passieren. Davor sind auch Menschen, die in einer festen Beziehung sind, nicht gefeit. Dass du nicht sofort ausgerastet bist und einen Eifersuchtsanfall bekommen hast, nur weil er sich mit einer Kollegin gut versteht und eine Nachricht mit Tippfehler geschickt hat, beweist also lediglich, was für eine vernünftige, besonnene Traumpartnerin du bist. Es war nicht deine Aufgabe zu klären, ob Matt eine Affäre hat und ob sie platonisch ist oder nicht. Es war Matts Pflicht, sich Klarheit zu verschaffen und zu entscheiden, ob das etwas ist, das du wissen solltest, und zwar lange bevor der Hochzeitstag vor der Tür steht. Dich trifft keine Schuld. Tu dir das nicht an.«

»Du hast ja recht. Es ist bloß … Ich habe keine Ahnung, wie man das jetzt richtig macht.«

»Wie man was richtig macht? Wie du trauern sollst? Es gibt nicht den einen richtigen Weg, mit einem solchen Kummer umzugehen, Hol.«

»Setzt du dich kurz zu mir?«

»Klar«, sagt Ivy, nimmt neben Holly Platz und legt den Arm um ihre Freundin. Holly ist dankbar für die tröstende Nähe, aber wirklich helfen tut es nicht. »Du bist nicht allein, kapiert?«, betont Ivy.

»Erinnerst du dich noch an den Sommerabend, als wir mit Oscar ausgegangen sind … nachdem Kyle mit ihm Schluss gemacht hat?«, fragt Holly. Oscar gehört zu den Leuten, die Ivy aus ihrer Collegezeit kennt, und ist inzwischen auch ein guter Freund von Holly.

»Glaube schon …«

»Ich weiß noch, wie du ihm erzählt hast, dass jedem wenigstens einmal das Herz gebrochen wird und dass es den Charakter stärkt. Du hast davon gesprochen, dass Bruchstellen nach dem Verheilen nur noch stabiler sind und all so was, und bist auch noch auf Kintsugi eingegangen …«

»O Gott«, stöhnt Ivy. »Entschuldige.«

»Nein, nein, du hast ihm damit geholfen. Aber mich hat das Ganze ehrlich gesagt eher beunruhigt. Für mich war es wie eine Art Vorahnung. Ich bin immer auf Nummer sicher gegangen im Leben. Die Trennung von meinem Highschool-Freund lief respektvoll und einvernehmlich …«

»Wie eine Teenagerausgabe von Gwyneth und Chris. Ich finde die Weihnachtskarten, die er jedes Jahr schickt, immer toll …«

»Ja, genau. Natürlich habe ich eine Weile wehmütig an unsere Beziehung zurückgedacht, aber ein gebrochenes Herz würde ich das nicht nennen. Und dann war da dieser Unbekannte, der mir diese namenlose Weihnachtskarte in den Spind gesteckt hat …«

»Die du bis heute sorgsam aufbewahrst, weil du so eine bezaubernde Seele bist.«

»Die Karte war wirklich supernett! Wer auch immer sie geschrieben hat, hat mir das Gefühl gegeben, tatsächlich *gesehen* zu werden.«

»Ich weiß. Und du hast leider nie herausgefunden, wer es gewesen ist.«

»Bis heute. Was, wenn der unbekannte Verfasser dieser Zeilen der einzig Richtige war? Ich meine, die Story ist so romantisch, sie könnte glatt aus einem Film stammen, nicht? Aber dann bin ich aufs College und habe Matt kennengelernt. Ich dachte, jetzt wäre alles geritzt und mein Leben in schönster Ordnung. Das sollte nicht sein. Und nun fühlt es sich gar nicht an wie mein eigenes Leben. Da sind so viele Ungewissheiten. So war das nicht geplant.«

Ivy drückt sie an sich, und Holly legt den Kopf auf die Schulter ihrer Freundin. »Ich werde dir nichts vormachen und behaupten, dass es einfach wäre«, sagt Ivy. »Aber ich bin bei dir. Du bist nicht allein.«

Holly schläft erneut ein. Als sie aufwacht, betrachtet Ivy sie mit besorgter Miene. »Hast du immer noch keinen Hunger?«, fragt sie.

»Einen Mordshunger sogar.«

»Bagels von Murray's mit Räucherlachs und Streichkäse

zum Frühstück, dazu noch ein paar Rührei-Käse-Rolls aus dem kleinen Spezialitätenladen unten?«

»Und Joghurt-Parfaits von Culture. Vielleicht kann ich einfach wegessen, wie ich mich fühle.«

»Zum Mittag Pizza von John's – eine Margherita *und* eine Piccante. Zucchini-Sticks und Cola. Und zum Abendessen einen ganzen Cheesecake von Mah-Ze-Dahr.«

»Denk dran, heute stehen bei dir keine Verdauungsprobleme auf dem Programm, sondern Packen für die Fahrt.«

»Ich bleibe hier, das habe ich dir doch gesagt. Wir können jeden Tag einen Filmmarathon veranstalten. Und wenn du gern mal vor die Tür möchtest, machen wir einen Abstecher zu Greenwich Letterpress, damit du dir einen Tageskalender für das neue Jahr besorgen kannst. Wir …«

Ivys Telefon klingelt, und Holly ist dankbar für die Unterbrechung, da es ihr nicht gefällt, dass ihre Freundin über alle möglichen Dinge spricht, die man tun könnte, bloß nicht über das, worauf sie sich schon das ganze Jahr freut – ihr zweiwöchiges Kunstretreat ohne jede Gesellschaft.

»Na, hoffentlich ist das jetzt nicht deine Mom«, sagt Ivy und nimmt ihr Handy vom Sessel. »Nein, diesmal ist es *meine*. Sie reist heute Abend nach Peru und taucht bis Januar komplett ab.«

Ivy hebt ab und geht mit ihrem leeren Kaffeebecher zurück in die Küche.

Ohne ihre Freundin überfällt Holly unvermittelt der Drang, ihr eigenes Handy zu checken. Wahrscheinlich gibt es Dinge, die sie entsprechend irgendeines Protokolls für derartige Situationen unbedingt persönlich zu erledigen hat.

Sie holt ihr Telefon aus Ivys Zimmer, und es klingelt, kaum dass sie es in der Hand hält. Den Reflex abzuheben, ohne erst zu überprüfen, wer es ist, bedauert sie sofort.

»Holly, bist du das? Hast du keine meiner Nachrichten erhalten? Ich kann dir gar nichts mehr auf die Mailbox sprechen, da sie voll ist.«

»Mom, ich …«

»Ich habe mit Matts Eltern telefoniert. Sie sind jetzt auf dem Weg zu uns nach Brooklyn Heights. Kitty meint, dass sie Matt sicherlich zum Mitkommen bewegen kann. Wir können das alles dann gemeinsam klären. Bis zum offiziellen Beginn der Hochzeit bleibt noch genügend Zeit. Keiner muss überhaupt etwas davon erfahren.«

»Mom, die Hochzeit ist geplatzt …«

»Was genau hat er eigentlich gestern Abend zu dir gesagt, Holly? Was, wenn du nur überreagierst? Du bist ja manchmal ein wenig überempfindlich.«

Plötzlich kann Holly die Stimme von Matt hören und auch jedes Wort, das er gestern Abend zu ihr sagte – als hätten sie sich in ihr Gehirn eingebrannt.

»Es tut mir schrecklich leid«, hatte er mit gequältem Blick gesagt. »Ich kann einfach nicht.«

»Du … kannst nicht?«

»*Wir* können nicht. Wir können nicht heiraten, Holly. Sei doch mal ehrlich, wir funktionieren beide seit Jahren wie auf Autopilot. Vor allem in den letzten Jahren. Wir hocken beide auf diesem Zug, folgen stur den vorgegebenen Gleisen, ohne nach links und rechts zu schauen, ohne auch nur zu bemerken …« An dieser Stelle hatte er abgebrochen und nach den richtigen Worten gesucht. Metaphern waren noch nie Matts Stärke gewesen. »Ohne zu bemerken, dass wir uns im Verlauf dieser Fahrt verändert haben. Wir haben uns auseinandergelebt. Wir wollen unterschiedliche Dinge. Womöglich wollen wir inzwischen an verschiedenen Bahnhöfen aussteigen.«

»*Wir* … wollen das?«, hatte Holly erwidert. Es kam ihr

vor, als versuche sie im Traum, sich zu bewegen, wäre aber an ihrem Platz festgefroren.

»Okay, also dann will *ich* etwas anderes. Aber das wünsche ich dir eben auch.« Er hatte sie in die Arme geschlossen und gesagt: »Ich liebe eine andere.«

Holly hatte sich von ihm gelöst und erklärt: »Fass mich bitte nicht an, wenn du mir so etwas erzählst.«

»Wir leben nebeneinanderher wie in einer WG, und wenn das jetzt schon so ist, stell dir vor, wie es dann erst in zehn, zwanzig Jahren und für den Rest unseres Lebens sein wird.«

Tatsächlich *hatte* Holly sich ausgemalt, wie es sein würde. Und sie wusste, dass er nicht ganz unrecht hatte – sie war nur davon ausgegangen, dass Ehen nun mal so funktionierten. Man fand jemanden, den man liebte oder zumindest genug mochte, um ihn zu heiraten, jemanden, der die offiziellen Kriterien erfüllte und die eigene Familie glücklich machte – was auch wichtig war, oder? Schließlich bedeutete es weniger Konflikte, mehr Harmonie, ein leichteres, glücklicheres Leben –, also heiratete man diesen Menschen und verknüpfte die beiden Leben für immer. Das war vielleicht nicht so aufregend, wie sie es in Filmen aussehen ließen, oder so prickelnd und sexy wie in Liebesromanen, aber das war ja auch nicht das wahre Leben. Verzweifelte Leidenschaft, Küsse im strömenden Regen, den anderen zu brauchen wie die Luft zum Atmen … das gab es alles gar nicht, und wenn doch, dann war es nicht von Dauer.

Und nein, selbst erlebt hat Holly das noch nie. Nicht mal bei Matt. Als er am Vorabend inmitten der stimmungsvoll um sie herumtanzenden Schneeflocken Schluss machte, waren ihr zwar all diese Gedanken gekommen, hatten sich in ihrem Kopf übereinandergestapelt, doch sie war unfähig gewesen, auch nur einen davon auszusprechen.

»Willst du wirklich dein ganzes Leben verbringen, ohne jemals dieses mitreißende Feuer verspürt zu haben? Ich nicht. Wir dürfen das nicht durchziehen, Holly. Wir müssen die Hochzeit absagen.« Er hatte ihr die leeren Hände entgegengestreckt, als würde das irgendwas beweisen. »Sag doch etwas. Bitte.«

»Okay«, hatte sie geantwortet und sich in den empfindungslosen Roboter verwandelt, der sie auch heute Morgen beim Aufwachen noch war.

»Holly? Bist du noch dran?«

»Mom, er sagte, er will mich nicht heiraten. Er sagte, dass er eine andere liebt.«

»Was? Seine Eltern werden an die Decke gehen. Sie werden ihm bestimmt nicht durchgehen lassen, dass …«

»Er ist doch kein kleines Kind mehr, das ungezogen war. Wir sind beide keine Kinder mehr. Wir sind erwachsen.«

»So benehmt ihr euch aber nicht! Man kann doch nicht einfach aus einer Laune heraus eine Hochzeit absagen, ohne auch nur den Versuch einer Versöhnung zu unternehmen!«

»Was genau erwartest du? Soll ich etwa versuchen, mich mit jemandem zu versöhnen, der selbst sagt, dass er in eine Kollegin verknallt ist und glaubt, sie zu lieben, und dass er mich nicht mehr heiraten will?«

»Ach, komm. Flirts am Arbeitsplatz sind doch das Normalste auf der Welt. Zumindest ist er ehrlich. Und es geht doch nicht allein um die Hochzeit, denk doch an eure Hochzeitsreise! Dieser bezaubernde Urlaub auf Kauai, den dein Dad und ich euch zur Hochzeit geschenkt haben – ich hätte doch nie damit gerechnet, dass ihr absagen würdet, daher habe ich auch keine Versicherung abgeschlossen.«

Das war mal wieder typisch Barbara. Da gibt sie Zehntausende Dollar für eine Reise aus, aber spart an der Rücktrittsversicherung.

»Tut mir leid, dass das Geld weg ist«, sagt Holly. »Tut mir leid, dass jetzt so vieles weg ist. Ivy ruft gerade überall an und meint, dass ihr das auch tun würdet. Die Leute müssen benachrichtigt werden. Mehr können wir im Moment nicht tun. Ich muss jetzt auflegen.«

Trotz aller Proteste ihrer Mutter trennt Holly die Verbindung. Sie schaltet das Handy wieder aus und kehrt ins Wohnzimmer zurück. Jetzt steht Ivy am Fenster. Sie telefoniert noch mit ihrer Mutter und hat Holly nicht eintreten hören.

»Sie scheint mir okay zu sein. Allerdings … geweint hat sie bislang noch nicht. Das beunruhigt mich ein wenig. Es ist, als ob sie es nicht *könnte*. Als wäre alles irgendwie fest in ihr eingeschlossen. Ins Hudson Valley mitzukommen hat sie rundheraus abgelehnt, aber sie will auch nicht, dass ich hier bei ihr bleibe. Aber da kann sie sagen, was sie will, ich gehe definitiv nirgendwohin … Das werde ich ihr sagen … Ja, ich weiß. Du liebst sie auch.«

Ivy steht vor einem Gemälde, das für Holly zu den schönsten zählt, die ihre Freundin bislang gemalt hat. Es stammt von einem Spring-Break-Trip nach Aruba, den sie gemeinsam in ihrem Abschlussjahr auf dem College unternommen haben. Es zeigt den Eagle Beach und gibt perfekt die diversen Blau- und Türkisschattierungen des ruhigen, klaren Wassers wieder und den eierschalenfarbenen Sand, an den Holly sich noch genau erinnern kann. Verstreut über den Strand sieht man Sonnenschirme aus Palmwedeln und sonnenbadende Touristen auf Handtüchern. Auf dem Meer tummeln sich Windsurfer, Stand-up-Paddler und Jetski-Fahrer. Atmosphärisch ähnelt es den Strandfotos von Gray Malin. Holly besitzt selbst eins von dieser Reise. Das Geschenk von Ivy hängt ganz prominent über ihrem Sofa. Besucher fragen sie ständig, wer es gemalt hat, und Holly erzählt ihnen voller

Stolz, dass es von ihrer besten Freundin stammt, die so talentiert ist, dass sie aus ihren Pastellkreiden die Farbe des Meers mischen kann. Es sind ihre besten Arbeiten. Meer und Strände konnte sie schon immer am besten.

»Ich bekomme einen Teil erstattet, ja, Dad soll sich keine Sorgen machen«, fährt Ivy fort. »Vielleicht buche ich um und nehme einen späteren Termin im Winter – offen gesagt beschäftigen mich gerade andere Dinge mehr ... Ja, Hudson Valley ... Da hast du recht. Frühling wäre vielleicht sogar besser. Mehr Farbe im Wasser.«

Holly kommt eine Idee, und während sie weiter dem Gespräch ihrer Freundin lauscht, nimmt diese Idee mehr und mehr Gestalt an. Ein kleines Städtchen im Hudson Valley, eine abgelegene Hütte an einem zugefrorenen Fluss ... plötzlich erscheint Holly das wie ein Ort, der ihrer derzeitigen Stimmung perfekt entsprechen würde. Sie ist dankbar für alles, was Ivy für sie tun möchte, aber im Augenblick fühlt sie sich nur taub und leer. Sie muss zu sich finden, ohne fremde Hilfe. Sie muss allein sein. Sie kann ein paar wohlig warme Sachen einpacken, extra Decken und Bücher, kann ihren Laptop mit Downloads von all den Sendungen vollstopfen, die sie in diesem Jahr vor lauter Hochzeitsplanungen verpasst hat. Sie kann eine Liste von Filmen erstellen, bei denen sie auf jeden Fall Rotz und Wasser heulen wird, und zwar ganz allein für sich. Es mag vielleicht nicht das Gesündeste sein, ausgerechnet in solcher Einsamkeit über ein gebrochenes Herz hinwegkommen zu wollen, aber sie hat das Gefühl, genau das zu brauchen – und sie soll doch ihrem Bauchgefühl folgen, rät Ivy ihr das nicht immer? Holly wird sich in diese Waldhütte im Hudson Valley zurückziehen – und Ivy kann ihren Honeymoon machen und zwei Wochen damit verbringen, die Farben des Ozeans vor Hawaii genau richtig zu treffen.

Ivy beendet ihr Gespräch und dreht sich um. »Hey! Liebe Grüße von meiner Mom. Du sollst dich *monstermäßig gedrückt* fühlen.«

»Keiner drückt so gut wie deine Mom«, erwidert Holly. »Hör mal, mir ist da gerade eine Idee gekommen.«

Sie setzen sich auf die Couch, und Holly bemüht sich nach Kräften, ihrer Freundin die Logik hinter dem Tausch der Reiseziele verständlich zu machen. Aber Ivy bleibt skeptisch. »Ich weiß genau, wenn ich da unten das genieße, was eure Flitterwochen hätten sein sollen, wird das alles nur noch schlimmer machen.«

»Das glaube ich nicht«, widerspricht Holly. »Ich denke eher, es würde mich erleichtern, wenn ich wüsste, dass aus dem allen noch etwas Gutes wird, weil du dort diese herrlichen Strandbilder malen kannst. Darin bist du wirklich genial.«

»Aber ich kann dich doch nicht allein lassen.«

»Und wenn ich gerade das gern hätte? Wenn ich genau das vielleicht *brauche?* Mal zwei Wochen rauskommen, sich irgendwo verkriechen und darüber nachdenken, wie es überhaupt weitergehen soll, das ist genau das, wonach mir jetzt ist. Wir haben einander doch immer vertraut, oder? Also musst *du* nun *mir* vertrauen, dass ich weiß, was ich brauche.«

»Wow. Manchmal vergesse ich, was für eine exzellente Anwältin du bist.«

»Für Dinge, von denen man überzeugt ist, fällt es leicht, ein gutes Plädoyer zu halten«, erklärt Holly achselzuckend. Sie spürt, dass sie Oberwasser gewinnt. Ivy macht noch immer einen zögerlichen Eindruck, aber ihre Miene ist schon milder geworden.

»Du brauchst derzeit einen Freund an deiner Seite, anders kann ich mir das nicht denken.«

»Du verschwindest ja nicht komplett aus meinem Leben.

Wenn ich dich brauche, schreibe ich dir eine Nachricht oder rufe an. Versprochen.«

»Außerdem ist deine Reise doch nicht übertragbar. Wie soll ich da an deiner Stelle fahren?«

Auch daran hat Holly bereits gedacht. »Wir sehen uns doch so ähnlich«, sagt sie. »Du nimmst einfach meinen Ausweis.«

»Das ist ein Verbrechen, da bin ich mir ziemlich sicher.«

»Ich bin Anwältin und eine gute dazu, hast du selbst eben gesagt. Zudem ist es kein Verbrechen, sondern allenfalls ein Vergehen.«

»Allerdings bist du Wirtschaftsanwältin und auf Vertragsrecht spezialisiert …«

»Wir werden schon nicht erwischt, okay? Es ist bloß ein Inlandsflug. Da werfen sie nur einen kurzen Blick auf deinen Ausweis und dein Ticket, und du bist durch. Und im Hotel werden sie sich für deinen Ausweis wahrscheinlich gar nicht interessieren.«

»Interessieren dürfte sie aber, wo mein frischgebackener Ehemann steckt.«

»Erzähl ihnen, er sei gestorben.«

»Holly!«

»Im Ernst, erzähl ihnen irgendwas. Sag, dass die Hochzeit abgesagt werden musste und du deine Ruhe haben möchtest. Oder erzähl ihnen, er hätte Hautausschlag und dürfte das Zimmer nicht verlassen. Überleg doch nur, was für ein perfekter Trip es für dich ist – du kannst den ganzen Tag dieses grandiose Panorama betrachten und komplette *zwei Wochen lang* nur malen. Bitte, Ivy.« Sie ergreift die Hände der Freundin. »Tausch meine Hawaii-Flitterwochen gegen dein Kunstretreat im Hudson Valley.«

»Na ja …«

»Wann habe ich dich jemals um irgendwas gebeten, abgesehen davon, mir bei jeder Entscheidung zur Seite zu stehen, für eine Hochzeit, zu der es nie kam? *Bitte.*«

»Also schön. Wenn es dich glücklich macht, bin ich dabei. Aber sobald du mich brauchst, springe ich ins nächste Flugzeug und komme zurück. Du musst mir versprechen, im Notfall sofort SOS zu funken. Das muss zum Deal gehören.«

»Versprochen. Wenn ich dich brauche, melde ich mich.«

»Unverzüglich. Nicht erst am nächsten Tag, nicht einmal eine Stunde später – noch im selben Moment.«

»Versprochen.«

»Und Silvester feiern wir zusammen.«

»Ja. An Silvester sehen wir uns wieder und gehen wie immer mit allen in unser Lieblingsrestaurant.«

Holly macht sich umgehend daran, in ihre Wohnung zu fahren, um für zwei winterliche Wochen im Hudson Valley zu packen. In ein paar Stunden wird sie dann zu Ivy zurückkommen und die geplatzte Hochzeitsnacht beim Filmmarathon mit ihrer besten Freundin und Takeout-Völlereien von *Gilmore Girls*-mäßigen Dimensionen verbringen. Während Ivy bereits die Essens- und Programmfolge plant, streift sich Holly den Parka über den Pyjama.

»Vielleicht den lustigsten Film aller Zeiten, um dich garantiert zum Lachen zu bringen – *Ein Fisch namens Wanda*, dazu Grinch-Rolls von Kotobuki. *Anchorman* und *Verrückt nach Mary* mit Falafel von Mamoun's. Oder Filme, die dir den Glauben an die Liebe zurückbringen. *Brokeback Mountain, Die Regenschirme von Cherbourg. Magic Mike XXL.* Jede Sorte Eis, die du dir nur vorstellen kannst.«

»Magic Mike XXL?« Selbst in ihrem zombiehaften Gefühlszustand kann Holly sich ein Lachen nicht verkneifen.

»Vertrau mir einfach. Bis gleich?«

»Eine Stunde, höchstens.«

Im wellenförmigen Fahrstuhlspiegel erhascht Holly einen Blick auf sich selbst und schaut rasch weg. Ihre Augen haben dunkle Ränder, und sie sieht aus wie das exakte Gegenteil einer strahlenden Braut. Doch selbst die Erkenntnis dieser harten Wirklichkeit ändert nichts daran, dass sie nur Taubheit empfindet.

Draußen winkt sie ein Taxi heran. Während der Wagen sie zu ihrer Wohnung im East Village bringt, wo sie die Bikinis und Sandalen in ihrem Koffer durch dicke Pullover und Thermosocken austauschen wird, richtet sie ihre Aufmerksamkeit allein auf das, was vor ihr liegt, nicht auf das Vergangene. Vor ihr breitet sich die Zukunft aus wie ein endloser zugefrorener Fluss. Einer, von dem sie nie gedacht hätte, dass sie ihn auf ihren Schlittschuhen allein hinunterfahren muss.

»Miss?«

Der Wagen steht vor ihrem Haus, dessen Eingang mit Girlanden aus Zedernzweigen geschmückt ist. Leichter Schneefall hat eingesetzt. Sie versucht nicht daran zu denken, was für ein perfekter Tag dies für eine Weihnachtshochzeit gewesen wäre, bezahlt den Taxifahrer, steigt aus und setzt immer nur einen Fuß vor den anderen – denn sie weiß, dass dies alles ist, was sie tun kann, bis ihr gefrostetes Herz wieder auftaut.

3
IVY

18. Dezember
Kauai, Hawaii

Ivy sitzt in der Propellermaschine aus Honolulu und schwebt in einem großen Bogen um die Insel Kauai. Warum die viertgrößte Insel Hawaiis auch Garteninsel genannt wird, macht von hier oben der Blick auf ihre üppige Vegetation sofort verständlich. Das Flugzeug sinkt weiter, setzt mit einem Kreischen auf und rast die Piste entlang. Einen Moment lang scheint es, als würde die Maschine gleich in die beiden sattgrünen Berge krachen, die nicht weit entfernt aufragen, doch dann bremst sie ab und kommt zum Stehen. Der Pilot macht seine Durchsage, und Ivy atmet erleichtert durch.

Die Temperatur im sonnigen Kauai beträgt gerade 26 Grad mit ansteigender Tendenz, verkündet der Pilot, und für die nächsten Tage wird kein Regen vorausgesagt – durchaus ungewöhnlich für diese Jahreszeit. Er verabschiedet sich mit einem fröhlichen »Mele Kalikimaka«, und kurz darauf steigt Ivy die mobile Gangway zum Rollfeld hinab. Sie kramt in ihrem Handgepäck nach der Sonnenbrille, hält dann aber inne und reckt das Gesicht dem strahlend blauen Himmel entgegen, um das warme Sonnenlicht gierig in sich aufzunehmen. Es ist das ideale Gegenmittel zu der klirrend kalten Winterluft, die seit Wochen durch New York fegt. Sie nimmt ihr Handy aus der kleinen Segeltuchtasche, beendet den Flugmodus und schreibt Holly, um zu erfahren, wie es ihr geht. Die Antwort kommt sofort.

Hütte fast erreicht. Gerade beim Tanken.
Mir geht's den Umständen entsprechend bestens.
Mach dir keine Sorgen! Amüsier dich!! XO

Wenig später tritt Ivy aus dem langgestreckten eingeschossigen Flughafengebäude zurück in die wohlige Nachmittagssonne und rechnet schon damit, dort auf einen livrierten Fahrer zu stoßen, der neben einer weißen Limousine wartet und zwei Leis und ein Schild mit der Aufschrift »Die frisch vermählten Mr. & Mrs. Carter« in den Händen hält, denn genauso war es laut Hollys Warnung arrangiert worden. Matt hatte sie ständig damit gelöchert, dass sie seinen Namen nicht annehmen will und wie viel einfacher doch alles wäre, wenn sie es täte. »Genau«, hatte Ivy damals nörgelnd zu Holly bemerkt. »Schließlich sollte man unbedingt seine gesamte Identität aufgeben, bloß damit die Abfertigung am Flughafen schneller ist.«

Ivy hatte sich überlegt, dem Fahrer zu erzählen, dass sie die Hochzeitsreise leider allein unternehmen müsse, da Mr. Carter erkrankt sei und einen so heftigen Ausschlag am ganzen Körper habe, dass er es vorziehe, sich zu Hause zu erholen. Doch keiner der vor dem Flughafen wartenden Fahrer trägt ein Schild, auf dem auch nur »Carter« steht. Also schiebt sie ihr Gepäck weiter bis zum Taxistand, wo zum Glück noch ein letzter Wagen wartet. Sie nennt den Namen ihres Hotels, und los geht's.

Saftig grüne Wiesen flankieren die Schnellstraße und erstrecken sich wie moosgrünes Vlies bis zum Horizont. Kein Wunder, dass der Spitzname »Garteninsel« sich durchgesetzt hat, denkt Ivy. Alles ist unfassbar grün, wie in einem Traum. Sie öffnet das Fenster und spürt den Fahrtwind im Haar. Die Luft duftet nach saftiger Vegetation, besitzt aber einen salzigen Beigeschmack. Sie kann das Meer zwar noch nicht sehen, aber bereits riechen. Ivy fotografiert mit ihrem Handy einen besonders eindrucksvollen Bergrücken und will das Bild schon reflexhaft mit einem kurzen Text versehen an Holly senden, hält sich aber im letzten Moment zurück. Holly möchte sich allein und ungestört von diesem Tiefschlag erholen. Sie hat bestimmt keine Lust, mit Fotos bombardiert zu werden, die zeigen, wie ihre Flitterwochen hätten sein können. Ivy steckt ihr Handy fort, betrachtet die vorbeifliegende Landschaft, fühlt den Wind im Gesicht und konzentriert sich ganz auf das Hier und Jetzt.

Das Taxi fährt einen Hügel hinauf und biegt um eine Kurve. Die Küstenlinie wird sichtbar, und Ivy ist erneut überwältigt. Das kräftige Pflanzengrün der bewaldeten Berghänge fließt bis tief ans Meer. Ivy bemerkt den weiß-gelben Strand, den milchigen Schaum der Wellen, die wie von einem gewaltigen Quirl aufgerührt gegen die Küste schlagen, und vor allem das Kaleidoskop aus Blau, Türkis, Grün, Aquamarin, Kobalt und Indigo, aus dem sich das Meer zusammensetzt.

Eine vertraute gespannte Erregung erfasst sie, bis die Fingerspitzen davon prickeln. Sie stellt sich vor, wie sie die öligsten Pastellfarben dazu benutzt, diese Anblicke einzufangen, wie die cremige, triefende Farbe so satt auf das Blatt fließt, dass es den bis ins Meer eintauchenden Bergrücken und Klippen genau entspricht. Welche Farben sie für dieses Nachmittagslicht nehmen würde, ist ihr schon klar: English Blue für den Himmel. Preußischblau für den tiefen Ozean in der Ferne und Coelinblau, Türkis und Himmelblau für den küstennahen Bereich – vermischt vielleicht mit einem Hauch Smaragd, Oliv und Zinnoberrot, um die Art zu treffen, wie das Wasser glitzert und schimmert, wenn es auf Land stößt. Den Sand genau richtig hinzubekommen dürfte knifflig werden. Fest steht bereits, dass er nicht wie der auf Aruba ist, für den sie eine Mischung aus Weiß und Ocker-Rosa verwendet hat. Die Straße schraubt sich weiter in die Höhe und bietet jetzt einen weiten Blick in alle Richtungen. Das Wechselspiel von Bäumen, Klippen, Bergen, Meer und Strand ist atemberaubend. Im Kopf durchsucht Ivy ihre Farbpalette, bis sie aus den vielen Pastellkreiden, die sie mit nach Hawaii gebracht hat, die perfekte Mischung findet: Neapelgelb abgetönt mit transparentem Medium. Sie kann es kaum erwarten, im Hotel zu sein und loszulegen. Eine Woge der Dankbarkeit für Holly erfasst sie, für ihre Großzügigkeit, für das Einfühlungsvermögen, selbst inmitten dieser Katastrophe noch erkennen zu können, wie sehr Ivy diese Insel gefallen würde.

Das Taxi biegt in eine serpentinenreiche Zufahrt ein, die sich wie ein langes graues Band zum imposanten Hauptgebäude des Hoaloha Ocean Club Resort & Spa hochschlängelt. Mit all seinen Spitzdächern und vergoldeten Ausschmückungen leuchtet es in der tief stehenden Sonne wie ein edles Schmuckstück. Großzügig über das Grundstück verstreut liegen niedrige Häuser und Villen wie Perlen einer zerrissenen Kette. Zuerst ist Ivy vor Ehrfurcht wie erstarrt – *hier* soll sie wohnen? –, aber im nächsten Augenblick schon plagen sie Gewissensbisse. *Holly* sollte hier wohnen.

Sie durchfahren eine kleine Allee von weihnachtlich geschmückten Palmen. Die Stämme sind in rotes, grünes und goldenes Tuch gehüllt und mit Lichterketten umwickelt. **Bin da**, schreibt Ivy an ihre Freundin. **Es ist wunderschön. Vielen Dank. Nur gut, dass die Pastellfarben so schnell trocknen, denn ich werde nicht aufhören zu malen, bis sie mich hier in zwei**

Wochen wieder rauswerfen und in den Flieger setzen. Fühl dich gedrückt.

»Da wären wir«, sagt der Fahrer, während sie ihr Handy verstaut.

Ivy bedankt sich, zahlt und gibt dem Mann ein Trinkgeld. Dann steuert sie mit ihrem Gepäck die helle, luftige Lobby an. Eigentlich hat sie damit gerechnet, dass das Hotelpersonal die Jungverheirateten schon erwartet, aber es ist niemand zu sehen. Eine lange Holztheke mit natürlicher Baumkante dient dem luxuriösen Boutiquehotel als Empfang. Die Oberfläche ist so lange veredelt worden, bis sie im Licht der Rattanleuchter, die überall von der Decke hängen, wie poliertes Gold glänzt. Gemächlich drehen sich mächtige Ventilatoren über ihr, deren Rattanflügel wie Palmwedel geformt sind. Fackelleuchten an den Wänden verleihen dem Licht einen weichen und zweifellos schmeichelnden Ton. Ivy riecht Eukalyptus und Honig und hört das ferne Zischen eines Grills. Der Duft von karamellisiertem Knoblauch und gegrillten Meeresfrüchte steigt ihr in die Nase, das leise Klirren von Gläsern dringt in ihr Ohr, dazu Gemurmel, Lachen und der Klang einer Ukulele, zu der eine sanfte Stimme singt. Draußen kann Ivy mehrere topazfarbene, glitzernde Pools ausmachen, daneben noch einen Infinitypool, der bis zum Beginn des Strands reicht.

Ivy tritt an die Theke und wartet, aber niemand kommt. Sie bemerkt eine kleine Messingglocke und drückt sie so behutsam wie möglich. In der gedämpften, eleganten Atmosphäre klingt das Klingeln dennoch schrill. Sofort erscheint ein dunkelhaariger Mann mit Brille aus dem Raum hinter der Theke. Auf dem Schild am Sakko seines navyblauen Anzugs steht »Gerald«.

»Willkommen im Hoaloha Ocean Club Resort & Spa«, begrüßt er sie freundlich. »Entschuldigen Sie vielmals, dass

Sie warten mussten. Ich hatte heute keine neuen Gäste mehr erwartet.«

Ivy schiebt ihren Ausweis über die Theke und hofft, nicht allzu nervös zu wirken. »Ich bin Holly Beech«, erklärt sie energisch. »Die Honeymoon-Suite. Eigentlich sollte mein Mann dabei sein, aber er …« *Ist ein Schwachkopf.* »… hat es nicht geschafft. Daher bin ich nur allein.«

Gerald blickt auf ihren Ausweis, und Ivy spürt, wie das Herz unter ihrem dünnen Sommerkleid schuldbewusst wummert. »Mr. und Mrs. Carter haben bereits eingecheckt«, sagt er in besorgtem Ton. »Sie sind einen Tag früher eingetroffen, aber wir waren in der Lage, ihren Wünschen zu entsprechen.«

»Das kann nicht sein. *Ich* bin Mrs. Carter.«

»Ich dachte, Sie sagten, Ihr Name wäre Holly Beech.«

»Ja. Genau. Weil sie nämlich seinen Namen nicht annehmen wollte – Ich meine, *ich* wollte ihn nicht annehmen. Gebucht haben wir aber unter Mr. und Mrs. Carter.«

»Bloß dass Mr. und Mrs. Carter bereits hier sind«, erwidert er verwirrt. Plötzlich hellt sich seine Miene auf. »Ach, und da kommen sie ja gerade! Bestimmt lässt sich die Verwechslung rasch aufklären.«

»Wie wär's, Abby?«, sagt in diesem Moment eine erschreckend vertraute Männerstimme hinter ihr. »Soll ich uns auf dem Weg zum Strand noch ein paar Mai Tais besorgen, Baby?«

»Klingt super, Baby«, antwortet eine unbekannte Frauenstimme.

Ach. Du. Große. Scheiße.

Ivy packt Geralds Handgelenk und beugt sich zu ihm vor, damit die Haare ihr Gesicht so weit wie möglich verbergen.

»Bitte«, zischt sie und kann ihm seine beunruhigte Miene

nicht verdenken. »Sagen Sie nichts. Rufen Sie die beiden nicht her. *Bitte*.«

»Natürlich«, sagt er mit großen Augen und wirkt nun eher leicht verängstigt.

»Sind sie weg?«

Er nickt, und Ivy lässt sein Handgelenk los. »Entschuldigen Sie mein Verhalten«, sagt sie. »Und rufen Sie bitte nicht den Sicherheitsdienst. Ich bin bloß ...« Sie versucht angestrengt zu begreifen, was sie gerade erlebt hat. Matt ist hier. Mit Abby. *Der* Abby. Und sie nennen einander »Baby«. Sie presst die Augen zu. Er und Abby sind schon einen Tag früher gekommen. An dem Tag, an dem Holly und Matt hätten heiraten sollen! Seine Affäre war keineswegs platonisch, sondern bereits in vollem Gange – und das Ganze war dermaßen abgrundtief gemein, dass Ivy am liebsten hinter Matt und Abby hergerannt wäre, um ihn sofort zur Rede zu stellen. Andererseits sollte sie Matt jetzt wohl doch besser meiden, denn sie hielt es für möglich, dass sie ihm vor Wut den Hals umdrehen würde.

»Sie wirken extrem aufgewühlt, Miss«, sagt der Mann am Empfang. »Kann ich Ihnen irgendwie behilflich sein?«

»Tut mir leid. Mir geht's gut. Nein. Gut geht's mir nicht.« Ivy entscheidet sich dafür, vollkommen aufrichtig zu sein. Na ja, zumindest *halbwegs* aufrichtig. »Das ist mein Ex-Verlobter gewesen, Gerald. Er hat unsere Hochzeit platzen lassen, und ich wollte unsere geplanten Flitterwochen hier allein verleben, nur um nun festzustellen, dass er ebenfalls gekommen ist. Mit einer anderen. Der Frau, mit der er mich betrogen hat.«

Gerald hört ihr mit offenem Mund zu. »Ach du je, wie schrecklich«, sagt er dann.

»Das mit Abstand Furchtbarste, was mir je passiert ist«, faucht sie und wischt sich über die Augen. Sie hofft nur, dass

Gerald denkt, es wären Tränen der Trauer, nicht des Zorns. »Ich habe keine Idee, was ich nun tun soll. Nicht mal eine Bleibe habe ich.« Inzwischen zittert ihre Stimme tatsächlich.

Gerald schüttelt den Kopf und blickt sie voller Mitgefühl an. Rasch tippt er einige Male auf seinen Computer, nickt kurz und schaut wieder auf.

»Sie haben Glück. Es gab eine Stornierung, daher kann ich Ihnen exklusiv ein freies Zimmer mit Gartenblick anbieten.«

»Oh, vielen Dank«, sagt sie und sackt erleichtert gegen die Theke. Wenigstens hat sie ein Dach über dem Kopf. Aber sollte sie wirklich im selben Resort absteigen wie Matt und Abby?

»Zu unserem absoluten Vorzugspreis: viertausend Dollar die Nacht.«

»Pro … Nacht?«, wiederholt sie. Das kann sie sich unmöglich leisten – nicht einmal für eine Nacht. Ihre Hoffnung rauscht wieder bis zu den Zehriemen ihrer Römersandalen in die Tiefe.

»Miss … es tut mir schrecklich leid. Sie sehen etwas blass aus. Das ist aber auch eine Tortur. Hätte Sie gern ein Glas Gurkenwasser zur Erfrischung?«

Gerald ist so nett, seine freundlichen braunen Augen schauen noch immer mit so viel Besorgnis und Mitgefühl, und Ivy *liebt* Gurkenwasser, doch sie seufzt nur niedergeschlagen. »Was ich jetzt vor allem brauche, ist ein Taxi zurück zum Flughafen und einen Flug nach Hause«, erklärt sie und lässt den Blick traurig über die herrliche Anlage wandern. Aber Gerald schüttelt den Kopf.

»Flüge von der Insel gibt es erst wieder morgen.«

»Okay … haben Sie denn vielleicht einen Tipp, wo man am besten am Strand übernachten kann? Oder haben Sie eine leere Besenkammer, in der ich mich zusammenrollen kann?«

Er lacht kopfschüttelnd. »Hier in der Nähe gibt es viele Strandhäuser und Bungalows, die preislich etwas günstiger liegen. Warum gehen Sie nicht runter zur Strandbar, gönnen sich etwas Stärkeres als Gurkenwasser, sofern Ihnen danach ist, und essen einen Happen – alles auf Kosten des Hauses, versteht sich? Dort können Sie sich in Ruhe in unser hauseigenes WLAN-Netz einwählen und nach einer Unterkunft in der Nähe suchen.«

Sie fühlt sich von seiner Freundlichkeit regelrecht überwältigt und gesteht ihm das auch ganz offen.

»Mich erschüttert nur, was Sie durchmachen müssen«, sagt er. »Außerdem ist doch bald Weihnachten, da hilft man gern.«

»Ich habe das Gefühl, Sie sind das ganze Jahr über so, Gerald.«

»Oliver in der Strandbar macht einen verboten guten Mai Tai. Direkt hinter dem Pool, da, wo ein wunderschöner Kiawe-Baum den perfekten Schatten spendet, können Sie ein Glas genießen.« Er tritt um die Theke und befreit sie von ihrem Koffer. »Ihr Gepäck werde ich so lange bei mir im Büro unterstellen«, erklärt er beim Wegrollen. »Geben Sie mir einfach Bescheid, wenn Sie es brauchen. Viel Glück, Holly.«

Ivy schiebt sich den Hut tief ins Gesicht, nur für den Fall, dass ihr Matt und Abby über den Weg laufen, und eilt mit gesenktem Kopf durch den Poolbereich Richtung Strand. Die Sonne wird bald untergehen, was den Himmel im Westen in einen goldenen Pinkton taucht. Ocker-Rosa, vermischt mit Geranium Lake Light, um genau zu sein. Aber das Abwägen der perfekten Farbe für dieses spektakuläre Schauspiel erhöht im Moment nur ihre Qual. Im Schutz der ausladenden Äste eines in der Tat äußerst schönen Kiawe-Baums stößt sie auf die hübsche Bar im Tiki-Stil. Ivy streift ihre Sandalen ab und steht lange im Sand vor dem Baum, um ihn sich einzuprägen. Die vielen senkrecht gen Himmel wachsenden Äste sehen aus wie eine Gruppe jubelnder Tänzer. Endlich wendet sie sich ab und tritt an die Theke.

Der Barmann bedient gerade ein älteres Paar. Während er den Martini-Shaker in die Luft wirft und auffängt, als wäre er Tom Cruise in *Cocktail*, begegnen sich ihre Blicke. Ungeachtet der Trostlosigkeit ihrer Lage fühlt sich Ivy sofort wie verzaubert. In diesem extravaganten Resort, an diesem fantastischen Strand, neben diesem majestätischen Baum ist natürlich auch der Barmann hinreißend, einschließlich seines eine Spur zu weit aufgeknöpften Hemds, das gebräunte, glatte Haut enthüllt. Er lächelt ihr zu, was auf seiner linken Wange ein Grübchen erzeugt – wohlgemerkt nur eines, da er selbstverständlich nur auf einer Wange ein Grübchen hat, was das sexy Lächeln schief und rettungslos entwaffnend macht –, und formt mit den Lippen ein lautloses »gleich da«. Ivy setzt sich, reißt den Blick von ihm los und stöhnt innerlich darüber, wie unfair doch alles ist. Dieser Ort ist in jeder Hinsicht absolut traumhaft. Und sie kann nicht bleiben.

Beim Warten versucht sie zusammen mit der wohlriechenden Meeresluft dieses Gefühl entspannter Lässigkeit in sich aufzusaugen. Doch stattdessen steigt nur erneut wilde Empörung in ihr auf. Wie kann Matt sich erdreisten, Holly so etwas anzutun? Wie? Ivy wurde von ihren Eltern in dem Glauben erzogen, dass Gewalt nie eine Lösung ist. Trotzdem stellt sie sich in diesem Moment vor, wie sie sich Matt schnappt, ihn umwirft und seinen Kopf *gerade so lange* im Meer unter Wasser drückt, bis er panische Angst bekommt, aber noch keine bleibenden Schäden erleidet. Rasch schüttelt sie den Kopf, um diese extrem finsteren Gedanken wieder zu vertreiben. Sie war in ihrem ganzen Leben noch nie so wütend auf jemanden.

»Hey«, sagt jemand hinter ihr, und Ivy dreht sich vom Meer fort. Es ist Mister Hot Barkeeper, und sein Grübchen ist verschwunden. »Sie machen den Eindruck, als würden Sie extrem finstere Gedanken plagen.«

»Oh«, erwidert Ivy verdutzt. Noch leicht geistesabwesend blickt sie in türkisfarbene Augen, die von einem feinen Gespinst aus Lachfältchen eingerahmt sind. Das Grübchen des Barkeepers kommt und geht. In seine Augen lässt sich eintauchen wie in eine andere Realität. »Mir geht's gut«, bringt sie hervor.

»Ich denke nicht.«

»Wie ich gehört habe, machen Sie einen guten Mai Tai«, sagt sie und bemüht sich um ein überzeugendes Lächeln. Wie gern hätte auch sie so ein reizendes Grübchen, um ihr Gegenüber damit abzulenken.

»Hm«, brummt er nur und neigt den Kopf zur Seite.

»Hm, was?«

Er betrachtet sie eine ganze Weile, und Ivy spürt ihre Wangen wärmer werden.

Jetzt krempelt er die Ärmel hoch. Zum Vorschein kommen gebräunte, muskulöse Unterarme, von goldenen Härchen bedeckt. Sie will nicht auf seine Muskeln starren und landet prompt erneut bei seinen meergrünen Augen. Auch keine Hilfe. Lindgrün, Türkis und Hellblau ganz vorsichtig mit ihrer Fingerspitze vermischt, das würde die Farbe genau treffen, wenn sie diese Augen malen müsste. Was sie natürlich nicht tun wird.

Er betrachtet sie noch immer taxierend.

»Ich hab's«, ruft er plötzlich mit erhobenem Zeigefinger, dreht sich um und beugt sich nach unten. *Nicht auf seinen Hintern achten, nicht auf seinen Hintern achten*, ermahnt sich

Ivy, während er aus einem Fach eine unetikettierte Flasche hervorkramt, auf der als Relief die Worte *Grand Rhum Hawaii* geprägt sind. »Dieser Rum«, raunt er mit leiser Stimme, die sie bis tief in den Beckenboden spürt, »wurde 1925 abgefüllt. Vor fast einhundert Jahren. Die Flasche hat Erdbeben erlebt, Überschwemmungen und Waldbrände.« Er seufzt. »Und sie hat all das überlebt. Mit anderen Worten, auch *Sie* können den beschissenen Tag, den sie heute haben, überleben.« Er hebt eine Hand, tippt eins der Cocktailgläser aus der Reihe, die über ihm hängt, und fängt es elegant auf, kurz bevor es auf der Theke zerschellt.

Ivy versucht, unbeeindruckt zu wirken.

»Ach, kommen Sie, das war schon gut«, sagt er.

»Hab ich schon besser gesehen«, erwidert sie achselzuckend, obwohl dem definitiv nicht so war. »Woher wissen Sie überhaupt von meinem beschissenen Tag?«

»Berufserfahrung«, sagt er, füllt Eis ins Glas, schenkt einen großzügigen Schuss des edlen dunklen Rums ein, mischt weißen Rum und frischen Limettensaft unter und krönt das Ganze mit einer Lage Orange Curaçao. »Barmänner wissen so was.« Er stellt den Cocktail auf einen Deckel und schiebt ihn vor sie. »Probieren Sie mal. Könnte sein, dass es sogar gebrochene Herzen heilt.«

Bevor sie antworten kann, ist er schon auf dem Weg zum anderen Ende der Theke, um zwei Pärchen zu bedienen. Ivy nippt an ihrem Cocktail. Er schmeckt köstlich. Sie stellt das Glas wieder ab und ruft auf ihrem Handy die VRBO-App für Ferienwohnungen auf. Aber jede Unterkunft, die sie anklickt, ist belegt. »Verflucht«, murmelt sie. Es ist Weihnachtszeit. Da wird sie nirgends was finden. Sie trinkt noch einen Schluck und legt ihr Handy weg, um auf das Meer zu starren. Ihre Chancen schwinden schneller als das Tageslicht. Sie betrachtet den Horizont, wo sich die Wolken lila und orange verfärben. Der restliche Himmel verdunkelt sich schwarzblau, während die Sonne das Wasser berührt. »*Fuck*, ist das wunderschön hier.«

»Nicht wahr?«

Mister Hot Barkeeper ist zurück. Sie stöhnt missmutig. In ihrer aktuellen Situation vermag nicht mal sein Grübchen ihre Laune zu heben. »Sie meinten eben, dieser Drink könne sogar gebrochene Herzen heilen«, sagt sie nachdenklich. »Wie kommen Sie darauf, das würde für mich gelten?«

»Alles Berufserfahrung. Barmänner wissen eben Bescheid. Und Sie sehen aus, als ...« Er beißt sich auf die Unterlippe, kneift die Augen zusammen und fixiert sie aufmerksam. »... hätte Sie gerade jemand vor dem Altar stehen lassen.«

Vor Schreck hätte sie sich fast beim Trinken verschluckt.

»Jetzt mal im Ernst, was ist hier los?«, kontert sie ungläubig. »Das können Sie unmöglich *wissen*.«

»Okay, okay«, sagt er lachend. »Gerald vom Empfang hat mich angerufen und mir Ihre Situation geschildert, damit ich mich gut um Sie kümmere. Ihr Ex-Verlobter ist also mit einer anderen hier, obwohl er eigentlich mit Ihnen kommen wollte? Das ist übel, Holly. Echt finster. Und es verlangt eindeutig nach hundertjährigem Rum.«

»In Wahrheit habe ich den teuren Rum gar nicht verdient«, gesteht Ivy und schiebt das Glas zurück über die Theke. Sie erträgt dieses Spiel keine Sekunde länger. »Der steht eigentlich meiner Freundin zu. Ich kann Sie nicht weiter belügen.«

»Was?«

»Da ich sowieso gleich wieder weg bin, können Sie ruhig erfahren, dass ich gar nicht Holly Beech bin. Sie ist meine beste Freundin. *Sie* wurde am Altar stehen gelassen und hat mir ihre Hochzeitsreise geschenkt, weil sie der netteste Mensch auf der Welt ist, und wollte, dass ich hier zwei Wochen malen kann. Aber jetzt ist ihr untreuer Verlobter mit seiner neuen Freundin hier. Und die beiden bewohnen das Zimmer, das Holly *mir* zugedacht hatte. Wie kann man bloß so gemein sein?« Sie legt die Stirn auf die Theke.

Das Grübchen des Barmanns ist nicht verschwunden, hat sich allenfalls vertieft. »Wenn Sie nicht Holly sind, wie heißen Sie dann?«, fragt er nur.

»Ivy.«

»Na, klar doch. Holly und Ivy.«

Sie hebt den Kopf von der Theke. »Ich heiße wirklich so, und meine beste Freundin heißt Holly, und jaja, wir kennen inzwischen jeden Witz über dieses bescheuerte Weihnachtslied. Wissen Sie, wer sich am liebsten über unsere Namen amüsiert hat? Matt. Und dann fängt er immer an, das Lied zu singen, und die Melodie geht mir nicht aus dem Kopf, und ich hasse ihn nur noch mehr.«

»Klingt, als hätten Sie den Verlobten Ihrer besten Freundin schon gehasst, bevor er sich in einen untreuen Ex verwandelte?«

»Na, vielleicht nicht unbedingt gehasst. Aber ich hatte schon immer das Gefühl, dass er Holly nicht verdiente. Sie ist die Beste überhaupt. Ihr einziger Fehler bestand darin, blind gegenüber Matts wahrem Charakter zu sein. Manchmal dachte ich schon, vielleicht weiß sie ja etwas über ihn, das mir verborgen geblieben ist. Aber jetzt …« Sie bricht ab. Als hätte Ivy es heraufbeschworen, platzt Matts Stimme erneut in die eintretende Stille.

»Hey, Barkeeper!«

»Ach, du Scheiße.«

Mister Hot Barkeeper weiß ihren entsetzten Gesichtsausdruck sofort richtig zu deuten und drückt rasch die niedrige Schwingtür auf, die hinter die Theke führt. »Da runter«, zischt er, ohne seine hinreißenden Lippen zu bewegen.

Ivy kriecht rasch hinter die Bar und presst sich gegen das Surfbrett, das dort lehnt. Denn *selbstverständlich* surft Mister Hot Barkeeper. Sie kann ihn direkt vor sich sehen, auf dem Board, Hanging Ten, das Sixpack, das sich durch den eng anliegenden Neoprenanzug abzeichnet, der perfekte Arsch, bei dem in diesem Outfit nichts der Fantasie überlassen bleibt. Und in der realen Welt bewegt sich genau dieser Hintern, von dem sie träumt, gerade ein paar Schritte entfernt in Augenhöhe vor ihr. Und selbst durch die leicht schlabbrigen Khakishorts besteht kein Zweifel, dass er perfekt geformt ist.

»Tut mir echt leid, Mann, aber wir haben keinen frischen Limettensaft mehr«, hört sie ihn sagen. »Ach, das da? Das ist nicht mehr gut. Außerdem ist uns auch der weiße Rum ausgegangen. Für heute sind Mai Tais von der Karte gestrichen. Sorry. Vielleicht versuchen Sie's mal an der Poolbar?«

Sein Oberschenkel streift ihre Schulter, seine Wade ihren Arm. Sie spürt, wie sie trotz der Wärme eine Gänsehaut bekommt, und rutscht schnell ein Stück fort. Zur Ablenkung schaut Ivy durch den schmalen Spalt zwischen Schwingtür und Theke auf einen zweiten Kiawe-Baum unten am Meer. Er ist zwar nicht so groß und knorrig wie der, unter dem die Tiki-Bar steht, aber aus diesem Blickwinkel sieht man, wie er sich zum Meer hin ausstreckt, als wollte er seine Arme ins Wasser tauchen. Sie würde das zu gern malen. Plötzlich fühlt Ivy, wie ihr Tränen der Wut in die Augen steigen.

»Ivy?«, sagt Mister Hot Barkeeper. »Sie sind weg.«

Sie richtet sich auf und sieht, dass er in die entgegengesetzte Richtung zu dem wunderschönen Baum zeigt. »Sie sind da lang.« Dann fügt er in sanftem Ton hinzu: »Hey – alles okay?«

»Mir geht's bestens«, antwortet sie und blinzelt rasch die Tränen fort, die verraten, dass dem keineswegs so ist.

»Nein, geht's Ihnen nicht. Sie machen ein Gesicht wie

Gäste an ihrem letzten Urlaubstag, dabei sind Sie gerade erst gelandet.« Er fährt sich durch die Haare, verwuschelt sie höchst reizvoll. »Es ist einfach nicht fair.«

»Zumindest bin ich jetzt mal auf Hawaii gewesen, richtig?«, gibt sie mit unsicherem Lächeln zurück. »Und ich werde zurückkommen. Eines Tages. Außerdem habe ich gehört, wie Sie Matt weisgemacht haben, Sie hätten keinen Rum und keinen Limettensaft mehr. Auch das hat gutgetan.«

»Von mir wird der Mistkerl nichts mehr bekommen, wenn es sich irgendwie vermeiden lässt. Entschuldigen Sie einen Moment.« Ein weiteres Pärchen ist an die Bar getreten, dicht gefolgt von einer Gruppe Männer in Golfkleidung.

Ivy nimmt ihren Platz wieder ein und leert gemächlich ihr Glas, während sie im Handy nach Flügen sucht. Vielleicht kann sie mit etwas Glück einen bekommen, der ganz früh morgens geht, und die Nacht in der Wartehalle des Flughafens verbringen.

Mister Hot Barkeeper kehrt zurück und legt die Unterarme auf die Theke.

»Ich suche nur nach Flügen«, murmelt sie.

»Das ist nicht richtig«, sagt er. »Es ist Weihnachtszeit, was für mich bedeutet, dass Dinge sich zum Guten wenden und auch mal die Guten gewinnen sollten, nicht immer bloß so bescheuerte Typen wie Matt.«

»Tja, immerhin schön, dass noch ein paar nette Typen wie Sie im Umlauf sind, aber manchmal gewinnen eben doch die bescheuerten wie Matt.«

»Auf gar keinen Fall«, widerspricht er energisch. »Nicht mit mir, Ivy. Ich denke, ich habe da eine Lösung für Ihr Problem.«

4
HOLLY

18. Dezember
Hudson Valley, New York

Nach einer Stunde und 39 Minuten Joni Mitchells *River* in Dauerschleife, in denen sie selbst *dann* keine einzige Träne vergoss, als sie zur besonders herzzerreißenden Version der Counting Crows wechselte, trifft Holly am späten Nachmittag in Krimbo ein, einem kleinen Städtchen im Hudson Valley im Bundesstaat New York.

Der Tag ist wolkenlos, und die Bäume, an denen sie vorbeifährt, sind mit einem dicken Zuckerguss aus Schnee überzogen, der in der Sonne glitzert wie ein reflektierender Bergsee. Doch sie schenkt ihrer Umgebung kaum Beachtung. Sie dreht die Musik ab und biegt mit dem babyblauen BMW E3, den ursprünglich mal ihr Kindermädchen benutzt hatte, nach links auf eine verschneite Nebenstraße. Die Reifen geraten kurz ins Schlittern, aber sie geht vom Gas und kann ein Abrutschen in den Graben vermeiden, während die fröhlich zwitschernde Frauenstimme ihres Navis – der Ivy und sie den Spitznamen Chrysantheme gegeben haben – in ihrem britischen Akzent bereits den Weg zur Waldhütte erklärt. Wenig später stößt sie auf die Zufahrt und parkt den Wagen vorsichtig auf dem Platz, den jemand in Erwartung ihrer Ankunft vom Schnee befreit hat. Na ja, eigentlich in

Erwartung von Ivys Ankunft. Auch der Weg zur Hütte ist freigeschaufelt.

Sie schaltet den Motor aus und lässt alles auf sich wirken. Die Hütte ist aus Zedernholz und hat die Form einer hochgestellten Pizzaecke, die auf einer kleinen verschneiten Anhöhe sitzt. Die beiden Seitenflächen bestehen aus Glas, und die Dachschräge ist mit Solarmodulen bedeckt. Holly steigt aus und betrachtet das, was für die nächsten zwei Wochen ihre Einsiedelei sein wird. Hinter der Hütte erstreckt sich eine schier endlose weiße Hügellandschaft, überzogen mit vielen Hektar Wald, dessen verschneite Bäume wie in Watte gehüllt aussehen. Der Fluss bildet in der Ferne eine geschlängelte Linie aus Eis. Holly macht ein Foto, das sie Ivy zusammen mit ein paar Worten schickt, die unbeschwerter klingen, als sie sich fühlt. **Sicher angekommen! Echt süßes Häuschen – und dieser Ausblick! Grandios. XO.** Sie fotografiert noch rasch eine schneebedeckte Tanne und schickt auch die an Ivy, bevor sie Duffelbag und Laptoptasche aus dem Kofferraum holt. Außer etwas Winterausrüstung und genügend Lebensmittel für den ersten Abend ist das alles, was sie mitgebracht hat. Morgen früh wird sie zum Einkaufen in die Stadt fahren.

Sie öffnet die Haustür mit dem Key-Code, den Ivy ihr gegeben hat, und betritt die Hütte. Jeder Quadratzentimeter in dem winzigen Innern ist ausgenutzt: Bücherregale und gestapelte Sitzkissen an den weißen Wänden, ein massiver Holzofen in der Ecke, Töpfe und Pfannen, die über einer kleinen Kochnische samt Vorratsschränkchen von der Decke hängen. In dem Bau aus grob behauenen Eckständern und massiven Holzplanken liegt ein angenehmer Zedernduft, unter den sich ein Hauch von Amber-Moschus mischt, wie von einer wirklich wohlriechenden Kerze, die Holly allerdings nirgends entdecken kann.

Am hinteren Ende des Wohnbereichs ist eine Leiter, die nach oben führt. Holly steigt ein paar Sprossen hinauf und schielt über den Bodenrand. Im Dachgeschoss steht ein aus grobem Holz gezimmertes Doppelbett, auf dem sich eine dicke naturfarbene Bettdecke und diverse Kissen türmen. An der Wand neben dem Fenster steht eine weitere Leiter, an deren unteren Sprossen karierte Wolldecken hängen und darüber frische weiße Bade- und Handtücher. Holly steigt ganz hinauf und schaut sich in dem niedrigen Raum um. Aus dem Fenster neben der dekorativen Leiter sieht man auf dick mit Schnee überzogene Tannenbäume und dahinter auf die gewellte Hügellandschaft, den zugefrorenen Fluss und die Wolken, die im Licht der untergehenden Sonne pink leuchten.

Sie klettert die Leiter wieder herunter und spürt, dass ihre Finger vor Kälte schon taub zu werden beginnen. Die Hütte ist zwar gemütlich eingerichtet, doch die Innentemperatur ist eisig. Sie haucht sich in die Hände und blickt sich im Erdgeschoss nach einem Heizungsregler um. Tatsächlich findet sie einen, aber als sie daran dreht, tut sich nichts. Sie geht zu dem Holzofen, neben dem Scheite in einem Fach liegen und ein Eimer steht, gefüllt mit etwas, das aussieht wie übergroße Weinkorken. Eine Bedienungserklärung fehlt jedoch.

Schließlich entdeckt sie auf einem Couchtisch das Handbuch zur Hütte, dessen Einband aus Birkenrinde gemacht zu sein scheint, und schlägt es auf. »Herzlich willkommen in unserem umweltfreundlichen kleinen Paradies im Hudson Valley! Ich bin Aiden, euer Gastgeber, und wenn ihr irgendwas braucht, könnt ihr mich unter dieser Nummer per Telefon oder SMS erreichen.«

Holly durchblättert rasch einige Seiten mit Tipps für Unternehmungen in der Gegend und liest dann, dass es draußen einen Solargenerator gibt, der eingeschaltet werden muss, und dass es sich bei dem Holzofen um ein Hybridmodell handelt, das mit Holzscheiten oder Pellets betrieben werden kann. Die Erklärungen zum Holzofen klingen recht kompliziert, daher überlegt sie, ob im Internet vielleicht irgendwo eine einfachere Anleitung für das Modell zu finden ist. Allerdings scheint in dem Buch nirgends das WLAN-Passwort zu stehen. Und ihr eigenes Netz ist im Innern der Hütte zu schwach, um die Online-Bedienungsanleitung für den Ofen aufzurufen.

Da es dunkel zu werden beginnt, beschließt Holly, sich lieber damit zu beschäftigen, den Solargenerator irgendwie in Gang zu bringen. Sie geht nach draußen, folgt unter dem Licht ihres Handys den Anweisungen von Aiden, aber der Generator will einfach nicht anspringen, wenn sie am Seilzug zieht. Hilfloser Frust steigt in ihr auf, und sie marschiert zurück.

»Dann werde ich dein *Wenn-ihr-irgendwas-braucht*-Angebot halt mal testen, Öko-Aiden«, sagt sie, beginnt auf ihrem Handy zu tippen und fragt sich, ob diese Neigung zu Selbstgesprächen jetzt, da sie solo ist, womöglich bleiben wird.

Hi, ich bin's, Holly.

Sie löscht den Namen und verbessert: Ivy.

Gerade in der Hütte an der North Krimbo Service Road eingetroffen, bekomme aber weder den Generator noch den Holzofen in Gang. Irgendeinen Tipp? Sorry für die Belästigung!!

Umgehend erscheint eine Antwort auf Hollys Bildschirm.

Hatte da nicht jemand bei der Reservierung
in seiner E-Mail behauptet, ein alter Hase zu sein,
was das Leben in einsamen Hütten betrifft?

Holly spürt erste Zeichen von Verärgerung. Bezahlte sie, beziehungsweise Ivy, etwa nicht für den Aufenthalt hier? Sollte Öko-Aiden nicht gefälligst ein wenig höflicher zu seinen Gästen sein? Aber die nächste Nachricht ist bereits da, und auf dem Display erscheint ein Smiley-Emoji.

Just kidding. Das System ist tatsächlich ein wenig
kompliziert. Bin gerade unterwegs und mit meinem Pick-up
keine fünf Minuten entfernt. Vielleicht einfacher,
wenn ich vorbeikomme und es dir zeige. Einverstanden?

Das wäre super, danke. Tut mir leid,
solche Umstände zu machen.

Nicht der Rede wert. Gleich da.

Da es in der Hütte genauso kalt ist, beschließt Holly, lieber inmitten dieser wunderschönen Umgebung zu frieren und draußen zu warten. Das Grundstück liegt auf einem kleinen Hügel, und der Ort, bei dem es sich um Krimbo handeln muss, ist im Tal unter ihr als Lichtpunkte auszumachen, die wie kleine Lamettaschnipsel leuchten. Die Luft ist frisch und klar, und überall um sie herum herrscht Stille – ganz anders als die hektische Betriebsamkeit der Großstadt. So friedlich.

So *einsam*. Wie hält Ivy das nur jedes Jahr aus? Holly versucht, nicht daran zu denken, wie viel unkomplizierter, wärmer und autarker von Holzöfen und Generatoren es jetzt mit Matt auf Hawaii wäre. *Aber Matt liebt dich nicht mehr*, ruft sie sich in Erinnerung und zwingt ihr empfindungsloses Herz dazu, die Realität endlich anzuerkennen. Der dumpfe Schmerz wird größer, doch wirklich ändern tut sich nichts. Wahrscheinlich ist das auch ganz gut so, denn jetzt ist in der beschaulichen Stille das Rumpeln von Autoreifen in der Zufahrt zu hören. Es wäre mehr als peinlich, ausgerechnet bei der Ankunft ihres Gastgebers in die lang erwartete Tränenflut auszubrechen.

Sie geht ein paar Schritte den Hang hinab und dem weißen Pick-up entgegen, der anhält, ohne die Scheinwerfer zu löschen. Ein großer Kerl in einem roten Canada-Goose-Parka, dessen dunkle Haare unter einer schwarzen Strickmütze hervorlugen, springt aus der Fahrerkabine.

»Ivy?«

»Ja, das bin ich«, antwortet Holly so überzeugend wie möglich. Sie kann ihn im Gegenlicht der Scheinwerfer zwar nur vage sehen, aber er mustert eindeutig ihren BMW.

»Dein Wagen?«, fragt er.

»Nein, der stand schon bei meiner Ankunft hier.«

Stirnrunzelnd tritt er näher.

»Bloß ein Witz – *ja*, das ist meiner.«

»Hatte ich nicht darauf hingewiesen, dass für die Straßen hier einer mit Allradantrieb besser ist?«

Tatsächlich hatte auch Ivy das erwähnt, aber heute Morgen wollte Holly einfach nur möglichst schnell raus aus der Stadt und am liebsten eben in dem alten Wagen ihres Kindermädchens, den zu fahren sie gewohnt war.

»Schon in Ordnung«, erklärt sie und bemüht sich, so selbstsicher und unbekümmert aufzutreten, wie Ivy es vermutlich bei ihrer ersten Begegnung mit diesem, wie sie jetzt erkennt, gar nicht übel aussehenden Typen getan hätte. Seine Augen sind eisblau, und sein markanter Kiefer wirkt wie gemeißelt. Wahrscheinlich würde Ivy sofort zu flirten anfangen, um ihn zum Auftauen zu bringen. Aber wie geht Flirten? Holly kann sich an ihren letzten Versuch nicht mal mehr erinnern. Hatte sie mit Matt jemals geflirtet, oder waren sie beide einfach direkt in den Beziehungsalltag eingetreten?

»Mein Auto schafft alles«, sagt sie und hofft, dass sie zumindest gut gelaunt und amüsant klingt. Er tritt noch einen Schritt näher und betrachtet sie mit skeptischer Miene, offenbar immun gegenüber aufgesetzter Fröhlichkeit. »Also schön«, sagt er endlich mit leichtem Kopfschütteln. »Dann schauen wir uns den Generator und den Holzofen mal an.« Er nimmt eine Laterne von der Ladefläche des Pick-up, entzündet sie und beugt sich in die Fahrerkabine, um die Scheinwerfer auszuschalten. »Hier lang.«

Sie folgt ihm zur Rückseite der Hütte und hält die Laterne, als er sie darum bittet. »Okay, also du musst nur hier diesen Schalter umlegen, dann an diesem Regler drehen und …« Keine zehn Sekunden später springt der Generator rumpelnd an.

»Da habe ich wohl die Erklärung nicht aufmerksam genug gelesen.«

»Schon okay, so was passiert.« Aiden wirft einen Blick auf seine Uhr. Offensichtlich hat die attraktive Version des Holzfällerhünen Paul Bunyan heute Abend noch andere Termine. »Soll ich dir auch mit dem Holzofen helfen?«

»Wenn's geht. Das wäre nett. Sorry, dich so aufzuhalten.«

»Kein Thema, dafür steht meine Nummer ja im Buch.«

Sie treten gemeinsam durch die Eingangstür, wo er seine Winterstiefel auszieht und auf eine dicke Matte stellt. Selbst ohne die wuchtigen Snowboots ist er noch breitschultrige eins neunzig groß. Er durchquert den Raum, und als sie ihm erneut folgt, merkt sie, wie gut er riecht. Nach Pflanzenseife, Zedernholzspänen und Amber-Moschus. *Er* muss der Grund dafür sein, dass es hier so gut riecht. Ein natürlicher Lufterfrischer auf zwei Beinen.

»Okay, hierbei handelt es sich also, wie im Handbuch beschrieben, um einen sogenannten Hybridofen«, hebt er an. »Man kann darin normale Holzscheite verfeuern.« Er deutet auf den Stapel Brennholz in dem Einbaufach, das einen Großteil der Wand neben dem Ofen einnimmt. »Das funktioniert einfach wie bei jedem Feuer.« Er dreht sich um, und in der jetzt gut beleuchteten Hütte zuckt sie unwillkürlich zusammen. Ist sie ihm nicht schon mal irgendwo begegnet? »Hier in diesem Eimer sind Zeitungspapier und Anmachholz.« Während er auf einen Zinkeimer mit den genannten Hilfsmitteln tippt, schwindet das Déjà-vu ein wenig. »Bei den Holzpellets ist die Sache anders. Die schüttet man hier rein.« Er zieht ein Fach auf der Rückseite des Ofens auf. »Dann entzündet man sie mit diesem Anzünder – der funktioniert elektrisch, ist wiederaufladbar und hat da einen kleinen Schalter –, schiebt das Fach wieder zu und wartet. Es dauert nur ein paar Sekunden, bis sie anfangen zu brennen, und solange man sie nicht zu viel kokeln lässt, ist es das sauberste Feuer überhaupt.«

»Klingt nicht so schwierig«, sagt sie, befolgt seine Erklärungen, und schon züngelt an der Pelletseite des Ofens die erste Flamme hoch.

»Noch irgendwelche Fragen, Ivy?« Er schaut sie an, und erneut kommt er ihr sonderbar bekannt vor.

»Äh, ich habe keine Dusche gesehen?«

Er wendet sich ab und zeigt zur Rückseite der Hütte. »Da auf der Rückseite befindet sich eine solarbetriebene Außendusche, die nach ein oder zwei Stunden Sonnenschein am Tag wunderbar funktioniert, ansonsten allerdings nicht. Zu dieser Jahreszeit ist es recht … belebend, könnte man vielleicht sagen. Sonst noch etwas, womit ich helfen kann?«

»Vielleicht, bevor du gehst, ein kurzer Tipp, wo man morgen am besten einkaufen geht? Lebensmittel, ein paar Flaschen Wasser, so grundlegende Sachen eben.«

»Du brauchst doch hier kein Flaschenwasser zu kaufen«, erwidert er und zieht dabei ein Gesicht, als hätte sie ein abstoßendes Wort benutzt. »In unmittelbarer Nähe ist ein Bergquell, der ganzjährig fließt. Besseres Wasser findet man nirgends. Entschuldige, aber ich dachte, wir hätten das alles schon letzte Woche in den Mails geklärt.«

Langsam wird Holly die Sache zu nervig und peinlich. Sie hat sein ständiges *Ich dachte, das hätten wir bereits geklärt* inzwischen satt.

Nein, Aiden, haben wir nicht. Wir haben nämlich noch nie irgendwelche Nachrichten über irgendwas ausgetauscht. »Klar doch«, bestätigt sie stattdessen und kämpft weiter tapfer um ein selbstsicheres Lächeln. »Kein abgepacktes Wasser. Versprochen. Und … wo genau ist die Quelle?«

»Vorab, dieser Filter …« Er deutet auf ein Gerät auf der Küchentheke, das wie eine Profikaffeemaschine in Miniaturformat aussieht. »… ist für das Wasser. Es ist zwar reinstes Quellwasser, aber aus Sicherheitsgründen empfehle ich meinen Gästen, es noch zu filtern. Du kannst damit natürlich auch geschmolzenen Schnee filtern.«

»Natürlich. Klar. Geschmolzenen Schnee.«

Anscheinend kann er ihre Gedanken lesen, kann sehen, wie sie sich bereits vorstellt, gleich noch in die Stadt zu fahren und einen Träger Aquafina zu kaufen, um keinen Schnee schmelzen oder in kalter, dunkler Nacht die Quelle suchen zu müssen, denn er sagt prompt: »Also los, ich zeige dir, wo die Quelle ist.« Sein ernster Ton und der melancholische Ausdruck in den eisblauen Augen überraschen sie. Und plötzlich weiß sie auch, an wen er sie erinnert: Henry Cavill als Superman. Bloß dass dies hier *Öko*-Superman ist.

Sie zieht ihre Winterstiefel wieder an und folgt ihm nach draußen. Er reicht ihr die Laterne, und einen Moment lang begegnen sich ihre Blicke. Das Gefühl des Wiedererkennens ist eindeutig – ach ja, *Henry Cavill, bereit, die Welt zu retten.* Er nimmt einen großen Edelstahleimer von der Terrasse der Hütte, und ab geht's durch den tiefen Schnee. Schon bald hört sie das helle Plätschern einer Quelle, dessen Fröhlichkeit so gar nicht zu der traurigen Schwermut in ihrem Innern passt. Über ihnen werden auf dem dunkelblauen Himmel die ersten Sterne sichtbar und funkeln wie weit entfernte Weihnachtsbaumlichter.

»Schon fertig«, sagt er, nachdem er den Eimer gefüllt hat. »Das dürfte genügen.« Er trägt den Eimer zurück zur Hütte, als wäre er Luft. Da er ohne Parka aufgebrochen ist, bleibt ihr das beeindruckende Spiel seiner Muskeln unter dem dicken Flanellhemd nicht verborgen. Zurück in der Hütte schüttet er den Eimer Wasser in den Filter, dreht sich zu ihr um und verkündet lächelnd: »Das beste Wasser, das du je getrunken hast, Ehrenwort.« Seine blauen Augen leuchten jetzt voller Begeisterung, jede Zurückhaltung ist verschwunden. Sein Enthusiasmus wirkt irgendwie ansteckend, selbst wenn sie der Aufwand, um etwas Wasser zu bekommen, eher abschreckt.

»Ich freue mich schon, es zu probieren«, erwidert sie und tritt näher, um diesen wohltuenden Amber-Moschus-Duft einzuatmen.

»Du wirst nie wieder etwas anderes trinken wollen.«

Während er sich abwendet, um irgendwas an dem Filtergerät zu kontrollieren, zückt Holly ihr Handy und schickt Ivy rasch eine kurze Nachricht. **Hey, warum hast du nicht erwähnt, dass du die Hütte von Öko-Superman gemietet hast? Sieht** GENAU **aus wie Henry Cavill.** Wenn sie nicht wüsste, dass Ivy es sich zur Regel gemacht hat, bei ihren Kunstretreats nie irgendwelche Flirts zuzulassen, hätte sie ihr glatt Absicht unterstellt. **UND er riecht echt toll.** Holly tritt instinktiv dichter an ihn heran und atmet tief ein.

»Alles okay mit dir?«

»Oh.« Sie reißt die Augen auf. Aiden ist fertig mit dem Filter und hat sie beim Umdrehen erwischt, wie sie mit geschlossenen Augen genießerisch durch die Nase einatmet. »Ja. Ich bin nur ... so aufgeregt wegen des Wassers. Und dazu all diese frische ... Luft.« Das Quaken, das Ivy ihrer Kontaktkarte hinzugefügt hat, ertönt mehrmals in ihrer Hand, und Ivys Name leuchtet auf, zusammen mit der Nachricht: **Tja, was hilft einem am leichtesten über einen Mann hinweg, heißt es immer?**, gefolgt von einem Auberginen-Emoji. Holly wirft ihr Handy rasch mit dem Display nach unten auf den Counter und sagt: »Wahrscheinlich nur der Hunger.«

»Na dann. Sonst noch Fragen?«

»Nein, ich denke, das ist alles. Vielen Dank fürs Vorbeikommen, Aiden.«

»Ist doch selbstverständlich, Ivy. Schick einfach eine Nachricht, wenn noch was ist.« Er schenkt ihr einen langen, prüfenden Blick, bevor er sich zum Gehen wendet. »Darf ich dich was fragen?«, sagt er unvermittelt und dreht sich noch einmal um. »Sorry, wenn das jetzt schräg klingt ...«

»Kein abgepacktes Wasser, *versprochen*. Pfadfinderinnen-Ehrenwort.« Dabei war sie überhaupt nie bei den Pfadfindern gewesen.

»Du kommst mir total bekannt vor«, fährt er fort. »Ich weiß, der Anmeldung zufolge ist dein Name Ivy Casey, aber du ähnelst wahnsinnig jemandem, mit dem ich in der Schule war. Vielleicht seid ihr ja irgendwie verwandt. Du kennst nicht zufällig eine gewisse Holly Beech, oder?«

Holly will das Ganze schon als puren Zufall abtun und weiter behaupten, Ivy zu sein, aber als sie in seine aufrichtigen blauen Augen schaut, wird ihr klar, dass es für Menschen, die Öko-Superman belügen, bestimmt einen besonders ekligen Platz in der Hölle gibt.

»Aiden, ich muss dir etwas gestehen. Ich bin gar nicht Ivy. Sie ist meine beste Freundin, und wir beide haben in diesem Jahr spontan unseren Weihnachtsurlaub getauscht, weil …« An dieser Stelle spürt Holly einen so heftigen Stich im Herzen, dass sie die Hand auf ihre Brust presst und einen Moment lang fürchtet, medizinische Hilfe zu benötigen. Doch zum Glück geht es vorbei, und zurück bleibt nur dieser dumpfe, leere Schmerz, der ihr inzwischen ein vertrauter Begleiter geworden ist.

»Weil?«, wiederholt Aiden mit besorgter Miene.

Hollys Herz nimmt wieder seine Arbeit auf. »Es ist ein Weihnachtsgeschenk«, stößt sie nach hektischer Überlegung aus. »Ein Überraschungsgeschenk von meiner besten Freundin. Ich bin … ein echter Fan … von solchen Selbstversorgerhütten, und da Ivy das weiß, hat sie es für mich gebucht, aber dann vergessen, die Namen zu ändern, nachdem sie es mir geschenkt hatte. Entschuldige das Durcheinander.« Da sie so grauenhaft schlecht lügt, geht sie lieber nicht weiter ins Detail. »In letzter Zeit war es beruflich ungemein anstrengend für mich, und ich musste einfach mal weg von allem und runterkommen. Aber ja, um deine Frage zu beantworten, ich bin Holly Beech.«

Er tritt näher, während sie angestrengt versucht, sich an einen Aiden zu erinnern, den sie gekannt haben könnte. Unter seinem eindringlichen Blick wird ihr so warm, als würde der Holzofen bereits seit Stunden in der Hütte brennen.

»Holly«, wiederholt er und steht jetzt ganz dicht vor ihr. Mit einem Schlag spürt sie, wie die leere Höhle ihres Herzens wieder zum Leben erwacht. »Dalton School, Abschlussjahrgang 2013«, fügt er hinzu.

Sie verfolgt gebannt, wie er eine Brille aus der Tasche seines Flanellhemds zieht. Sobald er sie aufsetzt, verwandelt er sich von Öko-Superman in Clark Kent – und wie im Film erkennt sie ihn nun sofort.

»Aiden! Aiden *Coleman!* Das ist ja … ewig her. Und wie verändert du aussiehst!« *Wie irritierend scharf.* Der Aiden, den sie in der Highschool kannte, war zwar groß gewesen, aber spindeldürr und mit Brillengesicht. Diese Version von Aiden ist selbst mit Brille auf der Nase das genaue Gegenteil. Seine Schultern sind breit wie die eines Football-Linebackers, der Unterkiefer kantig und sexy. Er ginge glatt als Model in einem Katalog für Outdoor-Winterausrüstung durch.

»Inzwischen nur noch zum Lesen«, sagt er und deutet auf die Brille. »Ich habe mir die Augen vor einer Weile lasern lassen. Und du …«

Sie fragt sich, was ihm wohl durch den Kopf geht, während er sie mit einer Mischung aus Erstaunen und einem Ausdruck, den sie nicht recht zu deuten weiß, anstarrt.

»Ich kann es einfach nicht fassen, dass du es bist.«

»Und ich kann nicht fassen, dass du das bist«, erwidert Holly, bei der sich nun, da der erste Schock verpufft ist, die Neugier regt. Damals in der Highschool war Aiden, was die schulischen Leistungen betraf, ihr großer Rivale gewesen. Dann war er verschwunden, war nicht einmal zur Abschlussfeier gekommen, und sie hatte nie wieder etwas von ihm gehört, obwohl sie sich immer gefragt hatte, was wohl aus ihm geworden ist.

»Ich weiß schon, was du gerade denkst«, sagt er und beißt sich grinsend auf die Unterlippe. »Und nein, meinen SAT-Score fürs College verrate ich dir nicht!«

»Ach, *komm!* Es hieß, einer hätte noch mehr Punkte erreicht als ich, und ich hatte dich im Verdacht.«

»Mein SAT-Score ist ganz allein meine Sache und geht keinen etwas an«, erklärt er kategorisch und verschränkt die Arme vor seiner straffen, breiten Brust. Aber er grinst und fügt mit schüchternem Stolz hinzu: »Allerdings hat er mir ein Vollstipendium am MIT eingebracht.«

Sein verschämtes Prahlen bringt sie zum Lachen. »Das überrascht mich nicht.« Sie hatten zwar nicht in denselben Kreisen verkehrt, aber der Aiden Coleman von früher war hochintelligent und äußerst ehrgeizig gewesen. Sobald sie ein Schuljahr als Jahrgangsbeste abschloss, gewann er die Auszeichnung im nächsten Jahr. Erhielt sie den »Outstanding Student Award«, wurde er prompt mit dem »Preis der Schulleitung« geehrt. Damals rechnete sie schon halb damit, seinen Namen eines Tages als CEO eines Hightech-Start-ups erwähnt zu finden, aber dann verlor sie ihn aus den Augen und aus dem Sinn. Bis heute.

»Alles gut«, wiegelt Holly ab. »Mein Konkurrenzdenken hat sich mit den Jahren gelegt. Du musst mir deine Punktzahl nicht verraten.«

»Ehrlich?«, neckt er grinsend.

»War ich wirklich so schlimm?«

Doch sie weiß selbst, wie schlimm es gewesen war, denn genau deshalb hatte sie dem ein Ende bereitet. Bei ihrem Eintritt ins College hatte sie es satt, sich ständig mit anderen zu vergleichen, war erschöpft von dem ständigen Druck zu Bestleistungen, unter den sie sich selbst gesetzt hatte. Als sie Matt begegnete, war sie glücklich und zufrieden damit, auf seinem Niveau mitzuschwimmen. Natürlich war das bequemer, als beispielsweise mit jemandem vom Kaliber eines Aiden Coleman Schritt halten zu wollen. Heute muss sie sich jedoch schmerzhaft eingestehen, dass sie den eigenen Ehrgeiz damals wahrscheinlich auch zurückgefahren hatte, damit *Matt* glänzen konnte. Womöglich hat sie versucht, aus ihm den Mann zu machen, den sie in ihm sehen wollte, indem sie dafür selbst in den Schatten trat. Sie spürt den quälenden Schmerz in ihre Brust zurückkehren und verdrängt rasch alle Gedanken an Matt. Doch Aiden mustert sie bereits mit besorgter Miene.

»Du warst überhaupt nicht schlimm, Holly«, versichert er in ernstem Ton. »Du warst bezaubernd. Intelligent, freundlich, interessant …« Er scheint noch mehr anfügen zu wollen, bricht aber ab. »Ich habe dich wirklich bewundert.« Irgendetwas an seinen Worten klingt vertraut, aber das Gefühl ist vage und sofort wieder verflogen.

»Das ist nett«, sagt sie mit einem dankbaren Lächeln, das über den Schmerz in ihrem Brustkorb hinwegtäuscht. »Und … was hast du so all die Jahre getrieben, Aiden? Mit einem Vollstipendium am MIT sind dir bestimmt ein paar tolle Dinge gelungen.«

Er wendet den Blick ab. »Ein bisschen hiervon, ein bisschen davon«, antwortet er ausweichend. »Und du?«

»Ich bin Wirtschaftsanwältin. Schwerpunkt Patentrecht. Bei Budgell, Hall, Jansen and Jones.«

»Stimmt, ja. Der Job, von dem du dich hier erholen willst.«

»Er ist schon stressig«, gibt Holly zu. Ihre Arbeit als Junganwältin ist in der Tat anstrengend und bisweilen extrem zeitaufwändig, doch natürlich ist es nicht das, wovon sie hier Abstand sucht. All die Lügengeschichten, die sie Aiden bereits aufgetischt hat, zwacken an ihrem Gewissen. Plötzlich fehlt das angenehme Gefühl, das sie eben noch durchströmte, als ihr vor Augen stand, wer sie einst gewesen ist, und ein betretenes Schweigen setzt ein.

Nach einer Weile blickt er auf die Uhr, macht ein betrübtes Gesicht und sagt: »Ich muss los. Bin in der Stadt zum Essen verabredet.« Er nimmt die Brille ab und verstaut sie wieder in der Brusttasche. Erneut ist sie vom klaren Blau seiner Augen fasziniert. »Einverstanden, wenn ich morgen einen neuen Vertrag vorbeibringe, den du unterschreibst?«, fährt er fort. »Rein formal besteht vermutlich ein Problem mit der Versicherung, wenn eine andere Person die Hütte bewohnt als die ursprüngliche Vertragspartnerin.«

»Oh, stimmt ja«, sagt sie leicht verlegen. »Sicher doch. Entschuldige. Als Anwältin hätte ich daran eigentlich denken sollen.«

»Dauert bestimmt nicht lang«, verspricht er und geht zur Tür, um sich die Winterstiefel anzuziehen. »Für dich okay, wenn ich morgen früh so gegen neun vorbeikomme?«

»Super. War schön, dich wiederzusehen.«

»Dich auch, Holly.«

Sie steht am Fenster und verfolgt, wie die Rücklichter seines Pick-up zwischen den Schneehügeln der Zufahrt kleiner werden und schließlich ganz in der sternklaren Winternacht verschwinden. Es fällt ihr noch immer schwer, diesen attraktiven, wahnsinnig gut riechenden Hünen von einem Mann in Übereinstimmung zu bringen mit dem bebrillten Teenager aus gemeinsamen Highschool-Zeiten. Er hat sich ungeheuer verändert. Genau wie sie. Trotzdem schimmert in ihnen beiden das alte Ich zweifellos noch durch, immerhin waren diese Highschool-Kids ja die Saat, aus der sich die Erwachsenen entwickelten, die sie heute sind. Eine Woge der Nostalgie erfasst sie. Es war schön, für ein paar Minuten die Gegenwart zu vergessen und ganz in die Vergangenheit einzutauchen.

Sie kehrt zurück in die Küchenecke, öffnet die fertig abgepackte Salatmischung, die sie zum Abendessen mitgebracht hat, und schüttet das Dressing einfach direkt in den Beutel. Sie überlegt, was Aiden wohl zu dem vielen Wegwerfplastik sagen würde, schiebt das schlechte Gewissen rasch beiseite und macht es sich auf der Couch mit einer der weichen

Wolldecken gemütlich. Langsam ist auch die sich vom Ofen ausbreitende Wärme spürbar. Morgen wird sie sich etwas Anständiges zu essen besorgen. Kein Wegwerfplastik mehr, verspricht sie laut, als ob Aiden noch immer anwesend wäre.

Wieder quakt ihr Handy.

Hey! Alles okay bei dir? Bist du Öko-Superman schon nähergekommen?

Eher Öko-Clark-Kent, wie sich herausgestellt hat! Wir kennen uns aus der Highschool. Hab's aber erst gecheckt, als er die Brille aufgesetzt hat.

Oha! – Heißt das, der Rollentausch ist aufgeflogen?

Yepp. Schon okay, er kommt morgen mit einem neuen Vertrag für mich vorbei.

Zufälle gibt's!, kommentiert Ivy nach einer kurzen Pause.

Wirklich ein verrückter Zufall.

Einer der romantischen Art?

Sehr lustig. Auf Romantik hab ich gar keine Lust.

Also geht's dir gut da oben?

So gut es mir unter den Umständen gehen kann. Mach dir um mich keine Sorgen. Wie sieht's bei dir aus?

Eingabepunkte verschwinden und kehren zurück. Endlich schreibt Ivy: Alles super!

Mach dir eine schöne Zeit, mal viele schöne Bilder und denk dran: ICH melde mich, wenn ich Hilfe brauche. Okay?

Diesmal dauert die Pause länger. Punkte kommen und gehen. Dann antwortet Ivy: Okay. Hab dich lieb.

Hab dich auch lieb. Jetzt noch einen Film und dann ins Bett.

Wie wär's zu Ehren des inzwischen superheißen Aiden mit *Can't Buy Me Love?*

Holly lächelt. Hab bloß traurige Weihnachtsfilme heruntergeladen. Ich will mich doch endlich zum Weinen bringen. Ich versuch's zuerst mal mit *Meet me in St. Louis.*

Ivy antwortet mit einer Reihe weinender Emojis. Schreib, wenn du bei der Stelle, an der Judy Garland diese UNENDLICH TRAURIGE Version von *Have A Merry Little Christmas* singt, moralische Unterstützung brauchst. Nacht.

Holly legt ihr Handy weg und startet den Film auf ihrem Laptop. Aber selbst als Judy Garland herzzerreißend qualvoll jede Silbe des sowieso schon sehr gefühlvollen Weihnachtslieds dehnt, bleiben ihre Augen trocken. Nach Ende des Films putzt Holly sich die Zähne, schaltet das Licht aus und klettert hinauf in ihr Bett. Durch das Dachschrägenfenster scheinen Myriaden von Sternen. Sie beginnt gemächlich damit, sie einen nach dem anderen zu zählen, und ist wenig später eingeschlafen.

5
IVY

18. Dezember
Kauai, Hawaii

Ivy blickt in die meerfarbenen Augen des Barmanns, und der wiederholt noch einmal, dass er die perfekte Lösung für ihr Problem mit einer fehlenden Unterkunft auf Hawaii weiß.

»Gleich hier um die Ecke, etwa zehn Minuten zu Fuß in diese Richtung, steht ein Strandhaus. Da miete ich mich immer ein, wenn ich auf Kauai bin. Und zufälligerweise habe ich mitbekommen, dass heute Morgen ein Mieter storniert hat. Mit anderen Worten, da ist ein Studio direkt am Strand zu einem akzeptablen Preis zu haben, und ich bin mir sicher, dass Larry es dir nur zu gern überlassen würde.« Er schreibt eine Nachricht, und Sekunden später meldet sein Handy bereits eine Antwort. Er schickt noch eine und schaut hoch. »Was sagen Sie zu zweihundert die Nacht?«

»Aber …«, beginnt Ivy und schüttelt den Kopf. »Ich kann doch nicht einfach in irgendein Strandhaus bei zwei Typen einziehen. Ich kenne nicht mal Ihren Namen.«

»Ich bin Oliver«, antwortet er, und das Ein-Grübchen-Lächeln ist zurück. »Und Larry ist eine Frau«, fügt er lachend hinzu. »Eine Abkürzung für Larisa.«

»Warum behandeln Sie mich derart nett?«, fragt Ivy und neigt den Kopf zur Seite.

»Weil ich so bin. Weil Sie einen netten Eindruck machen. Und weil dieser Matt ein echter Mistkerl zu sein scheint.« Er hält ihr sein Handy hin. »Reden Sie doch einfach selbst mit Larry und entscheiden dann.«

Sie nimmt das Handy und plaudert eine Weile mit Larry, die eine warme Stimme hat und ihr mit leicht spanischem Akzent versichert, dass sie Ivy mit Freuden das überraschend frei gewordene Studio in ihrer Strandvilla vermieten würde.

»Also, alles geklärt?«, fragt Oliver, als Ivy ihm nach dem Gespräch das Handy zurückreicht.

Sie zögert, aber nur eine Sekunde. »Ja, ich bin wirklich sehr dankbar für die Hilfe.«

»Nichts zu danken, würde doch jeder tun. Und da wir nun unter einem Dach wohnen, sollten wir uns vielleicht einfach duzen, einverstanden?«

Sie nickt.

»In einer halben Stunde endet meine Schicht, dann gehe ich mit dir runter zum Strand und zeige dir deine neue Bleibe.«

Während er sich um zwei Frauen kümmert, die an die Bar getreten sind, schaut sie zum Meer und verfolgt, wie die letzten Strahlen ihres ersten hawaiianischen Sonnenuntergangs hinter dem Horizont verschwinden. Über der Bar und den Kiawe-Bäumen blinken nach und nach die verschiedenen Sternbilder auf – als würden sich verirrte Weihnachtssterne plötzlich über dieser winzigen Insel mitten im Pazifik wiederfinden. Ivy macht ein paar Fotos mit ihrem Handy und fühlt die erwartungsvolle Ankunftsfreude zurückkehren. Sie muss nicht schon wieder nach Hause. Sie kann hierbleiben und diese grandiose Landschaft einfangen. Womit zumindest eine Sache stimmt in ihrer Welt.

»*Unfassbar*, Oliver«, schwärmt Ivy. Selbst in der Dunkelheit kann sie erkennen, wie bezaubernd ihr neues Zuhause ist. Von der Terrasse der Villa führt eine Treppe in einen kleinen rasenbedeckten Garten, der von Palmen eingefasst ist. Ein mit Solarlichtern gesäumter Pfad führt anschließend bis zu einem Strand, dessen Sand im Mondlicht in der Farbe von frisch gemähtem Heu leuchtet. Das Strandhaus selbst schmiegt sich in der Bucht an sanft aufsteigende Berge, die von Kopf bis Fuß in samtiges Grün gehüllt sind, als hätten sie sich für eine Weihnachtsfeier eingekleidet. Auf einer Seite der Terrasse hängt eine Hängematte, ihr gegenüber auf der anderen steht ein kleiner Holztisch, der genau die richtige Größe hat, um daran zu malen.

»Und dabei bist du noch gar nicht drin gewesen«, sagt Oliver und winkt sie herein. »Na, los.«

Das Studio ist luftig und offen geschnitten. Ivy dreht sich langsam um die eigene Achse, um sich alles anzusehen. Die kleine Küchenecke an der Rückseite blickt in einen weiteren baumreichen Garten und zu einem Weg, der zur Straße führt. Bretter und Leisten der Außenwände sind meerglasgrün gestrichen, ein Bett aus Massivholz mit Sprossen am Kopfende steht, einladend mit weißem Leinenzeug bezogen, direkt neben dem größten Fenster. Auf dem Boden liegen ein paar schlichte Rattanmatten, eine Wand ist mit atemberaubenden Nahaufnahmen von Meer und Wellen dekoriert, an der anderen hängt ein in Korallenmustern aufgefächerter Quilt. Von der Meerseite strömt salzig würzige Luft herein, von der Rückseite aromatischer Blütenduft. »Das ist ja ein traumhaftes Fleckchen Erde«, seufzt Ivy. »Hab vielen Dank, Oliver. Und Larry natürlich auch.«

»Schön, dass es dir gefällt. Allerdings habe ich ein schlechtes Gewissen – immerhin ist Advent, und nichts hier drin ist weihnachtlich geschmückt.«

»Ach, Weihnachten ist doch nur so mittelinteressant«, beruhigt Ivy ihn mit einem Achselzucken. »Meinetwegen braucht es jedenfalls keinen Schmuck.«

»*So mittel*interessant?«, wiederholt Oliver ungläubig.

»Ich bin eben zwiegespalten, was Weihnachten betrifft«, erklärt sie vage, während er belustigt grinst.

»Was genau ist denn deiner Meinung nach nur ›so mittelinteressant‹ an Weihnachten?«, bohrt er nach und beginnt an den Fingern aufzuzählen: »Die stimmungsvolle Musik? Die Atmosphäre des Gebens? Das fantastische Essen? Die unerwarteten Geschenke? Das Staunen in den Gesichtern der Kinder?«

»Ziemlich klar, wie *du* zu Weihnachten stehst«, kommentiert Ivy lachend. »Meine Eltern sind überaus kapitalismuskritisch, um es mal vorsichtig zu formulieren. Und was immer man von Weihnachten hält – ein Traum für Geschäftemacher ist es ganz sicher.«

»Ach Quatsch, alles Humbug, Ivy«, erwidert Oliver und strahlt dabei unverdrossen, als könne nichts seine Vorfreude auf die Festtage trüben. Dann schnippt er mit den Fingern. »Ich weiß, was dich garantiert in Weihnachtsstimmung bringen wird.« Er legt den Kopf schief, und seine meergrünen Augen funkeln noch stärker. »Hey, Alexa, spiel bitte *Mele Kalikimaka*.«

Der Lautsprecher an der Ecke des Küchentresens leuchtet auf, und das schwungvolle Weihnachtslied erklingt in der Originalversion von Bing Crosby und den Andrew Sisters.

»Wer würde diesen Song nicht lieben? Gib's zu!« Er beginnt mitzusingen, trifft sogar all die hohen Noten der Andrew Sisters, und tanzt dazu ausgelassen und unbefangen. Sein Hemd rutscht hoch, und sie erhascht einen Blick auf seine schlanke Taille und den goldblonden Haarstreif, der sich über seinen straffen Bauch zieht. Keine Frage, Oliver ist echt scharf. *Aber ich bin nicht für Urlaubsflirts hier*, ruft sie sich in Erinnerung. Keine Ablenkungen während eines Kunstretreats – und vor allem dieses hier darf sie nicht vergeuden, verdankt sie es doch ihrer kummergeplagten besten Freundin.

Also beißt sie die Zähne zusammen und blendet alles aus, während er weiter fröhlich herumtanzt.

»Okay, okay«, räumt er nach Ende des Songs ein. »Ich sehe deiner Miene schon an, dass es bei dir nicht klappt. Auf welche Musik stehst du denn?«

»Hey, Alexa«, ruft Ivy. »Spiel … Leon Bridges.« Aus den Lautsprechern wummert das funkige Intro von *Steam*, und Oliver nickt im Takt mit.

»Nicht gerade weihnachtlich und längst nicht so abgefahren wie Bing und schon gar nicht so krass wie die Andrew Sisters, aber ganz nette Hintergrundmusik für die restliche Tour durch dein neues Reich.«

»›Krass‹?«, wiederholt sie lachend. »Wer sagt denn heute noch ›krass‹? Oder ›abgefahren‹?«

»Ich.«

Ihre Blicke begegnen sich, und sie fühlt sich kurz durchschaut, doch dann dreht er sich zur Wand, um ihr die Bedienung der Klimaanlage zu erklären.

»Hallo?«, hört Ivy eine Frauenstimme. »Klopf, klopf?«

Eine große, attraktive Frau, deren langes braunes Haar mit honigblonden Strähnen durchsetzt ist, drückt die Schiebetür ganz zur Seite.

»Larry«, ruft Oliver.

»Na, mein Schatz«, begrüßt sie ihn, tritt, begleitet von einer betörenden Duftwolke aus blumigen Moschusnoten, näher und küsst ihn auf die Wange. Dann wendet sie sich mit einem strahlenden Lächeln an Ivy: »Und du bist bestimmt Ivy, unsere Mitbewohnerin für die nächsten zwei Wochen.«

Aha. Was sonst! Mister Hot Barkeeper ist natürlich nicht Single. Er hat eine langbeinige, fantastisch aussehende Freundin mit funkelnden Augen, die in diesem Moment Ivy eine Papiertüte mit Lebensmitteln hinhält.

»Etwas Kaffee, Obst und Brötchen fürs Frühstück.«

»Vielen Dank«, sagt Ivy und nimmt die Tüte entgegen. »Für all die Freundlichkeiten, dafür, dass ich hier unterkommen kann und so. Ich weiß es wirklich sehr zu schätzen.«

»Na, was sollte ich denn sonst tun?«, erwidert Larry, und ihre schokoladenfarbenen Augen werden groß. »Ollie hat mir von deiner Situation erzählt. Erst vor dem Altar sitzengelassen, und dann erscheint dein Ex-Verlobter auch noch mit einer anderen auf eurer Hochzeitsreise?«

Ivys Wangen röten sich ein wenig. »Äh, nun, genau genommen bin nicht ich …«

»Ich mach ja nur Witze. Verzeih. Er hat mir alles erzählt – dass du in Wahrheit gar nicht Holly bist, sondern ihre beste Freundin. Und dass sie dir ihre Hochzeitsreise überlassen hat, aber dann hat ihr Schwachkopf von Ex das Ganze torpediert.« Larry sieht aus wie Eva Mendes, hat sogar den gleichen sexy Schönheitsfleck auf der Wange, womit sie natürlich perfekt zum Ryan-Gosling-Doppelgänger Oliver passt. »Trotzdem eine Wahnsinnsgeschichte. Du musst doch vor Wut kochen wegen deiner Freundin. Ich habe Oliver gesagt, er soll ihm das nächste Mal Tabasco in seinen Drink schütten. Oder … kennst du den Trick mit dem geschmolzenen Strohhalm? Hab ich in meiner Bar schon mal bei einer Gruppe Fraternity-Studenten angewendet. Pöbelnde Frat-Typen sind echt *das Schlimmste*.«

»Das Allerschlimmste«, pflichtet Ivy bei. »Matt, der Ex meiner Freundin, ist ein Frat-Typ.«

»Was sonst?«

Oliver lacht und schaut liebevoll zu Larry, die den Kopf

an seine Schulter legt. »Keine Sorge, Lar. Ich werde alles in meiner Macht Stehende tun, um ihm den Tag zu vermiesen.«

»Na, hoffentlich.«

Plötzlich muss Ivy ungewollt gähnen.

»Oje, wir mischen uns hier in deine Angelegenheiten und halten dich vom Schlafen ab!«, sagt Larry. »Wir sollten dich jetzt mal in Ruhe lassen. Schließlich ist es bald wieder Morgen, und das Krähen der Hähne wirft einen aus dem Bett.«

»Hähne?«

»Unten am Strand«, erklärt Larry. »Man gewöhnt sich dran.«

»Gar kein schlechter Wecker, um ehrlich zu sein«, fügt Oliver hinzu. »Da ich morgens gern so früh wie möglich draußen auf den Wellen bin, verlass ich mich darauf, vom Krähen geweckt zu werden. Okay, der Schlüssel liegt da auf dem Tisch …«

»Und wir sind direkt ein Stockwerk unter dir«, beendet Larry den Satz. »Solltest du irgendwas brauchen, findest du einen von uns bestimmt hier. Mir gehört eine Bar in Hanalei, etwa fünfzehn Minuten zu Fuß. Komm doch morgen Abend auf einen Drink vorbei. Sie heißt Black Pearl.«

»Mach ich. Und dieses Haus ist wirklich wunderschön. Ihr beide seid echt supernett.«

»Normalerweise würde ich jetzt darauf verweisen, dass es zur Vorweihnachtszeit gehört, anderen zu helfen«, bemerkt Oliver. »Aber mit Weihnachten hast du's ja offenbar nicht so.« Er schenkt Ivy ein letztes Ein-Grübchen-Lächeln und fährt sich mit der Hand durch das dunkelblonde Haar, was seine sowieso schon verwuschelte Frisur noch weiter ruiniert. Prompt streckt Larry die Hand aus und bringt das Ganze wieder ein wenig in Ordnung.

»Dann bis morgen, Ivy«, sagt Larry und wendet sich zum Gehen. »Träum was Schönes.«

Als sie weg sind, verharrt Ivy erst mal einen Moment reglos, um alles sacken zu lassen. Sie muss Hawaii nicht verlassen. Sie hat eine Unterkunft – sogar eine grandiose. Mister Hot Barkeeper hat die passende Schönheit zur Freundin – und auch das ist gar nicht schlecht so. Um ihn zu ignorieren, hätte Ivy innerlich scheintot sein müssen, und für so viel Ablenkung hat sie jetzt weder Zeit noch Kraft.

Nach einer schnellen Dusche wickelt Ivy sich in eins der flauschigen weißen Badetücher und steigt ins Bett unter Laken, die duften, als hätten sie zum Trocknen neben einem Hibiskusstrauch gehangen. Sie scrollt noch einmal durch die Nachrichten, die sie mit ihrer Freundin heute gewechselt hat. Hollys Frage, wie das Hotel denn sei, lässt Ivy zusammenzucken. Wie hätte sie darauf antworten sollen, ohne zu lügen? Am Ende hatte sie es bei einem einfachen Alles super belassen, aber das war bestenfalls die halbe Wahrheit. Bislang wusste Holly nicht mal, dass sie überhaupt nicht im Hotel wohnte. Und wie sollte sie ihr das erzählen, ohne ihrer Freundin zugleich die Wahrheit über Matt zu beichten – und ihr damit ganz sicher den nächsten Tiefschlag zu versetzen?

Ivy fällt mit einem Stöhnen nach hinten ins Kissen und lässt ihr Handy auf die Decke fallen. Wie konnte Matt das Holly bloß antun – und damit auch *ihr?* So beschissen hat sie sich noch nie gefühlt. Ivy lügt Holly sonst nie an. Das haben sie sich versprochen, als sie sich vor zehn Jahren auf der Weihnachtsparty zum ersten Mal begegnet sind. Und jetzt muss sie dieses Versprechen gegen ihren Willen brechen – und es dürfte im Verlauf der nächsten beiden Wochen nur noch schlimmer werden.

»Scher dich zum Teufel, Matt!«, knurrt Ivy und wälzt sich

im Bett hin und her. Lange fällt es ihr schwer, Ruhe zu finden und die wohlige Umarmung der Matratze zu genießen. Inzwischen scheint der Mond durchs Fenster und taucht die Serie von Meeresaufnahmen an der gegenüberliegenden Wand in sanftes Licht. Es beruhigt Ivy, sie zu betrachten, hilft ihr dabei, sich mehr auf die neue Umgebung zu lenken. Der hektische Pulsschlag wird langsamer.

Sie kann das Rauschen der Wellen draußen hören, riecht den salzigen Meeresduft in der leichten Brise. Von unten dringt leise eine tiefe Stimme an ihr Ohr – Olivers –, gefolgt von Larrys entspanntem Lachen als Reaktion.

Hier ist es gut, sagt Ivy zu sich selbst. *Da ich an der Sache mit Holly und Matt im Augenblick eh nichts ändern kann, sollte ich wenigstens versuchen, das Beste aus meinem Aufenthalt zu machen.*

6
HOLLY

19. Dezember
Hudson Valley, New York

Holly träumt, ein Specht würde an ihrem gefrorenen Herzen hämmern, um es aufzubrechen. *Tock, tock, tock.* Ihr Herz ist ein Eisblock. *Tatock, tock, tock.* »Es hat keinen Sinn«, erklärt sie dem Specht. »Gib auf. Es ist viel zu hart.« Doch das Klopfen geht weiter, bis Holly endlich merkt, dass es gar kein Traum ist – da klopft wirklich jemand. Und zur Wirklichkeit zählt auch, dass es eiskalt ist. Selbst unter der dicken Bettdecke kann sie ihre Zehen nicht mehr spüren.

Tock, tock, tock.

»Holly! Bist du da! Ist alles okay?«

Verdammte Scheiße! Holly springt aus dem Bett und sieht von ihrer hohen Warte im Dachboden, dass draußen schon die morgendlichen Sonnenstrahlen zwischen den Tannen durchscheinen und Aiden auf der zugeschneiten Terrasse vor dem Haus steht. Sie wirft einen Blick auf die Uhr: Viertel nach neun. Sie hat verschlafen, und Aiden ist bereits wegen des neuen Mietvertrags da.

»Sorry!«, schreit sie und hüpft erst auf dem einen, dann auf dem anderen Bein, um sich die Strümpfe anzuziehen. »Gleich unten!« Sie entdeckt einen Haargummi, bindet sich die Haare zu einem, wie sie hofft, kunstvoll zerzausten Dutt, hat aber das Gefühl, dass es doch nur nach schlichtem Chaos aussieht, und klettert die Leiter hinunter.

Erst als sie schon die Eingangstür aufreißen will, fällt ihr auf, welchen Pyjama sie am Abend zuvor im Dunkeln übergestreift hat. Ivy hat ihn ihr zum letzten Geburtstag geschenkt, und er ist mit diversen Aufnahmen bedruckt, die Holly zeigen, wie sie in jungen Jahren mit ihrem damaligen Kater posiert. Da sind etwa die achtjährige Holly und Mr. Snuggles, beide in identischen Kürbiskostümen zu Halloween. Holly, grinsend mit Zahnspange, hält Mr. Snuggles über ihrem Kopf wie Simba in *König der Löwen*. Holly und Mr. Snuggles während ihrer *Adventure Cat*-Phase, in der sie mit ihren Rucksäcken Ausflüge über die Brooklyn Bridge oder nach Coney Island unternehmen.

»Guten Morgen!«, ruft sie fröhlich, um die Aufmerksamkeit von ihrem Pyjama abzulenken. Stattdessen sorgt sofort die Innentemperatur dafür.

»Hier drin ist es ja genauso kalt wie draußen«, sagt Aiden beim Eintreten. »Was ist denn mit dem Ofen passiert?«

»Oh … ich muss wohl so lange geschlafen haben, dass er ausgegangen ist.«

»Vielleicht solltest du besser das Kaminholz benutzen und die Pellets erst später hinzufügen, wenn du wie bei diesen Temperaturen ein lang brennendes Feuer brauchst. Das hätte ich gestern Abend erklären sollen.«

»Verstanden. Dauert nur eine Sekunde.« Holly möchte unbedingt unter Beweis stellen, dass sie immer noch so ambitioniert und hochtalentiert ist, wie er sie aus der Highschool in Erinnerung hat, und kämpft unbeholfen darum, das Feuer neu zu entfachen.

»Etwas Anmachholz und zerknülltes Zeitungspapier wären vermutlich hilfreich«, wagt er schließlich zu bemerken.

»Anmachholz, richtig.« Sie nimmt eine Handvoll zerkleinerte Äste aus dem Zinkeimer neben dem Ofen und wirft sie in die Öffnung. Dann zerknüllt sie ein paar Zeitungsreste und stopft sie hinterher.

»Das sollte genügen«, bremst Aiden sie vorsichtshalber. Sie hält den Anzünder an das Papier, bis die Zeitung und dann auch das Anmachholz zu brennen beginnen. Kurz darauf lodert das Ofenfeuer in voller Pracht, und Holly stößt einen kurzen Jubelschrei aus.

»Das zweite Mal in meinem Leben«, sagt sie und bemerkt seinen fragenden Blick. »Aiden, ich muss dir etwas gestehen. Ich habe noch nie in so einer Selbstversorgerhütte gewohnt oder auch nur ein Feuer entzündet.«

»Dachte ich mir schon«, kommentiert Aiden mit einem Lächeln, wirkt aber weiter nachdenklich. »Schön, wenn sich jemand so darüber freuen kann, ein Feuer in Gang zu bekommen.«

»Ein echtes Erfolgserlebnis für mich. Damals in der Highschool hätte ich jetzt wahrscheinlich sofort versucht, aus dem Anzünden eines Hybridofens einen Wettbewerb zu machen. Du hast das gestern sehr freundlich heruntergespielt, aber ich war als Teenager schon sehr … anstrengend.«

Er betrachtet sie eindringlich. »Ich habe dich damals nicht so gesehen«, sagt er endlich. »Allerdings schien mir die Holly Beech, die ich in der Highschool kannte, tatsächlich nicht der Typ für ein karges Einsiedlerleben.«

»Bin ich immer noch nicht«, gesteht sie. »Aber ich werde dir trotzdem nicht zur Last fallen während meines Aufenthalts hier, das verspreche ich. Da ich jetzt kapiert habe, wie man Feuer macht, dürfte ja auch so ziemlich alles geklärt sein. Ich habe nämlich nicht vor, großartig viel zu unternehmen in den nächsten beiden Wochen, außer …« *mich im Kummer zu suhlen und versuchen zu weinen.* »Nicht viel eben.«

»Aber es ist bald Weihnachten«, sagt er und neigt verwundert den Kopf.

»Ich weiß, es wirkt komisch, die Weihnachtszeit allein verbringen zu wollen, aber ich …« *Ich sollte vorgestern eigentlich heiraten und jetzt meine Flitterwochen auf Hawaii genießen. Doch dann hat mich mein Verlobter am Vorabend der Hochzeit abserviert wegen einer Frau namens Abby, und wenn ich mich noch einen Tag davon abhalten kann, sie zu googeln, werde ich mich mit einem Monstereisbecher Netflix & Chill'd von Ben & Jerry's belohnen.* »… bin nun mal ein Grinch«, beendet sie den Satz. Das stimmt zwar nicht unbedingt, doch auf keinen Fall kann sie ihm ihre jämmerliche Situation offenbaren. »Weihnachten ist so öde. Ich bin da lieber für mich.«

»Und ein Mensch, der Weihnachten für öde hält, verkleidet seine Katze als Buddy der Weihnachtself und sich selbst als Jovie?«

Ihre Wangen beginnen zu glühen. Den peinlichen Pyjamabedruck hatte sie ganz vergessen. »Da war ich *neun*«, entgegnet sie.

Während Aiden einen Schritt zurücktritt, um sich alle Bilder anzuschauen, hätte Holly sich am liebsten in einer der winzigen Spalten zwischen den Bodendielen verkrochen. »Ist das nicht Mr. Snuggles?«, fragt er.

»Woher kennst du seinen Namen?«

»Den Namen deines Katers dürfte so ziemlich jeder in unserer Schule gekannt haben. Dein Projekt zur Forschungsmesse in unserem vorletzten Jahr?«

»Ach ja.« Für das Projekt hatte Holly auf einer verkabelten Matte verschiedenfarbige Tasten installiert, die Mr. Snuggles drücken konnte und bei deren Berührung Hollys aufgezeichnete Stimme jeweils ein Gefühl oder Bedürfnis nannte. Nach monatelangem Training glaubte sie, auf diese Weise recht zuverlässig Aufschluss über das tiefste Innenleben ihres Katers erhalten zu können. In der Aula betätigte Mr. Snuggles dann vor den Augen der gesamten Schule erst die Tasten für »Mir ist langweilig« und »Ich habe Hunger«, bevor er zehnmal hintereinander auf »Ich werde wütend« drückte und anschließend den Schulleiter anfauchte. Ungeachtet dieses Aufregers gewann sie damals den ersten Preis für das, was die Fachjuroren als »potenziell bahnbrechende Erkenntnisse zur Psychologie von Tieren« werteten.

»Leider ist er vor ein paar Jahren gestorben. Aber auf diesem Pyjama, den ich geschenkt bekommen habe, lebt Mr. Snuggles weiter.«

Aiden studiert interessiert von oben bis unten ihren Pyjama, und Holly spürt, wie sich ihr Herzschlag beschleunigt und ihre Wangen noch wärmer werden. Ob sie sich jemals daran gewöhnen wird, dass Aiden Coleman einen solchen Glow-up durchlaufen hat? Um ihre Nervosität zu überspielen, redet sie schnell weiter: »Als Mr. Snuggles mit achtzehn gestorben ist, haben Ivy und ich seine Asche bis raus nach Cape Cod gebracht, weil ich dachte, er würde sein ewiges Leben am liebsten inmitten von so viel frischem Fisch verbringen. Ivy ist meine beste Freundin – die, die ursprünglich die Hütte von dir gemietet hat.«

»Stimmt«, sagt er und hebt den Kopf. »Womit wir beim Anlass meines Besuchs wären. Unterschreib einfach kurz den neuen Vertrag hier, und dann störe ich dich auch nicht länger.«

»Du störst doch nicht!«, widerspricht sie sofort und streicht sich unsicher über den Kopf. »Na gut, ich hätte mich vielleicht richtig kämmen können. Aber du bist hier jederzeit willkommen.« Während er einen Kuli aus der Brusttasche des weichen Flanellhemds unter seiner Jacke kramt, fächelt sie sich rasch so beiläufig wie möglich die erhitzten Wangen.

Holly geht mit dem Vertrag zur Frühstückstheke, um ihn schnell durchzulesen – die Anwältin in ihr lässt sie nichts unterschreiben, das sie nicht erst gelesen hat, selbst wenn es sich um seitenlange überarbeitete Datenschutzregelungen in Handyverträgen oder Social-Media-Accounts handelt. Endlich unterschreibt sie auf der gepunkteten Linie. »Das hätten wir«, sagt sie und reicht ihm den Vertrag zurück. »Alles geregelt. Entschuldige noch mal, dass wir dich nicht vorab über den Wechsel von Ivy zu mir unterrichtet haben.«

»Kein Problem, ehrlich nicht. Ist schön, sich nach all den Jahren mal wiederzusehen.«

»Finde ich auch«, betont sie. Als er sich zum Gehen wendet, ruft sie ihm hinterher: »Eine Sekunde – hast du gestern Abend nicht gesagt, dass es in Krimbo einen Supermarkt gibt? Hat der heute geöffnet?«

»Einen Supermarkt gibt es schon«, antwortet er und schaut sie mit skeptischer Miene an. »Aber es hat die ganze Nacht geschneit, und es schneit immer noch.«

»Du hast recht«, sagt sie und schaut aus dem Fenster. »Sieht wunderschön aus draußen.«

»Du hast keine Winterreifen an deinem Wagen, ist mir aufgefallen. Ich halte es für keine gute Idee, damit bei diesem Wetter herumzufahren.«

»Aber ich brauche dringend ein paar Lebensmittel«, erwidert Holly. »Ich werde das schon schaffen.«

»Auf der Brücke, die in die Stadt führt, ist bestimmt Glatteis. Ich kann dich wirklich nicht in diesem Wagen auf die Straße lassen. Ich nehme dich in meinem Pick-up mit, okay?« Er sieht auf die Uhr. »Zuerst muss ich aber noch bei jemandem vorbeischauen. Dauert nicht lange.«

Erst als er mit angezogener Jacke an der Tür wartet, begreift sie, dass er schon jetzt mit ihr gemeinsam aufbrechen will.

»Ich weiß nicht, ob ich mich der örtlichen Bevölkerung, auch wenn die Anzahl überschaubar ist, gleich im Schlafanzug vorstellen sollte.«

»Ach, stimmt ja«, sagt er lachend. »Zieh dich ruhig um. Ich warte so lange im Wagen.«

Holly schlüpft schnell in Leggins und ihren weißen Shetlandpullover. Ein wenig ärgert sie sich über die Bevormundung. So schlimm wird es draußen schon nicht sein. Hätte sie nicht auch selbst fahren können? Sie versucht kurz, vor dem Spiegel ihre schlafverwuschelten Haare zu zähmen, findet in ihrer Handtasche noch ein Kaugummi gegen den morgendlichen Mundgeruch und entscheidet, dass das genügen muss. Das stets sich im Griff habende, ultraehrgeizige und hochintelligente Mädchen, das er in der Highschool kannte, gibt es sowieso nicht mehr – da kann sie ihm noch so beharrlich etwas vormachen über ihre wahre aktuelle Lage. Holly schnappt zittrig nach Luft und steckt sich zur Sicherheit noch ein zweites Kaugummi in den Mund. Dann klettert sie nach unten, zieht an der Tür Winterstiefel und Parka an und stapft über den herrlich knirschenden Schnee zu Aidens Pick-up. Wenige Schritte, bevor sie ihn erreicht, öffnet er das Seitenfenster.

»In einem Korb neben der Tür liegen Jutebeutel«, ruft er ihr zu. »Dann musst du im Laden kein Plastik benutzen.«

Holly holt ein paar Mehrwegbeutel aus der Hütte und lässt unterwegs die Finger über ihr Handy fliegen, um Ivy eine Nachricht zu schicken. **Nicht, dass es überhaupt in Frage gekommen wäre, aber aus mir und Öko-Superman wird nichts,** tippt sie. **Erstens hat er mich heute Morgen im Mr.-Snuggles-Pyjama gesehen, wohlgemerkt ohne zu übernachten. Zweitens ist er fanatisch wie Tracy Flick in »Election«, bloß als Umweltretter. Und in Sachen Verkehrssicherheit. Etwas nervig.**

Sie steckt ihr Handy weg und kehrt zurück zum Pick-up.

Auf der Fahrt ist außer den knirschenden Reifen und den Scheibenwischern, die den weiter rieselnden Schnee fortwischen, kein Laut zu hören. »Der Wagen ist echt extrem leise«, wagt sie nach einer ganzen Weile zu bemerken.

»Weil er elektrisch fährt«, erklärt er ihr.

Einige Minuten später unternimmt sie den nächsten Gesprächsversuch. »Wow, jetzt kommt aber ordentlich was runter!«

Aiden blickt sie an, und es scheint fast, als hätte er ihre Anwesenheit völlig vergessen. »Für hiesige Verhältnisse ist das ein ganz normaler Tag. Weshalb man auch besser mit einem Pick-up unterwegs sein sollte.«

»Hör mal, es war keine Absicht, kapiert?«, explodiert sie so abrupt, dass es sie selbst überrascht. Aber all die aufgestauten Emotionen, die sie aus der Stadt mitgeschleppt hat, sprudeln plötzlich ungebremst hervor wie das Wasser aus der Bergquelle, die Aiden ihr gestern Abend gezeigt hat. »Ich habe keine Winterreifen am Auto! Habe keine Lebensmittel dabei! Ich vergesse *ständig*, Einkaufsbeutel einzustecken, wenn ich in den Supermarkt gehe, und bis gestern hatte ich auch keine Ahnung, was ein Hybridofen ist. Ich würde liebend gern in Flaschen abgepacktes Wasser kaufen, weil ich genau weiß, dass ich beim Abzapfen an der Quelle mit großer Sicherheit ins Wasser fallen werde. Ich kenne mich einfach nicht aus! Ich bin nicht mehr das hyperintelligente Mädchen, das du in der Highschool kanntest! Aber Menschen ändern sich eben, okay?«

Er reagiert mit keiner Silbe auf ihren Ausbruch, was das Entsetzen darüber, dass sie sich überhaupt dazu hatte hinreißen lassen, noch verzehnfachte. Holly fährt sich mit den Händen über das Gesicht und schluckt schwer, während sie die Tränen zurückdrängt, die ihr in die Augen steigen. Sie fühlt sich grauenhaft. Zugleich wird ihr aber auch bewusst, dass soeben etwas Erstaunliches passiert ist. Zum ersten Mal seit Matt ihr verkündete, dass die Hochzeit geplatzt war, und sie begriff, dass das Happy End, auf das sie ihr Leben zehn Jahre lang ausgerichtet hatte, reiner Selbstbetrug gewesen war, hat Holly etwas anderes als diesen dumpf schmerzenden Abgrund des Nichts empfunden. Sie hat etwas *gefühlt*.

»Entschuldige, Aiden«, sagt sie. »Ich mache gerade eine schwere Zeit durch. Das war nicht fair.«

Er bleibt noch eine ganze Weile stumm, und sie befürchtet schon, er würde anhalten und sie bitten auszusteigen. »In Wahrheit war das *mehr* als fair«, erklärt er schließlich. »Du hast doch schon erwähnt, wie anstrengend es für dich ist und wie sehr du ein paar Tage für dich brauchst. Du verbringst hier ganz allein die Weihnachtszeit, was sicher nicht einfach ist, aber dann frag ich dir auch noch Löcher in den Bauch, obwohl es mich einen Scheiß angeht. Ich bin manchmal einfach ein wenig … unsensibel.« Jetzt klingt er schon so, dass Holly sich fragt, worin *sein* Problem besteht. Da beschäftigt sie sich andauernd nur mit ihren eigenen Schwierigkeiten – aber Aiden hat ja selbst ein Leben. Und das verläuft bei niemandem perfekt. »Ich wollte dir keine Vorwürfe wegen irgendwas machen«, fährt er fort. »Vermutlich verbringe ich bloß zu viel Zeit allein und erledige die Dinge immer bloß auf meine Art.«

Sie biegen in einen privaten Zufahrtsweg ab, der sich schier endlos durch dichte Tannenreihen schlängelt, von deren Ästen die Schneeflocken im Wind wie kleine Federn rieseln. Während Aiden erneut verstummt, da er vorsichtig um eine extrem scharfe Kurve steuern muss, saugt Holly den fast unwirklichen Zauber, in den sie gerade eingetaucht sind, in sich auf. Vor wenigen Sekunden noch waren sie auf einer normalen Landstraße, und nun hat sie den Eindruck, sich in einer völlig anderen Welt zu befinden – einer Welt, die den Märchen ähnelt, die sie als Kind verschlungen hat. Der Pick-up nähert sich einem alten viktorianischen Haus, das aussieht wie von dickem Zuckerguss überzogen. Es fügt sich nahtlos ein in die Umgebung aus schneebedeckten Hügeln und weiteren riesigen Kiefern, die in kuschelige weiße Fleecejacken gehüllt scheinen. Die Backsteinfassade des Hauses leuchtet in einem warmen Graugelb, von dem sich das Holz rot absetzt. »Plaskett's Christmas Tree Farm« entziffert Holly auf einem Schild, dessen grüne und gelbe Farbe verblichen und abgeblättert ist.

»Aber die Bäume sind doch gigantisch groß«, staunt Holly, die den angespannten Moment mit Aiden inzwischen völlig vergessen hat. »Werden hier Weihnachtsbäume für Riesen verkauft?«

»Verkauft wird hier eigentlich gar nichts mehr«, antwortet Aiden. »Carole Plaskett ist vor zehn Jahren gestorben, und George hat den Laden noch eine Weile so gut es ging weitergeführt, wird jetzt aber auch bald neunzig, obwohl man ihm das nicht ansieht. Er hält sich wirklich super. Überall, wo derart große Bäume gebraucht werden, nimmt die Stadt weiterhin seine, zum Beispiel auf dem Rathausplatz, aber im Wesentlichen ist das hier mittlerweile einfach Wald.«

»Ein Wald aus Weihnachtsbäumen«, haucht Holly. *»Magisch.«*

»Darin stimmt dir in Krimbo jeder zu«, erklärt Aiden lächelnd. »Weshalb wir auch alles in unserer Macht Stehende dafür tun, dass George hier, wo er sich wohlfühlt, wohnen bleiben kann. Wir hatten schon ein paar Versammlungen deswegen und sind einhellig der Meinung, dass er so lange wie möglich in seinem Haus bleiben soll – nicht zuletzt auch, weil Seniorenheime keine Katzen erlauben. Mrs. Claws, seine Katze, ist nach dem Tod von Mrs. Plaskett nämlich die einzige große Liebe in seinem Leben. Daher übernehmen wir quasi reihum seine Versorgung. Er hat eine zuverlässige Haushaltshilfe, Drew Winchester, eine Frau aus dem Ort, die auch bei ihm wohnt, und wir achten darauf, dass zumindest einer von uns ihn jeden Tag besucht. Wir wechseln uns dabei nach einem festen Plan ab, was sich nach Arbeit anhören mag, es aber nicht im Geringsten ist. Jeder liebt George.«

»Ihr habt Versammlungen, um zu klären, wie ihr euch um jemanden kümmert? Das ist echt supernett, Aiden.«

»So läuft das hier nun mal.«

Er schaltet den Motor aus und schaut sie an. »Holly, bevor wir reingehen, möchte ich gern das Gespräch von eben zu Ende führen. Wir sind beide keine Kinder mehr, sondern inzwischen erwachsen und haben schon ein paar Dinge erlebt. In vielerlei Hinsicht sind wir nicht mehr dieselben Menschen – aber um das klarzustellen: Du bist klüger als jede andere Person, der ich je begegnet bin. Daran hat sich nichts geändert. Es tut mir leid, wenn ich gestern oder heute etwas gesagt haben sollte, das einen anderen Eindruck erweckt.«

Es verschlägt ihr kurz die Sprache, aber er scheint auch keine Antwort zu erwarten oder zu brauchen, selbst wenn ihr eine eingefallen wäre. Sobald er sich die Sache von der Seele geredet hat, dreht er sich um und nimmt einen kleinen Arztkoffer von der Rückbank. Derweil spürt sie nicht zum ersten Mal, wie ihr Herz in seiner Gegenwart allmählich aufzutauen beginnt. »Okay, dann wollen wir mal«, sagt er. »George freut sich bestimmt, dich kennenzulernen. Er liebt Besuch.«

»Warum der Arztkoffer?«

»Mrs. Claws hat seit Kurzem Probleme mit den Nieren. Alle drei Tage braucht sie etwas, das wohl so eine Art Dialyse für Katzen ist. Keine Ahnung, wieso das ausgerechnet an mir hängen geblieben ist. Jedenfalls bin ich deshalb jetzt hier.«

»Du fährst hier raus, um der Katze eines alten Mannes eine Dialyse zu verabreichen?«

»Genau.«

»Und der gesamte Ort hält Versammlungen ab, um die Betreuung dieses Mannes zu organisieren, damit er in seinem Haus wohnen bleiben kann?«

»Ja.«

»Und du benutzt einen richtigen kleinen Arztkoffer für deine Aufgabe?«

Das macht ihn verlegen. »Ich weiß, wie albern das aussehen muss, aber George hat mir die Tasche gegeben, deshalb benutze ich sie auch.«

Sie steigen zur Eingangstür hinauf, wo Aiden klingelt, einen Moment wartet und dann die Tür öffnet, die mit einem leisen Knarzen aufschwingt. Drinnen ist es hell und behaglich. Es duftet nach Zimt und Nelken, nach Zeder und Kiefer. Irgendwo brennt ein Holzfeuer. In jedem Zimmer scheint ein Weihnachtsbaum zu stehen, der mit altmodischem Schmuck behängt ist. Zinnsoldaten, Nussknacker-Ballerinas, handgenähte Schneemänner, Girlanden aus Cranberrys und Popcorn, getrocknete Orangenscheiben, kleine, mit Nelken gespickte Clementinen, die an den Zweigen befestigt sind.

»Es duftet herrlich hier drin«, sagt Holly. »Genau so, wie Weihnachten riechen sollte.«

Aiden lächelt und beugt sich hinunter, um seine Stiefel auszuziehen. »Dieser Ort *ist* Weihnachten, das finden bei uns alle. Wahrscheinlich bemühen wir uns deshalb so darum, dass George hier wohnen bleibt. Wir tun es für ihn – aber zugleich aus Eigeninteresse.« Er gerät kurz ins Grübeln und fügt dann hinzu: »Wir wissen alle, dass es nicht ewig so weitergehen kann, aber es bedeutet allen im Ort wirklich viel, dass er möglichst lange bleibt.«

»Aiden, bist du das?«

Treppenstufen knarren, und ein Mann wird sichtbar. Sein Haar ist schlohweiß, die graublauen Augen funkeln hellwach, die markante Faltenlandschaft in seinem Gesicht lässt einen mächtigen Geschichtenfundus ahnen, und seine Gestalt ist unter der Last der vielen Jahren leicht gebeugt. Langsam und vorsichtig steigt er die Stufen hinab, kommt ihnen am Fuß der Treppe aber sofort mit jugendlichem Elan entgegen. »Und wen hast du da mitgebracht?«, fragt er mit einladend ausgestreckter Hand.

»Das ist Holly, eine Freundin«, sagt Aiden. »Wir waren zusammen auf der Highschool. Sie bewohnt derzeit die Hütte an der North Service Road, und wir sind auf dem Weg in die Stadt, um ein paar Besorgungen zu machen.«

»Eine alte Klassenkameradin, wie schön!«, erwidert George, und seine Augen leuchten noch stärker auf. »Hocherfreut, deine Bekanntschaft zu machen, Holly. Und was für ein wunderbar passender Name zum Fest!«

Sie schaut erschrocken nach unten, als etwas an ihrem Bein vorbeistreift, und sieht eine weiße Katze mit rotem Halsband und extrem flauschigen Fell, die mit den gleichen strahlend blauen Augen wie George zu ihr hinaufschaut. »Und du musst die berühmte Mrs. Claws sein«, sagt Holly und streicht über das weiche Fell. Sofort rollt die Katze sich rücklings auf den Teppich, schließt die Augen und beginnt so laut zu schnurren wie der Motor eines Rasenmähers. Während Holly sie weiter streichelt, streckt und dehnt sich Mrs. Claws genießerisch.

»Ach, *berühmt* ist vielleicht ein wenig übertrieben«, bemerkt George, aber Holly kann ihm ansehen, wie sehr ihm die Idee behagt. »Sie ist bloß in einer einzigen Werbung aufgetreten. Da war sie noch ganz klein, und treibende Kraft dahinter war meine Carole. Sie konnte so schlimm sein wie diese Eltern, die ihre Kinder unbedingt zu jedem Schönheitswettbewerb anmelden müssen, habe ich recht, Aiden?«

»Mrs. Plaskett hat diese Katze noch mehr geliebt als du, was schon etwas heißen will«, bestätigt Aiden.

»Zumindest treibe ich es nicht so weit wie Carole und putze das Tier ständig noch irgendwie heraus«, fährt George amüsiert fort. »Ach, diese Frau. Mit ihr war es immer lustig.« Er seufzt leise, und Holly kann spüren, wie sehr ihm seine Frau fehlt. »Aber egal, herein mit euch, immer herein. Gewöhnlich flüchtet Mrs. Claws ja sofort, wenn du kommst, Aiden, aber sie scheint deine Freundin zu mögen.«

Sie wechseln ins Wohnzimmer. Die Tapete ist cremefarben mit sanftroten Streifen, der Teppich ebenfalls cremefarben, und in einer Ecke lodert ein Kaminfeuer und wärmt den Raum. »Dein Operationstisch ist wie gewöhnlich schon vorbereitet«, sagt George und deutet auf einen Polsterhocker neben dem Kamin, auf dem eine flauschige grüne Decke liegt. »Drew sei Dank. Na los, Missy, hoch mit dir!«

Zu Hollys Verblüffung springt die Katze tatsächlich mit hundeartigem Gehorsam auf den Hocker und macht es sich gemütlich. »Da du gerade hier bist, Holly. Könntest du mir vielleicht das Bücken ersparen und sie vorsichtig festhalten?«

Holly kniet sich neben den Hocker und legt ihre Hände auf die Katze, die prompt wieder zu schnurren beginnt.

»Macht ganz den Eindruck, als wärst du selbst eine Katzenliebhaberin.«

»Als Kind hatte ich eine – einen großen Kater, der Mr. Snuggles hieß.« Sie begegnet Aidens Blick, der ihr zuzwinkert. Sie fährt der Katze einige Male zärtlich über den Kopf. »Anscheinend ist Mrs. Claws ähnlich veranlagt.«

Aiden hält inzwischen die Spritze bereit. Holly streichelt die Katze weiter und wechselt noch ein paar Worte mit George.

»So, fertig«, verkündet Aiden.

»Das ging aber schnell, selbst für Ihre Verhältnisse, Dr. Coleman.«

»Ich werde eben langsam zum Experten. Vielleicht sollte ich eine Umschulung zum Tierarzt machen.«

»Intelligent genug dafür wärst du. Mit deinem Grips kannst du alles werden.«

»Meine Rede«, stimmt Holly zu und schaut lächelnd zu Aiden hoch. »Er war schon auf der Highschool der Cleverste von allen.«

»Gleichauf mit noch jemandem«, korrigiert Aiden und tut ihr Kompliment mit einer Handbewegung ab.

Mrs. Claws dreht sich auf den Rücken, um sich den Bauch kraulen zu lassen, und Holly kommt der Aufforderung brav nach. »Wie wär's mit einer Tasse Tee, ihr beiden?«, fragt George nach einer Weile. »Ich weiß, ihr habt euch einen Besuchsplan ausgedacht, als wäre ich ein klappriger Greis, auf den man aufpassen muss.« Er zwinkert Holly belustigt zu. »Aber zweimal Besuch an einem Tag wird mich doch nicht gleich überfordern, oder? Immerhin ist Vorweihnachtszeit.«

»Holly muss in die Stadt, um noch ein paar dringende Besorgungen zu machen«, erklärt Aiden mit Seitenblick auf Holly.

»Also, ich bin nicht in Eile und würde mich über einen Tee freuen, George«, widerspricht Holly umgehend. In Wahrheit möchte sie einfach gern bleiben. In Georges Haus ist es herrlich warm und einladend und so weihnachtlich, wie Holly es noch nirgends erlebt hat. Sie möchte das alles noch ein wenig länger in sich aufsaugen.

»Ich werde mich um den Tee kümmern«, sagt Aiden und verschwindet in Richtung Küche. Ein paar Minuten später kehrt er mit einem vollen Tablett zurück. George dankt ihm und wendet sich an Holly.

»Tut mir leid, dass ich euch gar keine leckere Knabberei zum Tee anbieten kann«, sagt er. »Es sei denn, jemand hätte Lust auf zuckerfreie Kekse, was, seien wir ehrlich, kein Mensch hat.«

»Heißer Tee reicht völlig«, versichert ihm Holly und fügt ein wenig Milch hinzu. Beim Umrühren betrachtet sie den Weihnachtsbaumwald hinter dem Fenster. »Ihr Haus und das ganze Grundstück sind wirklich wunderschön, George. Ich habe so etwas noch nie gesehen.«

»Die Plaskett Farm ist ein ganz besonderer Ort, das stimmt«, bestätigt George mit Stolz in der Stimme. »Seit drei Generationen in Familienbesitz und stets auf Weihnachtsbäume ausgerichtet.« Das fröhliche Funkeln seiner Augen verliert ein paar Watt. »Manchmal mache ich mir Sorgen, was damit passiert, wenn ich nicht mehr bin. Ständig schnüffeln hier irgendwelche Immobilieninvestoren herum. Ich will mir gar nicht vorstellen, wie sie all die Bäume abholzen.«

»Darüber wollen wir uns heute mal keine Sorgen machen«, sagt Aiden, doch Holly kann ihm am Gesicht ablesen, dass *er* sich Sorgen macht, wahrscheinlich sogar unablässig. Mit einer gewissen Bewunderung stellt sie fest, wie der lernfixierte Highschool-Schüler zu einem außergewöhnlich mitfühlenden Mann geworden ist. Mrs. Claws ist inzwischen George auf den Schoß gesprungen, und Holly kann ihr Schnurren bis zur anderen Seite des Couchtischs hören. Während sie weiter plaudern, werden George langsam die Lider schwer. »Wie unhöflich von mir«, entschuldigt er sich, als er ein Gähnen nicht unterdrücken kann.

»Überhaupt nicht«, sagt Aiden. »Wir sollten jetzt los. Ich komm dann in ein paar Tagen wieder vorbei.«

»Vielen Dank, mein Junge. Und es hat mich sehr gefreut, dich kennenzulernen, Holly. Ich hoffe, du verzeihst, dass ich euch nicht nach draußen bringe, aber ...«

»Eine im Schoß schlafende Katze darf auf keinen Fall geweckt werden«, beruhigt Holly ihn. »Vor allem, wenn sie so süß ist wie Mrs. Claws.«

»Hoffentlich sehen wir uns vor deiner Rückkehr in die Stadt noch mal.«

»Das hoffe ich auch«, sagt Holly und meint es vollkommen aufrichtig.

Kurz darauf schlängelt sich Aidens Pick-up langsam über die kurvenreiche Piste durch den Märchenwald, bis sie wieder auf die Landstraße stoßen. Holly versetzt es einen regelrechten Schlag, in die reale Welt zurückzukehren. Sie würde den Besuch bei George gern noch einmal wiederholen und will Aiden das schon sagen – aber der wirkt tief in Gedanken versunken, wie er schweigend nach Krimbo abbiegt. Sie mustert sein Profil und hat den Eindruck, dass er grundsätzlich nicht das Bedürfnis verspürt, Stille mit überflüssigem Gerede zu füllen. Es ist nicht schlimm, einträchtig zu schweigen. Es ist sogar richtig schön.

Mit einem glücklichen Seufzer lehnt sie sich zurück und genießt die winterliche Landschaft, die an ihrem Fenster vorbeifliegt. Schon bald dünnt der Wald aus, und das Städtchen Krimbo, in dem sie ihre Einkäufe machen will, kommt in Sicht. Gemächlich rollen sie über die Main Street, vorbei an einer Handvoll Diners, Cafés und Restaurants, einem Modegeschäft namens Viola's Dress Barn, einem Baumarkt und einer Buchhandlung. Sämtliche Schaufenster sind mit Weihnachtsbeleuchtung dekoriert, die freundlich und einladend durch das trübe Licht des Wintervormittags funkelt.

Aiden fährt weiter, um seine eigenen Besorgungen zu erledigen, und trifft sie dann später wieder auf dem Parkplatz des Supermarkts.

»Danke für den heutigen Tag, Aiden«, sagt sie, als sie zurück an der Hütte sind und er ihr beim Ausladen der Einkäufe hilft.

»Ruf mich an, wenn du noch irgendwas brauchst«, antwortet er und stellt die letzte Tasche auf der Vorterrasse ab. Sie weiß, dass das Angebot ehrlich gemeint ist.

Im Wegfahren hupt er noch einmal, und sie winkt ihm zum Abschied vom Haus aus nach. Dann entriegelt sie mit dem Code die Tür und tritt in die wohlige Wärme, für die der erfolgreich befeuerte Ofen gesorgt hat. Einsam fühlt sie sich nicht. Sie hat Krimbo, mit all seinem Charme und seiner Nächstenliebe. Die magische Farm für Riesenweihnachtsbäume. George und Mrs. Claws. Und sie hat irgendwo da draußen in dem sanft rieselnden Schnee Aiden, ihren alten Freund.

7
IVY

19. Dezember
Kauai, Hawaii

Die Titelmelodie von *Friends*, ihr Klingelton, reißt Ivy aus dem Schlaf.

»Holly!«, ruft sie erschrocken und hält das Handy im Bett über sich. Sie blinzelt ein paarmal verschlafen, während ihre Freundin auf FaceTime sichtbar wird.

»Entschuldige! Ich wollte dich nicht wecken! Ich habe die Zeitverschiebung ganz vergessen.«

»Nein, schon in Ordnung. Ich wollte sowieso früh raus. Ich dachte eigentlich, das Krähen der Hähne würde mich wecken oder – wenn nicht das – vielleicht der wilde Sex der beiden höchst attraktiven Menschen einen Stock tiefer.«

»Einen Stock tiefer?«

»Ach, äh, direkt unter mir wohnt bloß ein blendend aussehendes Pärchen, und ich … ich bin nur überrascht, dass ich vergangene Nacht nichts von ihnen mitbekommen habe, das ist alles. Wie geht's dir denn?«

»Gut, echt gut«, sagt Holly mit glaubwürdigem Lächeln.

»Du wirkst tatsächlich …«, Ivy studiert ihre Freundin auf dem Bildschirm genauer, »… irgendwie glücklich.«

»Bin ich auch«, gesteht Holly, und ihr Lächeln wird noch breiter. »Es ist toll hier. Und ich nehme alles zurück, was ich in meiner letzten Nachricht über Aiden geschrieben habe.«

»Öko-Superman?«

»Er ist ein netter Kerl.« Ivy lehnt sich in ihr Kissen zurück, während Holly von einer viktorianischen Weihnachtsvilla erzählt, in der sie gewesen ist, mit einer märchenhaft schönen, inzwischen leider fast stillgelegten Weihnachtsbaumfarm, von einem reizenden alten Witwer und einer Katze namens Mrs. Claws.

»Jetzt mal ehrlich, das klingt doch alles wahnsinnig romantisch«, sagt Ivy. »Willst du dich wirklich nicht von Captain Umweltretter ein wenig über dein gebrochenes Herz hinwegtrösten lassen?«

»Öko-*Superman*, ich darf doch sehr bitten«, erwidert Holly lachend. »Und so schön es ist, einen Freund hier zu haben, mehr läuft da nicht.«

»So oder so, ich freue mich für dich, Holly. Auch wenn ich weiterhin der Meinung bin, du solltest ihn flachlegen und dir all den Frust von der Seele ficken, werde ich nicht mehr darauf herumreiten und mich nur darüber freuen, dass du ganz offenbar gerade irgendwo bist, wo es für dich passt.«

»Schaffst du nie! Dafür bist du viel zu sexversessen!«

»Ich mag eben meinen Körper und hab Spaß an Sex, was soll ich machen?«

»Stimmt genau – ausgenommen die beiden Wochen im Jahr, in denen du enthaltsam wie eine Klosternonne lebst und stattdessen *mich* dazu ermutigst, irgendwelche wilden Sachen zu treiben. Weißt du noch letztes Jahr, als du allein in dieser Hütte in den Catskills warst und mir ständig diese Vorschläge für neue Stellungen geschickt hast?«

»Ich hatte mir bloß *Dirty Dancing* noch mal angeschaut, und dabei war mir die ein oder andere Idee gekommen. Mit *irgendwem* musste ich doch darüber reden.«

»Schluss damit«, kontert Holly lachend. »Ich werde nicht mit ihm schlafen. Wie sehen deine Pläne für heute aus?«

»Ich werde mich auf meine Terrasse setzen und einen Baum malen, den ich gestern gesehen habe. Und dann werde ich vielleicht noch ein Stück weiterwandern, mir den nächsten Traumstrand aussuchen und bis abends weitermalen. Mein perfekter Tag.«

»Ich bin so froh, dass du dort bist«, erklärt Holly ernst.

»Und *ich* bin froh, dass es dir so gut zu gehen scheint«, gibt Ivy zurück, beendet das Gespräch und setzt sich im Bett auf. Ihre Freude verflüchtigt sich schnell, als sie darüber nachdenkt, was sie im Telefonat mit ihrer besten Freundin alles verschwiegen hat. Holly weiß nicht mal, wo sie tatsächlich abgestiegen ist, und ganz sicher ahnt sie nichts von Matts und Abbys niederträchtigem Verhalten. Offenkundig beginnt Holly sich zu erholen, und Ivy wagt sich gar nicht auszumalen, welch ein Rückschlag es wäre, wenn sie erführe, dass Matt hier ihre Flitterwochen mit einer anderen verbringt. Bis auf Weiteres ist es sicherlich das Beste, ihre Freundin vor dieser Wahrheit zu schützen.

Ivy legt das Smartphone aus der Hand, verdrängt alle peinigenden Gedanken über Matt und ihre eigene Unaufrichtigkeit und macht Kaffee. Sie zieht sich ein blaugraues Croptop und abgeschnittene Shorts an – eine echte Abwechslung zu den modischen Hosenanzügen, die sie als Senior Graphic Designer bei Imagenue so tragen muss. Ihren Pferdeschwanz schiebt sie durch die Schnalle der Montreal-Expos-Kappe, die sie von ihrem Dad »ausgeliehen« und nie wieder zurückgegeben hat, und schlendert mit dem dampfenden Becher auf die Terrasse hinaus. Dort baut sie die Feldstaffelei, die sie auf diesen Reisen immer mitnimmt, unmittelbar vor der Brüstung auf. In der Agentur beginnt ihr Arbeitstag meist mit einem Meeting der Kreativkräfte, in dem Ivy dann ihre Ideen zu Markenentwicklungen vorbringt. Sie ist froh darüber, dass ihr Alltagsgeschäft der kreativen Entfaltung zumindest ein wenig Raum bietet – aber das hier ist schon etwas anderes. In ihrem Job denkt sie innerhalb starrer Rahmen, die von Kundenwünschen und herrschenden Trends vorgegeben sind. Auf ihren Kunstretreats dagegen ist sie vollkommen frei.

Den ersten Bogen nimmt sie, um den Kiawe-Baum zu malen, den sie gestern im Hotel gesehen hat. Um die Gestalt richtig zu treffen, schaut sie sich die Fotos auf ihrem Handy noch mal an, bei den Farben verlässt sie sich auf ihre Erinnerung. Während sie mit energischen Strichen über das Blatt fährt, dessen strohgelbe Farbe den Sandton unter dem Baum exakt wiedergibt, erfasst Ivy eine tiefe Befriedigung und Erfüllung. Als Nächstes erweckt sie die vielfältigen Farbschattierungen des Baums zum Leben. Sobald sie mit all den Braun- und Grüntönen zufrieden ist, wendet sie ihre Aufmerksamkeit den Details des Stamms zu.

Eine Stunde vergeht, aber Ivy ist so vertieft in das, was sie tut, dass sie es kaum bemerkt. Sie beendet das erste Bild und beginnt ein zweites, auf dem sie den Strandabschnitt festhält, den sie von ihrem Platz aus sehen kann. Sie mischt Blau- und Aquamarintöne, konzentriert sich dann lange auf den weißen Schaum der Wellen, die über den Strand spülen. Nachdem sie der Gischt an einer Brandungswelle noch ein paar abschließende Korrekturen zugefügt hat, legt Ivy die Pastellkreiden ab und dehnt die Arme über dem Kopf. Sie grübelt darüber, wie sie die Berge richtig hinbekommt, und weiß, dass sie dafür eine komplett neue Farbpalette brauchen wird. Jetzt, im strahlenden Sonnenlicht, bilden die dicht bewachsenen Hänge nicht nur einen Flickenteppich aus Grün, sondern auch aus Ocker, Rostbraun und Schwarzblau in den Schattenfeldern.

»Guten Morgen!«

Larry steht auf der obersten Treppenstufe mit einer Tüte Milch in der Hand. »Mir ist eingefallen, dass ich dir gestern zwar Kaffee gebracht habe, aber weder Milch noch Sahne. Soll ich dir etwas abgeben?«

»Oh, wirklich nett von dir. Aber ich trinke ihn schwarz.«

Larry ist näher gekommen und betrachtet das Blatt vor Ivy mit offenem Mund. »Das ist großartig!«, sagt sie. »Hast du das gemacht?«

Ivy fühlt sich plötzlich verlegen. Ein leises »Ja« ist alles, was sie herausbringt.

»Das ist grandios!«

Jetzt wird Ivy tatsächlich rot. »Noch nicht ganz fertig«, erklärt sie rasch.

»Aber schon jetzt wunderschön«, erwidert Larry und entdeckt nun auch Ivys Baumbild, das von Steinen beschwert auf dem Terrassentisch neben ihr trocknet. »Und das da. *Wow.* Ich weiß genau, welcher Baum das ist! Drüben an der Tiki-Bar vom Hotel, habe ich recht?«

Ivy nickt.

»Du bist echt wahnsinnig talentiert.«

»Danke«, sagt Ivy und senkt schnell den Kopf, angeblich, um ein paar Ölkreiden aufzuheben, die aus der Schachtel gefallen sind.

»Du bist also zum Malen hier?«

»Genau. Einmal im Jahr gönne ich mir eine Auszeit zum Malen. Allerdings tut es mir schrecklich leid, dass ich in diesem Fall nur hier bin, weil meiner Freundin das Herz gebrochen wurde.«

»So hat die Sache doch wenigstens ein Gutes«, tröstet Larry sie. »Wo stellst du deine Bilder zu Hause denn aus?«

»Nirgends«, gesteht Ivy. »Ich male nur zum Spaß. Im Alltag bin ich Grafikdesignerin, das ist mein richtiger Job.«

Auf der Treppe ist ein Geräusch zu hören, und Olivers verwuschelte Frisur wird sichtbar, dann sein Gesicht und der Rest des Körpers, der in einem schwarzen Neoprenanzug steckt. Prompt werden Ivys Wangen, die bereits von Larrys Komplimenten glühen, noch röter, denn er sieht in hautenger Kleidung tatsächlich so gut aus, wie sie es sich gestern hinter der Bar kauernd vorgestellt hatte. »Morgen, Ivy«, sagt er, und sein Grübchen zuckt. »Larry, ich geh jetzt surfen, nur damit du Bescheid weißt.«

»Vorher musst du dir aber das hier noch ansehen!«, erklärt Larry. »Unsere Ivy ist insgeheim eine begnadete Malerin.«

Oliver tritt an den Tisch mit dem Baumgemälde, hebt nach einer Weile wieder den Kopf, und Ivy kann in seinem Blick die Überraschung ablesen – aber auch noch etwas anderes. »Wow«, sagt er. »Das ist wirklich gut. Das ist der Baum im Hotel, den du gestern ein paarmal fotografiert hast.«

Ivy nickt.

»Perfekt getroffen.«

»Danke. Aber eigentlich …«

Oliver ist bereits vom Tisch zur Staffelei gegangen und steht nun hinter Ivy und betrachtet ihr nächstes Werk. Sie verspürt den plötzlichen Drang, ihn zu fragen, welches Parfum er benutzt, denn ungeachtet der Tatsache, dass seine Freundin direkt daneben steht, würde sie am liebsten die Hand ausstrecken und ihn berühren.

»Ivy meint, dass sie nur herumstümpert und im richtigen Leben Grafikdesignerin ist«, erklärt Larry.

»Im Ernst?«, fragt Oliver und blickt Ivy ungläubig an.

»Ja«, bestätigt Ivy mit betont fester Stimme, obwohl ihr Herz rast und ihre Handflächen schweißnass sind. Es kommt ihr vor, als müsste sie in der Schule eine Präsentation halten, auf die sie nicht vorbereitet ist. »Das Pastellmalen mache ich nur aus Spaß. Trotzdem vielen Dank euch beiden für all die Komplimente. Ach, könnt ihr mir vielleicht ein paar Tipps geben für Strände, die besonders interessant sein könnten für mich? Oder ist hier einfach alles überwältigend schön?«

»Oh, da fragst du genau den Richtigen«, antwortet Larry lachend. »Ollie ist nämlich so etwas wie eine wandelnde Touristeninformation, was Hawaii betrifft.« Sie legt ihm die Hand auf die Schulter, und Ivy versucht, nicht eifersüchtig darauf zu sein, dass sie ihn berühren kann, wann immer sie will. »Ich komme mit zum Surfen, okay, mein Schatz? Maxi öffnete heute die Bar, und ich übernehme die Spätschicht. Ich muss mich nur schnell umziehen. Gib du doch Ivy ein paar Tipps für gute Strände, und wir treffen uns dann unten.«

Larry steigt wieder die Treppe hinunter. »Kann ich den benutzen?«, fragt Oliver und greift nach einem Notizblock, der neben Ivys Staffelei liegt.

Sie nickt und reicht ihm einen Stift.

»Okay, unbedingt anschauen solltest du dir Ines's Secret Beach«, fängt er an und notiert den Namen. »Der liegt etwa zwanzig Minuten die Küste rauf.« Er zeichnet eine Karte. »Dann Lumaha'i Beach, dafür brauchst du noch mal ungefähr eine Stunde. Das geht alles zu Fuß. Die beiden sind ein idealer Tagesausflug, und wenn du von hier losgehst, kannst du dich in Hanalei mit Proviant für ein Picknick versorgen.« Er zeichnet noch eine Karte. Dann schreibt er »Glass Beach« auf und schaut sie an. »Schon davon gehört?«

Sie schüttelt den Kopf.

»Das ist ein Strandabschnitt, der nicht aus Sand, sondern komplett aus Meerglas besteht. Ein spektakulärer Anblick – aber man muss bei Ebbe hingehen.«

»Ein Strand komplett aus Glasscherben? Wie ist das möglich?«

»Es gab da vor vielen Jahren mal eine Glasfabrik. Nach der

Schließung ist es nach und nach dazu gekommen. Die kleinen bunten, rund abgeschliffenen Glasstücke sammelten sich irgendwie am Strand an. Normalerweise sorgt der Einfluss des Menschen ja eher für Schaden, aber in diesem Fall ist es absolut hinreißend, wenn bei Niedrigwasser das tiefstehende Sonnenlicht daraufscheint. All die Farben und Muster – du wirst begeistert sein. Wahrscheinlich hörst du gar nicht mehr auf, es zu malen. Hast du einen Führerschein?«

Sie nickt.

»Ganz in der Nähe vom Markt gibt es einen günstigen Autoverleih. Frag einfach nach meinem Kumpel Kalei.« Er zeichnet die nächste Karte. »Mit dem Wagen brauchst du von uns aus etwa eine Stunde. Im Grunde immer nur geradeaus. Du nimmst erst die 56, dann die 50.« Er reißt die Seite vom Block, reicht sie ihr und schreibt auf den Kopf der nächsten: »The Blue Room«.

»Ist das ein Klub?«

Er lacht, und sein Grübchen blitzt auf. »Klingt so, oder? Aber es ist eine Höhle nicht weit von hier. Zwanzig Minuten mit dem Auto, in der Nähe des Tunnels Beach. Da muss man hin, wenn Flut ist. Das Wasser in der Höhle schimmert in diesem Blauton, wie …« Er stockt, sucht nach den richtigen Worten. »Man hat das Gefühl, als würde man träumen«, fährt er schließlich fort. »Schwimmen darf man nicht in den Höhlen, obwohl es manche Einheimische trotzdem tun – darunter womöglich das eine oder andere Mal auch ich –, aber man kann am Ke'e Beach etwas weiter die Straße hinunter prima baden. Ruhig, wenig Brandung, der perfekte Ort, um sich im Wasser einfach treiben zu lassen und seinen Gedanken nachzuhängen. Und in dem Strandlokal dort gibt's das beste Poke, das du je gegessen hast.«

»Oliver, arbeitest du nebenher etwa tatsächlich fürs Tourismusbüro?«

»Nee«, sagt er lachend. »Ich liebe diese Insel einfach nur sehr.«

»Wie lange lebst du schon hier?«

»Oh, ich lebe gar nicht ständig hier. Das ist jetzt mein dritter Winter. Ein herrlicher Ort, um dem Anblick von Schnee unter Garantie zu entgehen.«

»Ausgerechnet du verbindest nichts Schönes mit Schnee? Ich hätte gedacht, jemand, der so begeistert Weihnachten feiert, würde auch voll auf das weiße Zeug stehen.«

Ihn durchläuft ein Zittern, als hätte ihm gerade jemand einen Schneeball in den Kragen gesteckt. »Ich hasse es, zu frieren«, sagt er. »Ich reise das ganze Jahr der Sonne hinterher und würde gern einen Rekord aufstellen. Wenn ich Schnee und Kälte noch weitere, sagen wir, zehn Jahre vermeiden kann? Das wäre super. Wonach ich suche, das ist das Gegenteil von diesem Spruch in Narnia – weißt du, welchen ich meine? ›Immer Winter, aber nie Weihnachten‹? Meine ideale Welt wäre wahrscheinlich: immer Sommer, aber immer Weihnachten.«

»Ich liebe es, im Warmen zu sein, und hier ist es traumhaft schön, aber Winter mag ich auch.«

»Und dennoch findest du Weihnachten bloß … mittelinteressant?«

»Du kannst es einfach nicht lassen, oder?«

Er beißt sich auf die Unterlippe, lässt sie wieder los und lacht. »Nope. Heißt Ivy, ihre beste Freundin Holly, und ist trotzdem der Meinung, Weihnachten sei nur *mittelinteressant*. Du bist rätselhaft und geheimnisvoll, Ivy.« Er erwidert einen Moment ihren Blick, dann dreht er sich zum Meer. »Ich muss raus auf die Wellen, bevor es zu spät wird«, erklärt er. »Aber es war toll, deine Bilder zu sehen – sie sind wirklich gut, Ivy. Bis später.«

»Danke für die Tipps, Oliver.«

»Bin schon gespannt, was du heute noch malst.«

Nachdem er gegangen ist, tritt Ivy zurück ans Geländer der Terrasse und schaut auf den Strand hinunter. In der Ferne sieht sie Oliver mit einem buttergelben Surfboard. Hinter ihm läuft Larry in einem taubenblauen Neoprenanzug, die langen Haare den Rücken herabfallend. Ihr Surfboard ist korallenpink. Der orangefarbene Dry Bag auf Olivers Rücken leuchtet grell in der Morgensonne auf, als er nach links schwenkt und mit langen, entschlossenen Schritten den Strand überquert.

Wie wäre es, solch ein Leben zu führen, überlegt Ivy. Er arbeitet in einer Strandbar, surft, lebt in einem Strandhaus mitten im Paradies, wenn ihm danach ist, an der Seite einer wunderschönen Frau, mit der er gemeinsam der Sonne und den Wellen nachjagt. Würde es Ivy gefallen, so frei zu sein? *Nein*, sagt sie sich, obwohl allein die Vorstellung ein gewisses sehnsüchtiges Verlangen in ihr weckt. Zu fern der Wirklichkeit. Menschen wie Oliver sind spannend, leiden aber vermutlich auch am Peter-Pan-Syndrom, und ihre Weigerung, erwachsen zu werden, wird mit der Zeit unweigerlich zum Problem. Sie ist mit solchen Typen schon zusammen gewesen, und es hat nie lange funktioniert. Es gibt einen Punkt, ab dem man erwachsen werden *muss*. Und zum Erwachsenwerden gehört eben auch, sich für Dinge, die man gern tut, Extrazeit freizuschaufeln, statt ihretwegen eigene Pflichten zu vernachlässigen. Es ist vollkommen okay, diese Leidenschaften in Form eines Hobbys auszuleben, aber eine berufliche Karriere baut man darauf nicht auf. Man kann ein erfülltes Leben haben *und* zugleich seine Rechnungen begleichen – und zwar mit richtigem Geld, nicht mit Tauschgeschäften, wie ihre Eltern es machen.

Ivy packt die Tasche für den heutigen Tag fertig. Dies ist eine Auszeit von der Wirklichkeit, aber nicht ihr echtes Leben. Sie hat ein echtes Leben, und das findet in New York City statt, nicht hier in einem Traumparadies. Doch dann erhascht sie einen letzten Blick auf Oliver und Larry, bevor sie außer Sicht geraten. Und als sie sieht, wie Larry den Kopf zu Oliver neigt und dann ausgelassen in Richtung Himmel lacht, muss Ivy sich eingestehen, dass bei den beiden dieses ungebundene, freie Leben etwas überaus Selbstverständliches hat – und dass es offenbar mehr sein kann als nur ein Haufen Spaß.

8
HOLLY

20. Dezember
Hudson Valley, New York

Am nächsten Tag ist es sonnig, und die Straßen sind vom Schnee geräumt, daher beschließt Holly, mit dem eigenen Wagen einen Ausflug in die Stadt zu unternehmen. Sie parkt ihren alten babyblauen BMW mitten in Krimbo vor einem Antikmarkt, steigt aus und betrachtet das dekorierte Schaufenster: Die Werkstatt des Weihnachtsmanns einschließlich einer Sammlung alter Spielzeuge, Steckenpferde, Spieldosen mit tanzenden Ballerinen auf dem Deckel, ein mit Girlanden aus Cranberrys und Popcorn geschmückter Christbaum, unter dem sich in Packpapier eingeschlagene Geschenkkartons türmen. Eigentlich ist Holly ins Hudson Valley und nach Krimbo gekommen, um Weihnachten zu entfliehen, da es sie nur an ihre geplatzte Hochzeit erinnern würde, aber in diesem sympathischen Städtchen wird das gesamte Weihnachtsfest irgendwie anders begangen, als sie das je erlebt hat. Also schlendert sie die Straße hinunter und schaut interessiert in all die festlich dekorierten Schaufenster.

An einem Laden mit dem knallgelben Schild »Krimbo Home Video« beschließt sie, hineinzugehen und sich umzusehen. Bislang dachte sie immer, Videotheken hätte das gleiche Schicksal ereilt wie Telefonhäuschen und Festnetzanschlüsse, aber schon in der Hütte ist ihr ein kleines DVD-Gerät aufgefallen.

Im Innern stehen mehrere Regalreihen voller VHS-Kassetten und DVDs, doch das Ordnungssystem dahinter will sich ihr nicht erschließen. Als sie nacheinander an *A Christmas Carol*, *Ist das Leben nicht schön?*, *Lemon Drop Kid* und *Weiße Weihnacht* vorbeikommt, begreift sie, dass es sich ausnahmslos um Weihnachtsfilme handelt, chronologisch nach Jahrzehnten geordnet.

Sie biegt in den nächsten Gang, wo sie unter anderem auf *Benji's Very Own Christmas Story* stößt und einen blutrünstig aussehenden Horrorstreifen mit dem Titel *Silent Night, Bloody Night*.

In der Achtzigerjahre-Abteilung finden sich *Ernest Saves Christmas*, *Schöne Bescherung*, *Die Geister, die ich rief* … und viele andere mehr. Holly macht ein paar Fotos und schickt sie an Ivy, die sofort zurückschreibt und um mehr bittet. **Bist du in eine Zeitmaschine geraten? Ist das etwa eine … Videothek?**

Schau nur, ein eigener Bereich für sämtliche
Ausgaben der *Kevin allein*-Filme!
Alles mit Lametta und Lichterketten geschmückt.

Holly bummelt weiter durch die engen Gänge, macht Fotos für ihre Freundin und grinst vor sich hin.

Horrorweihnachten? Wer hätte gedacht, dass das ein Genre ist?, schreibt sie Ivy.

Wenigstens einen Weihnachtsschocker
musst du ausleihen, darauf bestehe ich.

Glaubst du wirklich, jemand,
der allein in einer abgelegenen Hütte wohnt,
sollte sich Horrorfilme ausleihen?

Geh zu den Sachen aus den Achtzigern. Horrorfilme aus den Achtzigern sind doch eher Komödien, das weißt du doch. Also versprich mir, auf jeden Fall den mit Nicole Kidman zu nehmen, den du mir eben geschickt hast – *Bush Christmas – 40 Grad im Schatten.*

Holly lacht prustend auf, biegt um die nächste Ecke und rennt direkt in Aiden hinein. Sofort dringt ihr sein inzwischen angenehm vertrauter würziger Waldduft in die Nase, drohen seine blitzenden blauen Augen ihren Verstand zu lähmen. Sie ist sich fast sicher, dass ihr Herz kurz aussetzt.

»Ich habe jemanden lachen hören und wollte nachsehen, wer das ist«, erklärt er.

»Bist du etwa auch hier, um Videos auszuleihen?«

»Um ehrlich zu sein, nein«, räumt er ein und wirkt plötzlich verlegen. »Ich habe von der anderen Straßenseite gesehen, wie du reingegangen bist, und wollte Hallo sagen.«

Das Geständnis erfüllt Holly mit unverhältnismäßig großer Freude. So dicht neben Aiden scheint ihr ganzer Körper unter Hochspannung zu stehen. Er beugt den Kopf zu ihr und senkt die Stimme. »Im Grunde weiß ich auch nicht, wie dieser Laden sich halten kann. Es gibt zwar noch einige hier, die gern Filme ausleihen, aber die meisten sind über sechzig.«

»Nicht lästern!«, erklärt Holly lachend und hält *Bush Christmas* hoch. »Den leihe ich mir für heute Abend.«

»Du musst mir unbedingt erzählen, wie er ist.«

»Bestimmt voller Achtziger-Schmalz. Ich kann es kaum erwarten.«

Er wartet, während sie bei dem Inhaber, der wie der Comicbuchverkäufer aus den *Simpsons* aussieht, den Film ausleiht. Draußen ist es jetzt leicht bewölkt, und die ersten flauschigen Schneeflocken tanzen vom Himmel. Obwohl der Schneekugeleffekt dem Städtchen ein noch weihnachtlicheres Aussehen verleiht, verzieht Holly beim Anblick der Flocken kurz das Gesicht, da sie an ihre fehlenden Winterreifen denken muss.

Aiden scheint ihre Gedanken zu erraten.

»Ich werde dir nicht wieder einen Vortrag wegen der falschen Bereifung halten, das verspreche ich – aber ich habe eine Idee.«

»Ein Snowmobil?«, fragt sie zurück. »Oder ein Quad? Nicht unbedingt mein Ding.«

»Nope«, beruhigt er sie mit einem Lachen. »Als ich von Boston zurück nach Krimbo gezogen bin, hatte ich noch selbst ein Auto, das so groß war wie deins. Die Winterreifen liegen immer noch in meiner Garage und passen sicherlich auch auf deinen Wagen. Die Werkstatt gleich hier um die Ecke könnte sie dir schnell aufziehen. Soll ich Ellie mal kurz anrufen, um zu hören, ob sie heute Vormittag noch Zeit hat?«

»Würdest du das echt tun?«

»Die Reifen liegen bei mir nur rum. Wäre doch besser, wenn jemand etwas damit anfangen kann. Einen Moment.« Aiden ruft die KfZ-Mechanikerin an. »Ellie meint, wir sollten Wagen und Reifen einfach gleich vorbeibringen«, sagt er wenig später. »Ich muss nur schnell nach Hause und sie holen. Keine fünf Minuten. Wir treffen uns dann in der Werkstatt.«

»Sicher, dass es dir nicht zu viele Umstände macht?«

Aiden wischt ihre Bedenken mit einer Handbewegung fort und beschreibt ihr den Weg zur Werkstatt. Bei Holly verfestigt sich der Eindruck, dass Krimbo eine Stadt ist, in der gegenseitige Hilfe für alle Bewohner das Normalste der Welt ist und in die ein uneigennütziger Mensch wie Aiden deshalb perfekt passt.

»Lust, etwas zu essen, während du auf deinen Wagen wartest?«

»Unbedingt, mir knurrt der Magen«, sagt Holly.

Wie zwei gute Freunde laufen Aiden und sie Krimbos Main Street hinunter bis zu einem Café mit einer entzückend rot-weiß-grün gestreiften Markise und einem kunstvoll gemalten Schild, auf dem in Kursivschrift »Seventh Heaven« steht.

Im Innern begrüßen sie Weihnachtsmusik aus den Lautsprechern und verführerische Düfte, die aus der Küche dringen. »Kaffee?«, fragt Aiden, geht wie selbstverständlich hinter die Theke und greift nach Kanne und zwei Bechern.

»Ich nehme mal an, du kennst die Besitzer hier gut genug, ja?«

Holly hört ein helles Lachen. »So könnte man es sagen!« Eine gertenschlanke Frau mit hohen Wangenknochen, weit auseinanderstehenden dunklen Augen und einem herzlichen Lächeln drückt sich durch die waldgrünen Schwingtüren, die von der Küche ins Café führen. Sie trägt ein Tablett voller Cookies.

»Hi, ich bin Sidra«, sagt sie und lächelt noch breiter. »Aidens Schwägerin. Mir gehört das Café hier zusammen mit Aidens Schwester Alexa.«

»Und das ist Holly Beech – eine alte Freundin aus der Highschool«, stellt Aiden vor. »Sie hat die Hütte oben an der North Service Road über die Weihnachtszeit gemietet.«

»Gute Wahl«, bemerkt Sidra.

Aiden füllt zwei Becher mit dampfend heißem Kaffee und reicht einen davon Holly zusammen mit einem Kännchen Milch. »Wow«, sagt Holly, nachdem sie umgerührt und probiert hat. »Wahrscheinlich der beste Kaffee, den ich je getrunken habe.«

»Sidra röstet die Bohnen selbst«, erklärt Aiden stolz und trinkt ebenfalls einen Schluck. »Wo ist Alexa denn heute, Sid?«

»Montags wird sie gezwungen, mal eine Pause einzulegen«, antwortet Sidra lächelnd.

»Und dann ist sie *tatsächlich* nicht hier? Bist du sicher, dass sie sich nicht irgendwo hinter der Küchentür versteckt?«

»Ich habe ihr zu Hause die Wochenendausgabe der *New York Times* in die Hand gedrückt, zu der sie am Wochenende natürlich nicht gekommen ist, und sie nachdrücklich *gebeten*, die Füße hochzulegen.«

Aiden und Sidra brechen in Lachen aus, als wäre die Vorstellung von Alexa, wie sie die Füße hochlegt, vollkommen absurd.

»Was kann ich euch beiden Gutes tun?«, fragt Sidra. »Sandwich des Tages?«

»Sidra und Alex backen selbst Brot, halten selbst Hühner, legen alles Mögliche selbst ein. Also, was immer das Special heute ist, es wird dir garantiert schmecken.«

Sidra verschwindet wieder in der Küche und serviert ihnen wenig später zwei Sandwiches auf weißen Tellern mit Holly-Berry-Muster. »Heute gibt's dein Lieblingssandwich, Aiden. Den Krimbo Klub.«

Zwei Gäste treten ein, winken Sidra und Aiden freundlich zu und nehmen an einem Tisch Platz. »Zwei Specials?«, ruft Sidra hinüber. »Kommen sofort!«

Während Sidra schon die nächsten Besucher nach ihren Wünschen fragt, beißt Holly in ihr Sandwich. »Was ist da drauf? Es schmeckt fantastisch – und das nicht nur, weil ich einen Riesenhunger habe.«

»Der Krimbo Klub besteht aus Truthahn, Truthahn-Bacon, Avocado …« Er stockt kurz, während er die Bestandteile an den Fingern aufzählt. »Hauseigenem Frischkäse, eingelegte Zwiebel, Peperoncini. Dazu ihre Geheimsauce, deren Rezept meine eigene Schwester mir nicht verraten will, und das Ganze auf einer selbstgebackenen süßen French Roll.«

»Du klingst wie eine Werbetafel.«

»Für diese Köstlichkeit hier würde ich mir sofort ein Sandwichboard umhängen und als Werbung herumlaufen.«

Sie essen eine Weile schweigend und beobachten durch das Fenster die Passanten, die im sanften Schneetreiben vorbeilaufen. Die meisten von ihnen winken grüßend oder kommen herein. Jeder bestellt das Sandwich des Tages und entweder Kaffee oder heiße Schokolade – und viele mustern Holly mit neugierigen Blicken.

Als Holly ihr Wachspapier zusammenknüllt, fragt Aiden, wie es mit Nachtisch wäre.

»Ich bin so voll«, stöhnt sie. »Aber für Nachtisch ist immer Platz.«

»Das ist die richtige Einstellung.«

»Ganz die Teamspielerin, Aiden.«

Er steht lachend auf und tritt hinter die Theke, wo er umstandslos erst ein paar Neuankömmlinge in dem mittlerweile gut besuchten Café bedient, Kaffee einschenkt und mit rotgoldenen Gebäckzangen Cookies und andere Backwaren auf kleine Teller verteilt und serviert, bevor er mit zwei Cookies auf einem Teller zu ihrem Tisch zurückkehrt. Die dicken dunklen Schokoladenkekse sind mit feinem Zuckerguss überzogen.

»Ich habe gerade ein ganzes Riesensandwich verdrückt«,

erklärt Holly mit erschrockenem Blick. »Ich weiß nicht, ob ich da noch einen Cookie dieser Größenordnung schaffe.«

»Probier einfach mal und entscheide dann.«

Sie folgt seinem Rat.

»Der schmeckt unglaublich«, schwärmt sie Sekunden später. »Ich würde ihn mir am liebsten abonnieren, klonen, heiraten. Woraus ist er?«

»Er nennt sich Peppermint Snowdrift«, erklärt er amüsiert und überlegt einen Moment. »Im Wesentlichen dunkle Schokolade in einem Cookieteig, der ein Pfefferminzplätzchen umhüllt. Das Rezept stammt von meiner Großmutter. Sollte es irgendwo auf der Welt ein leckereres Cookie geben, ist es mir jedenfalls noch nicht untergekommen. Allerdings machen sie die hier im Café noch in etwa einem Dutzend anderer Geschmacksrichtungen, und die sind alle ähnlich gut. Wie bei den Sandwiches wechseln auch die Cookies ständig. Man weiß also nie genau, welche es am nächsten Tag geben wird.«

»Schmeckt himmlisch«, sagt Holly und wischt sich mit der Papierserviette über die Mundwinkel. »Habe ich noch Glasur im Gesicht?«

Er schüttelt belustigt den Kopf, und sie fährt fort: »Wann hat es dich eigentlich in dieses sympathische kleine Städtchen verschlagen?«

»Meine Großeltern leben schon immer in Krimbo, aber meine Eltern sind erst hergezogen, als ich vor meinem Highschool-Abschluss stand. Meine Mom ist damals krank geworden.«

»Oh, deshalb bist du nicht zur Abschlussfeier gekommen, weil deine Mom krank war? Das tut mir unglaublich leid, Aiden.«

»Das hast du bemerkt? Dass ich nicht bei der Abschlussfeier war?«

»Natürlich habe ich das bemerkt. Ich war doch ganz versessen darauf, deinen SAT-Score zu erfahren, weißt du noch?« Sie schaut ihn erwartungsvoll an, aber er schüttelt nur den Kopf.

»Den verrate ich immer noch nicht. Aber, ja, Krimbo hat sich immer wie mein Zuhause angefühlt, nicht zuletzt, weil wir hier während Moms Behandlung so viel Zeit verbracht haben. Es war eigentlich nur eine Formalität, hierherzuziehen.«

»Und ihr geht's inzwischen wieder gut?«, erkundigt sich Holly besorgt.

»Sehr gut. Sie hatte Brustkrebs, aber seit sieben Jahren waren alle jährlichen Kontrolluntersuchungen negativ.«

»Das ist toll, Aiden. Bei meinem Kindermädchen wurde vor zwei Jahren Krebs festgestellt, und sie tat alles in ihrer Macht Stehende, um ihn zu besiegen.«

»Tat?«, fragte Aiden, und nun wirkt seine Miene besorgt.

»Nana ist vergangenes Jahr gestorben.«

»Das tut mir leid, Holly.«

»Ich danke dir. Wir standen uns sehr nahe. Es hat mich schwer getroffen. Das ist übrigens ihr Wagen, mit dem ich hier bin. Sie hat ihn mir hinterlassen, weil wir damit jedes Jahr eine Reise gemacht haben. So viele gute Erinnerungen, die ich mit diesem Wagen verbinde. Ich weiß, eigentlich hätte ich mir etwas Passenderes mieten sollen, aber ich fühle mich darin immer so geborgen. Es riecht sogar noch nach ihr. Chanel No. 5.« In Hollys Lächeln schleicht sich eine Spur Wehmut.

»Ich glaube, ich erinnere mich an dein Kindermädchen von ein paar Aufführungen und anderen Schulveranstaltungen. Sie sah dir ähnlich und hat immer ganz vorn im Saal gesessen.«

»Ja, das war Nana«, bringt Holly heraus, obwohl der Kloß

in ihrem Hals es ihr schwer macht. »Mein liebster Mensch auf dieser Welt.« Sie schaut auf ihren leeren Teller und unterdrückt die Tränen. »Meine Eltern sind nicht sonderlich warmherzig. Sie interessieren sich für nichts anderes als Erfolge und Status. Deshalb war ich vermutlich in der Highschool so ehrgeizig. Aber Nana war diejenige, die mich stets daran erinnert hat, dass ich allein schon gut genug bin – nur ich als Mensch. Nicht wegen der Dinge, die ich erreiche.«

»Du bist definitiv gut genug, Holly«, sagt Aiden, dessen blaue Augen dabei strahlen, während seine Stimme plötzlich irgendwie belegt klingt. »Bist es immer gewesen.«

Bei seinem Blick hat Holly das Gefühl, als wäre die Zeit stehen geblieben – oder sogar rückwärtsgegangen. Sie scheint plötzlich um die eigene Achse zu wirbeln. Eine Woge Adrenalin flutet ihren Körper, die sich anfühlt wie pures Glück. Sie senkt den Kopf, kappt die intensive Verbindung und kommt sich prompt um irgendwas beraubt vor. »Danke, dass du mir zugehört hast«, sagt sie und hebt den Blick wieder, sobald sie ihre Emotionen unter Kontrolle weiß. »Wie wär's, wenn wir Sidra ein wenig unterstützen und die leeren Teller schnell in die Küche bringen? Es ist hier immer noch viel los.«

Sie stehen beide auf, und mit etwas, das sie für Erleichterung hält, bemerkt Holly, dass der verwirrende Moment zwischen ihnen vergangen ist.

In der Werkstatt sind die Reifen schon aufgezogen und Hollys Wagen bereit für winterliche Bedingungen. Ellie, die KfZ-Mechanikerin, weigert sich, Geld dafür zu nehmen, was Krimbo in Hollys Augen endgültig zum freundlichsten Ort im ganzen Land macht.

Aiden begleitet sie zu ihrem Wagen, der draußen vor der Werkstatt steht, und sie stehen einander noch eine Weile gegenüber, während der Schnee sanft und friedlich um sie herum fällt. Einer spontanen Eingebung folgend platzt sie heraus: »Aiden, hättest du vielleicht Lust, heute Abend zum Essen und Filmschauen vorbeizukommen? Als kleines Dankeschön für die Reifen und all deine Hilfe?«

Sie wird aus seiner Miene nicht schlau und hofft, sich nicht zur Idiotin gemacht zu haben. »Du musst dich wirklich nicht mit irgendwas bei mir bedanken«, sagt er.

»Aber ich würde gern.«

Er lächelt. Seine eisblauen Augen werden warm, und auch ihr wird es ganz warm. »Dann mit Vergnügen.«

»Schaffst du es, bis sieben wieder Hunger zu haben, nachdem wir so viel zu Mittag gegessen haben?«

»Passt perfekt.«

Holly hat für ihren Ausflug ins Hudson Valley zwar nur Leggings und Jogginghosen, T-Shirts, Sweatshirts und dicke Wollsachen eingepackt, dennoch zerbricht sie sich nach einer klirrend kalten Dusche und der Enteisung ihrer Haare den Kopf darüber, was sie für den Abend mit Aiden tragen soll. Spielt doch eh keine Rolle, beruhigt sie sich schließlich. Bloß ein alter Highschool-Freund, der vorbeischaut auf eine Portion Ramen, die sie nach einem Rezept, das Ivy und sie im College erfunden haben, aufpeppen wird.

Sie nimmt das erstbeste T-Shirt und erwischt eins, das Ivy ihr von ihrem letzten Kunstretreat mitgebracht hat. Es ist knallpink wie das Innere einer Wassermelone, und auf der Vorderseite steht »Nobody Puts Baby in a Corner« und auf der Rückseite »Catskills, NY«. Dazu streift sie eine Yogahose über, die womöglich nicht unbedingt nach Yogahose aussieht. Da auch alles Make-up zu Hause geblieben ist, hat sie nur ein paar Hautpflegeprodukte dabei. Also trägt sie ein wenig Lippenbalsam auf und fährt damit auch über ihre Brauen. »Das ist kein Date«, versichert sie ihrem Spiegelbild. Ob die Frau, die entgegenblickt, ihr das wirklich abnimmt, bleibt unklar.

Das Handy piept. Eine Nachricht von ihrem Bruder Ted. **Wollte nur kurz checken, ob's dich noch gibt, Schwesterchen. Was macht das Überlebenstraining? Schon voll auf dem *Unsere kleine Farm*-Trip? Eigenen Smoker gebaut? Und jetzt draußen in der Wildnis auf der Suche nach Proteinquellen?**

Hahaha, schreibt sie zurück. **Nur zu deiner Information, ich habe heute schon ein gewaltiges Sandwich erlegt. Gar nicht so übel, dieses primitive Leben.**

Eine Pause tritt ein. **Aber alles okay bei dir, ja? Sicher, dass du nicht zurückkommen und mit uns Weihnachten feiern willst? Mom ist ziemlich sauer über die ganze Angelegenheit.**

Ich wünsche mir von dir zu Weihnachten nur, dass du Mom dieses Jahr übernimmst. Ich bleibe, wo ich bin. Und mir geht's bestens. Ivy und ich haben für Silvester einen großen Tisch im Alice reserviert. Komm doch zusammen mit Ming, und wir sehen uns dann. XX

Sie steht in der winzigen Küchenecke der Hütte und erledigt die wenigen Vorarbeiten, die für die Zubereitung des Gerichts, das sie sich überlegt hat, nötig sind – etwas Ingwer und Knoblauch klein schneiden, Spinat und Grünkohl waschen und zerrupfen –, als sie Aidens Pick-up die zugeschneite Einfahrt hochrumpeln hört. Prompt beginnt ihr Herz schneller zu schlagen, was Holly damit abtut, dass sie sich bestimmt lediglich darüber freut, eine andere Menschenseele zu sehen.

»Hallo!«, ruft Holly und reißt dabei die Tür weit auf. Aiden zieht Stiefel und Jacke aus und hält einen Stoffbeutel in die Luft. »Ich habe etwas mitgebracht. Schließlich gehört sich das zu Weihnachten.«

»Ich bin diejenige, die *dir* etwas schuldet. Dafür ist das Abendessen doch gedacht.«

»Du schuldest mir nicht das Geringste, Holly«, sagte er und wirkt plötzlich sehr ernst.

»Nun«, erwidert sie etwas verunsichert. Vermutlich liegt das nur daran, dass sie an Matt gewöhnt ist. Der hat sich ständig über alles lustig gemacht und jeden flüchtigen Gedanken, der ihm durch den Kopf ging, sofort ausgesprochen, selbst wenn er unpassend oder verletzend war. Aiden würde das nie tun, so viel ist ihr klar. »Trotzdem vielen Dank.«

»Es macht mir doch Spaß, etwas beizutragen«, sagt er und folgt ihr in die Küche. »Ich war mir allerdings nicht sicher, was zu dem, was du machst, am besten passen würde, also habe ich Craftbeer mitgebracht.« Er holt ein Sixpack aus dem Beutel. »Es ist von einer lokalen Brauerei.«

»Super.«

»Aber da ich dich nicht einfach zur Biertrinkerin abstempeln wollte, habe ich auch noch einen Pinot Gris besorgt.« Er bringt eine Weinflasche zum Vorschein. »Der kommt von einem Weingut aus der Region Finger Lakes, ganz in der Nähe.«

»Das wäre doch nicht nötig gewesen«, sagt sie und zieht eine Flasche aus dem Sixpack. »Ich denke, ein Bier, das sich Kringle Krusher nennt, muss man einfach probieren, oder?«

»Nicht wahr?«, sagt er lachend. »Sie haben auch ein Ale namens Wintergrauen im Angebot, aber das Krusher ist meine Lieblingssorte. Und dann habe ich noch ein Glas Hot Sauce von Nell, einer Freundin meiner Großmutter, mitgebracht.« Er greift noch einmal in den Beutel und hält ein Glas mit dem handbeschriebenen Aufkleber »Nell's 5-Alarm Sauce« hoch. »Sie macht auch eine mit Alarmstufe 12«, erklärt er. »Aber außer Nells Ehemann hat die noch nie jemand im Ort zu probieren gewagt.«

»Das passt hervorragend. Es gibt Dr. Ramen, und dazu gehört eine anständige scharfe Sauce.«

»Von Mr. Noodles habe ich ja schon gehört, aber …«

»Ivy und ich haben das Rezept in unserer Collegezeit erfunden. Es besteht daraus, den gewöhnlichen Mr. Noodles zum Doktor aufzupeppen, unter Zugabe von …« Sie beginnt an den Fingern aufzuzählen. »Ingwer, Knoblauch, Butter, Sesamsamen, Soyasauce und bergeweise Spinat, Grünkohl oder was immer man an Grünzeug zur Hand hat. Hot Sauce oder Chiliöl und ein knusprig angebratenes Spiegelei darüber, fertig ist das aufgepeppte Ramen.«

»Klingt ziemlich lecker.«

»Tja, du wirst es gleich herausfinden.«

Holly schenkt ihnen beiden ein Bier ein und versucht einen Schluck. »Ich hege ja eine gewisse Sympathie für weihnachtliche Alliterationen«, erklärt sie und studiert das Label auf der Flasche. »Schließlich habe ich Ivy am College auf einer Keg-Party kennengelernt, die sich, etwas zu bemüht, Columbia-U-Christmas Kegger nannte.« Sie fasst kurz zusammen, wie Ivy und sie sich begegnet sind, merkt dabei aber selbst, dass sie Matt mit keinem Wort erwähnt. »Am Ende des Abends war uns klar, dass wir zusammengehörten. Seitdem sind wir beste Freundinnen.«

»Ich würde sie gern kennenlernen«, bemerkt Aiden. »Wo verbringt sie noch die Feiertage, hast du gesagt?«

Hollys Hals wird ganz trocken, und sie trinkt noch einen Schluck Bier. »Auf Hawaii«, bringt sie heraus. »Kunstretreat.«

Sie schiebt ihm ein Schälchen Pistazien zu. »Ich fürchte, die Auswahl an Vorspeisen zu unseren Cocktails ist nicht sonderlich groß, sorry. Pistazien?«

»Cocktails«, wiederholt Aiden amüsiert.

»Was ist daran so lustig?«

»Keine Ahnung. Wir hocken hier in einer winzigen Hütte weit weg von allem und trinken Bier, aber vermutlich bist du einfach elegante Cocktailpartys gewohnt.«

»Obwohl ich nicht unbedingt scharf drauf bin. Das hier macht jedenfalls sehr viel mehr Spaß.« Holly begreift selbst nicht ganz, was passiert ist, aber plötzlich kommt ihr dieses andere Leben merkwürdig fremd vor. Sie hat Aiden seit der Highschool nicht mehr gesehen, dennoch scheint er sie ungeheuer gut zu kennen.

»Erzähl mir mehr von deinem Leben in Krimbo«, sagt sie und hofft, damit von ihrem leichten Erröten ablenken zu können. Sie findet es schon verwirrend, wie häufig ihr das in der Nähe von Aiden passiert. »Deine Großeltern und Eltern haben hier gelebt, deine Schwester ist nachgezogen, und du …?«

»Ich hatte eigentlich gar nicht vor herzukommen. Es hat sich bloß …« Er überlegt einen Moment, sagt dann aber nur: »… irgendwie ergeben. Fest wohne ich hier erst seit einem Jahr.«

»Und vorher bist du am MIT gewesen. Dann hast du wohl in Cambridge gewohnt?« Bislang hat er nicht unbedingt viel preisgegeben von dem, was er in den vergangenen zehn Jahren getrieben hat, und da ihre Neugier wächst, je mehr Zeit sie miteinander verbringen, kann sie sich die Nachfrage nicht verkneifen.

»Genau. Ein paar Jahre bin ich in Cambridge gewesen. Aber …« Seine Augen verdunkeln sich, als würden an einem herrlichen Tag abrupt finstere Gewitterwolken am blauen Himmel aufziehen. »Um ehrlich zu sein, habe ich mein Studium am MIT abgebrochen. Ich bin ohne Abschluss weg.«

Eine peinliche Stille tritt ein, und Holly kommt sich vor wie ihre Mutter, als sie die Situation zu überspielen versucht, indem sie aufsteht und betont unbekümmert ausruft: »Jetzt sollte ich mich aber besser mal ums Abendessen kümmern.« Sie lässt Butter in einer Pfanne aus, erhitzt Wasser für die Nudeln und wechselt das Thema in der Hoffnung, die Stimmung aufzulockern. »Hast du noch Kontakt zu Leuten aus der Schule?«

»Nicht wirklich«, antwortet er. »Du?«

»Erinnerst du dich noch an Josie Cheng und Lachlan Schneider? Wir treffen uns jedes Frühjahr und fahren raus nach Coney Island, um der alten Zeiten willen.« Sie überlegt einen Moment. »Bei unserem letzten Zusammenkommen haben sie mir übrigens erzählt, dass Ricky Exeter wegen Finanzbetrugs verurteilt worden ist. Anscheinend hat er eine Art Schneeballsystem entwickelt, auf das aber keiner reinfallen wollte, also ist er nach Palm Springs gegangen und hat's in der Seniorensiedlung seiner Oma probiert.«

Aiden verzieht das Gesicht und nickt. »Das passt. Ricky hat schon immer gern auf überschlauer Bösewicht gemacht.« Er trinkt von seinem Bier und neigt den Kopf zur Seite. »Eine Sache weiß ich allerdings. Hast du davon gehört, dass Mr. Abrams, der Mathelehrer, und Mrs. Malla, die Kunst unterrichtete, ihre jeweiligen Partner verlassen und geheiratet haben?«

»Echt jetzt?«, kreischt Holly und fühlt sich wieder wie ein Teenager – eigentlich genau so, wie wenn sie mit Ivy zusammen ist. Vollkommen entspannt und ganz wie sie selbst. »Ich fand es schon immer merkwürdig, wie viel Zeit Mrs. Malla im Matheraum verbracht hat! Woher weißt du das?«

»Ich bin den beiden vergangenen Sommer per Zufall in einem New Yorker Restaurant über den Weg gelaufen.« Sein Gesicht nimmt erneut diesen ernsten Ausdruck an. »Man soll ja keinen Klatsch verbreiten, ich weiß, aber warum macht es bloß solchen Spaß, über Leute zu reden, die man von früher kennt?«

Sie lacht. »Es gibt einen persönlichen Bezug, und es ist trotzdem ein völlig harmloses Vergnügen. Stell dir vor, dir würden Klatschgeschichten über deinen besten Freund oder irgendeinen engen Verwandten zugetragen. Ein schreckliches Gefühl. Du müsstest sie darauf ansprechen. Aber ehemalige Schulkameraden? Das sind Leute, die du früher kanntest, aber heute nicht mehr. Von solchem Klatsch kann man einfach nicht genug bekommen.«

Sie plaudern weiter, während Holly Knoblauch und Ingwer kurz in der Butter schwenkt und dann das Gemüse und die Sojasauce hinzufügt. Sie schüttet die fertig gekochten Ramennudeln ab, gibt sie ebenfalls in die Pfanne und fügt die restlichen Zutaten hinzu.

»Duftet hervorragend«, schwärmt Aiden. »Kaum zu glauben, was man aus Instantnudeln so alles zaubern kann.«

Sie schiebt die Nudeln zur Seite und gibt Sesamöl und die Hot Sauce, die Aiden mitgebracht hat, in die heiße Pfanne. Sobald es brutzelt, schlägt sie zwei Eier auf und brät sie, bis das Eigelb fest zu werden beginnt. Dann verteilt sie Nudeln samt Gemüse auf zwei Suppenschüsseln, platziert jeweils ein Spiegelei obenauf und bestreut das Ganze mit Sesamsamen.

»Sieht aus wie im Restaurant.«

»Nicht zu beeindruckt sein. Das ist so ziemlich das Einzige, was ich kochen kann.«

»Also beeindruckt bin ich schon.«

»Lust auf ein Glas Wein dazu?«

»Klar doch. Komm, ich übernehme das. Saftgläser okay?«

»Super«, sagt Holly.

Er holt Gläser, probiert die Nudeln und schließt genießerisch die Augen. »Exzellent«, sagt er mit seliger Miene.

Sie freut sich über das Kompliment, schenkt Wein ein und reicht ihm ein Glas.

Er trinkt einen Schluck, isst weiter. »*So* lecker. Alex und

Sid sollten es auf die Karte nehmen. Das ist sogar derart gut, dass ich sagen würde …«

»Was?«

Ein schelmischer Ausdruck tritt in sein Gesicht. »Ich würde sagen, wenn du mir deinen verrätst, verrat ich dir meinen.«

»Du meinst den SAT-Score?«, erwidert sie aufgeregt.

Er nickt.

»1575, nach jetziger Rechnung«, sagt sie sofort.

»Beeindruckend«, kommentiert er mit undurchdringlicher Pokermiene.

»Schon gut, du musst ja nichts verraten«, bemerkt sie augenzwinkernd. »1575 ist natürlich auch schwer zu toppen.«

»Da hast du recht«, räumt er ein, ohne sein ausdrucksloses Gesicht zu verlieren. »Das ist schwer.«

»Ach, komm schon!«, platzt es aus ihr heraus. »Jetzt bleib fair. Du hast's versprochen.«

»Hey, eben hast du noch gemeint, ich muss nichts verraten«, entgegnet er lachend.

»Das war nur ein Versuch in umgekehrter Psychologie. Die Frage, wie hoch deine Punktzahl gewesen ist, quält mich nun schon zehn Jahre.«

»Im Ernst? All diese Jahre hat dich diese Frage gequält?« In seinen Worten schwingt etwas mit, das sie noch immer nicht recht zu deuten weiß. Sein Gesichtsausdruck wird sanfter. Unwillkürlich lehnt sie sich auf ihrem Hocker zu ihm.

»Ja, das habe ich!«, betont sie. Ihre Hand wandert auf seinen Unterarm, spürt das weiche Flanell seines Hemds, und ein wenig unbegreiflich ist ihr schon, dass sie sich nicht bremsen kann.

Eine lange Pause tritt ein.

»1600«, gesteht er schließlich leise.

»Wie bitte? Kannst du das wiederholen?«

»1600«, erklärt er lauter und beginnt zu grinsen.

»Aiden! Die volle Punktzahl! Du hast mich um Längen geschlagen. Gratuliere!«

»Ich muss zugeben, dass ich dich tatsächlich *unbedingt* schlagen wollte. Für mich, der ich nur über ein Stipendium an die Schule gekommen war, wurde es mit der Zeit zu einer echten Frage des Stolzes, die legendäre Holly Beech zu übertreffen. Jetzt aber, so viele Jahre später … wirkt es ziemlich unwichtig.«

»Ach was! Schau nur dein Gesicht an. Von wegen unwichtig.«

»Du hast recht«, gibt er zu und lächelt verschmitzt. »Es ist ganz und gar nicht unwichtig! Hey, fertig mit essen?«

Sie nickt. Während er aufsteht und Schüsseln und Besteck abräumt, muss sie an sein Geständnis denken, das Studium am MIT abgebrochen zu haben. Warum war es ihm bei solch einem SAT-Ergebnis nicht gelungen, das College zu beenden? Trotz der Ungezwungenheit, die sie in seiner Gesellschaft empfindet, traut sie sich nicht, ihn zu fragen. Es scheint ein wunder Punkt zu sein, und sie will ihn nicht bedrängen.

»Du bist hier der Gast«, ruft sie und springt von ihrem Hocker. »Da spülst du doch nicht!«

»Widerrede ausgeschlossen. Ich bin so erzogen worden, dass man spült, wenn jemand anders das Kochen übernommen hat. Du darfst es mir also nicht verbieten, denn sonst findet meine Mom es garantiert heraus, und ich bekomme Hausarrest. Mit den Eltern in derselben Kleinstadt zu leben birgt eben auch Risiken.«

»Na gut«, gibt Holly lachend nach. »Aber ich trockne ab.«

Nach dem Spülen lehnt Aiden dankend ein weiteres Glas

Wein ab, da er noch Auto fahren muss, willigt aber in einen Kaffee zum Film ein. Anschließend unterhalten sie sich allerdings so angeregt, dass sie kaum etwas davon mitbekommen, wie eine Nicole Kidman im Teenageralter das Weihnachtsfest und den Hof ihrer Eltern rettet, und ehe sie sich's versehen, läuft bereits der Abspann.

»Ich muss morgen früh raus«, erklärt Aiden, und in ihren Ohren klingt es, als würde er das bedauern. Sie tut es auf jeden Fall. Ihretwegen könnte es noch ewig so weitergehen. »Ich sollte los. Aber der Abend war wirklich großartig, Holly. Vielen Dank.«

»Ich danke dir, Aiden«, sagt sie und begleitet ihn zur Tür. »Für alles.« Sie geht noch mit ihm hinaus in die klirrend kalte Luft, die den Schnee im Mondlicht funkeln lässt. Sie schaut in den Himmel, wo sie all die vertrauten Sternbilder über den Spitzen der Tannen ausmachen kann. »Wow«, haucht sie. »Ich weiß zwar, dass diese Sterne immer da sind, aber in der Stadt kann man sie gar nicht so sehen. Dieser Ort ist genau das, was ich gebraucht habe.«

»Nirgends lassen sich Sterne besser beobachten.«

Aber als sie den Blick wieder senkt, bemerkt sie, dass Aiden nur sie betrachtet, nicht die Sterne. Seine Augen leuchten in der Dunkelheit. »Ich will mich ja nicht einmischen«, sagt er, »aber mir hilft es jedenfalls immer, im Winter draußen herumzulaufen, wenn mir etwas auf der Seele liegt.«

»Du meinst, nur Ramen essen, ausschlafen und Weihnachtsfilme anschauen ist nicht die Patentlösung für alle Probleme des Lebens?«

»Nein«, antwortet er lachend. »Das sind natürlich hervorragende Optionen. Aber auch viel frische Luft. Oder den Sternenhimmel betrachten. Und wenn die Sterne weg sind, gibt's noch ein paar Karten mit Tour-Vorschlägen im Guide Book, zu Fuß oder mit Skiern. Schneeschuhe, Tourenski und

Schlittschuhe findest du drüben im Schuppen. Der Code für die Tür lautet ›SNOWY‹.«

»Ich liebe Schlittschuhlaufen«, sagt Holly. »Ist allerdings schon eine Ewigkeit her.«

»Auf dem Platz vor dem Rathaus gibt es eine ganz ordentliche Bahn – aber um ehrlich zu sein, kann man in der Gegend hier nirgends besser Schlittschuhlaufen als auf dem Fluss. Das geht aber nicht allein. Es ist nicht ganz ungefährlich.«

»Oh. Na ja …«

»Ich könnte mitkommen«, fügt er rasch hinzu und klingt irgendwie erleichtert. »Morgen bin ich beschäftigt, aber wie wäre es mit übermorgen?«

Auch wenn Holly nicht ganz klar ist, ob er sie zu diesem Ausflug einlädt, weil sie ihm leidtut oder weil er es sich tatsächlich wünscht, macht sich bei seinen Worten dennoch eine wohlige Freude in ihrer Brust breit. »Liebend gern, Aiden.«

»Super. Früher Nachmittag für dich okay?«

Sie nickt.

»Die Schlittschuhe im Schuppen müssten vielleicht noch mal geschliffen und durchgesehen werden. Treffen wir uns doch um drei bei McLaren Sports, fünf Häuser hinter dem Supermarkt. Gute Nacht, Holly.«

Er betrachtet sie weiter gedankenverloren. Plötzlich steht ihr das Bild vor Augen, wie sie sich auf die Zehenspitzen stellt und ihre Lippen über seine streichen. Wie sich das wohl anfühlen würde? Aber sie kann nicht. Sie ist starr wie eine Statue. Und dann wendet er sich ab und winkt noch einmal, bevor er in den Pick-up steigt.

Ein letztes Winken hinter der Windschutzscheibe, dann ist er fort.

9
IVY

21. Dezember
Kauai, Hawaii

Ivy ist erschöpft und glücklich, nachdem sie den ganzen Nachmittag die Insel weiter erkundet und gemalt hat. Gestern war sie bereits an Ines's Secret Beach, ein traumhaft verborgener Strand, geschützt gelegen hinter mächtigen, von Palmen gesäumten Klippen und bei Ivys Ankunft quasi menschenleer. Der Sand dort hat den hellen Pinkton von Muscheln und ist weicher als jede Matratze, auf der sie je gelegen hat. Stundenlang hatte sie auf einer leicht erhöhten Düne gesessen und gemalt, bevor sie dazu gekommen war, ihr mitgebrachtes Lunch zu essen.

Heute ist sie der Küste dann noch weiter gefolgt bis nach Lumaha'i. Dort machte sie erst mal ein Foto und schickte es Holly – **Der Strand aus *South Pacific*! Stell dir Mitzi Gaynor vor, die sich hier von den Wellen diesen Mann so richtig aus dem Kopf spülen lässt!** Doch selbst schwimmen wollte Ivy lieber nicht. Die Brandung war extrem stark, und sie wusste von Oliver und aus dem Internet, dass dieser Strand jedes Jahr die höchste Zahl an Ertrunkenen aufweist, da viele den Sog der Gezeiten und die Kraft des Meeres unterschätzen.

Stattdessen hat sie den Rest des Tages in Lumaha'i damit verbracht, im Schatten duftender Hibiskussträucher stillvergnügt zu zeichnen und anschließend auf dem Strandtuch, das sie in ihren Rucksack gepackt hatte, ein kleines Nickerchen zu halten. Jetzt beim Aufwachen fühlt sie sich ausgeruht, sonnenwarm und dekadent, mit einem Wort: glücklich. Sie koloriert das Strandbild, an dem sie vor ihrem Mittagsschlaf gearbeitet hat, noch fertig und wartet dann, bis die weiche Pastellfarbe trocken genug ist, um das Bild in eine Hülle ihrer Mappe zu schieben. Anschließend verstaut sie alles in ihrem Rucksack und macht sich rasch auf den Weg zurück nach Hanalei, um nicht in die Dunkelheit zu geraten.

Sobald ihr die Gegend vertraut erscheint, zweigt sie vom Küstenweg ab und erreicht bei Einbruch der Dämmerung die Straßen des Städtchens. Viele Menschen sind unterwegs, und es liegt eine Art gespannte Erwartung in der Luft. Ivy sieht das Schild einer Saftbar und stellt sich in die Schlange, um nach der langen Wanderung etwas gegen den Durst zu tun. Anschließend wird sie sich ein nettes Lokal suchen, um zu Abend zu essen.

Sie ist fast an der Spitze der Schlange angekommen, als sie hinter sich eine unangenehm vertraute Stimme hört. *Scheiße.*

»Meinst du, man bekommt dieses Saftzeug auch mit einem Schuss Rum, Abby-Bo-Babby.«

Matt. Ein amüsiertes Kichern – zumindest einem Menschen gefällt seine Art. Das wütende Rauschen in Ivys Ohren ist so laut, dass ihr Abbys Antwort entgeht. Sie sind direkt hinter ihr. Im ersten Moment verspürt sie den Drang, sich aus der Schlange zu stehlen und irgendwo zu verstecken. Aber eigentlich sollte Matt vor Verlegenheit im Erdboden versinken, nicht sie! Also bestellt sie eine »Santolade« – die aus dem Saft reifer Mangostans gemacht wird – und zieht sich beim Warten die Expos-Cap tiefer ins Gesicht. Die widerliche Erinnerung an Matts Untreue gegenüber ihrer besten Freundin spült wie eine Eimerladung Schmutzwasser über Ivy hinweg. Kurz überlegt sie, Matt zur Rede zu stellen, ihm hier unmittelbar vor Abby gehörig die Meinung zu sagen, so wie er es verdient.

Aber mit einer solchen Aktion gäbe es nur noch einen gravierenden Vorfall mehr, den sie vor Holly verschweigen müsste. *Wie war denn dein Tag so?*, würde Holly vermutlich fragen, und Ivy wäre gezwungen, unerwähnt zu lassen, dass sie ihrem Ex gerade in einem hawaiianischen Städtchen eine Santolade über den Kopf geschüttet hat.

»Scheiße!«, faucht Ivy leise, nimmt den Saft und geht weiter. All die Freude, die ihr dieser berauschende und produktive Tag bereitet hat, ist mit einem Mal verpufft. Verstohlen drückt sie sich auf der Rückseite des Saftstands herum, tritt wütend gegen einen Stein und stößt sich dabei prompt den Zeh. »*Aua.* Scheiß Stein!«

»Na, was hat der Stein dir denn getan?«

Ivy dreht sich um und steht vor Oliver, der in den khakifarbenen Shorts und dem eng anliegenden schwarzen Poloshirt seiner Barmannkluft erneut eine blendende Figur macht.

»Ich habe dich beim Saftkaufen gesehen, aber als ich herüberkam, um Hallo zu sagen, warst du schon nach hinten verschwunden.«

»Matt ist hier«, brummt Ivy.

»Habe ich bemerkt. Und ich dachte mir schon, dass du deshalb abgehauen bist. Anscheinend hattest du Lust, gegen einen Stein zu treten.« Selbst sein Ein-Grübchen-Lächeln kann sie heute nicht aufheitern.

»Mir war eher danach, ihm einen Tritt in den Arsch zu verpassen und dann wegzulaufen.«

Oliver lacht laut auf und bricht abrupt ab. »Entschuldige. *Lustig* ist das nicht.«

»Ganz und gar nicht«, sagt Ivy. »Ständig belüge ich deshalb meine beste Freundin. Ich bin echt das Allerletzte. So mies und niederträchtig habe ich mich noch nie gefühlt.«

»Hey, Ivy?«

Sie schaut zu ihm hoch. »Ja?«

»Klingt, als könntest du einen Freund gebrauchen«, sagt er, und seine Augen hat jeder Schalk verlassen. »Wie gut, dass du mir begegnet bist. Ich weiß vielleicht etwas, das deine Laune heben könnte.«

»Meine Laune kann nichts mehr retten«, erklärt sie düster.

»Gleich ist die große Zeremonie zur Entzündung des Weihnachtsbaums in Hanalei. Schon gut, schon gut, ich weiß, dass sich deine Begeisterung für Weihnachten in Grenzen hält, aber das ist nicht das Übliche. Es ist wirklich außergewöhnlich. Ehrenwort.«

»Was die Strände angeht, waren deine Empfehlungen jedenfalls absolut zutreffend«, gibt Ivy zu. »Sie waren allesamt wunderschön. Aber eine Parade?«

»Keine Parade«, korrigiert er. »Es handelt sich um eine Zeremonie zur Entzündung des Weihnachtsbaums.«

»Sorry, sorry, Baumentzündungszeremonie.«

»Alles beginnt an der Anlegestelle, wo alle verfolgen, wie der Weihnachtsbaum auf einer Schute die Stadt erreicht. Da hier nun mal keine Weihnachtsbäume wachsen, treffen alljährlich große Mengen davon per Schiff ein und werden überall auf der Insel verteilt. Dann landen Santa und Mrs. Claus in ihrem Auslegerkanu …«

»Santa und Mrs. Claus haben ein Auslegerkanu?«

»In Hawaii schon. Eins, das von Delfinen gezogen wird.«

Sie schaut ihn mit offenem Mund an.

»Ich hab's dir ja gesagt. Das muss man gesehen haben.« Er strahlt jetzt wie ein Kind an Weihnachten, was natürlich sein süßes Grübchen wieder zum Vorschein treten lässt. Bei so viel ansteckender Begeisterung kann sie sich ein Lächeln nicht verkneifen.

»Dann folgen alle dem Baum, vorneweg selbstverständlich die beiden Clauses.«

»Das klingt aber jetzt nach Parade …«

Er ignoriert ihren Einwurf. »Und dann wird mitten in der Stadt die Entzündungszeremonie abgehalten.« Inzwischen sprühen seine meergrünen Augen vor aufrichtigem Entzücken. »Mein absoluter Lieblingsmoment auf der Insel, und da hängt die Messlatte bei mir wirklich verdammt hoch. Der Tannenbaum wird geschmückt, die Lichterketten eingeschaltet, und im selben Augenblick leuchten auch die Lichter auf den Palmen ringsum, die schon vorher angebracht worden sind. Der Anblick ist unglaublich, Ivy, ich schwöre es. Erwärmt garantiert auch die kältesten Herzen.«

»Hey, ich bin nicht kaltherzig!«, widerspricht Ivy.

»Das ist mir schon klar«, bestätigt Oliver in deutlich ernsterem Ton und betrachtet sie auf die gleiche aufmerksame Art wie bei ihrer ersten Begegnung – als wollte er sie entschlüsseln, ihr wahres Ich erkennen.

»Tut mir leid«, erklärt Ivy und reckt entschlossen das Kinn. »Ich kann nicht wieder da hinausgehen. Ich muss jede Begegnung mit Matt vermeiden.«

»Siehst du, genau das verstehe ich nicht«, sagt Oliver. Er fährt sich mit der Hand über die blonden Stoppeln an seinem Kinn, was sein Hemd nach oben rutschen lässt, doch sie ruft sich in Erinnerung, wie sehr sie Larry mag, und hält den Blick starr auf sein Gesicht gerichtet, statt seine wohldefinierten Bauchmuskeln zu bewundern. »Wie kann dieser Kerl so vollkommen folgenlos das erst deiner Freundin antun und dir dann deinen Urlaub ruinieren? Warum erlaubst du ihm das?«

»Das tue ich doch gar nicht«, widerspricht Ivy empört.

»Wenn ich ihm komplett aus dem Weg gehen könnte, würde ich das tun.«

»Ich passe auf. Sobald wir ihn sehen, verstecke ich dich.«

»Wie das? Willst du dich auf magische Weise urplötzlich in einen riesigen Busch verwandeln?«

»Warum nicht?«, antwortet er verschmitzt. »Du kennst meine Superkräfte noch nicht, Ivy.« Er ergreift den Schirm ihrer Expos-Kappe und senkt ihn tiefer in ihr Gesicht. »So. Jetzt bist du verborgen. Und notfalls diene ich dir als Tarnmantel, okay? Keiner wird dich sehen, solange du es nicht selbst möchtest. Vertrau mir, Ivy.«

Ivy und Oliver fallen in einen lockeren Schlenderschritt und bleiben auf ihrem Weg durch das quirlige Straßenleben dicht zusammen.

»Also, ich denke, diese Geschichte wird dir gefallen«, beginnt Oliver nach ein paar Metern. »Heute hat Matt mich um einen Island Breeze gebeten, und ich hab so getan, als hätte ich keinen Ananassaft mehr. Dann wollte er stattdessen einen Wodka Sunrise, woraufhin ich behauptet habe, der Wodka ist mir ausgegangen. Und als ich am Pool an ihm vorbeigekommen bin, habe ich ihn *aus Versehen* so angerempelt, dass er sich das hübsch geblümte Tommy-Bahama-Hemd mit seinem Blue Lagoon total versaut hat.«

Ivy muss lachen. »Schönen Dank für deine Mitwirkung an dieser Vendetta, obwohl du die beteiligten Parteien kaum kennst. Ich weiß es zu schätzen.«

»Nun, dass ich *dich* kaum kenne, würde ich nicht sagen«, erwidert er. »Und ich weiß, was er deiner Freundin angetan hat.«

Sie erreichen den Strand. Hier hat sich bereits eine beträchtliche Gruppe Kinder eingefunden, die mit gebannten Blicken verfolgt, wie die Schute mit dem Weihnachtsbaum auftaucht und von einem Katamaran quer durch die Bucht gezogen wird. Mit Gejohle wird der Baum an Land begrüßt und von einer Crew auf einen Anhänger gehievt.

»Jetzt kommt's«, flüstert Oliver, als sich die jubelnde Menge erneut dem Meer zuwendet. »Santa und seine Frau sind ein Paar aus der Gegend«, erklärt er. Seine in ihr Ohr gehauchten Worte bringen ihren ganzen Körper zum Kribbeln, ganz egal, wie stark sie sich dagegen wehrt. »Jedes Jahr kostümieren sie sich und unterhalten die Kinder der Insel, indem sie sich in einem Auslegerkanu durch die Bucht ziehen lassen. Und wenn Santa seine Glocke schwenkt und ›Ho ho ho‹ ruft, stürmen die Kinder ins Wasser und bereiten ihm einen begeisterten Empfang.«

»Wow«, entfährt es Ivy stimmlos. »Sie werden ja tatsächlich von Delfinen gezogen.«

»Siehst du? Magisch, nicht? Ich wünschte, ich hätte meine Kamera mitgenommen, dann könnte ich jetzt ein Foto von dir machen.«

Bei der Vorstellung, vom ihm fotografiert zu werden, vollführt ihr Herz einen verräterischen Salto. Glücklicherweise lenken Santa und Mrs. Claus sie ab, die gerade aus dem Kanu steigen und an den Strand waten, während das Kanu samt Delfinen auf dem gleichen Weg, den es gekommen ist, wieder entschwindet. Den beiden Clauses scheint es nichts auszumachen, dass ihre festliche Kleidung nun zur Hälfte durchnässt ist. Sie begrüßen die Kinder mit überschwänglicher Freude, tätscheln ihnen die Köpfe und setzen sich mit »Ho ho ho«-Rufen und »Wart ihr denn auch schön brav?«-Fragen an die Spitze der Menge, die beginnt, hinter dem Hänger mit dem Weihnachtsbaum durch die Straßen zu ziehen. Um sie herum wird überall gesungen und gelacht, aber es ist ein freundlicher Lärm, der in Ivys Ohren angenehm rauscht wie das Innere einer Muschel.

In der Mitte des Städtchens wird der Baum von vielen helfenden Händen auf ein passives Podest gehoben und in Windeseile mit langen Lichterketten dekoriert. Eine traditionelle hawaiianische Band gruppiert sich neben dem Baum auf dem Podest und beginnt unter dem erneut aufbrandenden Jubel der Menge damit, Weihnachtslieder zu spielen. Alle Menschen stimmen in die hawaiianischen Fassungen von bekannten Carols wie *The Twelve Days of Christmas* und *Deck the Halls* ein.

Dann tritt ehrfürchtige Stille ein. Ivy verfolgt, wie eine Frau in rotem Gewand und hauchdünnem gelben Umhang auf die Bühne steigt. Lange schwarze Haare reichen ihr bis tief in den Rücken. Ihren Kopf krönt einen Blumenkranz.

»Das ist eine der Kahunas von Hanalei«, flüstert Oliver so dicht an ihrem Ohr, dass sie seinen warmen Atem spürt. »Eine Art Schamanin dieses Orts, eine Heilerin.«

Die Kahuna hebt ihre Arme, und wie von Zauberhand erstrahlt die Weihnachtsbaumbeleuchtung golden funkelnd. Auch die überall in den Palmen angebrachten Lichterketten leuchten auf, und die Welt wird zu einem Kaleidoskop aus Farben. Ivy wird von der Magie des Moments erfasst und bricht ebenso wie die Menschen um sie herum in *Uuhs* und *Aahs* aus.

»Seid das Licht«, sagt die Kahuna zu den Kindern vor ihr in einer Art Segnung.

Ivy verharrt gespannt, saugt alles in sich auf. Oliver beobachtet sie erneut und grinst jetzt über das ganze Gesicht.

»Das war fantastisch, Oliver«, sagt sie und blickt ihn an. »Und es hat tatsächlich meine schlechte Laune vertrieben. Vielen Dank.«

In diesem Moment drängelt sich eine Familie mit drei Kindern an ihnen vorbei, und sie erhält einen Stoß in den Rücken. Schnell packt Oliver sie um die Taille, damit sie nicht fällt. Statt sie loszulassen, mustert er sie eindringlich.

»Was?«, fragt sie verunsichert.

»Es hat dir Spaß gemacht«, sagt er. »Gib's zu.«

Seine Hände liegen noch immer auf ihren Hüften, und sein Griff fühlt sich so warm an, dass sie am liebsten ihre Hände auf seine legen würde, um zu spüren, wie weich seine Haut ist.

Während sie noch all ihre Konzentration darauf richtet, dieses körperliche Verlangen niederzuringen, bemerkt sie kaum den Gewitterdonner über ihr. Doch keine Sekunde später öffnet der Himmel alle Schleusen und reißt sie zurück in die Realität. Oliver nimmt seine Hände von ihrer Taille und greift nach ihrer Hand. »Na los!«

Sie rennen in Richtung eines leeren Marktstands, um sich unterzustellen, aber kurz bevor sie ihn erreichen, vollführt Ivy eine Vollbremsung. Ein Stück weiter steuern Matt und Abby denselben Regenschutz an. »Nein«, sagt sie. »Wir müssen woandershin.«

Oliver bemerkt sie ebenfalls und schlingt angesichts von Ivys entsetzter Miene kurzentschlossen den Arm um sie und zieht sie ganz dicht zu sich heran, als wollte er sie küssen. Ivys Körper reagiert wie elektrisiert, was sicherlich nur an der unvermittelten Plötzlichkeit der Aktion liegt, wie sie sich beruhigt, obwohl sie genau weiß, dass dies keineswegs alles ist. Der Regen strömt so heftig, dass ihre Kleidung bereits vollkommen durchtränkt ist, doch sie spürt nichts außer seinen Händen auf ihrer Haut. *Reiß dich gefälligst zusammen, Ivy. Schließlich ist das hier keine romantische Filmszene im prasselnden Gewitterregen. Er versucht dich bloß vor jemandem zu verstecken, dem du gerade jetzt nicht begegnen möchtest. Außerdem. Hat. Er. Eine. Freundin.*

»Sind sie weg?«, presst sie hervor.

»Sie warten unter dem Stand, schauen aber nicht zu uns«, erklärt Oliver, dessen Lippen sich dabei so dicht ihren nähern, das sie ihn fast schmecken kann. Zitrone und Kokosnuss, stellt sie sich vor, und ein Hauch von Minze. »Sie haben sich umgedreht.« Sie blickt ihn durch den Regen an. Seine Pupillen sind geweitet, sodass sie nur schmale grüne Ringe an den Rändern seiner Iris ausmachen kann. Sie bleiben weiter reglos stehen, starren einander in die Augen – und inzwischen hat Ivy das Gefühl, sich auch nicht mehr bewegen zu können, wenn sie es gewollt hätte. Am Ende ist er derjenige, der einen Schritt zurückweicht, bevor er einen zittrigen Atemzug nimmt und sich durch die nassen Haare fährt.

»Ich weiß, wo wir uns trocknen können«, sagt er dann. »Larrys Bar.«

Eben. Genau. Larry. Seine wunderschöne, unfassbare nette Freundin. Ivy zwingt sich, wieder eine Wirklichkeit anzuerkennen, in der sie und Oliver tatsächlich nicht – wie eben noch gefühlt – die einzigen Menschen auf dieser Erde sind, und folgt ihm.

»Da wären wir«, sagt er, als sie pitschnass die Black Pearl erreichen. Über ihren Köpfen schwingt ein Holzschild mit herausgeschnitzter Auster und pechschwarzer Kugel darin. Oliver zieht Ivy rasch durch die Eingangstür, wo sie tropfend stehen bleiben und schallend über sich selbst lachen müssen.

»Hey, immer rein mit euch«, ruft Larry ihnen zu. »Dann wollen wir euch mal trocken bekommen.« Sie holt ein Bündel Handtücher unter der Theke heraus, durchquert den Raum und reicht Ivy ein paar davon. Dann wendet sie sich Oliver zu, stellt sich auf die Zehenspitzen und rubbelt ihm mit einem Tuch die Haare so energisch trocken, dass sie in alle Richtungen abstehen.

»Hey«, beschwert er sich und streicht sie wieder runter. »Du ruinierst mir ja meine Frisur.«

»Ruiniert hat sie dir der Regen, mein Schatz. Schlimmer geht's gar nicht. Da wir schon so lange befreundet sind, erlaube ich mir, hier ganz ehrlich zu sein.«

Ivy spürt einen Stich, wenn sie die beiden zusammen erlebt. Sie verbindet diese seltene Kombination aus tief empfundener Freundschaft und liebevolle Verspieltheit, von der Ivy bislang immer glaubte, dass sie im wahren Leben gar nicht existierte. Aber so, wie Oliver sich eins der Handtücher von Larry schnappt und es ihr hinterherschnellen lässt, während sie leichtfüßig davontänzelt, ist klar, dass es so etwas sehr wohl gibt. »Was soll ich bloß mit dir machen?«, sagt Larry über die Schulter und verschwindet wieder hinter der Theke.

Bestimmt hat es den Funken, den Ivy eben in Olivers Armen zu spüren glaubte, nur auf ihrer Seite gegeben. Er hatte versprochen, sie vor Matt zu beschützen, und das hat er getan. Außerdem ist Larry supernett. Ivy wird sich also weder Eifersucht erlauben noch dem Wunsch nachgeben, ihr den Freund auszuspannen. So eine ist Ivy nicht. Sie zieht ihre durchweichte Baseballkappe aus und bündelt das lange Haar zu einem triefenden Pferdeschwanz, den sie ins Handtuch auszuwringen versucht.

»Einfach auf den Boden auswringen«, ruft Larry ihr mit einem herzlichen Lächeln zu. »Deine Kappe genauso. Mach einfach. Ist schon in Ordnung. Ich wische es gleich auf.«

Sobald Ivy und Oliver halbwegs trocken sind, fordert Larry sie auf, sich an die Theke zu setzen, während sie kurz den Boden wischt. Ivy sieht sich interessiert um. Die Einrichtung von Larrys Bar wirkt sympathisch und eigenwillig. Alte Ansichtskarten mit Motiven aus dem Südpazifik und von diversen Orten auf Hawaii überziehen die Wände.

Vom obersten Rahmen der Theke und von der Decke baumeln wahllos Lichterketten, deren Leuchten wie Ananas, Surfboards oder Palmen geformt sind. Hinter dem Tresen steht ein Plattenspieler, und neben den Flaschen sind einige Regalfächer mit Schallplatten vollgestopft.

»Ihr seht aus wie zwei Schiffbrüchige, die etwas zu trinken vertragen können«, erklärt Larry. »Spezialität des Hauses?«

»Klar doch«, sagt Ivy und schaut fragend zu Oliver, der sie merkwürdig von der Seite ansieht. »Was denn?«

»Oh, du ahnst nicht, was du dir da eingehandelt hast«, antwortet Oliver, während Larry einen Krug mit einem großen roten Totenkopf und gekreuzten Knochen aus dem Kühlschrank nimmt. »Siehst du?«, fährt er fort. »Pures Gift!«

»Was ist das?«, fragt Ivy ein wenig besorgt.

»Meine ganz spezielle Jalapeño-Ananas-Saftmischung. Du hast doch keine Probleme mit scharfen Sachen, oder, Ivy?«

»Natürlich nicht«, versichert Ivy sofort, und Olivers Seitenblick wirkt auf einmal eher herausfordernd.

»Echt?«, bemerkt er nur, und dieses eine Wort durchzuckt sie wie ein elektrischer Schlag bis in den Beckenboden, von wo aus es ihr prompt heiß zu werden beginnt.

Vielleicht hat Holly ja doch recht. Vielleicht sind zwei Wochen sexuelle Enthaltsamkeit mit ihrer Libido schlicht unvereinbar – dennoch *muss* sie diese Empfindungen in den Griff bekommen, und zwar sofort.

»Ich mag scharfes Essen«, erklärt Ivy steif, wendet den Blick von ihm ab und betrachtet erneut die Inneneinrichtung, während Larry vor ihnen die Cocktails zubereitet. Hinter der Theke hängen gerahmte Fotos – ein paar von Larry und Oliver, auf denen beide lachen und einen beneidenswert glücklichen Eindruck machen; andere von Larry, Oliver und einer weiteren Frau, oder nur von Larry und dieser Frau.

»Tolle Fotos«, sagte Ivy.

Larrys Lächeln wird noch breiter. »Nicht wahr?«, antwortet sie. »Da haben wir uns gerade verlobt.«

Zu ihrem größten Missfallen spürt Ivy, wie ihr bei diesen Worten das Herz schwer wird. *Sie sind verlobt?* Sie hofft nur, dass ihr Gesichtsausdruck sie nicht verrät, ihr Lächeln nicht so gequält aussieht, wie es sich anfühlt. »Wenn wir verheiratet sind, leben wir endlich permanent zusammen und machen mit all diesem Fernbeziehungskram Schluss.« Sie neigt den Kopf nachdenklich zur Seite. »Allerdings ist uns beiden noch nicht klar, wie genau das funktionieren soll.« Sie zuckt mit den Achseln, ihr Lächeln kehrt zurück, und Ivy muss daran denken, was Oliver ihr bei der ersten Besichtigung des Studios erzählte. Dass er nämlich nur die Winter auf Hawaii verbringt und ansonsten ein Weltenbummler ist. »Aber wir schaffen das schon«, versichert Larry und gießt Meskal sowie Malibu-Rum zu dem scharfen Saft im Cocktailshaker. Sie hantiert schnörkelloser als Oliver hinter der Theke, verzichtet auf Showeinlagen und Jonglagetricks und erledigt einfach ihren Job, während sie aus voller Kehle Janis Joplin mitsingt.

»Wann soll denn die Hochzeit sein?«, fragt Ivy und schaut dabei Oliver an.

»Habt ihr beide inzwischen ein Datum festgelegt?«, erkundigt sich Oliver zu Ivys Verblüffung bei Larry.

»Shira wartet noch auf Antwort von einer Location in L.A., aber ich möchte sie immer noch davon überzeugen, es lieber hier zu machen. Direkt am Strand. Wer weiß, vielleicht werden es einfach zwei Zeremonien?«

»Moment, wer ist Shira?«

Larry verteilt die Mixtur auf zwei Martinigläser, krönt das

Ganze mit einem Schuss Prosecco und ein paar Jalapeño-Ringen, die wie winzige Rettungsboote auf dem sonnengelben Cocktail treiben.

»Lasst es euch schmecken. Zweimal Hawaiian Bonfire. Bei dem Jalapeño-Anteil werdet ihr sofort vergessen, jemals in den Regen geraten zu sein. Und was meinst du damit, wer Shira ist?« Sie deutet auf eins der Fotos, das Larry neben einer Frau mit bernsteinfarbenen Augen, einem blonden abgerundeten Bob und einem Lächeln zeigt, das ebenso bezaubernd ist wie ihr eigenes. »Meine Verlobte natürlich.«

Ivy schaut verwirrt von Oliver zu Larry und zurück. »Aber ich dachte …«

»Du dachtest *was?*«, bohrt Oliver nach, und ein verräterisches Grinsen macht sich auf seinem Gesicht breit.

»Dass du und Larry …«, stammelt Ivy verlegen, und Olivers offenkundiges Vergnügen an ihrem Missverständnis macht alles nur noch schlimmer.

»Dass *wir* ein Paar sind? Larry und ich sind beste Freunde, hatte ich das nicht gesagt?«

»Ich dachte, das wäre nur so ein Spruch, wie ihn selbstgefällige Pärchen manchmal machen«, brummelt Ivy.

Oliver stößt lachend sein Glas an das von Ivy, trinkt einen Schluck und keucht theatralisch: »Whoa, so scharf war dein Zeug aber noch nie, Lar.«

»Shira ist Filmregisseurin und lebt in L.A., kommt aber über Weihnachten her. Morgen landet ihr Flieger.« Larry hüpft ausgelassen hinter der Theke herum. »Ich freu mich schon so. Und nein, Oliver und ich sind nicht zusammen.«

Ivy widmet sich ihrem eigenen Drink, um ihre Nervosität zu verbergen. Die Erleichterung, die ihren Körper angesichts der Nachricht durchströmt, dass Oliver und Larry kein Paar sind, versucht sie zu ignorieren. *Keine Flirts auf*

Kunstretreats, ruft sie sich in Erinnerung, aber ihre innere Stimme wird bereits deutlich schwächer.

Larry wischt den Tresen und singt dabei weiter zu der Janis-Joplin-Platte. »Hey, Lar, auch wenn du natürlich eine begnadete Sängerin bist, wir haben Weihnachten!«, sagt Oliver. »Heute wurde der Baum feierlich entzündet! Meinst du nicht auch, da solltest du besser Weihnachtslieder auflegen?«

Larry schaut Ivy an und verdreht die Augen. »Zu dieser Zeit im Jahr führt er sich echt wie ein kleines Kind auf, habe ich recht? Nein, ich meine *nicht*, ich sollte besser langweilige Weihnachtslieder auflegen. Ich, Janis und der gute Bobby McGee reichen völlig.«

»Ganz meine Meinung«, pflichtet Ivy ihr bei und verfolgt lächelnd, wie Larry wieder anfängt mitzusingen. Ihre Lebensfreude ist aber auch zu ansteckend. Dabei ist Ivy natürlich klar, dass sie selbst sich noch aus ganz anderen Gründen freut.

»Hey«, sagt Oliver und beugt sich näher zu ihr. Ein paar neue Gäste, die ebenso pitschnass geworden sind wie sie, betreten die Bar, und Larry geht hinüber, um sie zu bedienen. Ivy erwidert Olivers Blick und spürt erneut diesen sengenden Stromschlag, der diesmal ein quälendes Pochen zwischen ihren Beinen hinterlässt. Wenn sie schon durch sein bloßes Anschauen derart mitgenommen wird, welche magischen Folgen dürfte es dann erst haben, wenn sie sich tatsächlich berührten, fragt sich Ivy.

Aber nein. *Nein.* Sie wird es nicht tun.

»Hat dich die Annahme, dass Larry und ich ein Paar wären, etwa in irgendeiner Weise gestört? Warst du womöglich irgendwie enttäuscht?«

»Du hältst dich echt für unwiderstehlich, oder?«, kontert Ivy und nimmt einen großen Schluck von ihrem ultrascharfen Cocktail. Zum Glück lenkt das Brennen auf Lippen und Zunge ihre Aufmerksamkeit zumindest einen Moment lang von ihm ab.

»Vermutlich stelle ich mir nur vor, wie es wäre, wenn ich dich mit jemandem sehen würde, von dem ich annähme, dass du mit ihm zusammen bist«, erklärt er mit einem Achselzucken und lässt sein Grübchen wieder aufblitzen. »Da wäre ich wohl ein bisschen eifersüchtig. Ich mag dich, Ivy.«

Das dürfte seine Masche sein, denkt Ivy. Bei dem guten Aussehen und diesem ausgeprägten Selbstbewusstsein bekommt er sie bestimmt reihenweise ins Bett. Wer sagt schon geradeheraus so etwas wie *Ich mag dich, Ivy?*

Genau die Sorte Typ, auf die du am meisten abfährst. Sexy und selbstsicher. Typen, die dich, wenn du deine Bereitschaft signalisierst, wahrscheinlich sofort gegen diese Theke pressen und küssen würden, wie du noch nie geküsst worden bist.

Die letzten Worte hatte er ihr direkt ins Ohr geraunt, und seine sanft knurrende Stimme hatte ihr den nächsten Schauer durch den Körper gejagt. *Was ist los mit dir, Ivy? Es ist bloß ein Typ. Reiß dich gefälligst zusammen.* »Ich mag dich auch«, sagt sie, und ihre Stimme verliert dabei nicht einmal den sittsamen Jungfernton, obwohl sie spielend leicht dieses heiße Verlangen hätte hineinlegen können, das sie irgendwie nicht unter Kontrolle bekommt. Ivy trinkt noch einen Schluck von ihrem höllisch scharfen Cocktail, und Oliver hebt nur vielsagend eine Augenbraue, so als hätte er ihre Gedanken gelesen und wüsste genau, was sie liebend gern mit ihm tun würde, womöglich sogar direkt hier am Tresen. »Aber diese beiden Wochen im Jahr sind mir heilig«, fährt sie fort. »Da habe ich für nichts und niemanden Zeit, außer für meine Kunst.«

»Stimmt ja«, sagt er mit einem Nicken und weicht zurück. »Aus irgendeinem Grund malst du ja nur einmal im Jahr diese herrlichen Landschaftsbilder.«

Sie schaut von ihm weg und betrachtet erneut die Fotos hinter der Theke. Neben den persönlichen Aufnahmen mit Larry, Oliver und Shira gibt es auch andere, professionell wirkende Fotos, die alle den Brandungsbildern im Strandhaus ähneln. »Die Fotos von den Wellen sind wirklich atemberaubend«, bemerkt sie in der Hoffnung, ein Themenwechsel könnte helfen, wieder festen Boden unter den Füßen zu gewinnen. »In meinem Studio hängen auch welche. Wer hat sie gemacht?«

Nun ändert sich Olivers Gesichtsausdruck schlagartig, und Ivy kennt diesen Blick nur zu genau. »Sekunde mal«, sagt sie, stemmt sich von ihrem Barhocker hoch und lehnt sich über den Tresen, um die gerahmten Fotos aus nächster Nähe zu untersuchen. Am unteren Rand entdeckt sie jeweils in winziger Silberschrift die Signatur »Oliver Donohue«.

»Die sind von dir«, sagt sie an ihn gewandt.

Er macht eine wegwerfende Handbewegung, als wäre sein Talent nicht der Rede wert.

»Ach komm, Oliver, die sind hervorragend. Definitiv gut genug, um im *National Geographic* oder so veröffentlicht zu werden. Ich habe noch nie gesehen, wie jemand Wellen und Wasser so eingefangen hat. Sie scheinen dem Betrachter regelrecht entgegenzukommen. Diese Bewegung, und trotzdem diese Stille. Perfekt getroffen!«

»Na ja, um ehrlich zu sein, sind einige meiner Fotos schon im *Nat Geo* erschienen«, gesteht er und wirkt nun noch verlegener. »Gerade arbeite ich an einem weiteren Fotobericht für das Magazin. Damit war ich heute Vormittag auch beschäftigt.«

Er ist also nicht bloß Barmann-Surfer. Er ist Barmann-Surfer-Fotograf. Was ihr Interesse an ihm unglücklicherweise umgehend potenziert. »Es muss eine unendliche Geduld erfordern, die Wellen in genau diesem Moment zu erwischen«, sagt sie. »Ich habe so etwas noch nie gesehen.« Vielleicht behält sie ja alles im Griff, wenn sie dafür sorgt, dass sich ihr Gespräch weiter nur um Kunst dreht.

Er beugt sich vor und deutet ganz nach oben auf die Fotografie einer Welle, so eng gewunden wie der Kopf einer kunstvoll geschnitzten Violine. »Es braucht viel Geduld, da hast du recht. Gewöhnlich brauche ich mindestens fünf oder sechs Stunden für nur eine perfekte Aufnahme einer Welle. Bei der habe ich, wenn ich mich recht erinnere, zehn Stunden gebraucht. Meine Haut war verschrumpelt wie eine Trockenpflaume.« Er lässt sich zurück auf den Hocker sinken. »Außerdem stürzen die Wellen oft mit einer Wahnsinnsgewalt auf dich ein, und mehr als einmal wäre ich fast ohnmächtig geworden. Das Meer ist der Boss, und eigentlich sollte man denken, ich müsste das inzwischen kapiert haben, aber es erwischt mich trotzdem immer wieder aufs Neue.«

»So, wie du darüber redest, klingt es allerdings, als würde es dir gefallen.«

»Ich *liebe* es«, bestätigt er mit breitem Grinsen. »Dieser Augenblick, in dem ich weiß, ich habe die Aufnahme im Kasten – und ich weiß das immer sofort, noch bevor ich es mir ansehen kann –, das ist ein unvergleichliches Gefühl. Es gibt nichts Besseres.«

»Das kann ich in gewisser Weise nachvollziehen«, sagt Ivy. »Ich meine, mich knallt das Meer nicht mit dem Kopf auf den Grund, aber ich muss auch bei meinen Landschaftsbildern geduldig sein und warten, bis zum Beispiel das Licht gerade richtig ist. Natürlich könnte ich auch ein Foto machen und das als Vorlage nehmen – und manchmal tue ich das auch, etwa bei dem Baum. Aber es gibt nichts Besseres, als direkt eingebunden zu sein in diesen einen perfekten, unglaublich schönen, natürlichen Augenblick, und ihn im selben Moment auf Papier zu bannen. Ich fühle mich dann regelrecht eins mit ihm. Macht das Sinn? Eins mit meinem gesamten Leben.«

»Macht absolut Sinn«, versichert er. Während des Gesprächs ist er mit seinem Hocker immer näher gerückt, und nun fehlt nur noch ein Hauch, und ihre Arme berühren sich. Sie spürt, wie die Härchen auf ihrem Arm abstehen, fast als wollten sie sich recken, um ihn zu erreichen. »Das empfinde ich genauso. Dass ich eins bin mit der Welle, fast sogar mit dem gesamten Meer. Dass es etwas ausdrücken will und ich dafür bloß das Medium bin. Diesem Gefühl jage ich nach.« Ihr fällt auf, dass die Iris seiner meergrünen Augen aus dieser Nähe und in diesem Licht ein schmales Indigoband umzieht und dass sie abends eher graugrün als blaugrün wirken. Im Kopf sieht sie ihre bevorzugte Auswahl an weichen Ölkreiden vor sich. Vielleicht Transparent Blau vermischt mit Hellgrau? English Gray und Charcoal Blue?

Er blickt sie fragend an. »Habe ich irgendwas im Auge?«

»Entschuldige – das passiert mir ständig. Irgendwie vergesse ich, dass ich in der realen Welt bin, und überlege nur noch, welche Farben ich am besten nehmen würde, um bestimmte Sachen zu malen. Meine beste Freundin hat sich schon daran gewöhnt, aber bei anderen dauert es immer eine Weile.«

»Und was möchtest du gerade malen?«

Ihre Kehle wird trocken, und ihr Herzschlag beschleunigt sich. »Dich«, sagt sie und versucht, es wie das Normalste der Welt klingen zu lassen. »Vor allem deine Augen.«

Das sexy Grübchen ist wieder da. »Du würdest mich gern malen?«

Diesmal würde es ihrer Meinung nach viel zu viel Kraft erfordern, den Blick von ihm abzuwenden. »Klar, warum nicht?«, sagt sie. »Allerdings habe ich so eine Ahnung, dass du ein bisschen wie eine Welle bist. Dürfte schwer sein, dich dazu zu bringen, eine Weile still zu sitzen.«

»Für dich sitze ich still«, verspricht er sofort. »Solange du willst.«

Ivy senkt den Blick, stellt ihr Glas ab und beschließt, ganz offen zu sein. »Ich kann das nicht«, sagt sie.

»Was kannst du nicht?«, fragt Oliver verwundert.

»Weiter hier so herumflirten. Wir hätten bestimmt eine Menge Spaß, wenn wir uns darauf einließen. Aber ich bin so ein Alles-oder-nichts-Mensch. Ich kann mich sehr stark auf etwas fokussieren. Und da kann ich nicht einfach eine Nacht mit dir verbringen« – sobald sie die Worte ausspricht, spürt sie erneut diesen pochenden Puls zwischen den Beinen, diesmal so heftig, dass sie sich fast auf dem Sitz windet – »wie schon gesagt, ich habe mir fest vorgenommen, mich allein auf meine Kunst zu konzentrieren. Da darf ich mich nicht ablenken lassen.«

»Wie kommst du darauf, dass es nur ein One-Night-Stand wäre?«, fragt er, und nun leuchten seine Augen in erregtem Blaugrün auf.

»Machst du das für gewöhnlich nicht so?«, fragt sie. »Touristinnen für eine Nacht?«

Larry kehrt zu ihnen zurück, und Ivy erhebt keinen Einspruch, als sie beginnt, ihnen eine zweite Runde zu mixen.

»Hey, weißt du was, Larry?«, sagt sie und dreht sich betont entschlossen von Oliver fort. »Ich finde, Janis Joplins *Mercedes Benz* könnte eigentlich auch als Weihnachtslied durchgehen, oder?«

Larry fügt lachend den abschließenden Schuss Prosecco in Ivys Cocktailglas und gießt dann Oliver nach. »Da hast du vollkommen recht«, sagt sie. »Quasi eine komplette Wunschliste. Ein neuer Wagen, ein Farbfernseher, Geld zum Ausgehen – klingt nach Weihnachten. Hey, habt ihr beide auch solchen Hunger? Ich habe hier nur Chips und Nüsse, aber einen Riesenhunger. Könntest du gegenüber zum Manapua Man laufen und uns ein paar Dumplings besorgen, Ollie? Bitte, bitte.«

Oliver springt von seinem Hocker. »Noch ein Highlight von Oliver, dem Touristenführer«, sagt er zu Ivy. »Komm, du kannst mir beim Aussuchen helfen.«

Bei dem Food Truck handelt es sich um einen auf der gegenüberliegenden Straßenseite parkenden Westfalia Van mit dem Schild »Manapua Man« auf dem Dach. Als Ivy die verführerischen Düfte riecht, die aus dem Fenster des Vans dringen, läuft ihr sofort das Wasser im Mund zusammen. Sie hat glatt vergessen, wie hungrig sie ist.

»Hey, Noa«, grüßt Oliver den Mann, der den Kopf zum Fenster herausstreckt. Auf seinem roten Hut steht in gelber Schrift »Manapua Man« neben einer Hibiskusblüte.

»Worauf hast du Lust?«, fragt Oliver an Ivy gewandt.

»Was ist denn das Beste?«

»Also schön, drei Viererpacks Faux Char Siu und dreimal die mit Ofengemüse, bitte.«

Die großen luftigen Teigtaschen sind kurz darauf fertig und in kompostierbaren Kartons verpackt. Ivy nimmt drei der sechs Portionen, und gemeinsam überqueren sie erneut die Straße. Doch unmittelbar vor dem Eingang zur Bar bleibt Oliver stehen und schaut Ivy an. »Hey, entschuldige mein aufdringliches Benehmen gerade. Ich verstehe, wie wichtig es dir ist, dich von nichts in deiner kreativen Arbeit stören zu lassen. Das verstehe ich wirklich. Ich mache das auch nie wieder, okay? Von jetzt an Friendzone. Dass ich dich mag, war zwar ernst gemeint, aber bloß gemeinsam mit dir abzuhängen, während du da bist, würde mir auch gefallen. Okay für dich?«

»Klar«, sagt Ivy. »Da wir unter demselben Dach wohnen, wäre es sowieso kaum möglich, sich aus dem Weg zu gehen.«

»Genau«, sagt er. »Und warum sollten wir das auch wollen?«

Abrupt erfüllt sie erneut dieses drängende Verlangen, doch es scheint ihr fast, als wäre das Pochen schwächer geworden. Aber vielleicht gewöhnt sie sich auch nur allmählich daran.

Wieder zurück an der Theke probiert Ivy einen der Faux-Char-Siu-Dumplings. Er ist köstlich, gefüllt mit seidigem, in süß-salziger Sauce getränktem Tofu. *»Mmmm.«* Zwei Bissen, und sie hat ihn verdrückt.

»Schmeckt toll, oder?«

»Superlecker«, schwärmt Ivy, futtert sich im Nu durch den Karton und nimmt sich die mit Ofengemüse vor.

Larry nutzt eine kurze Gästeflaute und gesellt sich zu ihnen. »Okay, als kleines Dankeschön für das Abendessen werde ich eine Weihnachtsplatte für dich auflegen, Ollie.«

Sein Gesicht erstrahlt wie eine der mit Lichtern überladenen Palmen draußen. »Ehrlich?«, fragt er und wendet sich an Ivy. »Das ist eine absolute Rarität. Sonst lässt sie mich nie Weihnachtslieder hören. Ich weiß gar nicht, was ich mir wünschen soll. Am besten einfach Bing Crosbys Weihnachtsklassiker *Merry Christmas*, was meinst du?«

Ivy zuckt lachend mit den Schultern, während Larry die Platte auflegt und sich um ein paar neu eingetroffene Gäste kümmert. Schmachtend stimmt Bing Crosby sein gefühlvolles *Silent Night* an.

»Ich glaube nicht, dass ich schon mal jemandem begegnet bin, der so auf Weihnachten steht wie du«, erklärt Ivy. »Woher kommt das? Hast du als Kind so herrliche Weihnachtsfeiern erlebt?«

Als hätte sie eine Kerze ausgeblasen, weicht schlagartig

alle unbeschwerte Freude aus seinem Gesicht. »Nicht ganz«, antwortet er. »Aber ich wusste immer, wie meine Weihnachten einmal aussehen sollten, wenn ich groß bin. Daher geht's weniger um den Blick zurück als darum, meine eigenen Traditionen zu erschaffen.«

Sie merkt, dass sie mit ihrer Frage einen wunden Punkt getroffen hat. »Entschuldige«, sagt sie. »Ich wollte keine unangenehmen Erinnerungen aufwühlen.«

»Nein, nein, keine Sorge. Völlig okay. Meine Kindheit war nicht die beste, aber ich bin darüber hinweg. Mein Dad war echt übel. Aber das macht mir nichts mehr. Ehrlich. Das beweisen allein schon die Rechnungen meiner Therapiesitzungen.«

Larry stellt ein Tablett mit Schnapsgläsern vor sie. »Die Frauen da am Ecktisch wollten Snowballs, und ich habe versehentlich Polar Bears gemacht. Habt ihr Lust?«

»Immer«, sagt Ivy, nimmt ein Glas, stößt mit Larry und Oliver an und kippt den Schoko-Minz-Cocktail herunter. »Ganz ehrlich, Larry, als Barkeeper bist du fantastisch!«

»Hey, hey«, wirft Oliver in gespielter Entrüstung ein.

»Ach komm, Ollie«, sagt Larry. »Keiner kann alles haben. Du darfst der beste Fotograf sein, dafür machst du mir nicht den Thron als bester Barkeeper streitig.« Sie schenkt ihnen noch zwei große Gläser mit Wasser ein und geht die nächsten Neuankömmlinge bedienen.

Oliver starrt schon wieder höchst eindringlich Ivys Lippen an. »Hallo«, sagt sie und versetzt ihm einen Klaps.

»Du hast da nur ein bisschen zerstoßene Zuckerstange am Mund.« Er deutet auf die Spitze ihrer Oberlippe. »Vom Glasrand. Das ist alles.«

Sie leckt den Zuckerrest fort und springt vom Hocker. Da ihre Entschlossenheit ins Wanken gerät, muss sie dringend den Abstand zwischen ihnen vergrößern. »Weißt du was?«, sagt sie. »Bei dieser Platte kann man wirklich nicht stillsitzen.« Bing singt inzwischen von *Santa Claus coming to town*, und Ivy beginnt, dazu die Hüften zu schwenken. »Macht richtig Lust zu tanzen.«

Er beobachtet sie einen Moment mit unlesbarer Miene, dann rutscht auch er von seinem Hocker. »Na endlich«, sagt er. »Es brauchte also bloß die passenden Cocktails, um dich in Weihnachtsstimmung zu bringen. Aber mir soll's recht sein.« Er legt seine Hand an ihre Taille, was ihr prompt einen prickelnden Schauer über die Haut jagt, und sie tanzen eine Weile, wobei Ivy sich ständig versichert, dass sie das schafft – sie kann selbst mit jemandem, zu dem sie sich derart hingezogen fühlt, einfach nur Spaß haben, einfach nur befreundet sein. Es muss nicht unbedingt weiter gehen.

Sein Ein-Grübchen-Lächeln bekommt plötzlich einen schelmischen Ausdruck. »Na los, mal sehen, wie sehr sich Larry aufregt, wenn wir auf der Theke tanzen«, schlägt er vor. »Wirklich überraschen sollte es sie nicht, schließlich weiß sie, dass ich bei Weihnachtsmusik einfach nicht anders kann.«

Ivy lacht und klettert ihm nach auf die Theke, während Larry in gespieltem Entsetzen durch den Raum kreischt und im Scherz damit droht, sie gleich rauszuwerfen. Alles bloß ein harmloser Spaß, redet Ivy sich ein. Sie amüsiert sich eben ein wenig. Morgen wird sie sich wieder an die Arbeit setzen. Da ist es völlig in Ordnung, jetzt den Moment auszuleben, auf einer Theke zu tanzen, den Kopf in den Nacken zu legen und hinauf zu den Lichterketten zu lachen.

10
HOLLY

22. Dezember
Hudson Valley, New York

Mit dem Code »SNOWY«, den Aiden ihr gegeben hatte, öffnet Holly den Schuppen und stößt darin auf eine Auswahl Schlittschuhe, darunter auch ein Paar in ihrer Größe. Sie verstaut es im Auto, fährt in den Ort und folgt dort Aidens Wegbeschreibung zu dem Wintersportgeschäft. Sie ist früh dran und Aiden noch nicht da, also wendet sie sich selbst an den großen älteren Mann mit krausem Haar hinter der Ladentheke. Mit einem Lächeln verrät er ihr, dass sein Name Martin McLaren ist, er schon ein ganzes Leben lang Schlittschuhe schleift und sie »ruckzuck« fertig sein würden – was, wie er erklärt, in Krimbo ein anderer Ausdruck für ungefähr zwanzig Minuten ist.

Sie beschließt, sich die Wartezeit im Seventh Heaven bei einem Kaffee zu vertreiben. Bei ihrem Eintreten klimpern fröhlich die Glöckchen über ihrem Kopf, und der Duft nach frischem Brot und etwas Süßem und Pikantem im Backofen heißt sie willkommen.

Noch bevor Holly den Tresen erreicht, schiebt sich Aidens Schwägerin Sidra, heute in knallroter Schürze, die Haare zu einem zerzausten Dutt geschlungen, durch die grünen Schwingtüren zwischen Gastraum und Küche. In den Händen hält sie ein Tablett voller kakaobrauner Cookies mit knusprig-faltigen Rändern und glänzender Schokoladenglasur.

»Holly«, ruft sie lächelnd, pustet sich ein paar Haarsträhnen aus dem Gesicht und setzt das Tablett ab. »Wie schön, dich wiederzusehen. Was kann ich für dich tun?«

»Heute nur einen Kaffee zum Mitnehmen, bitte.«

»Sicher? Es gibt frischgebackene Lebkuchen: eine Masse wie für Ingwerkekse, mit vielen weihnachtlichen Gewürzen, dazu eine sämige Buttercremefüllung und eine Zimt-Schoko-Glasur.«

»Klingt himmlisch«, sagt Holly. »Okay, aber nur einen, bitte.«

Sidra lächelt noch breiter und greift nach der Gebäckzange, um Holly zwei frische Cookies einzupacken. Dann zögert sie kurz mit erhobener Zange und fügt noch einen weiteren Keks hinzu. »Da du offenbar so eine begeisterte Anhängerin unseres Cookie-des-Tages-Programms bist, noch einen auf Kosten des Hauses.«

»Wer bekommt hier Cookies aufs Haus?«

Eine zweite Frau schiebt sich eilig durch die Schwingtüren zur Küche. Ihr braunes Haar steckt unter einem rotwaldgrün karierten Kopftuch. Sie hat die gleichen strahlend blauen Augen wie Aiden und bringt ein Tablett mit frisch gebackenen Brötchen herein.

»Du musst Alexa sein, Aidens Schwester«, sagt Holly. »Ihr seht euch sehr ähnlich.«

»Dürfte stimmen. Und du bist …?«

»Das ist Aidens Mitschülerin aus der Highschool, von der ich dir erzählt habe«, erklärt Sidra. »Die draußen in der Hütte an der North Service Road wohnt?«

»Holly Beech, freut mich, dich kennenzulernen«, sagt Holly mit einem Lächeln, das Alexa jedoch nicht erwidert.

»Die, der deine Peppermint Snowdrifts hervorragend geschmeckt haben«, fügt sie, die Hände in die Hüften gestemmt, mit amüsiertem Grinsen hinzu. »Ich hatte dir ja gesagt, sie sind genau richtig.« Sie schaut wieder zu Holly. »Alex ist Perfektionistin, was Cookies betrifft, und ihrer Meinung nach entsprachen die Snowdrifts gestern nicht der gewohnten Qualität. Sie hatte die grünen und roten Schokostreusel im Überzug vergessen, weißt du. In ihren Augen waren sie damit ruiniert.«

»Farblich und vom Biss her sind Schokostreusel von großer Bedeutung«, erläutert Alexa, als würde sie nicht über Weihnachtskekse, sondern über eine lebensrettende Operationstechnik reden. »Bei den Peppermint Snowdrifts ist das ein entscheidender Schritt, und ich habe ihn vergessen.«

»Ich habe noch nie einen besseren Cookie gegessen, Ehrenwort«, versichert Holly. »Schokostreusel hin oder her.«

»Danke«, erklärt Alexa knapp, schnappt sich ein Brotmesser und beginnt, die Brötchen auf ihrem Tablett aufzuschneiden. »Du kennst Aiden also von früher«, fährt sie beim Schneiden fort.

Holly nickt.

»Bist du auch auf diese versnobte Privatschule gegangen, für die er das Stipendium bekommen hat?« Sie schaut auf, und Holly hört auf zu nicken. »Wo ihm alle die kalte Schulter zeigten und ihn nie jemand zu irgendwelchen Partys eingeladen hat … woraufhin er den ganzen Haufen mit seinen schulischen Leistungen völlig deklassierte und unter Beweis gestellt hat, dass er jedes Recht hatte, auf dieser Schule zu sein?«

»Oh, also …«

Sidra legt Alexa die Hand auf die Schulter und reibt sie sanft. »Meine Frau drückt sich immer sehr direkt und ungeschminkt aus. Normalerweise eine unterhaltsame Eigenart – aber, Liebling, diese Kundin hier ist neu bei uns, niemand, der dich bereits kennt und liebt wie ich.« Die letzten Worte zischt sie leise. Alexa verdreht die Augen, hat jedoch ein Lächeln für Sidra übrig. Allerdings wird ihre Miene wieder deutlich frostiger, als sie Holly anschaut.

»Tja, sicher, sie ist Kundin, aber gleichzeitig eine alte Bekannte von Aiden, richtig? Und du hast ihr eben Cookies aufs Haus gegeben, was wir eigentlich nur bei engen Freunden tun, sonst wären wir bald pleite. Sie ist also nur so halb Kundin.« Alexa legt das Brotmesser aus der Hand und betrachtet Holly mit nachdenklicher Miene. »Moment mal.« Sie schnippt mit den Fingern. »Holly *Beech*. Den Namen hat er doch damals erwähnt. Bist du nicht die gewesen, deren Noten und Auszeichnungen er ständig übertrumpfen wollte? Seine persönliche Tempomacherin hat er dich immer genannt. Dabei hast du doch kaum wahrgenommen, dass er überhaupt existiert.«

»Alexa!«, ermahnt Sidra nun ernster. »Bitte entschuldige, Holly. Heute Mittag ist das alljährliche Weihnachtsessen im Seniorenheim und später der Snowflake Dance, daher müssen wir doppelt so viel backen wie sonst, um genügend Kekse zu haben …«

»Weshalb ich nicht verstehe, warum wir sie zum Tagesangebot gemacht haben und du sie auch noch verschenken musst«, knurrt Alexa und macht sich wieder an die Arbeit.

Sidra steckt einfach einen weiteren Lebkuchen in die Tüte und drückt sie Holly in die Hand. »Wir würden uns freuen, dich bald wieder bei uns begrüßen zu dürfen.«

»Nein, das geht so nicht, ich bezahle«, erwidert Holly, aber weder Sidra noch Alexa machen Anstalten, zur Kasse zu gehen. Also nimmt sie einen Zehner aus dem Portemonnaie und stopft ihn ins Trinkgeldglas.

»Puhh«, schnauft sie, als die Tür hinter ihr ins Schloss fällt. Äußerlich ähneln sich Alexa und Aiden ja enorm, aber sie könnten nicht verschiedener sein.

Sie geht zurück in den Sportladen, wo sie gerade die frisch durchgecheckten Schlittschuhe anprobiert, als Aiden hereinkommt.

»Hübsche Socken«, bemerkt er zur Begrüßung, und seine blauen Augen funkeln belustigt.

»Ich bin ehrlich davon ausgegangen, zwei Wochen lang keine Menschenseele zu sehen, und schon gar nicht, jemandem meine neuen flauschigen Bumble-Yeti-Socken zu präsentieren«, erklärt Holly lachend.

»Lass mich raten: ein Geschenk von deiner Freundin Ivy?«

»Genau!«

»Es kommt mir vor, als würde ich sie schon kennen«, sagt er, während sie mit den Schuhen zum Tresen geht, um zu zahlen.

Draußen bietet Holly an, für die Fahrt zum Fluss doch ihren BMW zu nehmen. Sie steigen ein, und beim Aufdrehen der Heizung fragt sie ihn, ob er nicht einen lokalen Radiosender einstellen möchte. Er dreht den altmodischen Knopf und entscheidet sich für einen Sender, der Weihnachtsmusik spielt. Die Stimme von Dolly Parton, die *With Bells On* singt, erfüllt das Wageninnere, und Holly holt die Papiertüte mit Cookies aus dem Jutebeutel, den sie mit in die Stadt genommen hat. »Hey, Lust auf einen Keks?«, fragt sie. »Kleiner Zuckerschuss vor dem Skaten? Ich war eben noch im Café, und Sidra hat mir ein paar extra eingepackt.«

Aiden nimmt die Tüte und wirft einen Blick hinein. »Oh-oh. Manchmal muss Sidra die Wogen mit ein paar verschenkten Cookies glätten, und das sind ganz schön viele Lebkuchen. War Alexa so schlecht gelaunt?«

»Wie es scheint, gibt es heute mehrere Veranstaltungen im Ort. Da war sie einfach … ein wenig gestresst?«

»Sehr freundlich formuliert. Meine Schwester ist …« Er stockt und sucht nach den richtigen Worten, während Holly ausparkt. Seine Angewohnheit, alles erst genau zu durchdenken, bevor er es ausspricht, bringt sie unwillkürlich zum Lächeln. »Sie und Sidra haben früher in San Francisco gelebt, wo Alexa bei einem internationalen Finanzinstitut gearbeitet hat. Irgendwann musste sich auch Alexa eingestehen, dass sie sich zum Workaholic entwickelt hatte, was uns allen bereits seit zwei Jahren klar gewesen war. Sie hatte einen heftigen Burn-out. Der Umzug nach Krimbo hat ihr körperlich und mental gutgetan, aber wenn es hektisch wird im Café, führt sie sich immer noch auf, als stünden gerade millionenschwere Geldanlagen auf dem Spiel.«

Holly lacht. »Okay, genau diesen Eindruck hat sie gemacht. Es beschäftigt sie immer noch stark, dass sie gestern die Schokostreusel auf den Peppermint Snowdrifts vergessen hat.«

»Klingt nach Alexa«, kommentiert Aiden grinsend. »Wenn man sich erst an ihre ganz besondere Art gewöhnt hat, schließt man sie ins Herz. Aber es dauert eine Weile.«

»Vielleicht sollte ich die geschenkten Cookies lieber zurückbringen, damit sie sich etwas entspannt.«

»Sollten sich in dieser Tüte zusätzliche Lebkuchen befinden, unter keinen Umständen wieder hergeben! Außer natürlich den hier, den du mir angeboten hast.« Er beißt von einem Cookie ab und fügt dann mit vollem Mund an: »Niemand verzichtet freiwillig auf einen Lebkuchen von Sid und Alex!«

Holly folgt Aidens Anweisungen, und schon bald biegen sie in einen kurzen Waldweg, der an einer Lichtung direkt am Fluss endet. Sie steigen aus, und vollkommene Winterstille umfängt sie. Die Nadelbäume sind tief verschneit, die stattlichen Birken kahl und mit schimmernden Eisflecken überzogen. Der gefrorene Flusslauf schlängelt sich wie ein aufgeknüpftes Geschenkband dahin, so weit Hollys Blick reicht. »Überwältigend«, haucht sie. »Mir gefällt besonders, wie nach einem Schneefall alles so still und friedlich wirkt. Als wäre die Welt in eine Schutzschicht gepackt, und es könnte nichts passieren.«

»Wenn ich im Winter hier herauskomme, frage ich mich oft, ob es überhaupt irgendwo auf der Welt einen friedlicheren Ort geben kann«, pflichtet er ihr bei.

Sie werfen sich die an den Schnürsenkeln zusammengebundenen Schlittschuhe über die Schulter und gehen zu einem umgestürzten Baumstamm, der am Flussufer liegt. Aiden wischt den Schnee fort, und sie setzen sich, um die Schlittschuhe anzuziehen. Prompt kommen erneut ihre Bumble-Yeti-Socken zum Vorschein, und Aiden lächelt, als sich ihre Blicke begegnen.

Vorsichtig betritt Holly mit ihren Schlittschuhen die Eisfläche und gleitet ein Stück. Das sanfte Knirschen der Kufen auf dem Eis erinnert sie an die Ausflüge, die sie mit ihrem Kindermädchen in den Weihnachtsferien immer zur Eisbahn vor dem Rockefeller Center unternahm. Aiden fährt ein Stück vorweg, und das Geräusch ihrer Kufen vermischt sich. Er dreht gekonnt eine Acht, woraufhin Holly lachend »Angeber!« ruft. Aber auch sie erhöht das Tempo, und wenig später sausen sie beide über das Eis. Rasch hat sie ihn eingeholt, fliegt an ihm vorbei, und nun nimmt er die Verfolgung auf. Holly muss daran denken, wie es damals in der Highschool gewesen war. Stets hatte sie versucht, mit ihm Schritt zu halten. Vielleicht war das ja gar nicht so schlecht gewesen, denkt sie plötzlich. Vielleicht hatte Aiden immer das Beste aus ihr herausgeholt.

An einer Flussbiegung bremsen sie ab und fahren in harmonischer Stille eine Weile nebeneinander. Holly bestaunt die hoch aufragenden Kiefern, die zwischen den Bäumen mitunter in der Ferne sichtbaren, ganz in Weiß gehüllten Hügel und Berge, den am Flussufer in der Sonne glitzernden Schnee. Sie gleiten unter einer malerischen Brücke hindurch, dann um eine weitere Biegung. »Traumhaft schön«, entfährt es Holly.

»Nicht wahr?«, sagt Aiden. »Das gehört zu meinen absoluten Lieblingsbeschäftigungen. Ich nehme mir nur viel zu selten Zeit dafür, also danke, dass du dich heute mit mir dazu verabredet hast.«

»Danke für das Angebot.«

Hinter der nächsten Biegung wird der Fluss schmaler. Ahornbäume drängen sich bis dicht ans Wasser, die laublosen Äste von einem Wechselspiel aus Schnee und Eis bedeckt, das in den Sonnenstrahlen, die ihren Weg durch die Baumkronen finden, blau-weiß leuchtet. Auch hier ragen Nadelbäume hoch in die Luft, makellos geformt wie die alten Porzellantannen im Schaufenster von Krimbos Antikmarkt. Unvermittelt tauchen bunte Lichter vor ihnen auf. Eine der Tannen ist mit roten und goldenen Kugeln geschmückt und mit Lichterketten verziert. Der Anblick verschlägt Holly den Atem. »Wer macht denn so was?«

»Die Menschen in Krimbo lieben Weihnachten *wirklich* sehr«, sagt Aiden. »Man weiß nie, wo man über einen voll dekorierten Weihnachtsbaum stolpert, selbst hier draußen, weitab von allem.«

»Ich finde das bezaubernd«, schwärmt Holly und stellt verwundert fest, wie leicht es an einem solch magischen Ort fällt, Weihnachten zu lieben.

Schneeverwehungen erschweren im nächsten Flussabschnitt das Fortkommen, sodass sie nach einer Weile umdrehen. Holly stößt gegen einen schmalen Spalt im Eis und wäre fast gestürzt, aber Aiden ergreift ihre behandschuhte Hand mit seiner und hält sie fest. Er lässt sie auf dem gesamten Rückweg ebenso wenig los wie sie seine.

»Aiden?«, fragt sie schließlich, als der Baumstamm, an dem sie sich die Schlittschuhe angezogen haben, wieder in Sicht kommt. Er gibt ihre Hand frei, und sie wünscht, er hätte es nicht getan.

»Ja, Holly?«

»Mir gefällt es wahnsinnig gut hier draußen.« Sie kommen an der Uferböschung zum Stehen und schauen einander an. Seine Wangen glühen von der frischen Luft, das Blau seiner Augen leuchtet noch intensiver als gewöhnlich.

»Mir auch«, sagt er. »Und ich bin froh, dass Ivy Casey sich als du entpuppt hat.«

Sie möchte ihm gern noch mehr sagen, möchte ihn gern wissen lassen, dass jeder Augenblick, den sie bislang zusammen verbracht haben, von ihr aus ewig hätte dauern können. Aber sie ist zu nervös, ist sich selbst zu unsicher. Doch das Gefühl hält an, selbst nachdem sie sich umgezogen haben und zu ihrem Wagen zurückgekehrt sind, und sie weiß nicht, wie sie mit diesem Gefühl umgehen soll.

Sie startet den Motor, und in diesem Moment hört man auf seinem Handy eine Nachricht eingehen, dann noch eine. Er liest sie rasch und sagt: »Von Sid. Es ist ihr echt peinlich, wie Alex vorhin reagiert hat. Ich soll mich bei dir dafür entschuldigen … und versichern, dass Alex eigentlich supernett ist. Es …«

»Dauert bloß eine Weile«, sagt Holly und winkt ab. »Alles kein Problem.«

Doch besorgte Gedanken verdüstern Aidens Züge. Holly dreht die Heizung hoch und wartet darauf, dass er damit herausrückt, was ihn so beschäftigt.

»Versteh mich nicht falsch«, beginnt er. »Alex ist schon an guten Tagen … heftig. Aber momentan scheint sie wieder auf einen Burn-out zuzusteuern, obwohl der Umzug nach Krimbo ihr doch den Stress nehmen sollte. Und Sidra ist ihre wichtigste Bezugsperson, weißt du? Aber in letzter Zeit stößt Alex selbst sie irgendwie ständig von sich.« Er beißt sich auf die Lippe und starrt noch einmal auf sein Handy.

Holly ist gerührt davon, wie sehr ihm das Wohlergehen seiner Schwester und Schwägerin am Herzen liegt.

»Bei meinen Eltern sieht das so einfach aus. Auch bei meinen Großeltern. Aber eine Ehe, überhaupt eine feste Beziehung, ist alles andere als einfach.« Er schüttelt den Kopf. »Sorry. Das sollte ich mir besser für meine nächste Therapiesitzung sparen.«

»Du kannst über alles mit mir reden, Aiden«, versichert Holly. »Und ich bin völlig deiner Meinung. Beziehungen sind komplex. Ob nun Ehe oder feste Bindung … es ist ein bedeutsamer Schritt.« Beim Wort »Ehe« mischt sich ein heiseres Krächzen in ihre Stimme. Erneut fingert sie am Heizungsregler herum, obwohl die Temperatur genau richtig ist, und stellt sich vor, wie es wäre, wenn sie Aiden einfach alles erzählte. Über Matt, und wie sie glaubte, mit ihm ein glückliches, zufriedenes Eheleben führen zu können, und wie sehr sie sich darin getäuscht hatte. Darüber, wie ihr schon die wenigen Tage seit ihrer Trennung von Matt vor Augen geführt haben, mit welcher Konsequenz sie ihre ganz persönlichen Lebensziele in dieser Beziehung zu verleugnen gelernt hatte. Plötzlich kündigen sich sogar Tränen an, und sie muss sich konzentrieren, um sie zu unterdrücken. Der heutige Tag war wunderschön, und so soll es auch bleiben. Daher verdrängt sie, was sie beschäftigt, und schaut ihn lächelnd an. »Aber Sidra macht einen wirklich sympathischen Eindruck. Ich bin sicher, sie schaffen das.«

Er betrachtet sie nachdenklich. »Ja«, sagt er dann. »Danke, Holly.« Doch er blickt sie weiter an und räuspert sich. »Tja, äh, wie du schon mitbekommen hast, sind Sidra und Alexa unter anderem deshalb so im Stress, weil heute Snowflake Dance ist, richtig?«

»Ja, das haben sie erwähnt.«

»Das Ganze findet in der hiesigen Highschool statt und ist, wie der Name schon sagt, ein Weihnachtsball, aber für alle im Ort, nicht nur für Jugendliche.« Er neigt den Kopf zur Seite. »Hättest du vielleicht Lust zu kommen?«

»Aiden, du musst mich nicht überallhin mitnehmen und mich zu allem einladen, nur weil ich zu Weihnachten alleine bin. Mir geht's gut, ehrlich. Ich muss dir nicht leidtun.«

»Das ist auch nicht der Grund, weshalb ich dich gefragt habe.«

Selbst mit Gewalt könnte sie den Blick jetzt nicht von ihm lösen. Seine Augen bannen sie mit magnetischer Kraft, und ihn so dicht neben sich zu spüren, versetzt ihren Körper in eine solch prickelnde Erregung wie seit Ewigkeiten nicht mehr – wahrscheinlich noch nie. Fühlt sich so eine Rebound-Affäre an? Sollte sie es tun?

Tatsächlich würde sie gern, wie sie merkt. Es fühlt sich einfach gut an. Also erkundigt sie sich mit einem Lächeln: »Wie formell ist denn die Veranstaltung? Ich habe bloß Yogahosen und gemütliche Pullover eingepackt.«

»Du siehst doch in allem hinreißend aus«, sagt Aiden, wird rot und sieht schließlich weg. »Allerdings werfen sich die meisten schon ein wenig in Schale. Aber letzten Endes sind auch Yogahosen und Pullover völlig in Ordnung.«

»Ich würde es bloß gern richtig machen, da ich womöglich nie wieder zu einem Highschool-Ball eingeladen werde. Gibt's irgendwelche Klamottenläden im Ort?«

»Da wäre Viola's Dress Barn«, antwortet Aiden und fügt

grinsend hinzu: »Da kauft meine Grandma am liebsten, wenn du verstehst. Ich meine, sie ist durchaus modebewusst, aber trotzdem … sie ist auch schon über achtzig.«

»Okay, also Viola's fällt aus.«

»Dann gibt's noch einen Secondhand-Laden. Bebe's Bargain. Ganz am Ende der Main Street.«

»Ich liebe es, in Secondhand-Läden zu stöbern«, sagt Holly. »Bin schon gespannt, was ich da entdecke.«

Er antwortet mit einem Lächeln, das ihr Schmetterlinge in den Bauch setzt, und sie muss daran denken, wie es sich angefühlt hat, als er beim Schlittschuhlaufen ihre Hand hielt und sie gemeinsam über den Fluss glitten. Sie *mag* ihn, ganz egal, ob nun Rebound oder beschissenes Timing. Er lässt sie vergessen, was aus ihr geworden ist und was sie durchgemacht hat, und bringt ihr in Erinnerung, wer sie einmal war. Und dieses Gefühl ist für sie im Moment das Beste überhaupt.

11
IVY

22. Dezember
Kauai, Hawaii

Das Krähen des Hahns bohrt sich bei Sonnenaufgang in Ivys Schläfe wie ein Eispickel. Sie packt ein Kissen und stülpt es sich über den Kopf, aber der schrille Ton dringt mühelos hindurch. Erinnerungen an den vergangenen Abend beginnen wild durch ihren Kopf zu wirbeln, als hätte sie einen Mixer eingeschaltet. *Janis Joplin. Bobby McGee. Höllisch scharfer Ananassaft. Meskal. Manapua Man. Oliver. Larry. Der Versuch zu vergessen. Bing Crosby. Ein Wischmopp in der Hand.*

Hatte sie … gestern Abend zu irgendeinem Zeitpunkt tatsächlich auf der Theke getanzt? Sie weiß noch, wie Oliver zu seinem größten Vergnügen endlich seinen Willen bekam und Larry eine Weihnachtsplatte von Bing Crosby auflegte. Wie sie ihr heimlich zuflüsterte, tat sie ihm immer den Gefallen, wenn sie die letzten Gäste vertreiben wollte, um früher schließen zu können. Doch diesmal blieben sie noch eine ganze Weile, unterhielten sich und tranken weiter ihre starken, scharfen Cocktails. Irgendwann muss Ivy, wie sie sich erinnert, Larry weisgemacht haben, dass sie im betrunkenen Zustand gern putzt – was definitiv nicht der Wahrheit entsprach –, doch sie brauchte einfach irgendeine Beschäftigung, um sich, ungeachtet all ihrer Schwüre, bei dieser Reise allein auf die Malerei zu konzentrieren und Oliver nicht ständig derart verknallt anzustarren.

Vage steht ihr noch vor Augen, wie sie mit Oliver und Larry nach Hause getaumelt und lachend die Stufen zu ihrem Studio hinaufgestolpert ist. Was sie anhatte, liegt quer durch den Raum verstreut, und neben ihrem Bett steht ein halb geleertes Glas Wasser. Zumindest ein Zeichen von guten Vorsätzen. Die Morgensonne strahlt ungehindert durch die weit geöffneten Jalousien, doch sie gibt dem ersten Impuls, sie zu schließen und weiterzuschlafen, nicht nach, denn dafür ist sie nicht hier. Sie ist hier, um zu arbeiten – und genau das wird sie nun tun und sich dabei weder um ihren Kater noch um ihre verwirrenden Gefühle für einen Typen namens Oliver scheren.

Ivy steht auf, und der Raum dreht sich für einen Moment, aber sie schafft es ins Bad, wo sie den Nachgeschmack der diversen Pinapple Bonfires mit pfefferminzfrischer Zahnpasta fortschrubbt. Unter der Dusche stellt sie das Wasser am Ende so kalt es geht und fühlt sich anschließend schon deutlich besser.

In ihrer Küchenecke macht sie sich einen extrastarken Kaffee, trinkt schnell hintereinander zwei Tassen schwarz und spürt, wie der Kater ein wenig nachlässt. Für einen anstrengenden Tagesausflug fühlt sie sich allerdings noch immer zu angeschlagen, daher packt sie ihre Malsachen zusammen mit etwas Wasser und Obst ein und beschließt, einfach nur den Strand entlangzulaufen, bis sie auf ein verlockendes Motiv stößt.

Auf halbem Weg die Treppe hinab hört sie eine Männerstimme.

»Morgen, Sonnenschein.«

Sie schaut nach unten und erkennt Oliver durch den Spalt zwischen den Stufen. Er sitzt auf der Terrasse des darunterliegenden Studios an einem kleinen Tisch mit den Überresten eines Frühstücks: Kaffeekanne, Saftkrug, Gebäckkrümel, Butterdose, Marmeladenglas. In einem kurzen schwarzen Seidenkimono tritt Larry mit zwei Gläsern und einem Krug Wasser durch die Tür. Die ungekämmte schwarze Lockenmähne fällt ihr bis in den Rücken, ihre gebräunten Beine scheinen überhaupt kein Ende zu nehmen.

»Ivy!«, ruft sie und lächelt so herzlich, dass die weißen Zähne aufblitzen. »Du siehst fantastisch aus. Das ist nicht fair. Du siehst nicht im Geringsten aus wie jemand, der gestern Nacht so einige meiner Bonfires getrunken und auf meiner Theke getanzt hat.«

»O Gott. Insgeheim habe ich gehofft, das nur geträumt zu haben«, erklärt Ivy.

»Ich dagegen ...«, Larry schüttelt den Kopf und streicht lachend mit den Händen über ihre atemberaubende Figur, »... bin ein Wrack.«

Was sie ganz sicher nicht ist. Sie macht eher den Eindruck, direkt vom Laufsteg einer Modeschau für Victoria's Secret herabgestiegen zu sein. Und Oliver wirkt in seinem weißen T-Shirt und den zerknitterten beigefarbenen Leinenshorts wie ihr entsprechend attraktiver Freund. Bloß ist er das nicht. Sie sind kein Paar, sondern nur beste Freunde, unverschämt gut aussehende beste Freunde. Und da Ivy jetzt der Schutzschirm aus Hawaian Bonfires fehlt, erfüllt der Gedanke an Oliver und den vergangenen Abend sie sofort mit einer erregten Unruhe. Sie ringt sich ein Lächeln ab, von dem sie hofft, dass es ihre viel zu komplizierten Empfindungen für Oliver nicht verrät. »Eiskalt duschen, starker Kaffee, literweise Wasser. Das ist mein Rezept gegen Kater. Und es tut mir leid. Ich hab's letzte Nacht hoffentlich nicht allzu sehr übertrieben.«

»Du warst *superlustig*«, beruhigt Larry sie. »Außerdem

hast du darauf bestanden, dass du betrunken gern sauber machst, weshalb ich in einem Bruchteil der üblichen Zeit mit der Bar fertig war. Was sich bestens traf, da ich so mehr Zeit für euch hatte.« Sie lächelt erneut. »Jetzt komm, setz dich, damit ich dir zum Dank ein paar unserer Malasadas anbieten kann. Diese geballte Ladung an Zucker, Butter und Sahne wird deinem Kater unter Garantie den Rest geben.«

Ivy blickt zu Oliver, der ihr merkwürdig still vorkommt. Er sitzt nur stumm da, ein zaghaftes Lächeln auf den Lippen, und betrachtet sie durch seine Ray-Ban. »Ich möchte nicht stören … Ich wollte gerade zum Strand runter, um ein wenig zu malen.«

»*Bitte*, Ivy. Wir haben Berge davon, und die mit Cremefüllung schmecken am nächsten Tag einfach nicht mehr.«

Ivy nimmt Oliver gegenüber Platz. Larry schüttet ihr Wasser ein und fragt, ob sie Kaffee oder Saft mag.

»Du bist nicht in deiner Bar, Larry«, sagt Oliver. »Du bist zu Hause. Hier musst du nicht jeden bedienen.«

»Ist mir durchaus klar, Ollie«, erwidert Larry. »Aber ich mag Ivy und möchte, dass sie sich wohlfühlt.«

Ivy fällt auf, dass sich Oliver nach seiner Bemerkung die Schläfen massiert. Larry folgt ihrem Blick. »Er bedauert den Schlummertrunk, den er sich gestern noch gegönnt hat. Oder vielleicht sollte ich besser sagen, seine Schlummertrunks. Du warst immerhin schlau genug, das Angebot abzulehnen und dich lieber aufs Ohr zu legen.«

»Ich kann mich kaum daran erinnern, daher dürfte ›schlau‹ nicht unbedingt das richtige Wort sein. Aber du hast recht, im Vergleich zu dir, Oliver, geht es mir heute Morgen offenbar bedeutend besser.«

»Ein guter Bourbon ist nie eine schlechte Idee«, erklärt Oliver, nimmt das große Wasserglas, das Larry ihm reicht, nachdem sie Ivy ebenfalls eins eingeschenkt hat, und leert es zur Hälfte. »Bloß dass er manchmal eben doch eine schlechte Idee ist.«

»Tja, du hast mich jedenfalls noch schwindelig gequatscht, bevor du ins Bett bist«, bemerkt Larry trocken und blickt dabei zu Ivy.

»Bestimmt nur Unsinn«, wirft er rasch ein. »Kein Grund, darüber in Gegenwart Dritter zu sprechen. Ich muss jetzt vor allem schnell wieder fit genug werden, um arbeiten zu können.« Er massiert sich erneut die Stirn und stöhnt. »Heute ist ein wichtiger Tag.«

»Viel zu tun im Hotel?«, fragt Ivy.

Oliver schüttelt den Kopf. »Ich habe die nächsten beiden Tage frei und will im Nā Pali, einem Nationalpark, campen. Für den Auftrag vom *National Geographic* fehlt mir noch eine einzige Aufnahme. Die Meeresmotive, die ich haben wollte, sind alle im Kasten, aber im Park gibt es einen Wasserfall, den ich schon seit Jahren perfekt zu erwischen versuche. Bisher vergeblich. Vielleicht bin ich einfach zu sehr daran gewöhnt, inmitten tosender Wellen zu arbeiten. Der Wasserfall ist irgendwie verdammt schwer zu fassen, aber nicht zuletzt seinetwegen habe ich den Auftrag bekommen.«

»Ich versichere ihm ständig, dass die Aufnahmen, die er hat, schon toll sind, aber Oliver ist eben ein Perfektionist – was womöglich der Grund dafür ist, dass der *National Geographic* ihn ständig mit Anfragen bombardiert.«

»Ich brauche dieses *eine* Bild, nicht irgendeins«, beharrt Oliver. Er leert sein Wasserglas und steht auf. »Und ich brauche Ibuprofen.«

Er schlurft nach drinnen, wobei er sich unablässig die Stirn massiert. Larry schaut ihm hinterher und fragt dann Ivy: »Was hast du heute vor? Einfach den Strand entlanglaufen und nach interessanten Motiven Ausschau halten?«

Ivy nickt.

»Du solltest ihn begleiten! Da findest du interessante Motive ohne Ende! Nā Pali ist unglaublich schön.« Sie nimmt ihr Handy vom Tisch und rutscht mit dem Stuhl näher zu Ivy. »Warte, gleich zeige ich dir die Fotos, die wir bei unserem letzten Campingtrip in dem Park gemacht haben.« Nach kurzem Scrollen hält sie Ivy den Bildschirm hin und blättert durch Fotos von zerklüfteten Klippen und unberührten Stränden mit geradezu unwirklichen Farben. Ivy verfolgt die Serie fasziniert.

»Wow«, entfährt es ihr beim Anblick einer besonders spektakulären Formation, die irgendeine geheimnisvolle Gottheit in den Fels geschlagen zu haben scheint. Spitz zulaufende Felsbänder verleihen dem Ganzen etwas Burgartiges. Das Farbenspiel reicht von tiefem Waldgrün bis zu Sonnengelb. »So etwas habe ich noch nie gesehen. Nicht mal hier, und ich habe in den letzten Tagen so einige unvergleichlich schöne Strände gesehen.«

»Nā Pali ist wirklich außergewöhnlich.«

Das nächste Foto zeigt einen Wasserfall, der seitlich eine Klippe hinabstürzt. Er ist nicht sonderlich groß und auch nicht gerade mächtig, aber seine zahllosen Wasserstränge bilden ein spinnwebgleiches Netz, was die Art, wie das Wasser fließt, beinahe gespenstisch wirken lässt. »Und hier haben wir Olivers Wasserfall.«

»Diese dünnen Wasserschnüre sehen aus wie seidene Fäden«, sagt Ivy. »Ich kann verstehen, warum er es so schwierig findet, ihn richtig einzufangen.«

»Inzwischen ist er ein bisschen besessen davon, aber ich mache ihm da keinen Vorwurf.«

Ivy stellt sich vor, wie es wäre, diese Seidengarnsträhnen aus Wasser malen zu wollen, und wie viel herausfordernder noch der Versuch sein muss, sie in der Momentaufnahme einer Fotografie zu bannen. Allerdings würde sie es mit ihren Ölkreiden liebend gern mal ausprobieren.

Larry scrollt zum nächsten Foto, das einen Zeltplatz am Rand einer Klippe mit weitem Blick über das Meer zeigt. Shira hält darauf einen Edelstahlbecher in der Hand, Larry hat den Arm um sie gelegt, und beide lachen gerade aus vollem Herzen. »Weißt du, heute kann ich gar nicht mehr begreifen, wie ich mir einbilden konnte, dass du mit Oliver zusammen bist«, gesteht Ivy. »Du und Shira, ihr seid eindeutig füreinander geschaffen.«

Larry betrachtet die Aufnahme liebevoll. »Ich kann es kaum erwarten, sie wiederzusehen. Sie ist nach L.A. zurück, um die Postproduktion an ihrem letzten Film abzuschließen. Wegen ihrer Ankunft kann ich Ollie bei diesem Campingtrip auch nicht begleiten. Ich muss arbeiten, damit ich anschließend den Laden in die Obhut meines Personals geben und die Feiertage mit Shira verbringen kann.« Larry scrollt erneut durch ihre Fotos. »Schau dir diesen Blick an, Ivy. Das ist Hanakāpī'ai Valley. Keine Frage, ein wunderschönes Fleckchen Erde hier ganz in der Nähe von Hanalei, aber diese wilde Küste im Nationalpark zu erleben ist wirklich eine einzigartige Gelegenheit.«

»Ich kann nicht«, erklärt Ivy entschieden.

»Warum nicht?«, erwidert Larry, bricht aber dann abrupt ihre Fotosuche ab und legt das Handy zurück auf den Tisch. »Entschuldige. Ich sollte dich nicht drängen. Shira sagt immer, bloß weil mir meine Ideen selbst großartig vorkommen und ich mir einbilde, wenn alle meine Ratschläge einfach befolgen würden, wäre die Welt sofort besser …«, sie lacht schallend, und Ivy tut es ihr nach, »… heißt das noch lange nicht, dass alle dieser Meinung sind.«

»Nein, die Idee klingt wirklich super. Ich …«

»Schon verstanden. Du kennst Oliver einfach nicht gut

genug, um irgendwo in der Wildnis mit ihm gemeinsam zu campen.«

»So ungefähr«, sagt Ivy, obwohl sie weiß, dass dies nicht einmal die halbe Wahrheit ist. Schließlich haben Abenteuer sie noch nie geschreckt, und sie hat durchaus das Gefühl, Oliver gut genug zu kennen, um mit ihm campen zu gehen. »Eigentlich ist es das überhaupt nicht.«

»Was dann?«, erkundigt sich Larry, und ihre Stimme ist jetzt ganz sanft geworden. »Geht's dir gut?«

»Entschuldige. Jetzt rächen sich die vielen Cocktails. Alles ein wenig benebelt im Hirn.« Sie seufzt. »Aber nein. Es geht mir nicht gut. Ich führe mich ein wenig albern auf, was eine bestimmte Sache betrifft. Und dem muss ich schnell ein Ende bereiten. Nā Pali scheint ein Traum für jeden Landschaftsmaler zu sein. Wann werde ich jemals wieder die Chance haben, solche Motive direkt vor Ort malen zu können?« Sie greift noch mal nach Larrys Handy und betrachtet das Kaleidoskop an Farben im Nationalpark, die Wasserfälle, Bäche und atemberaubenden Felsformationen. Sie spürt, wie ihr das Verlangen in den Fingern kribbelt, all das mit ihren Pastellkreiden auf Papier zu übertragen. Es würden ihre besten Arbeiten, das weiß sie genau. Vielleicht sogar gut genug, um sie dem Galeriebesitzer zu zeigen, der noch immer gelegentlich anfragt, ob sie nicht etwas zum Ausstellen hat.

Auf dem nächsten Foto in der Reihe ist ein Schwarm Seevögel zu sehen, der in der Morgendämmerung übers Meer fliegt, während tief unter ihm ein Fisch aus dem unbewegten Wasser springt.

»Wow, eine großartige Aufnahme, Larry.«

»Ab und zu beherzige ich eben ein paar der Dinge, die ich durch die Freundschaft mit Oliver so aufgeschnappt habe, und drücke im richtigen Moment den Auslöser. Es braucht Geduld, da hat er recht. Und ein wenig Glück.«

Ivy blickt auf das Foto, und plötzlich kommt ihr ein Satz aus der einen romantischen Komödie in den Sinn, für die sie neben *Rendezvous mit Joe Black* immer eine Schwäche gehabt hat: *Auf immer und ewig*, die Neufassung der Aschenputtelgeschichte mit Drew Barrymore.

Sie sieht Drews wunderschönes, todtrauriges Gesicht vor sich, hört ihre Stimme, die bekümmert fragt, wo ein Vogel und ein Fisch, die sich lieben, leben würden.

Aber sie ist nicht in Oliver verliebt. Das ist Blödsinn. Sie haben sich ja eben erst kennengelernt. Es ist eine rein körperliche Reaktion. Mehr nicht. Okay, vielleicht auch einen Hauch auf geistiger Ebene. Immerhin gut möglich, dass er einer der nettesten, sonderbarsten, eigenwilligsten und tiefsinnigsten Männer sein könnte, die ihr je über den Weg gelaufen sind. Und sein Sinn für Humor gefällt ihr wahrscheinlich auch. Und seine Hingabe an die Kunst. Aber dem allen kann sie widerstehen.

Oder etwa nicht?

Vielleicht würde es wie eine Art Schutzimpfung gegen ihre Empfindungen wirken, wenn sie eine Nacht irgendwo in der Wildnis gemeinsam zelten. Vielleicht würde es ihr danach gelingen, ihn für den Rest ihres Urlaubs auf sichere Distanz zu halten.

»Ich finde, es ist eigentlich eine super Idee.«

»Was ist eigentlich eine super Idee?«, fragt Oliver, der gerade durch die Tür tritt. »Du hast gerade ausgesehen, als wärst du unendlich tief in Gedanken versunken, Ivy. Da brummt mir ja schon beim Zusehen sofort wieder der Schädel.«

»Ich habe Ivy gefragt, ob sie dich nicht auf deinem Campingtrip begleiten könnte, damit ich mir keine Sorgen machen muss, dass du in deinem verkaterten Zustand auf irgendeinem Felsen ausrutschst, von einer Klippe fällst und auf Nimmerwiedersehen im Meer verschwindest«, erklärt Larry.

»Klar doch«, sagt Oliver und zuckt beiläufig mit den Schultern. »Du kannst gern mitkommen.« Seine betont nüchterne Reaktion auf den Vorschlag erleichtert Ivy irgendwie. Vielleicht hat sich letzte Nacht doch mehr in ihrem Kopf abgespielt. Vielleicht ist Oliver doch nur ein harmloser Urlaubsflirt.

»Ich möchte mich aber wirklich nicht aufdrängen«, beteuert Ivy. »Und ich habe auch gar keine Campingsachen dabei …«

»Kein Problem, du kannst meine Ausrüstung benutzen«, sagt Larry. »Ich habe sowieso alles doppelt für Shira, wenn sie hier ist, und das ist noch praktisch nagelneu, da sie im Grunde eher der Typ Fünf-Sterne-Hotel ist, obwohl sie auch mal neue Dinge ausprobiert.«

»Ich nehme dich gern mit, Ivy«, versichert Oliver. »Die Gegend wird dir bestimmt gefallen. Vor lauter Motiven wirst du gar nicht schnell genug zeichnen und malen können. Da ich die ganze Zeit arbeiten muss, um diese verfluchte Aufnahme endlich hinzubekommen, werde ich mich zwar nicht um dich kümmern können, aber ich verspreche dir, du findest da alles, was du hier zu finden gehofft hast.«

Sie wendet den Blick von seinen blauen Augen ab und schaut hinunter in ihr Wasserglas. *Was du hier zu finden gehofft hast.*

»Okay«, antwortet sie. »Klingt prima.« Aber ihr Kopf bleibt gesenkt, da sie fürchtet, was er sonst in ihren Augen lesen könnte.

»Ich hole mein Campingzeug«, ruft Larry und springt auf. »Und vielen Dank, Ivy. Ich hätte mir vermutlich ständig Sorgen um ihn gemacht, da draußen ganz allein …«

»Ich bin kein Kind mehr«, protestiert Oliver. »Ich habe schon Dutzende Male allein irgendwo gecampt.«

»Und das solltest du nicht«, erklärt Larry mit einer wegwerfenden Handbewegung und geht Richtung Tür. »Niemand sollte ganz allein campen. Schön, dass du mir in diesem Punkt zur Seite stehst, Ivy. Ich bin schon gespannt, was du anschließend zu erzählen hast.«

Ivy schreibt noch schnell an Holly, um sich nach ihr zu erkundigen und sie darüber zu informieren, dass sie mit einem Bekannten in die Wildnis campen geht. Sie beschließt, ihr erst später zu erklären, warum sie Oliver bislang noch mit keinem Wort erwähnt hat. Dafür fehlt jetzt sowieso die Zeit.

»Fertig?«

»Yepp«, sagt Ivy, stopft das Handy in die Tasche, wirft ihren Rucksack in Olivers mit Rostflecken überzogenen Jeep Wrangler und klettert auf den Beifahrersitz. Er startet den Motor und öffnet das Seitenfenster. Ein warmer Luftzug spielt ihr in den Haaren.

Oliver rangiert rückwärts aus der Einfahrt, und auf der Terrasse winkt Larry ihnen nach. Sobald sie unterwegs sind, schaltet er das Radio ein, das auf einen Sender mit Weihnachtsmusik eingestellt ist. Ivy erwischt sich dabei, wie sie lächelnd die Kontraste zwischen sonnenglitzerndem Meer, lapislazulifarbenem Himmel und üppigem Grün um sie herum betrachtet, während Trisha Yearwood und Garth Brooks im Duett eine »marshmallow world« besingen und Oliver begeistert mitschmettert.

»Was ist so lustig auf den billigen Rängen?«, erkundigt sich Oliver und wirft ihr einen Seitenblick zu. »Ist die Welt etwa nicht ›your snowball‹?«

»Ach nichts, das ist bloß das ungewöhnlichste Weihnachten, das ich je erlebt habe.«

Er biegt nach links auf eine unbefestigte Piste ab. »Auf gute Art ungewöhnlich?«

»Ja, das schon«, sagt sie nach kurzem Überlegen. »Es ist schön, neue Menschen kennenzulernen. Neue Freunde. Larry macht einen wahnsinnig netten Eindruck, und du …«

»Ja? Ich warte.« Seine Augen bleiben auf den Weg gerichtet, aber er grinst, und sie kann aus den Augenwinkeln das Grübchen erkennen.

»Ich bin froh, dass wir uns begegnet sind«, sagt Ivy schließlich. »Es ist großartig, einen solchen Ausflug mit einem befreundeten Künstler zu unternehmen, mit jemandem, der seine Arbeit ebenso wichtig nimmt wie ich meine.« Sie hat die Worte kaum ausgesprochen, da beschleicht Ivy ein unangenehmes Gefühl. Fast fühlt es sich an wie Scham, als wäre es ihr peinlich. Oliver spürt die veränderte Stimmung sofort.

»Hey, was ist los? Alles in Ordnung?«

Ivy stößt einen Seufzer aus. »Es hat sich für mich nur etwas albern angehört, wenn ich behaupte, meine Arbeit ebenso wichtig zu nehmen wie du deine. Du schließt immerhin gerade einen großen Auftrag für den *National Geographic* ab. Ich dagegen … male nur zum Spaß so ein bisschen herum.«

»Und deshalb ist deine Kunst weniger bedeutsam als meine? Bloß weil meine zur Veröffentlichung bestimmt ist und deine nicht? Meiner Ansicht nach macht das deine Kunst einerseits irgendwie reiner. Andererseits aber …«

»Andererseits aber was?«, bohrt sie nach.

»Seit du mir das erste Mal erklärt hast, was es für dich mit diesen Kunstretreats auf sich hat, frage ich mich, warum du die Dinge nur so streng voneinander trennen und in ihre jeweiligen Schubladen verstauen musst. Warum kann deine Kunst nicht größeren Raum in deinem Leben einnehmen? Warum musst du sie auf zwei Wochen pro Jahr begrenzen?

Als ich dich das erste Mal gesehen habe, standest du im Hotel unter diesem Baum, der dir so gut gefällt, und es sah aus, als würdest du ihn dir ganz genau einprägen wollen – als wärst du regelrecht in ihn verliebt. Seitdem habe ich oft darüber nachdenken müssen, mit wie viel Herzblut du deine Malerei betreibst.«

Mittlerweile sind sie auf dem Highway unterwegs. Zu einer Seite erstrecken sich grün überwucherte Berge, zur anderen Sand und glitzerndes Meer, so weit das Auge reicht. Ivy erscheint diese Weite der Landschaft, ihre schier unfassbare Schönheit, irgendwie vergleichbar mit dem, was sie für die Kunst empfindet. Wie groß wäre deren Rolle in ihrem Leben, wenn sie ihr freien Lauf ließe? *Viel* zu groß. Die Kunst würde alles bestimmen. »Schwer zu erklären«, ist alles, was ihr dazu einfällt. Ihr Ton ist knapp und unwillig, weshalb er das Thema lieber nicht weiterverfolgt. Still und nachdenklich starrt sie während der restlichen Fahrt zum Nationalpark aus dem Fenster.

Ivy wischt sich mit dem Bandana, das sie in der Gesäßtasche ihrer abgeschnittenen Jeans verstaut hat, über die Stirn und trinkt einen großen Schluck Wasser. »Ich denke, ich habe das ultimative Rezept gegen einen Hawaiian-Bonfire-Kater gefunden. Einfach sechs, sieben Kilometer durch den Nā-Pali-Park bis zum Zeltplatz marschieren.«

»Ja? Echt alles herausgeschwitzt?«

»Definitiv. Es gab nur die Wahl zwischen Herausschwitzen oder dahinten irgendwo hinlegen und sterben.«

Er lacht und trinkt ebenfalls einen Schluck. »Du hast recht. Mir geht's auch schon viel besser, und das aus reinem Überlebenswillen.«

Sie machen sich daran, die Zelte aufzubauen, was für Ivy eine fast ebenso befriedigende Beschäftigung ist wie Malen.

Ihr gefällt, wie intuitiv nach all den Jahren, die sie als Kind und Jugendliche campen gegangen ist, jeder Handgriff beim Aufbau eines Zelts sitzt. Anschließend hilft sie Oliver dabei, einen flachen Felsbrocken zu finden, auf dem sie ihren Kocher, die solarbetriebene Powerbank und die kleine Kühlbox mit ihren Vorräten aufbauen.

Die Sonne steht bereits hoch am Himmel, als sie endlich fertig sind.

»Hunger?«

»Ja! Vor allem nach diesem Gewaltmarsch.«

»Rettung naht. Ich habe Obst und ein paar Sandwichs in den Cooler gepackt. Essen wir das doch erst mal, und dann zieht jeder los und macht sich an die Arbeit.«

Sie verfolgt, wie er ihr Mittagessen aus der kleinen Box kramt. Er scheint sich hier draußen richtig zu Hause zu fühlen und macht einen unglaublich glücklichen Eindruck. Um den Kopf hat er sich ein Bandana geschlungen, die Ärmel seines Flanellhemds sind hochgekrempelt. Aus dem winzigen Lautsprecher, den er mitgebracht hat, dringt Musik – diesmal nichts Weihnachtliches. Es ist derselbe Song von Leon Bridges, der auch lief, als er ihr am ersten Abend das Studio zeigte.

»Kann ich helfen?«

»Nein. Gleich fertig.«

»Prima, dann ziehe ich mich schnell um.«

Im Zelt wechselt Ivy von den verschwitzten Wandersachen in ihre Lieblings-Jogginghose von Roots und das einzige T-Shirt, das sie mitgebracht hat – eins von John's an der Bleecker Street.

Oliver grinst, als er sie darin aus dem Zelt krabbeln sieht. »John's! Die beste Pizza in Big Apple!«

»Freut mich, dass wir in diesem Punkt einer Meinung sind. Holly und ich schwanken zwar ständig zwischen John's und Joe's, aber allein schon für sein Ambiente sollte John's die Nase vorn haben.«

»Beim Anblick dieses T-Shirt bekomme ich richtig Sehnsucht nach New York. Ich muss unbedingt demnächst einen Abstecher dorthin machen.«

Sie setzt sich auf den Campingstuhl, den er aufgeklappt hat, und nimmt den kleinen Teller mit Sandwich und aufgeschnittener Ananas, den er ihr reicht.

»Wow, wenn hartes Outdoorleben bei dir so aussieht, könnte ich mich glatt daran gewöhnen!«

»Ich habe nie verstanden, warum für manche Menschen Outdoorleben unweigerlich gefriergetrocknetes Essen oder eingeschweißte Schinkenknacker heißt. Ich habe sogar etwas Wein dabei, den es heute Abend zu meiner weltberühmten Camping-Pasta geben wird.« Bei diesen Worten zieht er eine weiche Trinkflasche aus der Kühlbox neben seinem Stuhl, gefolgt von zwei faltbaren Gläsern, die er ihr vorführt. »Noch eiskalt. Immer vorausgesetzt, du fühlst dich nach gestern Nacht wieder dazu in der Lage.« Er verstaut Flasche und Gläser wieder im Cooler.

»Gestern Nacht?«, wiederholt Ivy. »Kommt mir inzwischen vor, als wäre es Tage her. Nach all dem Marschieren und Schwitzen ist mein System wieder komplett auf Neustart geschaltet. Also immer her mit dem Wein!«

»*Nach* erfolgter Arbeit.«

»Natürlich. Die ideale Belohnung.«

»Bist du froh, dass Larry dich zu diesem Trip überredet hat?«

»Schon seit wir losgefahren sind. Und die Gegend hier ist traumhaft schön.«

»Stimmt. Und ich habe über die Jahre hinweg gelernt, dass es sich in aller Regel lohnt, Larrys Ideen zu folgen.«

»Wie lange seid ihr beide eigentlich schon befreundet?«

»Etwa zehn Jahre«, sagt Oliver. »Sie kam irgendwann zum Surfen nach Hawaii – sie stammt aus Mexico City – und hat beschlossen, einfach zu bleiben. Ich bewundere sie unglaublich. Sie hat sich etwas zusammengespart, die heruntergekommene Kneipe gekauft, in der sie gearbeitet hat, und daraus einen tollen Schuppen gemacht. Die Einkünfte haben ihr ermöglicht, das Haus am Strand zu kaufen. Sie ist beinhart und sehr schlau. Für mich war sie in all den Jahren ein Geschenk des Himmels. Bei ihr habe ich so etwas wie ein Zuhause gefunden, wenn ich hier war, was verhindert, dass ich ständig nur durch die Welt streune, ohne Ziel.«

Sie hört ihm zu, nickt ab und zu und spürt zugleich, wie mit jedem Wort, mit jedem neuen Detail, das sie von seinem Leben erfährt, die Anziehungskraft wächst und längst über das rein Körperliche hinausgeht. Da ist diese elektrische Spannung wieder, die sie am Abend zuvor gespürt hat. Es lag also doch nicht bloß an den starken Cocktails oder dem behaglichen Drumherum in Larrys Bar, und auch nicht an ihrer besonderen Stimmung gestern. Es liegt an ihm. Sie mag ihn, mag ihn viel zu sehr. Rasch steht sie auf, nimmt ihm den leeren Teller ab, wischt ihn und ihren mit einer Serviette sauber und verstaut beide erneut im Cooler.

»Legen wir los?«

»Auf jeden Fall«, sagt Oliver und steht ebenfalls auf. »Ach, hier.« Er beugt sich zu seinem Rucksack und holt etwas heraus, das wie eine klobige Plastikuhr aussieht. »Das wirst du brauchen.«

»Was ist das?«

»Eine solarbetriebene Smartwatch mit Satellitenkommunikation. Damit kann man die Position des anderen orten und sich im Gelände orientieren.« Er drückt auf einen Knopf, und eine winzige Landkarte mit einem blinkenden Pfeil erscheint. »Außerdem können wir miteinander kommunizieren.« Er drückt auf das Gegenstück an seinem Handgelenk. »Im Grunde ist es ein Walkie-Talkie, das dafür sorgt, dass keiner von uns da draußen jemals völlig auf sich allein gestellt ist. Es würde mir wirklich leidtun, dich hier in der Wildnis irgendwo zu verlieren. Und Spaß machen die Dinger auch.« Er drückt den Verbindungsknopf und sagt mit grotesk verstellter Sprechfunkstimme: »Hallo Jovie 92, hier ist Buddy, der Elf 90.«

»Du bist echt vollkommen weihnachtsverrückt …«

Er achtet gar nicht auf sie. »Meldung an alle, Sichtung eines Beos auf 11 Million Länge und 8,3 Billion Breite. Bitte um Bestätigung, dass Sie ihn auch sehen. Roger.«

»Sie sind ein Quatschkopf«, antwortet sie in ihr eigenes Gerät.

»Soll wohl heißen: Verstanden, Buddy, der Elf 90, hier Jovie 92. Höre Sie klar und deutlich, *und* Sie sind ein Quatschkopf. Over and out.«

Sie lachen beide. Dann erklärt er ihr noch, dass es auf Hawaii weder giftige Schlangen noch Raubtiere gibt und sie sich daher ganz auf das unwegsame Gelände konzentrieren soll.

»Also, ich werde mich jetzt zum Wasserfall aufmachen und versuchen, ob ich in diesem Nachmittagslicht ein paar brauchbare Fotos hinbekomme. Und du könntest zum Beispiel hierhin gehen.« Er deutet auf einen Punkt auf ihrem Kartenausschnitt. »Wegen der Höhenmeter ein wenig anstrengend, aber die Ausblicke entschädigen für alles. Für die ersten Motive sind gerade solche erhöhten Stellen bestimmt ideal.«

»Eigentlich würde ich mir diesen Wasserfall wahnsinnig gern mal anschauen«, sagt sie. »Was dagegen, wenn ich dich einfach begleite?«

»Oh …«, sagt er und senkt den Blick. »Wäre es sehr unhöflich, wenn ich dir das abschlage, Ivy? Ich muss mich heute Nachmittag *wirklich* ganz auf diese Aufgabe konzentrieren, und dafür ist es vermutlich das Beste, allein zu sein.«

Sie spürt, wie ihre Wangen vor Verlegenheit zu glühen beginnen. »Natürlich. Überhaupt kein Problem. Dafür habe ich volles Verständnis.«

»Dann bis später, ja?«

Er scheint gar nicht schnell genug loskommen zu können, ruft noch im Weggehen, dass er wohl zwei bis drei Stunden braucht und sie sich dann rechtzeitig zum Abendessen wieder hier bei den Zelten treffen würden. »Es gibt meine weltberühmte Camping-Pasta, nicht vergessen!«, fügt er hinzu, dann ist er weg.

Seufzend wendet sich Ivy um und beginnt die Richtung einzuschlagen, die er ihr genannt hat. Aber das Gespräch, das sie auf der Hinfahrt im Wagen geführt haben, will ihr einfach nicht aus dem Kopf gehen. Oliver ist zweifellos ein richtiger Künstler und sie im Vergleich dazu eine Amateurin. Was sie nicht groß stören sollte. Dennoch missfällt ihr das Gefühl gerade enorm. Oliver hat sie gezwungen, sich damit auseinanderzusetzen, warum sie die Sache, die ihr im Leben am meisten bedeutet, auf magere zwei Wochen im Jahr eingrenzt – eine Frage, die sie schon lange zu verdrängen gelernt hat.

Weil es nun mal so sein muss, murmelt sie vor sich hin, während sie zu dem Aussichtspunkt wandert, den Oliver ihr empfohlen hat.

In ihrem wahren Leben gibt es diesen überirdisch schönen Ort gar nicht. Wie gern hätte sie jetzt mit Holly geredet, die es immer versteht, sie auf den Boden der Realität zurückzuholen, aber hier draußen gibt es kein Netz. *Das ist alles bloß eine Fantasiewelt*, sagt sie sich. *Nicht das echte Leben. Ich möchte gar nicht so leben wie Oliver und mich wie der Flugsamen einer Pusteblume vom Wind treiben lassen, ohne wirklich erwachsen zu sein, ohne wirklich Verantwortungsgefühl zu zeigen. Ich habe mein Leben in New York City, und dieses Leben basiert darauf, einen festen Job zu haben, ein verlässliches Einkommen. Ich liebe meine Arbeit zwar nicht unbedingt, aber hassen tue ich sie auch nicht. Mir gefällt mein Leben. Das hier ist alles nur zum Spaß.*

12
HOLLY

22. Dezember
Hudson Valley, New York

Kauf was Kurzes, Scharfes. Vergiss, dass Matt jemals existiert hat, selbst wenn es nur für eine Nacht ist.

Auch wenn Holly ihre beste Freundin nicht um Rat bitten kann, weiß sie genau, was Ivy ihr zum Thema Schulball empfehlen würde. Sie drückt die Ladentür auf, und sofort schlägt ihr dieser typische leicht muffige Geruch eines Secondhand-Geschäfts entgegen – zusammen mit dem weihnachtlichen Geklimper einer aus alten Silberschellen und rotem Samtband geknüpften Türklingel.

»Halloooo?«, flötet eine hohe Stimme, und schon biegt wankend eine Frau um die Ecke, die hinter dem gewaltigen Turm Weihnachtspullovern auf ihren Armen allerdings nicht zu erkennen ist. »Ich kann Sie hören, aber leider nicht sehen!«, trällert die Frau und torkelt mit ihrer Fuhre weiter. »Ich bin Bebe. Wenn Sie irgendwas brauchen, einfach schreien. Und wenn Sie etwas anprobieren möchten, ganz hinten finden Sie eine Umkleide, also eigentlich eher eine abgetrennte Ecke direkt links von den Regenmänteln und Gummischuhen, aber für unsere Zwecke genügt's.«

»Danke«, sagt Holly zu dem wandelnden Pulloverberg.

Sie stöbert durch lange Reihe von Flanellhemden und

Lederjacken in Petrol, Taupe, Grau und sämtlichen Rottönen. Es gibt Overalls, auf die Namen wie »Bob« und »Annie« gestickt sind, bodenlange Hauskleider, Strickjacken und zu guter Letzt tatsächlich so eine Art Abendgarderobe: paillettenbesetzte Tanktops, Jeggings aus Kunstleder, Cocktailkleider, die schon bessere Tage gesehen haben, und ein paar Abendkleider, die eher für einen Abschlussball passen würden. Holly nimmt eines der Paillettentops und eine der Kunstlederhosen heraus.

»Gute Wahl, gute Wahl«, sagt Bebe, die urplötzlich hinter Holly auftaucht. Ohne den Pulloverberg vor der Nase entpuppt sie sich als Frau mit weißblondem Lockenkopf und lustig funkelnden bernsteinfarbenen Augen. In den Händen hält sie ein Paar schwarzer, hochhackiger Stiefeletten, die vorne spitz zulaufen. »Und die hier würden das Outfit wunderbar ergänzen. Sie haben nicht zufällig Schuhgröße acht, oder?«

»Doch, tatsächlich«, sagt Holly und nimmt die Schuhe prüfend in die Hand. »Ich meine, normalerweise würde ich so was niemals tragen, aber …«

»Aber es ist schließlich Weihnachten!«, fährt Bebe mit einer lässigen Geste fort. »Ein bisschen Glitzer, Flitter, eng anliegende Leggings mit schicken Boots dazu, das ist zu diesem Anlass genau das Richtige.«

Wenig später tritt Holly aus der Umkleide und fühlt sich wie ein anderer Mensch – nicht wie sie selbst, eher wie Ivy.

Bebe hält jetzt einen glänzenden schwarzen Krallenclip bereit, den sie mit einer gekonnten Handbewegung dazu benutzt, Hollys lange Haare zu einem verblüffend schicken losen Dutt hochzustecken. »Perfekt«, haucht sie.

»Sie können das aber gut«, sagt Holly.

Bebe zuckt nur mit den Achseln, freut sich aber sichtlich

über die Bemerkung. »Ich habe früher in New York als Stylistin gearbeitet, dann aber Prada lieber für ein unaufgeregteres Leben hier in Krimbo aufgegeben. Ich vermisse es kein bisschen, trotzdem macht es Spaß, ab und an auch mal Kunden schick herauszuputzen. Vermutlich ist das Outfit für den Snowflake Dance gedacht, richtig? Es ist die einzige Veranstaltung in der weiteren Umgebung, die zumindest ein wenig Sinn für modische Garderobe erfordert – was die meisten Leuten in dieser Stadt allerdings bislang nicht mitbekommen haben.« Sie komplettiert das Ensemble mit einem breiten Strassarmreif, weicht einen Schritt zurück und nickt zufrieden. »Der Titel als Ballkönigin ist Ihnen sicher. Geben Sie mir ein Momentchen, dann bringe ich Ihnen die Sachen mit dem Dampfbügeleisen noch ein wenig in Schuss.«

Holly wechselt zurück in ihre bequemen Sweats. Bebe verschwindet mit dem neuen Outfit im Hinterraum und kehrt kurz darauf mit einem Kleidersack zurück, in dem alle Einkäufe stecken.

»Macht zwanzig glatt«, sagt sie. »Am liebsten bar.«

»Das alles zusammen soll nur zwanzig Dollar kosten?«, fragt Holly erstaunt. »Sind Sie sicher?«

»Ganz sicher. Und jetzt viel Spaß damit – und vermutlich bis nachher beim Ball. Ich bin die in dem goldenen Kaftan, die allen Punsch aufdrängt! Frohe Weihnachten!«

Auf dem Weg zum Wagen signalisiert ihr Handy den Eingang einer Nachricht. Lächelnd sieht sie, dass sie von Aiden stammt: **Na, hat Bebe dir den goldenen Kaftan aufgeschwatzt, der letzte Woche im Schaufenster hing?**

Holly grinst und schreibt zurück: **Nope, den behält sie für sich selbst.** Sie zögert einen Moment und fügt hinzu: **Um wie viel Uhr holst du mich ab?**

Komme um sieben vorbei, antwortet er umgehend.

Freu mich schon. Während sie ihre Erwiderung auf Reisen schickt, spürt sie erneut dieses elektrische Kribbeln. Doch diesmal kämpft sie nicht dagegen an, sondern beschließt, es geschehen zu lassen. *Zumindest dieses eine Mal*, sagt sie sich. *Ich werde einfach den Moment genießen und sehen, wohin er mich führt.*

Das Motto des Snowflake Dance lautet in diesem Jahr »Winter Wonderland«. Lamettagirlanden hängen im Zickzack von der Decke der Highschool-Turnhalle. Jede ist mit einer dicht bestückten Lichterkette verwoben. Auf dem Boden funkelt Glitter, der über den gesamten Raum verstreut zu sein scheint. In allen vier Ecken stehen echte Christbäume, die für weihnachtlichen Tannenduft in der Halle sorgen. »Wow«, entfährt es Holly atemlos. »Das ist einfach … magisch.«

»Oder?«, sagt Aiden amüsiert. »Das ganze Jahr über ist es bloß eine normale Turnhalle, aber zu Weihnachten scheut das Festkomitee keine Mühe, um sie komplett zu verwandeln.«

»Stammen die Bäume von George?«

»Klar. Ein paar von uns sind raus, um beim Fällen zu helfen, und haben sie auf ihren Pick-ups hergebracht. Und im Frühjahr werden neue gepflanzt, damit alles so weitergehen kann. Und diese Bäume hier werden gehäckselt, und die Leute können damit später ihre Gärten mulchen.«

Schmunzelnd lauscht sie seinen begeisterten Ausführungen.

»Hinreißend, einfach hin-reiß-end!«, trällert eine Stimme, die Holly bekannt vorkommt. Mit einem riesigen, suppenkesselartigen Bowlengefäß in den Händen nähert sich Bebe. Ihr goldener Kaftan schimmert eindrucksvoll in der festlichen Beleuchtung. »Schön, Sie zu sehen, Holly. Und dich natürlich auch, Aiden. Ich habe gerade die erste Runde Snowflake-Punsch zubereitet. Versucht doch bitte mal und sagt mir, ob noch was fehlt.«

Aiden legt Holly sanft eine Hand auf den Rücken, und gemeinsam folgen sie Bebe zu einer langen, mit Weihnachtskeksen aller Art beladenen Tafel. Bebe stellt die Bowle auf den freien Platz in der Mitte, nimmt zwei Gläser und füllt sie bis zum Rand. Aiden stößt mit Holly an und schenkt ihr einen vielsagenden Blick.

»Achtung«, murmelt er.

Holly trinkt einen Schluck und muss an sich halten, ihn nicht direkt wieder auszuspucken.

»Und, was meinen Sie?«, flötet Bebe.

»Er ist … umwerfend. Ehrlich. Was ist da drin?«

»Betriebsgeheimnis. Aber fehlt Ihrer Meinung nach noch irgendwas?«

»Nein, fehlen tut hundertprozentig nichts.«

»Prima. Also, Punsch für alle, Leute! Kommt und holt ihn euch!«

»Nimm dir einen Cookie«, rät Aiden leise. »Am besten gleich zwei. Dein Magen braucht eine Grundlage, bevor du ihm noch mehr von diesem Punsch antust.«

»Woraus besteht der?«, fragt sie und probiert einen der Cookies. »Mm-mm.« Beim ersten Biss schmeckt sie die überraschend blättrige Konsistenz des luftigen Cookies, beim zweiten die angenehm säuerliche Füllung aus geschmolzenen Furchtbonbons.

»Gut, oder? Und was den Snowflake-Dance-Punsch betrifft, sollte die Frage weniger lauten, was *drin* ist, sondern was *nicht*. Vermutlich läuft Bebe in der Stadt herum und fragt sämtliche Leute, was sie in ihrer Hausbar nicht mehr brauchen. Das schüttet sie dann alles zusammen und fügt ein paar Nelken, Cranberrys und Zimtstangen hinzu. Sie behauptet zwar, ein festes Rezept zu benutzen, aber letztlich schmeckt es jedes Jahr anders.«

Holly riskiert noch einen Schluck. »Brandy, würde ich sagen. Aber ich schmecke auch Gin heraus.«

Er nippt ebenfalls an seinem Glas. »Auf jeden Fall Brandy und Gin. Womöglich noch Kahlúa?«

»Frangelico. Crème de Menthe. Wie viele davon kann man deiner Meinung nach unbesorgt trinken? Denn um ehrlich zu sein, fängt es an, mir zu schmecken.«

»Streng genommen nicht einmal einen, schätze ich. Aber wir haben ja Weihnachten.« Er trinkt noch einen Schluck und stellt sein Glas dann ab. »Ich mache dir einen Vorschlag. Du kannst so viel davon trinken, wie du willst, und ich übernehme das Fahren und bring dich sicher nach Hause.«

Plötzlich hört Holly die ersten Takte von Smokey Robinsons *Christmas Everyday* und erstarrt.

»Holly?«, fragte Aiden. »Alles okay? Du siehst aus, als hättest du einen Geist gesehen.«

Holly hat Mühe, die Fassung wiederzugewinnen. Zu diesem Song hatten sie und Matt eine Choreografie einstudiert, die ihr erster Tanz als verheiratetes Paar sein sollte. Sie schaut auf das Punschglas in ihrer Hand, leert es in einem Zug und greift nach seinem.

»Whoa, Holly. Willst du nicht vielleicht ein wenig Wasser?«

»Nein«, sagt Holly und spürt, wie die starke Mixtur ihr Hirn angenehm benebelt. »Ich will tanzen. Hast du Lust zu tanzen?«

Sie führt ihn auf die Tanzfläche und kommt sich in ihrer eng anliegenden Hose, dem glitzernden Top und den High Heels sexy und verwegen vor. Sie verdrängt alle Erinnerungen an die einstudierte Choreografie, lässt einfach die Hüften kreisen und schaut Aiden an. »Ich liebe diesen Song«, sagt sie. »Schon lange her, dass ich ihn gehört habe.« Der unsichere Ausdruck in seinem Gesicht schwindet, schon bald kopiert er ihre Bewegungen, und sie beide lachen. Sie ergreift seine Hände, streut einen Shimmy ein, und er tut es ihr nach. Dann bricht die Musik abrupt ab und wechselt zu Judy Garland, die schwermütig wünscht, doch ein »merry little Christmas« zu haben.

»Den DJ spielt jedes Jahr Martin McLaren aus dem Sportladen, indem er seinen iPod auf zufällige Wiedergabe stellt«, erklärt Aiden. »Man weiß nie, was einen als Nächstes erwartet.«

Holly hat selbst keine Ahnung, wie genau es dazu gekommen ist, aber auf einmal sind Aiden und sie sich ganz nah, blicken einander tief in die Augen. Aidens Hände liegen auf ihren Hüften und ihre sind um seinen Hals geschlungen. Das nach Meinung ihrer besten Freundin traurigste Weihnachtslied aller Zeiten klingt plötzlich nur unglaublich romantisch. Aiden ist eine Locke in die Stirn gefallen. Holly hebt die Hand und streicht sie zurück, ohne darüber nachzudenken, was sie da tut.

»Sorry«, sagt sie. »Hoffentlich war das nicht zu …« Aber sie weiß nicht, wie sie den Satz beenden soll. Vielleicht liegt es an den zwei Gläsern Punsch, jedenfalls fühlt sie sich schwindlig und glücklich zugleich. Ihre Hände umfassen Aidens Schultern. Seine Nähe gibt ihr Halt, genau wie sein Blick.

»Alles in Ordnung?«, fragt er. »Du hast den Punsch eben ziemlich heruntergestürzt.«

»Mir geht's ausgezeichnet«, antwortet Holly, und das ist die reine Wahrheit. Sie ist glücklich da, wo sie gerade ist, so ganz dicht bei Aiden. Seine Berührungen, sein Geruch. »Aiden, ich …« Sie presst die Lippen zusammen. Was soll sie sagen? Wie macht man so etwas? *Sollte* sie es überhaupt tun? Vor wenigen Tagen noch war sie verlobt. Jetzt hält sie jemand aus ihrer Vergangenheit umschlungen, jemand, der schnell zu einer Orientierungsgröße für sie geworden ist. Der Freude in ihr Leben bringt. Ein Freund – aber auch mehr als das, da macht sie sich nichts vor. Sie mag ihn. Mag ihn sehr. Urplötzlich ist es, als würde eine Miniausgabe von Ivy ihr auf der Schulter sitzen und ins Ohr raunen: *Dann sag's ihm, du Idiotin.*

»Ich mag dich«, platzt es aus ihr heraus, und sofort wird sie rot. »O Mann, jetzt klinge ich aber wirklich voll nach Highschool. Wie peinlich.«

»Wir *sind* ja auch in einer Highschool«, sagt Aiden. »Und wir haben zusammen die Highschool besucht. Und … vielleicht greifst du bloß die Schwingungen auf, die ich so aussende. Denn ich mag dich sehr, Holly. Um ganz ehrlich zu sein, habe ich das immer schon getan.« Er zieht sie ein wenig dichter. »Ich muss dir ein Geständnis machen. Ich war in der Highschool bis über beide Ohren in dich verknallt. Es war so schlimm, dass ich dir sogar eine unglaublich bescheuerte Weihnachtskarte geschrieben und heimlich in den Spind gesteckt habe.«

Holly bleibt schlagartig stehen und sieht ihn erschrocken an. »Sekunde mal, *du* warst das? Ich habe diese Karte immer noch! Das war das mit Abstand Netteste, was mir je ein Mensch geschrieben hat, ganz im Ernst! Ich habe es auswendig gelernt!«

»Bitte sag, dass das nicht wahr ist. Meiner Meinung nach war es sehr kitschig.«

»War es nicht. Es war supernett.« Sie schließt die Augen. *»Ich schreibe dir heute, um dir ein schönes Weihnachtsfest zu wünschen – und um meiner tiefen Zuneigung für dich Ausdruck zu verleihen.«* Sie öffnet die Augen. »Das warst wirklich du.«

»Ja, das war ich. In meinen Augen warst du das tollste

Mädchen auf der ganzen Schule. Ich fand dich wahnsinnig hübsch, und in dem Alter ist mir das natürlich zuerst aufgefallen.« Er lächelt sein süßes Lächeln. »Aber du warst noch so viel mehr. Nicht nur intelligent, nicht nur hilfsbereit … einfach total einzigartig. Du warst lustig und auch ein wenig schräg. Und dabei trotzdem immer mit Stil. Es gab keine, die so war wie du. Gibt es bis heute nicht.« Er hält sie wieder in den Armen, und sie bewegen sich sanft im Takt der Musik.

»Für mich war diese Karte echt etwas ganz Besonderes, Aiden. Sie hat mir das Gefühl gegeben, noch mehr zu sein als einfach nur … Holly Beech. Ich habe mich immer gefragt, wer sie wohl geschrieben hat. All die Jahre. Unfassbar, dass *du* das warst.«

Seine breiten Schultern fühlen sich fest und muskulös an. Sein anziehender Geruch aus Zedern, Seife und Holzspänen ist überall. Seine Hände ruhen auf ihren Hüften, und von seiner Berührung geht ein Prickeln aus, das in alle Richtungen strahlt und jeden Winkel ihrer Haut erfasst. Ihr wird klar, was sie jetzt gern tun würde. Ihn küssen. Allerdings möchte sie das nicht unbedingt vor den Augen fast der gesamten Stadt machen.

Die Musik wechselt erneut, diesmal zu *Frosty the Snowman* von den Ronettes. »Sollen wir mal rausgehen, wie wär's?«, fragt Holly.

»Na los«, sagt Aiden, und irgendwas in seiner Stimme lässt sie innerlich erglühen. Nur mit Mühe kann sie sich bezwingen, nicht gleich hier und jetzt seinen Kopf zu ihrem zu ziehen, seine Lippen auf ihre. So nimmt er sie stattdessen an der Hand und führt sie aus der Halle, ohne noch ein Wort mit jemandem zu wechseln.

»Was möchtest du tun?«, fragt er, sobald sie draußen in der eisigen Luft stehen. Holly denkt nicht zweimal darüber nach. Dank ihrer High Heels muss sie sich nicht mal auf die Zehenspitzen stellen, um an seine vollen, warmen Lippen zu kommen. Sie neigt den Kopf, zieht Aiden dicht zu sich und öffnet die Lippen.

»Küss mich«, haucht sie, und er küsst sie. Seine Lippen sind weich und fest, und er schmeckt nach Zimt, Zucker und einer Spur Minze. Zuerst ist seine Zunge ganz behutsam, bevor ihre Erkundungen forscher werden, und unwillkürlich beginnen auch ihre Hände, seinen Körper zu befühlen, fahren ihre Finger seinen muskulösen Rücken hinab, die Hüften entlang und über seinen harten Waschbrettbauch.

»Aiden«, flüstert sie. »Das gefällt mir.«

»Mir auch«, sagt er. Das Lächeln, mit dem er sie mustert, wirkt schüchtern und sexy zugleich. Dann zieht er sie wieder an sich. Sie will mehr, will weiter gehen. Wäre es wirklich okay, ihm das ganz offen zu sagen? Sie weiß, dass Ivy so etwas schon oft gemacht hat. Wenn ihre beste Freundin etwas will, bringt sie ihre Wünsche und Bedürfnisse unmissverständlich zum Ausdruck. Holly ist da immer anders vorgegangen. Eher auf Nummer sicher.

Wie wäre es, sich einmal wie eine ganze andere zu benehmen?

»Ich will dich«, raunt sie und bemerkt erregt, wie er sie daraufhin mit noch mehr Leidenschaft küsst und fester an sich drückt. »Lass uns irgendwohin gehen.«

Er lehnt sich ein Stück zurück, betrachtet sie mit forschendem Blick. »Wohin?«

»Zu dir? Ich habe noch gar nicht gesehen, wie du wohnst. Und ich hätte Lust.« Sie hofft, dass ihm die Doppeldeutigkeit nicht entgeht, denn sie verspürt tatsächlich Lust. Sie will nicht mehr *denken*, sondern nur noch fühlen und *tun*. Ja, sie hat zwei hochprozentige Gläser Snowflake-Punsch intus, aber betrunken ist sie nicht, nur beschwipst – und das verleiht ihr Mut. Aiden hat ihr vor all den Jahren diese Karte geschrieben – die Zeilen, die ihr stets so viel bedeutet haben, selbst als sie noch gar nicht wusste, von wem sie stammten. Seine Worte haben ihr jedes Mal in Erinnerung gerufen, dass einst jemand ihr wahres Ich erkannt hatte. Und das ist berauschender, als es jeder Punsch sein könnte. Sie ergreift seine Hand, und sie gehen zu seinem Pick-up. Er öffnet ihr die Tür, aber bevor sie einsteigen kann, zieht er sie noch mal energisch zurück, presst sie an sich. Eine Hand umfängt ihre Wange, die andere liegt tief in ihrem Rücken und drückt sie fest an seinen Körper. Ganz langsam, Millimeter für Millimeter, senken sich seine Lippen herab, bis Holly zu zittern beginnt vor Erwartung, Verlangen und nächtlicher Kälte.

»Dann wollen wir dich mal aufwärmen«, sagt er, streicht nur sanft mit seinen Lippen über ihre und hilft ihr dann in den Wagen. Schnell steigt er auf der Fahrerseite ein, startet den Motor und dreht die Heizung hoch. Sie schiebt sich auf der Sitzbank dicht neben ihn und legt die Arme erneut um ihn, woraufhin er leise aufstöhnt. »Holly, du bringst mich um den Verstand. Das hast du immer schon getan, aber heute Abend ganz besonders.« Sie rutschen näher und näher zusammen, bis Holly alle Zurückhaltung in den Wind schießt und sich rittlings auf ihn setzt, das Lenkrad im Rücken. Ihre Hände vergraben sich in seinen Haaren, und sie küssen sich voller Leidenschaft. Seine harte Erektion drückt sich gegen sie. Nie zuvor in ihrem Leben hat sie etwas so sehr gewollt, da ist sie sicher. Aber dann erwischt eine ihrer Pobacken versehentlich die falsche Stelle am Lenkrad, und ohrenbetäubend lautes Hupen lässt sie beide zusammenschrecken. Lachend sinkt sie gegen seine Schulter.

»Schätze, wir sind doch nicht mehr in der Highschool«, sagt sie und schwingt sich schwer atmend wieder auf ihre

Seite der Sitzbank zurück. »Und damit wohl auch zu alt, um es in Autos zu treiben.«

»Trotzdem war es echt Wahnsinn«, erwidert er, und sein eindringlicher Blick durchbohrt sie bis ins Mark.

»Na los«, keucht sie. »Zu dir.« Es fühlt sich gut an, einfach zu sagen, was sie will. Zu *wissen*, was sie will. Während der Fahrt bleibt seine Hand auf ihrem Schenkel, und sie reden kein einziges Wort. Sprechen wäre auch Unsinn gewesen, denn für nichts, was sie ihn wissen lassen will, braucht es Worte.

Aiden wohnt kurz hinter der Ortsausfahrt in einer großen Blockhütte, die ganz aus mächtigen Scheunenbalken und in warmen Tönen gebeiztem Holz besteht. Die Einrichtung ist eher maskulin, mit rot kariertem Sofa und Flanelldecken. Überall riecht es nach ihm, was ihre Sinne nur noch mehr berauscht. »Möchtest du irgendwas trinken? Oder vielleicht einen Snack oder so etwas …?«

»Aiden, ich will *dich*.«

Sie nimmt seine Hand und will ihn zur Couch ziehen, aber er schüttelt entschieden den Kopf. »Holly Beech, du bist ganz sicher kein Mädchen für die Couch.« Er führt sie den Flur hinunter in ein Schlafzimmer, dessen riesiges Fenster einen weiten Ausblick auf schneebedeckte Kiefern bietet.

Sie zieht ihn aufs Bett, genießt das Gefühl, seinen Körper auf ihrem zu spüren. *Endlich.* Sie glaubt, es nur in ihrem Kopf gesagt zu haben, merkt aber dann, dass es ihr herausgerutscht ist. Sie hat so lange darauf gewartet, ihr ganzes Leben darauf gewartet, genau das zu empfinden. Hinweggefegt zu werden. Zu schweben. »Aiden …« Ihre Hände wandern nach unten, öffnen seinen Gürtel, schieben sich unter den Bund seiner Boxershorts, ertasten die ganze Länge seiner Erektion. Er streift ihr die Hose bis zu den Schenkeln, und sie hilft, sie komplett auszuziehen. Dann zerrt sie sich schnell das paillettenbesetzte Top über den Kopf und wirft es auf den Boden. Da sie nichts darunter trägt, liegt sie nun, nackt bis auf den Slip, mitten auf seinem Bett. Er starrt sie mit hungrigen Blicken fasziniert an.

»Du bist so wunderschön«, sagt er. »So perfekt. Genau, wie ich es mir immer vorgestellt habe. Ich habe noch nie in meinem Leben jemanden so sehr gewollt wie dich, Holly. Dich und alles an dir.«

Er berührt ihr Haar, fährt mit der Hand ihre Wange hinab, über ihren Hals. »Dein Haar«, sagt er. »Deine Haut.« Seine Finger streichen ihre Schulter entlang, ihren Arm hinab, und sie spürt, wie sich alle Härchen aufrichten, seine Liebkosungen ihren ganzen Körper elektrisieren. »Alles absolut perfekt. Deine Lippen.« Er küsst sie, und sie wirft ihn auf den Rücken, setzt sich rittlings auf ihn. Sie blickt aus dieser neuen Position auf ihn hinab, fühlt sich dabei sexy, schön, machtvoll und *begehrt*. Genau wie sie selbst begehrt. Wie sie ihn jetzt braucht. Sie küsst ihn auf den Mund, knabbert an seinem Ohr und lässt ihre Lippen seinen Hals hinabwandern, bis sie seine Brust erreichen und er vor Lust aufstöhnt.

»Willst du das?«, fragt er leise.

»Ja.«

»Sicher? Du hattest eine Menge Punsch …«

»Zwei Gläser«, sagt sie lachend. »Aber ich weiß genau, was ich tue, da kannst du sicher sein.« Tatsächlich wäre die Holly, die sie gewöhnlich ist, wohl kaum nackt im Bett von Aiden Coleman, wenn sie nicht die beiden Gläser Punsch getrunken hätte, aber es stimmt auch, dass sie genau das will. Dass sie es ganz bewusst tut. Und dass es ihr später ganz gewiss nicht leidtun wird.

»Ich bin mir sicher«, sagt sie, stockt kurz und fügt hinzu: »Du dir auch?«

Sein Lachen klingt ungeheuer sexy und wild. »Sicherer geht gar nicht«, knurrt er mit tiefer Stimme. »Oder doch, Sekunde mal.«

Sie liegt still da und wartet, während ihr Körper vor Verlangen regelrecht bebt. Nach kurzem Wühlen in der Nachttischschublade kommt er mit einem Kondom zurück. Kaum hat er es aufgerissen, nimmt sie es ihm aus der Hand, streift es ihm bis zum Anschlag über und schlingt die Beine um seine Hüften. Sie liegt jetzt auf Aiden und möchte nirgends anders sein, tut genau das, was sie tun möchte. Er schaut mit verzückter Miene zu ihr hoch, streichelt ihren ganzen Körper mit seinen Händen, sucht ihre Lust ebenso zu befriedigen wie die eigene. Seine Zärtlichkeiten erregen sie weiter, lassen sie in sein Keuchen und Stöhnen einfallen. Sie rammt ihr Becken gegen ihn, während seine Hände unaufhörlich ihren Körper umschmeicheln und seine gierigen Blicke sie in sich aufnehmen. Sie sieht seinen Zügen das Vergnügen an, das sie ihm bereitet, die Erfüllung, die er durch sie gerade findet. Und er tut es umgekehrt auch für sie. In ihrem Kopf dreht sich alles, sie sieht Sterne, Funken, explodierendes Feuerwerk. Sie ist ganz kurz davor, doch in diesem Moment stöhnt und erzittert er unter ihr, und ihr wird klar, was passiert ist.

»Schon okay, alles gut bei mir, das war super«, versichert sie ihm sofort instinktiv, da sie das bei Matt stets so getan hat. Aber Aiden hält sie davon ab, auch nur das winzigste Stück von ihm abzurücken, lässt seine Hand hinabgleiten, bis sie zwischen ihnen liegt, und fährt fort, sie zu liebkosen. Erst ganz sanft, dann, als die Lust, die sich eben bereits aufgebaut hatte, erneut ihrem Höhepunkt zustrebt, mit wachsender Leidenschaft. »Aiden«, keucht sie, Sternschnuppen und Feuerwerk sind zurück, und sie ist froh, dass draußen vor seinem Fenster nur Wald ist, denn sie kann sich nicht erinnern, jemals in ihrem Leben so laut gewesen zu sein. Ihre lustvollen Schreie gellen durch den Raum, wohlig heiße Freude durchflutet ihren Körper – und als sie nach ihrem Orgasmus Aiden ansieht, steht ihm ein unglaublich erregendes Lächeln im Gesicht, dessen triumphierendes Leuchten dafür spricht, dass ihm ihre Befriedigung ebenso viel Vergnügen bereitet wie seine eigene.

Sie rollt sich auf den Rücken. »Das war …«

Er dreht sich zu ihr, vergräbt das Gesicht einen Moment in ihrem Haar und sinkt zurück auf sein Kissen. »Unfassbar«, sagt er, küsst ihre Schläfe und stemmt sich dann auf den Ellbogen, um sie auf den Mund zu küssen. Sein Atem geht noch immer schnell. »Holly?«, fragt er und betrachtet sie mit diesem forschenden Gesichtsausdruck.

»Mm-hm.«

»Du wolltest mir eben, als ich schon gekommen bin, doch wohl nicht vormachen, dass alles okay und super für dich war, oder?«

Da ihm ihre Verlegenheit nicht entgeht, fährt er fort: »Nein, nein, denk jetzt um Himmels willen nicht, du hättest irgendwas falsch gemacht, das hast du ganz bestimmt nicht. Ich möchte nur unbedingt, dass du eines weißt: Wenn wir beide uns lieben …«, sie nickt, »… ist es auf keinen Fall okay, wenn du davon nicht genauso viel hast wie ich. Auf gar keinen Fall. Ist das klar?«

Holly lacht und zieht ihn zu sich. »Aiden«, sagt sie, »vielleicht bist du wirklich Superman.«

»Superman?«, fragt er verwirrt zurück.

»Vergiss es, das liegt jetzt wirklich nur am Punsch.« Sie zieht ihn erneut zu sich, und schon bald sind ihre Küsse wieder so kühn, fordernd und feurig wie eben vor der Turnhalle.

»Weißt du«, sagt er, dreht sie auf den Rücken und küsst sich genüsslich ihren Körper hinab, bis er ihren Nabel erreicht und sie es vor Verlangen kaum noch aushält. »Dass ich so gut wie nichts von dem Punsch getrunken habe, trifft sich doch gut, findest du nicht? So halte ich problemlos die ganze Nacht durch, wenn du das willst.«

Sie schmiegt sich näher an, schlingt ihre Beine um ihn. »Oh, und ob ich das will.«

13
IVY

22. Dezember
Kauai, Hawaii

Im Nā Pali, wo Ivy an ihrem Aussichtspunkt auf einem Felsbrocken sitzt und malt, vergeht die Zeit wie im Flug. Von diesem Ausblick wird sie nie genug bekommen. Die zerklüftete Oberfläche der Berge und Klippen ist im Original sogar noch grandioser als auf den Fotos, die Larry ihr gezeigt hat, und die Farben bilden ständig neue Herausforderungen. Gewöhnlich neigt sie bei Pastellarbeiten dazu, betont kräftige Farben zu wählen, die über das tatsächliche Aussehen des Motivs oft weit hinausgehen. Hier dagegen muss sie sich eher bemühen, die Farben überhaupt erst mal so kräftig hinzubekommen, dass sie der Wirklichkeit entsprechen.

Ihr schmerzt bereits der Rücken, und ihre Finger werden steif, als ihre Smartwatch plötzlich zum Leben erwacht.

»Alles okay bei dir, Jovie 92?«

»Ja! Großartig! Und bei dir?« Sie stockt. »Sorry. Sollte natürlich heißen: Roger dazu, Buddy 90, hier Jovie 92, alles bestens. Frohe Weihnachten. Over and out.«

Es folgt statisches Rauschen, dann kehrt Olivers Stimme zurück. »Ivy? Bleib, wo du bist, ich bin in ein paar Minuten bei dir. Du musst dir unbedingt den Wasserfall ansehen. Es tut mir leid, dass ich vorhin nein gesagt habe.« Eine Pause. »Buddy 90 out.«

Kurz darauf erscheint Oliver auf dem kleinen Plateau. Er fährt sich durch die Haare, was sie noch wilder abstehen lässt, und seufzt so tief, dass sie es noch einige Schritte entfernt an ihrem Platz hört.

»Ich konnte mich nicht konzentrieren«, sagt er. »Ich habe mir solche Vorwürfe gemacht, dass ich dich nicht zum Wasserfall mitgenommen habe. Die ganze Zeit habe ich nur gedacht: *Ich wünschte, Ivy wäre hier und könnte das sehen.* Also bin ich gekommen, um dich zu holen.«

»War überhaupt kein Problem, Oliver, ehrlich. Du musst deshalb kein schlechtes Gewissen haben.« Dennoch berührt es sie, dass er extra für sie zurückgekommen ist, und ihr Herz, das eben noch trotz der herrlichen Bedingungen zum Malen ein wenig betrübt gewesen ist, hüpft plötzlich wieder fröhlich und unbeschwert.

»Ich lass dich völlig in Ruhe, versprochen«, sagt sie unterwegs. »Dir bleibt immer noch genug Zeit für dein Foto.«

Er wird langsamer und schaut sie lange an. Sie hat ihn noch nie mit so ernster Miene erlebt. Keine Spur von seinem Grübchen. »Da bin ich mir nicht so sicher, Ivy«, sagt er schließlich und nimmt sofort wieder Geschwindigkeit auf, bevor sie ihn fragen kann, warum er das denkt. »Hast du Badesachen unter deinen Klamotten an?«

»Ja«, antwortet sie.

»Super. Der Weg ist ein wenig anstrengend und das Becken unterhalb des Wasserfalls perfekt, um schwimmen zu gehen. Genau in diesem Pool habe ich die letzten Stunden gestanden und mir schrumpelige Finger und Zehen geholt, ohne voranzukommen. Da kann ich einen kurzen Break gut gebrauchen.«

Er soll recht behalten. Bei ihrer Ankunft ist sie tatsächlich völlig verschwitzt und erschöpft, doch beim Anblick des Wasserfalls vergisst sie das sofort. *»Oliver.«*

Zum ersten Mal, seit er sie abgeholt hat, lächelt er und wirkt wieder entspannter. »Ich weiß. Traumhaft schön. Lass uns reingehen.«

Er zieht sein T-Shirt aus, und sie versucht, nicht auf diese glatte, gebräunte Haut und das Band an goldblondem Haar zu starren, das unmittelbar über dem Bund seiner Boardshorts beginnt. Sie streift ihr eigenes T-Shirt über den Kopf, wirft die ausgeblichenen kurzen Jeans auf einen großen Stein und rennt ihm nach, während er bereits leichtfüßig den Pfad hinabläuft und mit einer gekonnten Bombe ins Becken unterhalb des Wasserfalls springt. Sie folgt mit einem etwas schicklicheren Scherensprung. Das Wasser ist kühl und erfrischend.

»Ah, das ist himmlisch«, sagt sie. Sie schwimmt zu ihm, tritt Wasser und betrachtet den Wasserfall. »Den will ich malen. Gleich jetzt.«

»Na dann los«, sagt Oliver. »Raus und abtrocknen.«

Sie schwimmen zurück und klettern an Land. Ivy reibt sich mit ihrem T-Shirt ab und zieht es wieder an. Während sie ihre Malutensilien auspackt, holt Oliver seine wasserdichte Spiegelreflexkamera aus dem Rucksack und schlüpft zurück ins Wasser. Sie schaut ihm kurz zu, wie er zum gegenüberliegenden Rand des Beckens schwimmt, wo er an einer seichteren Stelle, direkt unterhalb der feinen Wasserfädchen, stehen kann.

»Ich bin dir doch hoffentlich nicht im Weg?«, ruft er.

»Nein, alles bestens!«

Eine Zeit lang gelingt es ihr, den Kopf über das Blatt vor ihr gebeugt zu halten und nur aufzuschauen, um den Wasserfall zu studieren oder nach einem besseren, cremigeren Weißton zu suchen, der die hauchdünnen Wassersträhnchen vor dem eher zinnernen Grau der Felsen dahinter exakt trifft. Sie bemüht sich, Oliver nicht zu beachten, gar nicht erst in seine Richtung zu blicken, doch ihm so nahe zu sein, sorgt unwillkürlich dafür, dass ihr ganzer Körper in eine leicht sirrende Unruhe gerät und sich nicht wie sonst beim Malen entspannen will. Nach einer Weile tritt er unvermittelt unter dem Wasserfall hervor und schwimmt zu ihr zurück. Sein Gesicht zeigt wieder diesen ernsten Ausdruck.

»Wie lief's?«, fragt sie.

»Nicht besonders«, antwortet er, steigt aus dem Wasser und setzt sich im Schneidersitz neben sie.

»Nein?«

»Ich habe immer noch das Gefühl, es nicht im Kasten zu haben. Womöglich muss ich mich mit einer der Aufnahmen begnügen, die ich bereits habe, und wenn ich mich erst mal entschieden habe, werde ich auch nicht mehr lange darüber nachgrübeln. Aber im Augenblick habe ich noch dieses eine Bild im Kopf, das ich gern hätte, und es entwischt mir permanent, und das ist …« Er verwuschelt seine nassen Haare. »… frustrierend.«

»Ich glaube, ich kann das nachvollziehen«, sagt sie. »Manchmal will ich etwas malen, und das Licht ist nicht richtig, oder ich kann einfach nicht die richtige Perspektive finden, und ich verschwende ganze Tage darauf. Allerdings habe ich weit mehr Kontrolle über mein Medium als du über deins. Ich kann etwas einfach so malen, wie ich möchte, dass es aussieht, oder mir eine Farbe selbst zusammenfantasieren. Bei dir hängt alles davon ab, dass die Natur mitspielt.«

»Genau. Und versteh mich nicht falsch, ich liebe genau das, die besondere Herausforderung, die darin liegt. Denn der Moment, wenn es dir tatsächlich gelingt, ist mit nichts zu vergleichen. Aber es ist gleichzeitig der Fluch, der mein

Leben durchzieht. Genug davon.« Er wendet sich vom Wasserfall ab und schaut zu ihr. »Ich bin froh, dass du dir das ansehen konntest.«

Ivy rutscht ein Stück vor, schwingt die Beine über die Felskante und taucht die Füße ins kühle Nass. »Ich finde es hier unbeschreiblich schön«, sagt sie seufzend.

»Ja, ich auch«, sagt er und grinst. »Nicht so, wie du normalerweise deine Weihnachten verbringst, hm?«

»Um ehrlich zu sein, verbringe ich sie meistens allein.« Sie erzählt ihm von ihren jährlichen Kunstretreats, die oft zusammenfallen mit den Reisen, die ihre Eltern zu Weihnachten unternehmen, und von der Abneigung ihrer Eltern gegen die Geldgier der Konzerne, die sie nicht zuletzt mit der Kommerzialisierung des Fests verbinden.

»Und deine Eltern benutzen echt nie Geld?«

»Die meisten Sachen erledigen sie als Tauschgeschäft. Dad hat allerdings noch nicht herausgefunden, wie sie damit an Flugtickets kommen, und er und meine Mom lieben es zu reisen. Aber ansonsten bei fast allem.«

»Was war denn so das Verrückteste, was er je eingetauscht hat?«

Ivy überlegt einen Moment.

»Zwei unserer preisgekrönten Schweine für einen Pickup. Dabei haben ihm die Tränen in den Augen gestanden. Er hat diese Schweine geliebt. Hm, was noch? Als ich beschlossen habe, keine Comics mehr zu mögen, hat er mich zu einer Comic-Con geschleppt, wo wir eine Kiste mit alten Comics – ich habe mal eine Catwoman-Phase durchlaufen – gegen mein Halloweenkostüm für das Jahr eintauschten.«

»Was für ein Kostüm war es denn?«

»Ich wünschte, ich hätte mir etwas Originelleres ausgesucht, aber es war der Pink Power Ranger.«

»Wie süß.«

»Hör auf. Mir war es in diesem Alter wichtig, in allem äußerst ernst genommen zu werden.«

»Oh, ich nehme dich äußerst ernst, Ivy«, sagt er, und plötzlich lächelt er gar nicht mehr. Sie können ihre Blicke nicht voneinander lösen, und Ivy merkt, wie sie sich unwillkürlich in seine Richtung zu lehnen beginnt. Rasch gleitet sie zurück ins Wasser, in der Hoffnung, dass das kühle Nass ihr einen klaren Kopf verschafft. Er folgt ihr, und eine Weile schwimmen sie Seite an Seite.

»Wie sieht's denn bei dir aus?«, fragt sie.

»Wie sieht was aus?«

»Mit deiner Familie. Deine peinlichsten Kindheitserinnerungen.« Sie lassen sich treiben und schauen einander an. »Du musst doch bestimmt auch welche haben.«

»Meine Kindheit war nicht besonders idyllisch.«

»Tut mir leid, stimmt ja, du hast es mal erwähnt ...«

»Ja, meine Eltern haben sich getrennt, als ich noch ziemlich klein war. Ich habe mich so ein bisschen um meine kleine Schwester gekümmert und bin abgehauen, sobald sie im College auf eigenen Füßen stand.« Inzwischen haben sie die andere Seite des Beckens erreicht, wo man auf einem Felsvorsprung stehen kann. Er stützt die Arme auf den Fels, ohne das Wasser zu verlassen, und sie tut es ihm nach. »Aus ihr ist genauso eine Weltenbummlerin geworden wie ich, daher weiß ich ehrlich gesagt gar nicht mehr, wann wir Weihnachten das letzte Mal gemeinsam verbracht haben. Allerdings versuchen wir schon, wenigstens ein paarmal im Jahr Kontakt zu haben.«

»Und deine Mom?«

»Tot.«

»Das tut mir leid.«

Er schüttelt den Kopf. »Tja, sie war alleinerziehend und hat immer schwer arbeiten müssen. Dann ist es passiert.

Ischämischer Schlaganfall. Stressbedingt.« Er seufzt. »Ich habe mich immer gefragt, was gewesen wäre, wenn sie nicht so hart gearbeitet hätte, verstehst du?«

»Oh, Oliver.« In seinen meergrünen Augen liegt jetzt ein Schmerz, von dem sie ihn gern befreit hätte.

»Es war eine schwere Zeit. Aber mir geht's gut. Nur dass ich nach dieser Sache und nachdem ich Cecelia ins College geholfen habe, nie wieder fest an einen Ort gebunden sein wollte. Vielleicht habe ich auch nur versucht, vor meinem Kummer davonzulaufen.«

»Hat's funktioniert?«

Er lacht, aber es ist ein trauriges Lachen. »Nicht wirklich. Irgendwie vielleicht? Immerhin dürfte es besser gewesen sein als die Alternative, die darin bestanden hätte, in Indianapolis zu verrotten und für den Rest meines Lebens in irgendeiner Spelunke zu arbeiten und womöglich auch so ein Vater zu werden wie der, den ich nie kennengelernt habe. Sicher bin ich mir nicht, aber ich habe eben getan, was mir als das Beste für mein Leben erschien. Obwohl ich manchmal …« Er bricht ab und nimmt den Faden auch nicht wieder auf.

Ivy ist aufgewühlt, versucht zu verarbeiten, was er ihr alles gerade erzählt hat. Bei ihrer ersten Begegnung hatte sie ihn für jemanden gehalten, der als Fotograf und Barmann durch die Welt zieht, weil er einfach nicht erwachsen und für Dinge Verantwortung übernehmen will, einer, der darauf fixiert ist, seinen Spaß zu haben und alles andere auszublenden. Doch wie sich nun herausstellt, musste er einfach nur viel zu schnell auf eigenen Beinen stehen, und von mangelndem Verantwortungsbewusstsein zeugten die Entscheidungen, die er für sein Leben getroffen hatte, nun wahrlich nicht.

»Ich finde bewundernswert, was du getan hast«, sagt sie.

»Da habe ich dich zu Anfang offenbar völlig falsch eingeschätzt.«

»Ach ja?«, fragt er und dreht sich zu ihr um. »Wie hast du mich denn eingeschätzt?«

»Ich dachte zuerst ... das klingt jetzt beschissen, aber ich dachte, du wärst eher oberflächlich und nicht wirklich ernstzunehmen. Entschuldige.«

Sie stößt sich vom Fels ab, lässt sich auf dem Rücken treiben und schaut in den Himmel. Er folgt ihr, und sie kann ihn ganz dicht neben sich spüren.

»Und jetzt?«, fragt er, und seine Stimme wird durch das Wasser in ihren Ohren gedämpft. »Bin ich jetzt ernstzunehmen?«

Sie liegt ganz still, betrachtet den Himmel. Ivy hat es sich schon so lange zur Angewohnheit gemacht, stets offen und ehrlich zu sein, dass ihr Kopf gar nicht ignorieren kann, was sie tatsächlich denkt und empfindet.

»Ja«, sagt sie nur.

Sie überlässt dem Wasser die Entscheidung, was als Nächstes geschieht. Ein kurzer Beinschlag, und sie ist unmittelbar neben ihm. Ein weiterer, und ihre Hände berühren sich. Schweigend treiben sie eine Weile, dann drehen sie sich beide im selben Moment um und schauen einander an.

»Du bist eine schreckliche Ablenkung, Ivy«, sagt er mit sanfter Stimme.

»Das tut mir leid. Ich weiß, wie wichtig dir dieses Foto ist.«

Sein Blick bohrt sich in sie. Sie möchte dichter zu ihm, möchte, dass sich ihre Körper wieder berühren. *Vielleicht nur ein Kuss*, sagt sie sich. *Vielleicht genügt das ja, um ihn aus ihrem System zu bekommen.*

Das Wasser bringt sie erneut zusammen. Ihre Gesichter sind nur noch wenige Zentimeter voneinander getrennt.

»Oliver …«

»Ivy …«

»Ich möchte dich küssen«, sagt sie geradeheraus. »Ich denke, es wäre das Beste. Dann haben wir's beide aus dem System.« Ihre Stimme bleibt im Flüsterton, und sein kurzes Auflachen klingt tief und sexy.

»Okay«, sagt er. »Versuchen wir's.«

Ivy hatte schon gute Küsse. Sie hatte schon sehr gute Küsse. Und nicht nur einen. Aber einen Kuss wie diesen hatte sie noch nie. Das Wasser umarmt sie sanft, genau wie seine Arme, die unter Wasser nach ihr greifen. Seine Lippen schmiegen sich fest und suchend auf ihre, und seine Zunge schmeckt wie Salzwasser. Der Kuss lässt sie schwer atmend und mit einer Lust zurück, die schon an Verlangen grenzt. Nahezu ohne etwas zu sehen, schwimmen sie rasch an den Rand des Beckens, wo ihre Füße auf dem Fels stehen und sie sich ganz aufeinander konzentrieren können, ohne ständig gegen das Absinken ankämpfen zu müssen. Wie sich herausstellt, reicht ein einziger Kuss also doch nicht. Ihre Willenskraft, beziehungsweise der schmale Rest, der davon übrig ist, verflüchtigt sich wie eine kleine Pfütze im gleißenden Sonnenlicht. *Puff.* Weg. Sie kommt sich vor, als hätte sie tagelang Durst gelitten und bekäme nun endlich das ersehnte Wasser. Irgendwann während der nächsten Küsse gleiten sie wieder zurück ins Becken und treiben mit ineinander verschlungenen Beinen dahin.

»Okay, wir sollten besser aufhören«, sagt Ivy schließlich keuchend, legt die Hand auf seine Brust und schwimmt auf der Stelle.

»Stimmt«, pflichtet er bei. »Wir wollten das ja bloß aus dem System bekommen. Und das haben wir. Jetzt ist's gut. Richtig?«

»Richtig, oder?«

Er entfernt sich mit ein paar Schwimmzügen, stemmt sich aus dem Wasser und schüttelt das Wasser aus den Haaren. »Aus unserem System raus«, wiederholt er. »Und jetzt zurück zu den Zelten, bevor es dunkel wird.«

14
HOLLY

23. Dezember
Hudson Valley, New York

»Holly?«

Sie öffnet die Augen und starrt direkt in die strahlend blauen von Aiden, der auf der Bettkante sitzt und sie anlächelt.

»Tut mir wirklich leid, dich wecken zu müssen, aber …«

Sie glaubt schon, er wolle sie zu einer Neuauflage der leidenschaftlichsten Momente der vergangenen Nacht – und des frühen Morgens – in die Arme schließen. Doch dann wird ihr bewusst, dass er vollständig angezogen ist, die Haare vom Duschen feucht sind und nach Shampoo riechen. »Ich muss dringend los. Deshalb …«

»Oh, natürlich.« Holly versucht zu überspielen, wie beschämt sie ist, schlingt rasch das Bettlaken um sich und sammelt auf dem Weg ins Bad ihre Kleidungsstücke vom Boden. Fühlt sich so ein Walk of Shame an? Wenn ja, kann sie in Zukunft gern darauf verzichten.

»Wie geht es dir nach all dem Punsch? Magst du einen Kaffee? Wasser?«

»Nein danke, alles gut«, ruft Holly, verschwindet im Badezimmer und schließt die Tür fest hinter sich. Bestürzt blickt sie in den holzgerahmten Spiegel. Noch vor wenigen

Stunden kam sie sich verführerisch und ultrasexy vor, jetzt ist ihre Wimperntusche unter den Augen verschmiert, und als sie die Reste wegwischt, treten bloß dunkle Ränder zum Vorschein. Sie spritzt sich Wasser ins Gesicht und spült sich den Mund mit einem Tropfen von Aidens Zahnpasta aus. Doch dann muss sie in das Outfit aus Glitzertop und superengen Leggins schlüpfen, das gestern für den Ball noch absolut perfekt war – heute Morgen aber einfach nur unmöglich aussieht.

In der Küche erwartet Aiden sie mit einem großen Glas Wasser und einem dampfenden Becher Kaffee. »Ich weiß, du hast nein gesagt, aber ich wollte irgendwas für dich tun.«

»Danke«, erwidert Holly, deren Augen noch immer nicht klar sehen können. Aiden trägt seine normale Alltagskluft aus Jeans und Flanellhemd, wodurch sie sich in ihrer Abendgarderobe von gestern nur noch deplatzierter fühlt.

Genau deshalb habe ich One-Night-Stands immer gemieden, denkt sie mit Bedauern. *Das ist alles viel zu peinlich. Passt gar nicht zu mir.*

»Weißt du was?«, erklärt Holly. »Bring mich doch am besten gleich nach Hause. Dann mache ich mir in der Hütte einen Kaffee. Lass uns einfach fahren.«

Holly steht am Fenster und beobachtet, wie Aiden wegfährt. Sobald er fort ist, kehrt der Schmerz in der Brust, den sie seit Tagen nicht mehr gespürt hat, mit voller Wucht zurück. Sie stöhnt auf. »Was habe ich *getan?*« Sie legt sich auf die Couch, fällt in unruhigen Schlaf und wacht nach ein paar Stunden auf, nur um festzustellen, dass ihr Hirn noch immer fieberhaft arbeitet. Sie steht auf, setzt in der French Press einen Kaffee auf und schickt, während sie darauf wartet, dass er stark genug wird, eine Nachricht an Ivy.

Hilfe. Hatte Rebound-Sex mit Öko-Superman und drehe gerade durch.

Keine Sekunde später klingelt ihr Handy.

»Oh, Gott sei Dank! Du bist zurück in der Welt des Netzempfangs! Ich bin ja so erleichtert, dass du anrufst. Wie war dein Campingtrip?«

»Unwichtig. Gut, schön, wie auch immer. Du hast mit Öko-Superman geschlafen!«

»Ja«, sagt Holly.

»Da brauche ich aber viel mehr als bloß ein Ja. Einzelheiten, Einzelheiten! Ich muss alles wissen!«

»Na ja, Aiden und ich haben gestern einen ganz bezaubernden Nachmittag beim Schlittschuhlaufen verbracht. Und die Cookies, die wir ...«

»Können wir jetzt bitte endlich zu dem Teil mit dem Sex kommen?«

»Okay, anschließend hat er mich zu einem Ball an der Highschool eingeladen ...«

»So was Reizendes habe ich ja noch nie gehört, aber ich wusste gar nicht, dass ihr beide noch auf die Highschool geht.«

»Nein, kein richtiger Schulball, sondern der jährliche Weihnachtsball, der bloß in der Turnhalle der Highschool stattfindet. Und irgendwie ist es mir gelungen, secondhand das schärfste Weihnachtsparty-Outfit aller Zeiten zu ergattern, und dann hat mich der extrem starke Punsch dort ein wenig beschwipst gemacht, beschwipst genug jedenfalls, um ziemlich forsch ranzugehen.«

»Holly!«, ruft Ivy begeistert aus.

»Dann erzählte er mir auch noch, dass er es gewesen ist, der mir damals in der Highschool diese Karte geschrieben hat.«

»Was? Die, die dir immer so viel bedeutet hat?«

»Ja. *Er* hat mir das geschrieben. Aiden ist es gewesen.«

»Also hast du ihn sofort an Ort und Stelle vernascht.«

»Wir sind rausgegangen, haben draußen im Schnee rumgeknutscht, und dann …«

Ivy japst inzwischen verzückt nach Luft.

»Dann … hatten wir in seiner Hütte im Wald den unglaublichsten Sex meines Lebens. Die ganze Nacht lang. Ich bin *platt*.«

»Moment mal. Und all das sorgt jetzt dafür, dass du durchdrehst? Du bist echt unfassbar! Holly, ich freue mich jedenfalls riesig für dich!«

»Aber der üble Teil kommt ja erst. Als ich heute Morgen aufgewacht bin, war er schon gestiefelt und gespornt fertig. Er konnte mich gar nicht schnell genug loswerden. Er müsse dringend los, hat er gesagt, und vage etwas von einer Sitzung in der Stadt gemeint. Er hat mir noch einen Kaffee vorgesetzt, aber dabei quasi mit den Fingern auf die Küchentheke getrommelt und gewartet, dass ich fertig werde. Am Ende habe ich ihn einfach gebeten, mich nach Hause zu bringen, weil ich diesen grauenhaften Morgen danach einfach nicht mehr ausgehalten habe.« Ganz so ist es zwar nicht gewesen, aber die Übertreibung, dass Aiden mit den Fingern getrommelt hätte, bringt für Holly ihren Schmerz einfach anschaulicher zum Ausdruck. »Und das war noch nicht das Schlimmste! Das Schlimmste ist passiert, als er mich an der Hütte abgesetzt hat.« Bei der Erinnerung presst sie die Augen fest zusammen. »Er hat mich bloß umarmt, statt mir einen Kuss zu geben.«

»Hmm«, sagt Ivy. »Das ist ein wenig komisch. Hast du nicht versucht, ihn zu küssen?«

»Dazu war gar keine Gelegenheit. Er hat mich bloß kurz gedrückt und gesagt, er würde sich später melden.«

»Na schön. Also wird er sich später bei dir melden.«

»Und wenn nicht? Was, wenn er mich nie wiedersehen will?«

»Das bezweifele ich stark. Wahnsinnssex ist im Allgemeinen eine beiderseitige Angelegenheit. Vielleicht war er heute Morgen bloß verlegen. Vielleicht musste er zu diesem Treffen gehen und hatte keine Lust dazu. Er hat gesagt, er würde sich später bei dir melden, und das wird er bestimmt auch tun. Alles wird sich in Wohlgefallen auflösen, da bin ich mir sicher.«

»Mir ist so was noch nie passiert. Wie bekommt man das aus dem Kopf? Mein Körper fühlt sich an, als stünde er unter hunderttausend Volt.«

»Ist doch prima. Diese Hundertausend-Volt-Sache ist genau der Grund, warum ich das mache. Es fühlt sich gut an.« Holly glaubt zu hören, wie ihre Freundin einen leisen Seufzer ausstößt, aber dann spricht Ivy schon weiter: »Du bereust es doch wohl nicht, oder?«

Holly zögert und denkt darüber nach. »Nein, ich bereue nichts«, sagt sie schließlich. »Ich habe getan, wonach mir in diesem Augenblick zumute war. Und es war eine der besten Nächte, die ich jemals erlebt habe. In jeder Hinsicht.«

»Außerdem hast du herausgefunden, dass er der nette Typ ist, der dir die Karte geschrieben hat, die dir so viel bedeutet. Freu dich darüber, Hol. Versuch es zu genießen – wenn auch nur für das, was war. Denn selbst für den Fall, dass hier bloß zwei alte Freunde eine grandiose Nacht zusammen verbracht haben: Was sollte schlecht daran sein? Vielleicht war es ja genau das, was du gerade gebraucht hast.«

»Der Tritt in den Hintern hat mir gefehlt«, sagt Holly und fühlt sich schon deutlich besser. »Danke für deine Unterstützung.«

»Immer gern. Gibt's was, womit du heute auf andere Gedanken kommen kannst?«

Holly überlegt einen Moment. »Im Schuppen stehen Langlaufskier. Ich glaube, ich weiß noch, wie das funktioniert.«

»Klasse Idee.«

»Außerdem war die Nacht extrem kurz. Ich könnte also einen ausgedehnten späten Mittagsschlaf halten.«

»Klingt für mich nach einem super Tag.«

»Und wie läuft's bei dir so? Wer war denn das, mit dem du campen warst?«

»Ach, bloß jemand, den ich im Hotel kennengelernt habe«, sagt Ivy, während Holly im Hintergrund Stimmen hört. »Ich erzähle dir später mehr, jetzt muss ich los.« Ivy legt ziemlich abrupt auf, und Holly fühlt einen kleinen Stich. Sie ist Tausende Meilen entfernt von ihrer besten Freundin, und obwohl sie unbedingt hatte allein sein wollen und genau dafür ins Hudson Valley gefahren ist, kommt ihr die Distanz plötzlich gewaltig vor.

Sie schenkt sich Kaffee ein, fühlt sich nach dem ersten Becher schon besser und trinkt gleich noch einen. Wenig später geht sie in den wärmsten Sachen, die sie dabeihat, zum Schuppen, wo sie tatsächlich Langlaufskier entdeckt. Sie ist fest entschlossen, sich einen schönen restlichen Tag zu machen – ganz allein. Aiden mag anrufen oder nicht. So oder so, sagt sich Holly, ich werde meinen Spaß haben.

Holly ist zwar schon ein paar Jahre nicht mehr auf Langlaufskiern unterwegs gewesen, aber sobald sie Stiefel und Skier anhat, fällt ihr alles wieder ein. Ohne Probleme kurvt sie aus der Einfahrt und auf die Straße, wo sie den Schildern zum Hiking-Trail folgt.

Zu Anfang ist der Pfad sehr schmal, und sie gleitet in völliger Stille vorbei an dürren Birken, die mit einem Zuckerguss aus Schnee überzogen sind. Dann öffnet sich der Weg, und Birken und Ulmen werden von riesigen Kiefern abgelöst. Die Bäume ragen so hoch neben ihr in den Himmel, das sie ihre schneebedeckten Spitzen kaum ausmachen kann. Der Weg wird noch breiter, Holly biegt um eine Kehre und erstarrt angesichts der unfassbaren Schönheit vor ihren Augen. Unter ihr dehnt sich spektakulär das Tal, als hätte jemand ein riesiges Tuch aus dichtem Nadelwald und malerischen Höhenzügen ausgebreitet und das Ganze mit feinster Spitze aus Schnee bedeckt. Darüber strahlt ein blitzblauer Himmel, über den vereinzelt bauschige Wölkchen ziehen.

Holly saugt reglos alles in sich auf und spürt, wie sich ihre Besorgnis wegen Aiden immer mehr verflüchtigt. Noch ein tiefer Zug der klaren Winterluft, und ihr Kopf ist fast wieder klar. Sie muss daran denken, was Ivy darüber gesagt hat, dass er sich vielleicht meldet, vielleicht auch nicht. Wie auch immer, ihr geht's gut. Sie hat getan, worauf sie Lust hatte. Sie hatte eine grandiose Nacht.

Selbst wenn es eine einmalige Sache bleiben sollte, wird er stets einen besonderen Platz in ihrem Herzen einnehmen, vor allem, nachdem sie weiß, dass er es war, der ihr diese Karte, die ihr so wichtig ist, geschrieben hat.

Sie gleitet erneut los, erfüllt von der Kraft, die ihr diese Worte von damals, so schlicht sie auch sein mochten, stets gespendet haben. Sie rufen ihr in Erinnerung, wer sie einst gewesen ist – und in Gesellschaft derer, bei denen sie sich richtig wohlfühlt, noch immer ist.

Die Sonne geht schon unter, als Holly mit knurrendem Magen wieder in die Einfahrt zur Hütte biegt und darüber nachdenkt, was sie zum Abendessen machen könnte. Doch alle Gedanken an Essen sind wie fortgeblasen, als sie Aiden sieht, der gerade den Weg zur Hütte freischaufelt. Bei ihrem Anblick hält er abrupt inne.

»Hey«, ruft er. »Ich habe die Skispuren im Schnee gesehen, da dachte ich mir schon, dass du eine Runde drehst, und wollte auf dich warten. Ist doch hoffentlich okay?«

Sie hält am Schuppen, schnallt die Skier ab und läuft den Weg hoch, den er für sie freigeschaufelt hat. Je näher sie Aiden kommt, desto breiter wird ihr anfänglich noch zaghaftes Lächeln. Es ist kalt geworden, besonders, da nun die Sonne fehlt, aber Holly spürt die Kälte überhaupt nicht mehr. Ihr ganzer Körper glüht, ihr Herz hämmert.

»Mehr als okay«, versichert sie. »Ich bin froh, dass du da bist.«

»Ach, ehrlich?« Sein verzögertes Lächeln ist unverschämt sexy.

Diese Seite an ihm ist völlig neu für sie. Dass Aiden nicht nur ein freundlicher und netter, sondern darüber hinaus auch ein wahnsinnig heißer Typ ist.

Er tritt auf sie zu. »Und das, obwohl ich mich heute Morgen wie ein absoluter Volltrottel aufgeführt habe, als ich dich aus dem Bett geworfen und einfach hier so abgesetzt habe?« Er schüttelt den Kopf. »Tut mir schrecklich leid, wie ich mich benommen habe. Ich hatte tatsächlich einen Termin in der Stadt, aber offen gesagt glaube ich eher, dass ich etwas Zeit brauchte, um das, was letzte Nacht zwischen uns passiert ist, zu verarbeiten. Aber ich hätte besser mit der Situation umgehen müssen.«

Sie blickt ihn an und neigt den Kopf zur Seite. »Und? Was ist beim Verarbeiten herausgekommen?«

Sein Lächeln wird breiter. »Eigentlich ging mir den ganzen Tag nur ständig dasselbe durch den Kopf: *Ich muss der glücklichste Mann auf der ganzen Welt sein.* Und der dämlichste, weil ich einfach so weg bin.« Er legt die Hände um ihre

Taille. »Deshalb bin ich auch direkt nach dem Termin in der Stadt hier rausgefahren. Ich konnte keine Sekunde mehr warten, dich wiederzusehen.«

Holly legt die Hand auf seine stoppelige Wange, zeichnet mit einem Finger sein Kinn nach und zieht ihn zu sich. In der immer stärker einsetzenden Dämmerung begegnen sich ihre Lippen, und rasch werden ihre Küsse gieriger.

»Ab ins Haus«, sagt Holly und führt ihn zur Tür. Drinnen kommen sie kaum schnell genug aus ihren dicken Wintersachen heraus, und schon bald liegen sie küssend und ineinander verschlungen auf der Couch – und damit genau dort, wo sie beide am liebsten sein wollen.

15
IVY

23. Dezember
Kauai, Hawaii

Sie werfen ihre Zelte in den Jeep, und Olivers Arm streift den von Ivy. Aber sie hat inzwischen gelernt, das erregte Prickeln, das ihre Haut bei jeder Berührung mit ihm sofort überzieht, mit aller Macht zu ignorieren und die Empfindungen zu verdrängen, die seine Nähe unweigerlich auslöst. Gar nicht erst daran zu denken, wie es sich angefühlt hat, ihn in dem Wasserfallbecken zu küssen. Und schon gar nicht zu überlegen, es vielleicht noch einmal zu tun.

Trotz der Anspannung, die Ivy nicht abschütteln kann, plaudern sie auf der Rückfahrt ungezwungen und hören Musik, bis sie in Larrys Strandhaus eintreffen. Während sie die Ausrüstung ausladen, kommt Larry heraus und überbringt Oliver eine Nachricht. Eine Kollegin aus dem Hotel hat angerufen. Ihr Kind ist krank, und sie braucht jemanden, der ihre Schicht übernimmt. Sofort eilt Oliver besorgt ins Haus, um zurückzurufen.

Kurz darauf ist er wieder da und hilft Ivy, rasch auch den Rest auszuladen.

»Paula ist alleinerziehend«, erklärt er. »Ich versuche, ihr zu helfen, wo ich kann, und heute hat sie echt ein Problem. Also habe ich versprochen, ihre Schicht zu übernehmen, was bedeutet, dass ich schnell duschen und zum Hotel muss. Aber der Ausflug hat mir super gefallen, Ivy.« Ein Lächeln huscht über sein Gesicht, und sie fragt sich, ob er gerade an den Kuss denkt. »Das verdammte Foto ist mir zwar nicht gelungen, aber es hat trotzdem eine Menge Spaß gemacht.« Er mustert sie noch einen Moment, dann stürmt er zurück ins Haus und ist weg.

Ivy rührt sich nicht von der Stelle, kann einfach nicht vergessen, wie sich seine Lippen auf ihren angefühlt haben. So viel zum Plan, es aus dem System zu bekommen. Wenn überhaupt, hat dieser Kuss alles nur noch schlimmer gemacht.

Aber Ivy war schon immer sehr diszipliniert. Da Oliver den Rest des Tages fort sein wird, hat sie Zeit, sich endlich wieder auf das zu konzentrieren, weswegen sie hier ist: ihre Kunst. Und das wird sie auch tun.

Später schlendert Ivy gemächlich zurück über den Strand, die Hände voller Ölkreideflecke, die Laune immer noch bestens nach den Neuigkeiten, die Holly ihr vor ein paar Stunden mitgeteilt hat, und auch, weil sie eine kleine Bucht voller Treibholz entdeckt hat, die ihr die perfekte Anregung für eine Reihe von Bildern geschenkt hat. Als sie langsamer wird, um den Sonnenuntergang über dem Meer zu betrachten, hört sie, wie jemand ihren Namen ruft.

Larry steht auf der unteren Terrasse der Strandvilla und winkt. Ivy beschleunigt ihre Schritte.

»Wunderbar, du bist zurück! Ich habe mir was zu essen gemacht, und wie immer ist es viel zu viel geworden, sodass es heute Abend statt Kaktus-Enchiladas für eine Person eine Portion gibt, die vermutlich für zehn reichen würde. Lust, mir Gesellschaft zu leisten?«

»Liebend gern«, sagt Ivy und geht rasch nach oben, um

ihre Maluntensilien zu verstauen und sich etwas anderes anzuziehen.

Als sie wieder herunterkommt, hört sie Larry in der Küche hantieren und ein Lied summen. Ivy klopft sacht auf den Rahmen der Fliegengittertür und tritt in die Wohnung, die ähnlich aufgeteilt ist wie das Studio darüber, nur etwas großzügiger geschnitten. An einer Wand hängen noch mehr von Olivers Fotos. Ivy geht hinüber und studiert jedes einzelne aufmerksam. »Er ist so gut«, sagt sie.

»Er ist wirklich hervorragend in dem, was er macht«, pflichtet Larry bei und entkorkt einen Weißwein. Sie nimmt eine Flasche Sprudelwasser aus dem Kühlschrank, während Ivy ihr dabei hilft, den Tisch auf der Terrasse zu decken.

Als sie wieder hineingehen und Larry die Enchiladas aus dem Ofen holt, wird Ivy erneut von der Wand mit Olivers Aufnahmen angezogen. »Warum macht er das nicht hauptberuflich?«, fragt sie Larry, die gerade Koriander klein hackt.

»Ich denke, es passt gerade einfach für ihn so, wie er sich das Leben eingeteilt hat«, sagt sie und unterbricht ihre Arbeit für einen Moment. »Vermutlich gefällt es ihm, mit seiner Fotokunst nicht so unter Druck zu stehen.« Larry streut den frischen Koriander über die Enchiladas und hebt die Auflaufform hoch. »Na los, gehen wir raus.«

Auf der Terrasse schaufelt Larry eine mächtige Portion auf Ivys Teller und gießt ihnen beiden Wein ein.

Ivy trinkt einen Schluck Sancerre und blickt aufs Meer hinaus.

»Alles okay mit dir?«

»Wahrscheinlich kann ich mir nur nicht vorstellen, wie das ist, die ganze Zeit so zu leben – an einem Ort wie diesem und ansonsten ständig herumzureisen.«

»Könntest du das nicht?«

Ivy schüttelt den Kopf.

»Warum nicht? Gibt es einen Grund dafür, dass du New York nicht verlassen kannst?«

»Na ja, meine beste Freundin lebt da. Und ich habe da meinen Job. Das ist schon ein wichtiger Faktor, meine Arbeit.«

»Was genau tust du eigentlich?«

»Ich bin in einer großen Werbefirma für Markenberatung zuständig.«

»Macht dir das Spaß?«

»Na, Spaß nicht unbedingt. Aber es gefällt mir ganz gut. Und ich kann davon meine Rechnungen bezahlen.«

»Du hättest erheblich weniger Kosten, wenn du nicht in New York wohnen würdest«, gibt Larry zu bedenken.

»Schon wahr, aber ich …« Ivy schüttelt den Kopf. »… ich wollte immer gern ein wenig Verlässlichkeit in meinem Leben.« Sie erklärt, dass ihre Eltern zwar stets glücklich gewesen sind, ihre Kindheit jedoch sehr unruhig verlief. »Ich habe nie gewusst, was als Nächstes passiert, ob es sich überhaupt lohnt, sich irgendwo einzugewöhnen. Ständig musste ich die Schule wechseln oder wurde zu Hause unterrichtet. Wahrscheinlich habe ich mich deshalb immer nach ein wenig Stabilität gesehnt.«

»Das hat Oliver auch immer, weißt du«, erklärt Larry nachdenklich. »Seine Kindheit war nicht gerade das, was man unter behütet versteht.«

»Ja, er hat mir davon erzählt.«

»Doch das Schicksal seiner Mutter hat ihn offenbar auch gelehrt, wie gefährlich es ist, die eigenen Träume aufzugeben. Man hat schließlich nur dieses eine Leben, und keiner weiß, wie lange es dauert.«

Ivy seufzt und probiert von den Enchiladas. »Larry, das schmeckt genial«, schwärmt sie, plötzlich völlig aus dem Konzept gebracht.

»Danke. Ein Rezept meiner *abuela*, meiner Großmutter, noch aus Mexico City. Der Clou sind die *nopales* darin. Kaktusblätter. Die gibt's hier nirgends, aber bei ihrem letzten Besuch hat meine Mom mir eine Pflanze mitgebracht, und ich verwende Blätter davon. Biestig zu verarbeiten …« Sie hebt die linke Hand, an der ein Finger ein Pflaster trägt. »… aber geschmacklich und für die Konsistenz lohnt sich die Mühe.«

Ivy gönnt sich die nächste Gabel und grübelt beim Kauen vor sich hin. »Das Man-lebt-nur-einmal-Argument dürfte der Grund sein, warum ich mir einmal im Jahr die Zeit nehme, allein das zu tun, was ich am liebsten tue.«

»Malen.«

Ivy nickt.

»Wäre es denn nicht möglich, dem etwas mehr Zeit einzuräumen?«

»Ich sehe einfach keine Perspektive darin.«

»Du meinst finanziell?«

»Ja, irgendwie. Wie gesagt, ich habe mich immer nach einer gewissen Sicherheit gesehnt, und bei Kunst … ist nichts sicher.«

»Denkst du darüber jetzt anders, nachdem du Oliver kennengelernt hast?«

Ivy erstarrt mit dem Weinglas kurz vor ihrem Mund. »Was meinst du damit?«

Larry blickt ihr offen in die Augen. »Du weißt, was ich damit meine. Es ist doch unübersehbar, dass da etwas zwischen euch ist. Bei so viel Spannung stehen mir ja schon die Haare zu Berge, wenn ich nur neben euch stehe. Und dann schicke ich euch beide zum Campen, und ihr bekommt es selbst da nicht auf die Reihe. Was ist bloß los mit euch?«

Ivy muss lachen. »Ich würde ja gern, okay? Aber ich habe es mir zum Grundsatz gemacht, dass diese Auszeiten ausschließlich für meine Kunst reserviert bleiben. Das ist mir sehr wichtig. Außerdem …« Sie zögert. Soll sie sich wirklich ausgerechnet mit Larry über Oliver unterhalten? Immerhin steht sie ihm näher als jeder andere. Aber Ivy spürt dieses instinktive Vertrauen zu ihr und fährt fort.

»Als ich ihm das erste Mal an der Hotelbar begegnet bin, dachte ich noch, er wäre einer von denen, die bloß ihren Spaß im Kopf haben. Aber das stimmt nicht. Er ist hochtalentiert und nimmt seine fotografische Arbeit ungeheuer ernst. Darüber hinaus ist er freundlich, er ist intelligent und … und ich mag ihn sehr.«

»Warum habe ich hier das Gefühl, als wäre es für dich eher ein Problem, dass Oliver anständiger ist, als du zu Anfang dachtest? Ihr beide, ihr seid …« Sie schlägt die Hände zusammen, verschränkt sie wie zum Gebet. »… *Kismet.*«

Das aus dem Mund von Olivers engster Freundin zu hören, erfüllt Ivy mit einem wohligen Schauer, dennoch gibt sie ihren Widerstand nicht auf. »Ich weiß nicht …«

»Da schicke ich euch beide ganz allein in die Wildnis, während es zwischen euch brodelt und zischt wie im Chemielabor, und was macht ihr? Ihr belasst es bei einem Kuss?«

»Woher weißt du das?«

»Er hat es mir natürlich gebeichtet«, antwortet Larry lachend. »Wir erzählen einander alles. Es stört dich doch hoffentlich nicht, oder?«

»Nein, schon okay. Ich vertraue meiner besten Freundin auch alles an, obwohl ich ihr von Oliver bisher noch nichts erzählt habe.«

»Wovor hast du solche Angst?«

»Ich habe überhaupt kein Problem, mit Männern, die mir gefallen, ins Bett zu steigen«, stellt Ivy klar. »Ich finde, man *kann* auch nur aus Spaß Sex haben – und ich hatte in den letzten Jahren eine ganze Menge Spaß, wohlgemerkt immer zu meinen Bedingungen. Aber mit Oliver …« Sie bricht ab, gerät wieder ins Grübeln.

»Wäre es nicht unbedingt nur so aus Spaß.«

»Genau.«

»Und wo liegt das Problem?«

»Mir bleibt hier höchstens noch eine Woche oder so mit ihm. Und dann ist da die Malerei. Eigentlich wollte ich mich in dieser Zeit auf anderes konzentrieren. All das …« Sie beschreibt mit der Hand einen Kreis, der alles einzuschließen versucht, das Tischchen, den Strand, das Meer, den Himmel. »… hat eben ein Ende.«

»Meiner Erfahrung nach ist Leben das, was man daraus macht. Du kannst tun, was immer du willst, Ivy. Du allein entscheidest. Du kannst Liebe haben und Sex und die Malerei. Du kannst alles haben.« Sie hebt ihr Glas. »Und nebenbei bemerkt, Ivy: Alles, was du gesagt hast, bleibt unter uns, versprochen. Ich werde nichts davon Ollie erzählen. Du hast mein Wort. Und von nun an werde ich aufhören, dir meine Sicht auf die Dinge aufzudrängen, und dich deine Zeit hier in Ruhe genießen lassen. Noch etwas Enchilada?«

»Ja, bitte«, sagt sie und lächelt. »Ich kann schon verstehen, warum er dich zur besten Freundin hat. Du bist echt einmalig.«

»Ich weiß«, sagt sie vergnügt, zwinkert Ivy zu und füllt ihr den Teller neu.

Larrys Handy macht *Pling*. Rasch nimmt sie es auf, liest die Nachricht und strahlt über das ganze Gesicht. »Von Shira«, sagt sie. »Sie schreibt, wie sehr sie sich darauf freut, mich morgen zu sehen.«

»Ich bin schon gespannt, sie kennenzulernen.«

»Ich habe ihr schon alles über dich erzählt. Sie will dich auch unbedingt kennenlernen. Wir werden bestimmt wahnsinnig viel Spaß zusammen haben. Heiligabend findet am Strand vor dem Hotel ein Lūʼau statt. Jeder geht dahin. Du musst natürlich auch mitkommen. Tolles Essen, Musik, überall wird getanzt. Es gefällt dir garantiert.«

Ivy stellt sich vor, mit Oliver gemeinsam auf einer Strandparty zu sein, und kann der Vorstellung nicht widerstehen. »Klingt nach Spaß«, gesteht sie offen.

»Den werden wir haben«, sagt Larry, die nach dem eher ernsten Gespräch eben schnell wieder in ihren angeregt lockeren Ton zurückgefunden hat. »Wir vier werden uns in den nächsten Tagen toll amüsieren, das verspreche ich. Das wird das beste Weihnachten aller Zeiten!«

16
HOLLY

24. Dezember
Hudson Valley, New York

Holly wacht auf und hört, wie Aiden unten in der Küche *Silver Bells* pfeift. Sie bleibt noch einen Moment oben im Bett und schaut lächelnd zum Dachschrägenfenster hinauf, wo an einem winterblauen Himmel die Wolken vorbeiziehen. Sie hatten den gestrigen Abend vorwiegend im Bett verbracht, zwischendurch gemeinsam gekocht und im Schein der Sterne einen kurzen Spaziergang unternommen. Als sie anschließend vor dem Holzofen in eine warme Decke eingekuschelt lagen, hatte sie ihm gesagt, dass er nicht gehen solle – und so war er geblieben.

Sie streift das erstbeste Kleidungsstück über, das ihr in die Finger fällt – sein rot kariertes Flanellhemd –, und klettert die Leiter hinunter.

»Guten Morgen«, sagt sie lächelnd. Er steht am Herd, trägt nur seine knallroten Boxershorts mit den hüpfenden Rentieren. »Einen schönen Heiligabend, Holly.«

»Wow, echt schon Heiligabend, was?«, erwidert sie und reibt sich die Augen. »Ich habe mein Zeitgefühl völlig verloren. Du hast doch eben erst in der Einfahrt gestanden.« Sie zieht einen Hocker an die Frühstückstheke, und er schenkt ihr einen Becher Kaffee ein.

»Ja, aber mit dir verliere ich gern mein Zeitgefühl.«

Mit glühenden Wangen muss sie daran denken, wie oft sie sich geliebt hatten und wie gut, wie perfekt es jedes Mal war. »Mit dir könnte ich mich immer wieder verlieren«, sagt sie.

»Hunger?«

»Riesenhunger.«

Er wendet kurz zwei Spiegeleier in der Pfanne, flippt sie auf einen Teller, fügt einen Toast hinzu und serviert sie ihr mit einem Kuss. Ihre Hand wandert über seine glatte muskulöse Brust zum Gummibund seiner Shorts hinab, und ihr ist klar, dass sie, wenn der Kuss noch lange dauert, das Frühstück auch gern ausfallen und mit ihm zurück ins Bett krabbeln würde. Doch in der Pfanne hinter ihm brutzeln bereits die beiden nächsten Eier, und so entzieht er sich ihr mit einem leichten Seufzer, macht den Herd aus und setzt sich dicht neben sie. Er schenkt Kaffee nach und küsst sie auf die Nase.

Während des Essens wirkt er nachdenklich und schaut sie manchmal von der Seite an, sagt aber nichts.

»Ich habe mich ja schon daran gewöhnt, dass Schweigen bei dir nichts Unangenehmes hat«, bemerkt sie. »Aber jetzt machst du echt einen sehr ernsten Eindruck. Was beschäftigt dich so?«

»Ich denke alles gern erst durch, bevor ich es ausspreche«, erklärt er mit einem Lachen. »Manche Menschen halten mich deshalb für verschlossen, dabei bin ich das überhaupt nicht.«

»Meinst du mit manche Menschen Ex-Freundinnen?«

»Na ja, eine Ex-Freundin«, gibt er mit reumütigem Grinsen zu.

»Lust, darüber zu reden?«

»Ich war während meiner gesamten Zeit am MIT mit jemandem zusammen – ihr Name war Toni –, aber sie meinte, ich wäre ein Workaholic und dermaßen fixiert auf meine

Arbeit, dass ich mir nie Zeit für unsere Beziehung nehmen würde. Und deshalb ist die Sache auseinandergegangen. Sie war sowieso nicht die Richtige für mich, trotzdem will ich denselben Fehler nicht noch einmal machen, daher habe ich mir das ein oder andere von dem, was sie gesagt hat, zu Herzen genommen.«

»Ich kann mir dich gar nicht als Workaholic vorstellen«, sagte Holly und wischt mit der Toastkante den Rest Eigelb vom Teller. »Beim Managen der Waldhütten hier draußen machst du jedenfalls einen ziemlich relaxten Eindruck.«

»Ich manage sie nicht nur«, erklärt Aiden. »Sie gehören mir. Ich habe sie mit den Einkünften aus dem Verkauf meiner Firma erworben.«

»Deiner *Firma?*«, wiederholt Holly und blickt ihn erstaunt an.

»Ja, Air Works.«

Fast hätte sie den Schluck Kaffee in ihrem Mund wieder ausgespuckt. »*Air Works!* Aiden, das war deine Firma? Moment mal, war der AirClean Tower deine Erfindung?«

»Du hast davon gehört?«, fragt er mit verlegener Miene – aber auch nicht ohne sichtlichen Stolz.

»Ich habe in *Forbes* darüber gelesen. Er verwandelt Smogpartikel in Schmucksteine. Die faszinierendste Methode überhaupt im Kampf gegen Luftverschmutzung. Du bist ein Genie. Warum hast du das nie erwähnt?«

»Ich habe nie darüber gesprochen, weil es … na ja, so prahlerisch geklungen hätte. Und weil die Firma auch nicht mehr mir gehört. Inzwischen hat es nicht mehr viel mit meinem Leben zu tun.«

»Aber *du* hast diese Technologie doch erfunden!«

Er senkt den Blick auf den Teller. »Das habe ich. Am MIT fand ich es sehr ernüchternd, wie viele meiner Kommilitonen vorhatten, nach ihrem Abschluss für große Konzerne zu arbeiten, um dort neue Verfahrenstechniken oder hochprofitable Anlagemethoden zu entwickeln, und alles nur, damit am Ende die Menschen, die eh schon genug haben, immer noch mehr Geld scheffeln. Der Smogtower basiert auf einer Idee, die mich schon in der Highschool beschäftigt hat …«

»Ich erinnere mich. Bei einer Wissenschaftsmesse hast du mal etwas in der Richtung vorgestellt.«

»Ja, bloß dass es damals nicht funktionierte, weshalb ich gegen dich verloren habe. Gegen dich und Mr. Snuggles.« Er lächelt amüsiert. »Irgendwann habe ich dann beschlossen, es noch mal richtig zu versuchen. Ich fand einen Investor, und als es dann doch funktionierte, bin ich am MIT ausgestiegen, um an der Serienreife zu arbeiten. Ich schätze, zu der Zeit fing Toni an, sich über die Situation zu ärgern. Unsere Leben hatten bis dahin eine gewisse gemeinsame Bahn genommen. Die Zukunft war durchgeplant.«

Holly nickt, da sie genau weiß, wie sich das anfühlt.

»Aber ich bin einfach … ausgestiegen.« Er scheint in Gedanken weit fort zu sein. »Und ich fand es *toll*. Ich war irre glücklich. Es kam mir vor, als würde ich genau das tun, was ich tun sollte, und dabei die Welt auch noch ein kleines Stück besser machen. Aber eines Tages bin ich aufgewacht, und Toni und ich hatten uns getrennt, ich hatte bis auf ein paar Nachrichten und Voicemails seit Monaten nicht mit meiner Familie gesprochen, und meine Mom stand unmittelbar vor einer wichtigen Kontrolluntersuchung. Es ging mir durch den Kopf, wie ich mich fühlen würde, wenn die Krankheit zurückgekommen wäre. Und da … habe ich beschlossen, alles zu verkaufen. Ich erzielte einen guten Preis und konnte hier ein paar Grundstücke erwerben. Und jetzt ist das mein Leben.«

Holly starrt ihn an, während sie noch verarbeitet, was er ihr gerade alles erzählt hat, und hofft, dass ihn das, was er erreicht hat, mit ähnlichem Stolz erfüllt wie sie. »Ich finde das extrem mutig«, sagt sie. »Da entwickelst du eine solch bedeutsame Neuerung und weißt trotzdem, wann der richtige Moment gekommen ist, einen anderen Weg einzuschlagen. Das ist wahnsinnig beeindruckend.«

Sein Lächeln erinnert sie an das schüchterne, hochintelligente Highschool-Kid, das er gewesen war. Sie küssen sich erneut, und diesmal ist ihr klar, dass ihr Frühstück damit beendet ist. »Wie wäre es, wenn wir zur Feier der Tatsache, dass du mich für ein Supergenie hältst, zurück ins Bett gehen?«

»Ich dachte schon, der Vorschlag kommt nie«, antwortet sie, während sie vom Hocker gleitet. Er nimmt sie schwungvoll auf den Rücken und trägt sie zur Dachbodenleiter.

»Sekunde«, sagt er und setzt sie am Fuß der Leiter ab. »Jetzt haben wir gar nicht darüber gesprochen, was mir eben durch den Kopf gegangen ist.«

»Oh, stimmt …«

»Hättest du Lust, morgen zum Weihnachtsessen bei mir und meiner Familie vorbeizukommen?«

»Bist du dir da sicher? Ich möchte nicht stören.«

»Ich hätte dich gern dabei, Holly. Und ich würde dich gern mit meiner Familie bekanntmachen.«

»Erzähl doch mal, wie du und deine Familie in Krimbo so Weihnachten feiern«, erkundigt sie sich lächelnd.

»Zuerst wäre da die Parade, die am ersten Weihnachtstag immer mit Einbruch der Dunkelheit in der Stadt abgehalten wird«, beginnt er, und seine blauen Augen leuchten vor vielen glücklichen Weihnachtserinnerungen auf. »Meine Eltern wohnen direkt an der Main Street, also stellen wir einfach Stühle auf den Bürgersteig und schauen uns alles an. Dad und Grandpa kümmern sich um den Festbraten inklusive sämtlicher Beilagen. Ich übernehme den Posten des

Souschefs, während meine Mom, Sidra und Alexa – und in diesem Jahr dann auch du – dabeisitzen, Glühwein trinken und ständig sticheln über all das Geschirr, das wir schmutzig machen und das sie später spülen müssen.«

»Auch wenn es mir ehrlich gesagt *nicht* gefällt, dass du zu diesem gesellschaftlichen Ereignis lange Hosen tragen wirst und nicht nur diese aufreizenden Rentiershorts« – sie zupft kurz am Gummibund – »klingt das doch wie ein perfektes Weihnachten, Aiden. Ich freue mich drauf. Können wir jetzt endlich zurück ins Bett?«

Sie stürmen die Leiter hinauf.

17
IVY

24. Dezember
Kauai, Hawaii

Am Abend des Christmas-Lū'au bilden Tiki-Fackeln einen leuchtenden Pfad zum Strand vor dem Hotel. Ivy, Oliver, Larry und Shira schlendern zwischen den Lichtern auf eine professionelle Tanzgruppe zu, die gerade einen Feuertanz aufführt. Unten angekommen wummert der Bass durch Ivys Körper, und ihre Erregung steigt. Rasch streift sie die Sandalen ab, um den Sand unter ihren Füßen zu spüren.

Da Oliver noch eine zweite Schicht von Paula übernommen hatte, hat sie ihn noch kaum zu Gesicht bekommen. Sie ist allein zum Glass Beach gefahren, um zu malen, hat dort aber den ganzen Tag in gespannter Erwartung auf das Lū'au und vor allem auf einen Abend mit Oliver verbracht. Ihr will die Unterhaltung nicht aus dem Kopf gehen, die sie am Vorabend mit Larry geführt hat. Antworten hat sie noch immer keine gefunden, aber eine Sache ist klar: Ein abwesender Oliver lenkt sie genauso stark ab wie ein anwesender. Sie kann sich nicht einfach vormachen, dass sie nichts empfindet.

»Mai Tais für alle?«, ruft Shira. Sie ist ebenso offen und ungezwungen wie Larry, und Ivy fand sie auf Anhieb sympathisch. Interessiert hat sie den Geschichten gelauscht, die

Shira von Hollywood und der Verfilmung eines Mysterythrillers erzählte, bei dem sie Regie führte.

Während Shira und Larry Hand in Hand Richtung Bar verschwinden, bleiben Oliver und Ivy allein zurück.

»Hey«, sagt sie, plötzlich verlegen.

»Hey«, erwidert er. »Es ist, als hätte ich dich schon eine halbe Ewigkeit nicht mehr gesehen. Du hast mir gefehlt.«

»Du mir auch«, gibt sie zu und schaut ihn an.

»Tja, ich weiß, dieser Kuss neulich sollte eigentlich dazu dienen, es einfach mal aus dem System zu bekommen, aber ich habe seitdem an nichts anderes denken können.«

»Der Kuss war wirklich unglaublich«, räumt sie ein.

»Unvergesslich.«

»Aber bloß, weil wir einen echt irren Kuss hatten, muss das ja noch lange nicht heißen, dass wir …« Sie verstummt.

»Dass wir was?«, bohrt er sofort nach.

»Keine Ahnung, ineinander verknallt sind oder so.«

»Genau«, sagt er und tritt einen Schritt näher. »Ineinander verknallt. Oder so. Behauptet keiner.«

»Meine Rede. Keiner.«

Er greift nach ihrer Hüfte, zieht sie zu sich und schaut ihr in die Augen. »Muss ja noch lange nicht heißen, dass ich schon beim ersten Mal, als ich dich unter dem Baum neben meiner Bar sah, sofort dieses Déjà-vu-Erlebnis hatte, so als wäre ich dir bereits begegnet – nicht irgendwann flüchtig, sondern schon unzählige Male. Dass ich das Gefühl hatte, dich nicht bloß getroffen zu haben, sondern dich schon wirklich *zu kennen*.«

Ivy starrt mit offenem Mund zu ihm hoch, wie hypnotisiert von seinen Worten, seiner Stimme, seiner Berührung.

»Heißt noch lange nicht, dass es mir einen elektrischen Schlag durch den Körper gejagt hat, als du mich das erste Mal berührt hast. Ich …« Er bricht ab.

»Was?«, fragt Ivy atemlos.

»Hör mal, ich weiß, ich wollte es nicht dazu kommen lassen. Aber ich muss es dir einfach sagen.« Seine Stimme ist wie ein Leuchtfeuer, das flüsternd auf ihren Lippen landet und sich einen Weg durch ihren Körper direkt in ihr Herz bahnt. »Ivy, mit deiner Künstlerseele, deinem unglaublichen Talent, deiner Kraft, deinem Einfühlungsvermögen, deiner natürlichen Sinnlichkeit, dieser Schönheit, die von innen aus dir strahlt … bist du genau der Mensch, nach dem ich gesucht habe. Das fühle ich.« Er küsst sie, langsam und zärtlich. »Heißt das wirklich nicht, dass wir ineinander verknallt sind? Also, ich für meinen Fall bin jedenfalls in dich verknallt. Und zwar rettungslos. Das musste ich dir einfach sagen.«

Er legt ihre Hand auf sein Herz, und sie spürt, wie es unter seiner Brust schlägt. So viele Dinge schwirren ihr durch den Kopf, die sie ihn unbedingt wissen lassen möchte. Dass sie bei seinem ersten Anblick ungeachtet ihrer trostlosen Lage das Gleiche empfunden hat. Dass sie seit dieser ersten Begegnung trotz aller Versuche, es zu leugnen, kaum mehr etwas anderes denken konnte als *Oliver*. Dass ihr beim Malen, selbst wenn sie hier von so viel Schönem umgeben ist wie noch nie im Leben, dennoch ständig sein Gesicht vor Augen tritt, seine Augen, und sie sich mit Gewalt zwingen muss, nicht ihn zu malen. Dazu dieses Gefühl, als würde sie fallen. Wie gierig sie danach ist, alles über ihn zu erfahren. Doch während sie ihm weiter in die Augen schaut, wird ihr bewusst, dass sie ihm nichts von dem sagen muss, zumindest nicht in diesem Moment. Sie muss sich nur selbst erlauben, es zu fühlen.

»Gib mir mal dein Handy«, schreit Larry über die Musik hinweg.

»Warum?«, fragt Ivy.

»Ihr beide gebt ein wunderbares Bild ab. Wie ihr da tanzt und euch küsst! *Endlich*. Es muss doch einen fotografischen Beleg dafür geben, wie wahnsinnig verliebt ihr ineinander seid, und dafür, dass ihr es euch endlich eingestanden habt!« Sie macht ein paar Fotos mit Ivys Handy und reicht es ihr zurück. Oliver wirbelt Ivy ausgelassen um die eigene Achse, und sie nimmt aus den Augenwinkeln ein Paar wahr, das hinter ihnen tanzt.

Matt und Abby. Ivy erstarrt.

»Hey, alles okay?«, fragt Oliver erschrocken.

Dann sieht auch er, wen sie erkannt hat. »Oh. Hey, sollen wir sie beim Tanzen anrempeln und ihm aus Versehen deinen Drink übers Hemd schütten? Warte mal … Hatten wir ja schon.« Sein Gesicht ist ganz dicht vor ihrem. »Muss ich dich verstecken? Diesmal könnte ich dich richtig küssen.« Seine Lippen liegen schon fast auf ihren, und sosehr sie den nächsten Kuss ersehnt, auf einmal ist der Drang übermächtig, diesem ständigen Katz-und-Maus-Spiel mit Matt ein Ende zu bereiten.

»Ich verstecke mich nicht länger vor ihm«, erklärt Ivy. »Mir reicht's. Jetzt stell ich ihn zur Rede.«

»Ich bin hier, solltest du Hilfe brauchen.«

Matt geht gerade los, offenbar um ohne Abby an der Bar Getränke zu holen. Ivy folgt und wartet hinter ihm, während er an der Theke bestellt. Als er sich kurz darauf umdreht und zum Strand zurückkehren will, bemerkt er sie, stellt vor Schreck seine Getränke wieder ab und reibt sich die Augen. »Was zum …«

»Matt«, begrüßt Ivy ihn so nüchtern wie möglich, auch wenn es in ihrem Innern vor Wut brodelt.

»Was machst du hier?«

»Das sollte ich eher dich fragen.«

»Das sind doch meine …«

»Bitte, lass das. Sag jetzt nicht ›meine Flitterwochen‹. Was soll der Scheiß, Matt? Du machst deine Hochzeitsreise mit deiner neuen Freundin? Das ist wirklich bodenlos unverschämt, selbst für deine Verhältnisse.«

»Hey! Keine Beleidigungen, ich bin schließlich in meinen …«

»Flitterwochen?«, beendet Ivy den Satz und verdreht die Augen. »Du bist echt das Letzte, Matt. Und dass ich dir das endlich offen ins Gesicht sagen kann, dürfte das einzig Gute an dem sein, was du Holly angetan hast.«

»Und *warum* bist du jetzt hier?«

»Weil Holly in ihrer grenzenlosen Güte und Großzügigkeit darauf bestanden hat, dass ich an ihrer Stelle die Reise antrete. Selbstverständlich hätte sie nie damit gerechnet, dass du bereits mit deiner Neuen hier bist.«

»Ich habe sie doch gefragt, ob sie die Hochzeitsreise in Anspruch nehmen will, und sie hat gesagt, auf gar keinen Fall«, beteuert Matt sichtlich betroffen. »Ich wollte bloß vermeiden, dass sie einfach ungenutzt verfällt!«

»Nun, schön für dich, Matt!«, blafft sie so erregt zurück, dass die ersten Gäste bereits zu ihnen herüberschauen. Ivy bemüht sich, ihre Stimme zu senken. »Wie konntest du ihr das bloß antun?«, zischt sie ihn wütend an. »Das hat sie nicht verdient, und das weißt du genau.«

»Und ob ich das weiß! Es stimmt. Ich habe mich schrecklich gefühlt, ihr das antun zu müssen – aber meinst du nicht auch, sie hätte auf lange Sicht viel stärker gelitten, wenn wir geheiratet hätten, ohne einander wirklich zu lieben? Natürlich hat sie geglaubt, dass sie mich heiraten will, aber in Wahrheit wollten wir damit lediglich den nächsten Punkt auf irgendeinem Lebensplan abhaken. Es war keine echte Liebe. Was ich jetzt mit Abby habe …«

Ivy hebt entschlossen die Hand. »Stopp! Kein Wort davon, dass du mit Abby die wahre Liebe gefunden hast. Holly ist meine beste Freundin. Ich bin immer und für alle Zeit im Team Holly. Und du? Du bist bloß …« Ihr fiel nichts ein, was ihrem Ekel entsprochen hätte. Ihn eine Ratte oder ein mieses Schwein zu nennen, wäre eine Beleidigung für diese Tiere gewesen. »Ein Nichts«, sagt sie. »Du bist bloß ein Nichts.«

Er wirkt verzweifelt, aber Ivy empfindet nicht den leisesten Hauch Mitgefühl. »Bitte, nur kein Wort hiervon zu Holly«, beschwört er sie. »Ich flehe dich an. Noch nicht. Nicht jetzt. Ich weiß, dass ich sie verletzt habe. Und jetzt ist Weihnachten, und sie ist allein.« Er schüttelt den Kopf. »Wo ist sie überhaupt? Bei ihren Eltern?«

»Nein, nicht bei ihren Eltern, und wenn du sie richtig kennen würdest, wüsstest du auch, dass sie ausgerechnet dort zuallerletzt mit moralischer Unterstützung rechnen kann. Sie ist im Hudson Valley. Wir haben unsere Urlaube getauscht. Sie wohnt draußen im Wald in einer einsamen Hütte, um für sich zu sein und neue Kraft zu sammeln.«

»Holly … in einer einsamen Hütte? Meinst du etwa so ein Öko-Teil mit Selbstversorgung?«

Ivy nickt.

»Und du bist dir wirklich sicher, dass sie da zurechtkommt? Ich meine, dass sie kapiert, wie das mit dem Strom geht und dem Wasser und all dem?«

»Natürlich bin ich mir sicher, schließlich sprechen und schreiben wir täglich.«

»Erzähl ihr bitte nichts«, bettelt Matt jetzt noch inständiger, und Ivy betrachtet ihn einfach nur angewidert. »Vielleicht kann ich mich irgendwie revanchieren? Wo bist du denn untergebracht? Soll ich dir hier ein Zimmer bezahlen? Sag, was ich tun kann.«

»Du hast nichts, was ich haben will«, sagt Ivy so kühl es geht, obwohl der Zorn wieder in ihr hochkocht. »Am besten, du gehst mir einfach aus den Augen. Geh zurück zu Abby. Zurück zu deinen *Flitterwochen*.«

»Aber du erzählst Holly nichts davon, ja? Sie würde das bestimmt unerträglich finden.«

»Und trotzdem hast du es getan«, entgegnet Ivy und zerknüllt die Papierserviette, die vor ihr auf der Theke liegt. »Erzählen werde ich es ihr nicht, versprochen.«

Sofort macht sich Erleichterung auf Matts Gesicht breit, und Ivy bedauert ihre Erklärung bereits. Der Kerl hat nichts als Schuldgefühle verdient. »*Noch* nicht«, macht sie ihm klar. »Erst wenn ich wieder zurück bin und es ihr persönlich erzählen kann. Und dann *werde* ich es ihr erzählen.« Es kommt ihr zwar vor, als würde sie gerade einen Pakt mit dem Teufel schließen, aber sie weiß auch, dass Matt zumindest in einem Punkt nicht ganz unrecht hat. Die Nachricht, dass der Verlobte, der soeben mit dir Schluss gemacht hat, jetzt deine Flitterwochen mit seiner neuen Freundin verbringt, überbringt man nicht einfach so am Telefon.

Aber sie könnte Matt doch immerhin irgendwie den Abend verderben, oder?

Kurz entschlossen lässt Ivy ihn stehen und marschiert in Richtung Tanzfläche.

Sie tritt zu der Frau, die den Feuertänzern zuschaut und sich dabei glücklich im Rhythmus der Musik wiegt.

»Verzeihung.«

Abby dreht sich um und sagt: »Ja, bitte?«

»Mein Name ist Ivy Casey. Ich bin die beste Freundin von Holly Beech. Die, mit der Matt bis vor wenigen Tagen noch verlobt war. Die, mit der er am Abend vor der Hochzeit Ihretwegen Schluss gemacht hat.«

Abby schiebt sich eine Locke ihrer kurzen blonden Haare

hinters Ohr und neigt den Kopf zur Seite. Sie wirkt längst nicht so geschockt, wie sie es in Ivys Augen hätte sein sollen. »Na schön. Freut mich, Sie kennenzulernen, Ivy. Und was tun Sie auf Hawaii?«

»Die Frage ist ja wohl eher, was Matt hier tut. Auf seiner *Hochzeitsreise*.« Sie wartet auf eine Reaktion von Abby, doch deren Miene bleibt ausdruckslos. »Haben Sie überhaupt gewusst, dass das seine Hochzeitsreise ist, Abby?«, versucht sie es noch einmal. »Oder hat er Ihnen erzählt, Sie bloß in einen exotischen Urlaub mitzunehmen?«

»Natürlich weiß ich das«, antwortet Abby ohne jeden Anflug von Verlegenheit. »Wir haben darüber gesprochen. Stimmt's, Darling?«

Matt ist wieder an der Seite seiner neuen Freundin.

»Er hat mir erklärt, dass er Holly gefragt hat, ob sie fahren möchte, was sie kategorisch abgelehnt hat. Mit anderen Worten: eine ausgesprochen teure, nicht stornierbare Reise drohte ungenutzt zu verfallen. Wir stimmten beide darin überein, dass es aus finanziellen Erwägungen das Vernünftigste war, die Reise selbst anzutreten.«

Aus dem Augenwinkel bemerkt Ivy, dass Oliver vorsorglich ein paar Schritte näher gekommen ist und nun direkt hinter Matt und Abby steht, wo er die letzten Worte noch hören kann. *Fuck, echt jetzt?*, formen seine Lippen stumm, während sein verblüfftes Grinsen erstirbt.

Plötzlich fällt aller Zorn von Ivy ab, und sie bricht in schallendes Lachen aus, kann gar nicht mehr aufhören. »Wahnsinn, ihr zwei«, schnauft sie und schwenkt ihren Zeigefinger von Matt zu Abby. »Ich war ja nie der Meinung, dass du der Richtige für Holly bist, Matt, aber diese Frau da passt wirklich *perfekt* zu dir.«

»Vielen Dank«, sagt Matt. »Das glaube ich auch. Jetzt verstehst du vielleicht auch, warum ich …«

»Keine Chance. Will ich gar nicht hören. Wie bereits gesagt, Team Holly, ohne Wenn und Aber.«

Matt führt Abby fort, und Ivy muss erneut prusten, woraufhin die beiden sich im Gehen besorgt umschauen.

»Ach komm, *nein*«, sagt Shira enttäuscht, als Ivy und Oliver schildern, was geschehen ist. »Da warten wir alle mit *Hochspannung* darauf, wie du dir diese Abby vorknöpfst, und dann weiß sie längst Bescheid.«

»Und behauptet einfach, dass es *aus finanziellen Erwägungen das Vernünftigste* gewesen sei, für Holly auf Hochzeitsreise zu gehen«, ergänzt Larry, und Ivy wird prompt vom nächsten unkontrollierbaren Lachausbruch geschüttelt. »Was für *Idioten*.«

»Holly soll froh sein, dass sie den los ist«, sagt Oliver. »Und ich bin froh, dass du darüber lachen kannst, Ivy, denn bisher habe ich bei deinen Begegnungen mit ihm immer das Gefühl gehabt, dich gleich davon abhalten zu müssen, einen Mord zu begehen.«

»Viel gefehlt hat nicht«, gesteht Ivy und wird wieder ernst. »Aber es war ein gutes Gefühl, ihn zu konfrontieren. Und zeitgleich noch vorgeführt zu bekommen, was für ein Traumpaar des Grauens die beiden abgeben? Auch irgendwie super.«

Sie zieht Oliver näher zur Musik, und sie beginnen wieder zu tanzen. Der Mondschein und das Licht der Fackeln werfen Schatten über ihre Gesichter. »Ich bin erleichtert, was Holly angeht«, erklärt Ivy, während sich ihre Körper immer näher kommen. »Sie wird damit fertigwerden, da bin ich mir sicher. Selbst wenn es eine Weile braucht.« Sie stockt, schaut ihn an und testet noch einmal, wie es ist, die eigenen Empfindungen nicht mehr zu verheimlichen. »Und ich bin auch glücklich. Über uns. Über das hier …«

»Genau wie ich«, sagt er und drückt sie an sich. »Aber da ist noch was, das ich dir beichten muss.«

»Was denn?«

»Morgen ist Weihnachten, und ich hasse das Timing – aber vor ein paar Stunden habe ich es geschafft, eine weitere Ausnahmegenehmigung zum Campen für den Nā Pali zu bekommen.«

»Du willst es noch mal mit dem Wasserfall versuchen?«

»Ich muss einfach. Und natürlich würde ich mich freuen, wenn du …«

»Definitiv nicht«, unterbricht sie ihn kopfschüttelnd. »Du musst allein dorthin, um ungestört arbeiten zu können. Das ist extrem wichtig.«

»Ich werde morgen in aller Frühe aufbrechen und auf keinen Fall länger als vierundzwanzig Stunden weg sein. Ich fahre wirklich nur sehr ungern, gerade jetzt, aber …«

»Ich verstehe das vollkommen, Oliver. Du musst das tun. Wenn wir beide wieder gemeinsam da draußen in der Wildnis wären, kämst du bestimmt überhaupt nicht zum Arbeiten. Ich werde dich vermissen. Wahnsinnig vermissen. Aber es ist ja nur ein Tag.«

»Du bist wirklich nicht sauer, dass ich dich ausgerechnet an Weihnachten allein lasse?«

»Ich bin doch nicht allein. Ich habe Larry. Und Shira.«

»Und wie ich Larry kenne, wird sie ein Festessen für hundert Leute zubereiten, obwohl ihr nur zu dritt seid.«

»Genau.« Sie fährt mit der Hand über seine Brust und fingert an einem seiner Hemdknöpfe herum. »Ich werd's überleben. Aber … Oliver?«

»Ja?«

»Wenn du morgen bei Sonnenaufgang loswillst, bleiben uns nur noch etwa acht Stunden.«

»Acht Stunden wofür?«

Sie stellt sich auf die Zehenspitzen, lässt die Hand unter sein Hemd gleiten und küsst ihn leidenschaftlich, während ihre Finger seinen samtweichen, muskulösen Rücken erkunden. Die Wogen des Verlangens, die sie so lange unterdrückt hat, werfen sie beinahe um, und sie spürt, dass es ihm kaum anders geht. »Für sehr viel mehr als nur küssen«, haucht sie.

»Nichts wie weg hier«, sagt er und nimmt sie an der Hand. In ihrer Eile vergisst sie sogar ihre Sandalen am Strand, aber das kümmert sie nicht. Kühl und weich ist der Sand, in den sich ihre Zehen beim Laufen bohren. Einerseits will sie so schnell wie möglich zurück ins Strandhaus und mit ihm allein sein. Doch während sie durch die Nacht jagen, das Mondlicht über dem Meer glitzert, das Rauschen der Brandung zu ihnen dringt, wünscht sie sich zugleich, die Zeit würde jetzt nur im Schneckentempo vergehen. Noch nie hat sie so empfunden – nicht nur von diesem Verlangen nach jemandem erfüllt zu sein, sondern mindestens ebenso sehr von einem Gefühl der Richtigkeit und tiefen inneren Verbundenheit.

Als sie kurz darauf die Stufen zu Ivys Studio hochstolpern, ist jeder Wunsch nach Entschleunigung bereits vergessen. Sie zerrt Oliver das Hemd über den Kopf und schleudert es fort. Dann tut sie dasselbe mit ihrem Trägerkleid. »Ivy …«, murmelt er.

»Nicht reden«, erklärt sie entschieden. »Wir warten schon viel zu lange hierauf.«

Zusammen entschwinden sie in eine Welt, in der Zeit nicht existiert. Seine Hände auf ihrem Körper, ihre Hände auf seinem. Ihre Beine um seine Hüften geschlungen, während sie sich rückwärts aufs Bett sinken lässt und ihm ohne Worte zu verstehen gibt, was sie möchte.

Sie fährt ihm mit den Fingern durch die Haare, während er sie küsst, nimmt ihm das Kondom ab, das er aus seinem

Portemonnaie zieht, um es ihm selbst überzustreifen, und fühlt dabei unter ihren Händen ständig, wie sein Körper vor Begierde nach ihr förmlich glüht.

Er schwebt über ihr im Bett, und sie zieht ihn in sich, wirft ihre Hüften hoch, rammt sie gegen ihn, spürt, wie ihr Inneres erbebt, ihn umklammert, zupackt. *Fester, schneller*, hört sie sich sagen. Aber vielleicht sagt sie es auch gar nicht. Vielleicht versteht er einfach, was sie will und braucht, weil er in diesem Moment ganz eins mit ihr ist und sie bis tief in die Seele begreift.

Die Lust ist überwältigend und der Höhepunkt plötzlich, er kommt in Wellen, unausweichlich. Keine eingebildeten Worte mehr, nur noch die Laute, die ihre Körper und Münder machen. Im letzten Moment begegnen sich ihre Blicke. Es ist absolut perfekt.

Anschließend liegen sie keuchend, Brust an Brust. Ivy hat noch nie etwas Vergleichbares gefühlt, bei niemandem.

Und auf einmal stellt sich Ivy die Frage nach dem Vogel und dem Fisch.

Darum kümmern wir uns später, beschließt Ivy und schmiegt sich in Olivers Arme. Und mit einem Mal sieht sie gar kein Problem mehr darin.

18
HOLLY

25. Dezember
Hudson Valley, New York

Holly verpackt das letzte der Geschenke, die sie an Heiligabend noch kurz vor Geschäftsschluss in Krimbo für die Familie von Aiden hatte erstehen können. Sie verwendet dafür die alten Zeitungsreste aus dem Zinkeimer neben dem Holzofen, da sie weiß, dass Aiden das gefallen wird. Sie sucht nach einem Jutebeutel für den Finger-Lakes-Wein, den sie gekauft hat, und schaut auf die Uhr. Ein wenig nervös ist sie schon. Sie freut sich natürlich auf Aiden und ist gespannt, seine Familie kennenzulernen – aber das Ganze ist auch ein großer Schritt, der hoffentlich gut geht.

Sie steigt in ihren Wagen und folgt der Durchgangsstraße bis zu dem roten Backsteingebäude im Kolonialstil, in dem Aidens Familie direkt an der Main Street wohnt. An der umlaufenden Terrasse leuchten bunte Lichterketten, und die Zufahrt steht bereits voller Autos, sodass Holly an der Straße parkt. Sie holt die Geschenke und den Wein aus dem Kofferraum und klingelt an der Tür, woraufhin eine rasend schnelle Version vom *Winter Wonderland*-Refrain ertönt. Sekunden später steht eine Frau mit kurzen schwarzen Haaren und den gleichen strahlend blauen Augen wie Aiden im Eingang.

»Du musst Holly sein«, ruft sie herzlich und öffnet die Tür noch weiter. »Ich bin Charlotte. Aidens Mutter.«

Im Flur tritt eine zweite Frau zu Charlotte, die Holly ebenso herzlich willkommen heißt. Sie hat auch kurze Haare, doch ihre sind schlohweiß. Die funkelnden blauen Augen sind jedoch exakt die von Aidens Mutter. »Ich bin Grandma Hazel«, legt sie sofort los. »Immer herein, immer herein! Frohe Weihnachten! Wir haben alle Küchenverbot. Bestimmt veranstalten die Männer da drin eine Riesensauerei. Aber gleich beginnt die Parade, und Sidra hat uns ein paar leckere Sandwiches gemacht, damit wir nicht bis zum Abendessen verhungern. Komm rein und setz dich zu uns. Schmeiß die Jacke einfach da auf den Berg. Und deine Pakete kannst du dahinten unter den Baum legen.«

Das Wohnzimmer geht direkt ins Esszimmer über, wo diverse Mitglieder von Aidens Familie bereits versammelt sind und alle gleichzeitig reden. Holly erkennt Aiden im Zentrum der Gruppe. Alexa hält ein Tablett mit Sandwiches in den Händen, um das alle gerade zu kämpfen scheinen. »Ich bin die Älteste!«, stellt Grandma Hazel klar und stürzt sich ins Getümmel. »Ich darf zuerst aussuchen.«

»Also streng genommen«, korrigiert sie ein Mann mit schroffer Stimme und warmherzigem Lächeln, »wäre *ich* das, aber Ladys first.«

»Ladys first, Grandpa?«, wiederholt Alexa ungläubig. »Wo sind wir denn, in den Fünfzigern? Es sind genug Sandwiches für alle da, zur Not auch mit Nachschlag, also immer mit der Ruhe.«

Holly hält sich verlegen im Hintergrund, aber Aiden bemerkt sie und stürmt sofort aus der Gruppe.

»Hey! Du bist gekommen.«

Bei seiner herzlichen Begrüßung kehrt auch ihre Selbstsicherheit zurück. »Vielen Dank für die Einladung.«

»Hier war alles ein wenig hektisch. Heute Morgen gab's die nächste Katastrophe – der Dichtungsring an der Küchenmaschine ist geplatzt, was fast zu einer Streichung der Dinner Rolls zum Essen geführt hätte, obwohl die doch ein zentraler Bestandteil der Coleman'schen Weihnachtstraditionen sind. Also mussten Alexa und Sidra eine Backstubenhilfe dienstverpflichten, die den Teig mit den Händen knetete. Ich sage dir, meine Arme sind bleischwer, aber wir liegen wieder gut in der Zeit. Mein Dad ist noch in der Garage und repariert die Maschine.«

In diesem Moment tritt ein Mann, der aussieht wie Aiden – nur zwei, drei Jahrzehnte älter –, durch die rückwärtige Tür. »Sieg!«, verkündet er triumphierend und streckt einen Schraubenschlüssel in die Höhe. »Aus dem ewigen Kampf Mensch gegen Maschine ist der Mensch wieder einmal siegreich hervorgegangen!« Holly muss unwillkürlich lächeln, da ihr nun klar ist, von wem Aiden diese charmante Schrulligkeit geerbt hat.

Der Tumult um das Tablett mit Sandwiches beruhigt sich ein wenig, als Aiden sich mit Holly nähert, um sie ihrem Vater Murray vorzustellen.

»Und hallo«, ruft er anschließend. »Dürfte ich euch daran erinnern, dass wir heute einen Gast haben – Holly, der im Übrigen womöglich auch das erste Sandwich zustehen sollte, da sie noch nie eins probiert hat.«

Holly winkt sofort verlegen ab.

»Na ja, vier Cookies aufs Haus hat sie in dieser Woche ja schon bekommen«, erwidert Alexa. »Da kann wohl niemand behaupten, sie genieße nicht bereits Vorzugsbehandlung.«

»Moment mal«, sagt Holly, die fest entschlossen ist, Alexas Kratzbürstigkeit zu ignorieren. »Es soll Truthahn mit allem Drum und Dran geben?«

»Ja«, bestätigt Murray.

»Und vorher essen wir noch Sandwiches?«

»Nun, zur Parade müssen wir ja auch etwas essen«, erklärt Grandma Hazel. »Schließlich ist erster Weihnachtstag. Dazu gehört nun mal, den ganzen Tag bis zum Platzen voll zu sein. Außerdem wird es noch ein paar Stunden dauern bis zum Truthahn.«

»Wenn es eins gibt, was in dieser Familie alle gerne tun, dann ist es essen.«

»Genau«, sagt Alexa. »Da musst du mithalten.«

»Oh, Holly kann da mithalten«, versichert Aiden. »Wie ihr wisst, ist sie bereits ein riesiger Fan der Sandwiches und Cookies im Seventh Heaven.«

»Ich habe dir sogar ein kleines Dankeschön für die Cookies neulich mitgebracht«, sagt Holly an Alexa gewandt. »Weihnachtsgeschenke habe ich für jeden dabei, das hier ist wirklich nur ein kleines Dankeschön.«

Sie zaubert eine Papiertüte aus der Handtasche, in der das Glas des berühmten Chili Crunch Hot Honey von Momofuku steckt, das ursprünglich an ihr Ramen kommen sollte, aber ungeöffnet blieb, da sie für Aiden lieber die scharfe Sauce benutzt hatte. »Es schmeckt zu allem köstlich, aber auf einem eurer Sandwiches wäre es bestimmt besonders lecker.«

»Dass du dir so viele Gedanken gemacht hast«, mischt sich Sidra begeistert ein, aber Alexa starrt nur misstrauisch das Glas an und entsorgt es wenig später auf einen Stuhl.

»Schnell, jeder packt sich so ein Monstersandwich und dann raus, gleich geht's los«, mahnt Grandma Hazel, deren Augen vor Vorfreude noch stärker funkeln.

Sidra bietet Holly an, ihr einen Becher Glühwein zu bringen, aber Holly besteht darauf, ihn sich selbst zu holen.

»Komm, ich zeig dir, wo die Becher stehen«, sagt Aiden. »Braucht noch jemand etwas? Wir treffen uns dann draußen.«

»Ah, verstehe schon«, bemerkt Grandma Hazel und zwinkert Aiden zu. Holly wird rot. »Die beiden Frischverliebten wollen *knutschen.*«

Tatsächlich nimmt Aiden, kaum dass die anderen fort sind, Holly für einen langen Kuss in die Arme.

»Frohe Weihnachten, Holly.«

»Frohe Weihnachten, Aiden.«

Er küsst sie erneut, und am Ende muss sie ein Stück zurückweichen und nach Luft schnappen. »Du küsst mich, als könnte es das letzte Mal sein.«

»Für ein paar Stunden vielleicht schon. Sidras Spezialsandwiches zur Weihnachtsparade sind köstlich, aber für eine Weile dürfte unser Atem gleich nach Fisch riechen.«

»Aiden Coleman, dich würde ich auch mit Fischgeruch küssen«, erklärt Holly lachend und küsst ihn ausgiebig.

»Kommt ihr beiden?«, fragt unvermittelt Alexa, die ihren Kopf durch die Küchentür gesteckt hat. »Der erste Umzugswagen ist schon zu sehen.«

Draußen machen Holly und Aiden es sich in zwei Campingstühlen bequem. Aiden breitet eine karierte Flanelldecke über ihre Beine aus, und Sidra reicht ihnen beiden einen Teller.

»Es riecht fantastisch«, sagt Holly. »Was genau ist drauf?«

»In die Sache sollte man sich ohne jede vorgefertigte Annahme stürzen«, wirft Aiden ein.

»Also schön, da wäre das süße Milchbrötchen, das ich schon kenne. Dazu Fisch mit der knusprigsten Panade, die mir je untergekommen ist, und das Ganze überzogen mit einer tollen Sauce …«

»Eine Geheimmischung, in die Sidra von ihrem Vater eingeweiht wurde und die sie niemandem verrät, nicht einmal Alexa …«

»Ist das Thousand-Island-Dressing?«

»Fast!«, ruft Sidra aus und beugt sich ein paar Stühle weiter nach vorn. »Ein anderes Geheimrezept. So ähnlich wie Thousand-Island, ja, aber mit einer besonders rauchigen, scharfen Note. Mein Dad hat mir beigebracht, wie sie zubereitet wird. So was findest du sonst nirgends auf der Welt.«

»Da ist noch etwas anderes«, sagt Holly und nimmt einen weiteren Bissen. »Etwas, das mich an Sandwiches aus meiner Kindheit erinnert. Ist es vielleicht …« Sie schließt die Augen. »Geschmolzener amerikanischer Käse?«

»Volltreffer!«, bestätigt Sidra grinsend. »Ich habe es mit edleren Käsesorten versucht, aber letztlich passt nichts besser. Meine Tante und mein Onkel hatten einen Sandwichladen in Philly, und selbst die haben nie ein besseres Käsetopping für dieses Sandwich finden können.«

In diesem Moment kehrt plötzlich Stille ein in der Straße, und sämtliche Kirchenglocken der Stadt beginnen zu läuten.

»Es fängt an!«, zischt Grandma Hazel begeistert. Die Straßenbeleuchtung erlischt komplett, keiner redet mehr ein Wort, und alle warten gespannt in dem sanften Dämmerlicht.

In der Ferne kann Holly etwas ausmachen, das wie ein Meer aus hüpfenden Sternen aussieht. Das Sternenmeer nähert sich ihnen, und schon bald erkennt Holly, dass es sich dabei um selbstgebastelte Papierlaternen handelt, die von Kindern an langen Stangen in die Luft gehalten werden. Mit ihren klaren, hellen Kinderstimmen beginnt der schreitende Chor *Song for a Winter's Night* zu singen, und Holly presst unwillkürlich die Hände auf ihr Herz, während die Schar feierlich an ihr vorbeizieht. Ein kleiner Sternenträger dreht sich um, ruft »Hi, Mom« und winkt ganz süß einer Frau zu, die am Straßenrand steht. Die meisten aber blicken starr geradeaus, während sie den Ort durchqueren und dabei den

Klassiker von Gordon Lightfoot singen. Und während ihre Stimmen in der eisig frischen Nachtluft schallen, leuchten über ihnen am Himmel immer mehr echte Sterne auf.

Gerade als die Kinderstimmen zur höchsten Stelle im Lied ansteigen und davon singen, wie glücklich sie wären, an diesem Winterabend die geliebte Hand halten zu dürfen, wendet Holly den Kopf und begegnet Aidens Blick. Er scheint auch mehr Augen für sie zu haben als für die Parade. »Schön, dass es dir gefällt«, flüstert er.

»Ich liebe es. Jede Sekunde.« Sie schaut zum Ende der Straße zurück, wo jetzt eine Marching Band sichtbar wird, deren schwungvolle Version von *Jingle Bells* den Kinderchor rasch übertönt. Viele der Anwohner beginnen zu tanzen und mitzuklatschen, während die Musik immer lauter wird – auch Aidens Großeltern. Hazel lacht vergnügt, als ihr Mann sie um die eigene Achse wirbelt.

Auf die Marching Band folgen die Umzugswagen, montiert auf Auflieger, die von Pick-ups gezogen werden. Die Seitenteile der Wagen sind mit Lichterketten und Weihnachtsschmuck dekoriert. Oft werden Szenen berühmter Weihnachtsgeschichten nachgestellt – natürlich gibt es das Kind in der Krippe, einen fliegenden Rudolph, einen von der *Insel der ungeliebten Spielsachen* inspirierten Motivwagen, den der örtliche Antikmarkt ausgestattet hat, sowie einen der lokalen Buchhandlung mit Dickens' *Weihnachtsgeschichte*. Die Menschen auf den Wagen, die alle aus dem Städtchen stammen, läuten Weihnachtsglocken, wünschen allen »Frohe Weihnachten« oder werfen den Zuschauern Süßigkeiten und bunten Weihnachtsschmuck zu.

Aiden hat seinen Campingstuhl dichter an ihren gerückt, sodass sich ihre Körper berühren – Schulter an Schulter, Arm an Arm. Ihn zu spüren erzeugt eine Wärme, die Holly bis in jede Pore durchströmt.

Ein hiesiger Farmer führt eine Gruppe Esel vorbei, die Rentiergeweihe umgeschnallt haben, und Holly stößt verzückte »Ohs« und »Ahs« aus. Wie Aiden ihr erklärt, liegt die Rettungsstation für Esel, die der Mann unterhält, auf einem malerischen Gelände ganz in der Nähe ihrer Waldhütte. Danach rauscht der riesige Wagen der lokalen Tanzschule vorbei, vollgestopft mit kleinen Zuckerfeen und Zinnsoldaten, die schüchtern tanzen, während ihre Eltern sie anfeuern oder auf die Straße stürmen, um Fotos und Videos von ihrem zauberhaften Nachwuchs zu machen.

Sobald der letzte Motivwagen, ein mannshohes Lebkuchenhaus, das in Zusammenarbeit von Seventh Heaven und einer zweiten ortsansässigen Bäckerei entstanden war, wieder im Halbdunkel verschwunden ist, legt sich erneut gespannte Stille über die Stadt.

»Oh, jetzt kommt das Beste von allem«, flüstert Grandma Hazel erregt, als in der Ferne ein weißes Pferd auftaucht. Der Hengst nähert sich den Zuschauern am Straßenrand immer wieder mit tänzelnden Schritten, schnaubt schneeweiße Wolken in die Luft, und dazu klimpern an dem kunstvollen Sattel und Zaumzeug unzählige Schlittenschellen. Der Reiter in seinem majestätischen rot-goldenen Umhang trägt einen weißen Rauschebart und eine rote Krone mit goldenem Kreuz.

»Das ist Angela Jenkins«, raunt Aiden ihr zu. »In den Achtzigern gehörte sie der Olympiaauswahl im Reiten an und hat Gold in der Dressur gewonnen.«

Holly schüttelt sprachlos den Kopf und verfolgt, wie es »Sankt Nikolaus« gelingt, zugleich ihr feuriges Ross zu zügeln, Süßigkeiten zu werfen und faszinierten Kindern Weihnachtsgrüße zuzurufen.

Irgendwann verschwindet auch das tänzelnde weiße Pferd am Horizont, die Kirchenglocken ertönen noch einmal, und die Parade ist vorbei. Holly stellt zu ihrer Überraschung fest, dass eine volle Stunde wie im Flug vergangen ist.

»Unfassbar, wie viel Spaß das gemacht hat«, schwärmt Holly. »Vielen Dank für die Einladung.«

»Weihnachten ohne dich hätte ich mir nicht vorstellen können«, erwidert Aiden.

»Das war die beste Parade aller Zeiten«, verkündet Grandma Hazel.

»Das sagst du jedes Jahr«, bemerkt Aidens Mutter mit einem Lachen.

»Stimmt ja auch. Es wird mit jedem Jahr besser!«

»Und, Holly«, sagt Murray und beugt sich vor. »Wie lange bleibst du noch bei uns in Krimbo?«

»Bis kurz vor Silvester«, antwortet Holly.

»Und du bist ganz allein hergekommen?«, bohrt Alexa ungläubig nach. »An Weihnachten?«

»Äh, ja ...«, stammelt Holly plötzlich unsicher.

»Nicht jede Familie ist so verrückt auf Weihnachten wie unsere«, springt Aiden ihr bei. »Und Holly hat einen überaus stressigen Job als Anwältin in New York. Da brauchte sie mal eine Auszeit. Du weißt doch selbst, wie das ist, Alexa.«

Ihre Unterhaltung wird unterbrochen von einer Gruppe Nachbarn, die über die Straße kommen, um ihnen allen ein schönes Fest zu wünschen. Eine Weile plaudern Bekannte und Verwandte draußen miteinander und trinken ihren Glühwein aus, dann wird es Zeit, wieder hineinzugehen und nach Truthahn und Beilagen zu sehen.

»Noch eine halbe Stunde plus ein wenig Ruhezeit«, gibt Aidens Vater bekannt. »Wie wär's, wenn wir jetzt Geschenke öffnen?«

Alle stürzen ins Wohnzimmer, wo Grandma Hazel zum Weihnachtsmann gewählt wird. Aiden und Holly sitzen dicht nebeneinander auf einem Zweiersofa.

Aiden wirft Holly einen Blick zu und lächelt.

»Was denn?«

»Nichts, du wirkst nur so glücklich«, murmelt er.

»Das bin ich auch. Von so einem Weihnachten habe ich schon als Kind immer geträumt. Ich kann mein Glück, hier zu sein, gar nicht fassen.«

Er greift nach ihrer Hand und drückt sie. »Und ich kann das Glück nicht fassen, dich hierzuhaben.« Er küsst sie auf die Wange.

»Das ist für Holly, von Charlotte und Murray«, verkündet Hazel, und schon bald erkennt Holly, dass jeder hier noch ein Geschenk für sie besorgt hat, obwohl Aidens Familie erst seit gestern von ihrem Kommen weiß: eine Kerze von seinen Eltern, deren Zederndurft sie an Aiden erinnert, ein Christbaumschmuck in Cookieform von Sidra und Alexa und ein selbstgestrickter Schal von Grandma Hazel und Grandpa Sam, dessen Blauton genau dem ihrer Jacke entspricht.

»Dazu habe ich nun wirklich nicht viel beigetragen«, gesteht Sam, als Holly ihnen beiden dankt. »Aber es ist ganz sicher gern geschehen, meine Liebe. Wir freuen uns riesig, unseren Aiden so glücklich zu sehen, und wenn dann jemand meint, er müsste unbedingt die halbe Nacht mit Stricken verbringen« – er zwinkert Hazel zu –, »dann ist das eben so.«

»Und das war es wert«, ergänzt Grandma Hazel. »Ich kann sowieso kaum schlafen an Heiligabend. Ich bin immer viel zu aufgeregt. Da war es gut, sich mit etwas beschäftigen zu können.«

Aiden beugt sich zu Holly, um ihr etwas ins Ohr zu flüstern. »Hey, ich dachte, wir beschenken uns dann später allein, okay? Entweder bei dir oder bei mir.«

»Sehr gerne«, flüstert Holly lächelnd zurück und steckt das kleine Geschenk, das sie für ihn mitgebracht hat, schnell wieder ein. Bei der Vorstellung, erst diesen zauberhaften Abend inmitten seiner Familie verbringen zu dürfen und dann auch noch die Nacht mit Aiden allein, wird Holly ganz warm ums Herz.

Sobald alle Geschenke ausgepackt sind und überall im Wohnzimmer die roten Stoffbänder und Jutebeutel verstreut liegen, erklärt Grandpa Sam, dass er nun den Truthahn zerlegen wird. Kurz darauf sind sie alle um die lange Tafel versammelt. An der Stirnseite des etwas altmodisch anmutenden Esszimmers ist ein offener Kamin, in dem ein Feuer prasselt und knackt. Der große Festschmaus beginnt, und Holly ist überrascht, wie viel Appetit sie selbst nach dem gigantischen Sandwich vom Nachtmittag noch entwickelt.

Nach dem Essen beschließt die Familie, eine kurze Verschnaufpause einzulegen, bevor es zum Nachtisch den anscheinend legendären Sticky Toffee Pudding von Alexa und Sidra geben soll. Die Männer nutzen die Gelegenheit für eine Runde Rummoli im Wohnzimmer, und die Frauen erledigen in der Zwischenzeit den Abwasch.

Da sie zu fünft sind, schrumpft der Berg an schmutzigen Töpfen und Pfannen verblüffend schnell, und schon bald schicken Sidra und Alexa die beiden älteren Frauen ins Wohnzimmer, um sich auszuruhen. »Warum legt ihr beide nicht auch kurz die Füße hoch?«, schlägt Holly den Verbliebenen vor. »Die letzten paar Töpfe schaffe ich bequem allein.«

»Ich trockne ab«, erklärt Alexa. »Geh du ruhig, Sid, und mache es dir gemütlich, bis es Zeit ist, den Nachtisch zu flambieren.«

Kaum ist Sidra fort, kehrt zwischen Alexa und Holly ein bedrückendes Schweigen ein.

»Flambiert kenne ich die Dattelküchlein gar nicht«, sagt Holly schließlich. »Klingt lecker. Ich liebe eure Süßspeisen.«

»Hat man gesehen«, erwidert Alexa spitz, nimmt Holly die saubere Wärmhalteschale aus der Hand und trocknet sie rasch ab. »Kann ich dich was fragen?«

»Natürlich«, sagt Holly. »Was immer du willst.«

Alexa stellt die glänzende Edelstahlschale ab. »Warum hast du Aiden aufgespürt?«

»Wie bitte?«, fragt Holly verdutzt zurück.

»Warum bist du hergekommen, um ihn zu treffen? Hast du herausgefunden, wie reich er inzwischen ist?«

»*Was?* Nein, natürlich nicht. Das mit seiner Firma habe ich erst gestern von ihm erfahren.«

»Meinte er auch, als ich ihn danach gefragt habe. Aber mir scheint das alles doch ein wenig zu viel der Zufälle. Da verkauft er seine Firma, hat plötzlich für dich das richtige Format, und schon stehst du auf der Matte. Aiden ist echt ein feiner Kerl – er hat es nicht verdient, so behandelt zu werden.«

Holly hat Schwierigkeiten, aus den Vorwürfen schlau zu werden, und beruhigt sich damit, dass Alexa als ältere Schwester in ihrem Beschützerinneninstinkt einfach dazu neigt, die Krallen auszufahren. Dennoch sind ihre unvermittelten Anschuldigungen verstörend. »Ich weiß, dass er ein feiner Kerl ist«, beteuert sie. »Ich finde das selbst auch.«

»Noch eine Sache«, fährt Alexa fort und fixiert sie mit schiefem Blick. »Ihr beide seid euch in der vergangenen Woche ja sehr nahegekommen. Aber anscheinend nicht nahe genug, dass du ihm hiervon erzählt hättest.«

Sie nimmt ihr Handy heraus, tippt zweimal darauf und streckt Holly den Bildschirm entgegen.

Holly trifft es wie ein Keulenhieb, als sie erkennt, was es ist: die Anzeige in der *New York Times*, in der vor einigen Wochen ihre für Weihnachten geplante Vermählung mit Matthew Carter bekannt gegeben wird.

»Die … diese Hochzeit hat nie stattgefunden«, bringt Holly mit Mühe hervor.

»Offensichtlich. Ich habe mich bei ein paar Freunden in der Stadt umgehört. Sie sollte letzte Woche sein.«

»Wir haben uns getrennt.«

»Und prompt kommst du hier hoch, um einen alten Highschool-Freund ausfindig zu machen, der auch zum reichen Ehemann taugt?«

»Ich … ich …«, stammelt Holly. »So ist das überhaupt nicht gewesen. Ich hatte doch gar keine Ahnung, dass Aiden in Krimbo lebt!«

»Deine beste Freundin hat also aus reinem Zufall eine Hütte von ihm gemietet und dann dir überlassen?«

»Ja«, sagt Holly und kämpft jetzt gegen die Tränen an. »Es war purer Zufall. Ich schwöre. Ich würde so etwas nie tun.« Aber ihr ist klar, wie übel das alles aussehen muss – und das Ganze verschlimmert sich noch, als Aiden in die Küche tritt und sieht, dass sie sich mit seiner Schwester streitet.

»Was ist denn hier los?«, will er sofort wissen. »Alexa, das darf doch nicht wahr sein. Hast du Holly jetzt wirklich zum Weinen gebracht? An Weihnachten? Du musst echt mal einen Gang runterschalten.«

Alexa hat die Hände in die Hüften gestemmt und starrt Holly nur wortlos an, um sie zu zwingen, die Wahrheit zu gestehen. Holly weiß, dass ihr keine andere Wahl bleibt, da Alexa ihre eigene Version des Geschehenen so oder so allen erzählen wird.

»Es war nicht ihre Schuld«, versichert sie Aiden. »Es gibt da etwas, das ich dir sagen muss.«

»Was denn?«, fragt Aiden, der jetzt ernsthaft beunruhigt ist. »Alles okay mit dir?«

»Mir geht's gut. Ich bin nur … nicht ganz ehrlich zu dir

gewesen, was den Grund betrifft, weshalb ich an Weihnachten allein hergekommen bin. Ich war verlobt, wollte heiraten. Die Hochzeit hätte« – sie schließt kurz die Augen – »vor einer Woche stattfinden sollen. Aber mein Verlobter hat die Beziehung am Vorabend der Hochzeit beendet, und ich bin hergekommen, um den Schock zu verarbeiten. Ich brauchte einfach etwas Zeit für mich allein.«

»Du hättest vor einer Woche heiraten sollen?«

Sie konnte ihm den völlig überraschten, ja entsetzten Gesichtsausdruck nicht verdenken. Schließlich hatten sie sich in den vergangenen Tagen über so viele Dinge unterhalten. Doch nun, da die Wahrheit aus ihr herausplatzt, wird ihr bewusst, wie unzureichend das alles gewesen ist. Da gab es so viel, was sie ihm verschwiegen hatte.

»Tut mir leid, so etwas an Weihnachten zu tun«, erklärt Alexa. »Aber ich versuche bloß, dich zu beschützen, Aiden. Das weißt du doch.«

Aiden schaut nicht zu Alexa, starrt nur Holly mit dem Ausdruck tiefster Bestürzung an.

»Es tut mir leid, Aiden«, sagt Holly. »All das mit uns …« Sie wirft einen Seitenblick auf Alexa, die aber keine Anstalten macht, die Küche zu verlassen, um sie einen Moment allein zu lassen. »Es ist so schnell passiert, und es fühlt sich so verdammt richtig an. Ich wollte es einfach nicht kaputtmachen. Aber genau das ist jetzt passiert. Indem ich dir nichts davon erzählt habe, habe ich alles kaputtgemacht.«

Aiden schlägt sich die Hände vors Gesicht. »Ich weiß nicht, was ich sagen soll. Ich brauche mal kurz eine Minute.« Wie in Trance stürmt er zur Hintertür, ohne einen Gedanken daran zu verschwenden, eine Jacke anzuziehen. Die Tür knallt ins Schloss, und er ist fort.

Holly steht in der totenstillen Küche und betrachtet die geschlossene Tür.

»Ich gehe«, sagt sie zu Alexa.

Die bleibt stumm.

Holly eilt aus der Küche und greift im Vorbeilaufen nach Jacke und Handtasche, während Aidens Familie ihr fassungslos zuschaut.

19
IVY

25. Dezember
Kauai, Hawaii

Ivy erwacht bei Sonnenaufgang und hört Oliver duschen. Ihr Körper ist auf höchst angenehme Weise erschöpft von der Nacht mit ihm, aber da sie weiß, dass er gleich zu seinem Campingtrip aufbrechen wird, schlüpft sie rasch zu ihm in die Dusche. »Frohe Weihnachten«, sagt sie und tritt unter den heißen Wasserstrahl.

Er stöhnt bei ihrem Anblick genussvoll auf. »Das beste Weihnachtsgeschenk aller Zeiten«, beteuert er und schließt sie sofort in die Arme. »Aber im Ernst, ich kann nicht glauben, dass ich, der verrückter nach Weihnachten ist als jeder andere, ausgerechnet an diesem Tag wegfahre. Was habe ich mir dabei bloß gedacht?«

Sie küsst ihn, während das Wasser zwischen ihren Körpern hindurchströmt. »Du hast dir gedacht, dass es wichtig für dich ist, was du tust – deine Kunst«, sagt sie und schmiegt sich noch dichter an ihn. »Und ich finde auch das sehr sexy an dir …«

Nach dem Duschen frühstücken sie auf der Terrasse.

»Und was hast du so vor, wenn ich weg bin – außer dich nach mir zu verzehren?«, fragt Oliver mit einem Augenzwinkern, während er in eine Scheibe Ananas beißt.

»Na ja«, antwortet sie lachend. »Wenn ich dann irgendwann mit dem Verzehren fertig bin, werde ich so viel wie möglich malen. Ich mache einfach das Beste aus der Zeit ohne dich.«

»Darf ich kurz einen Blick hineinwerfen, bevor ich abhaue?«, fragt er und deutet auf ihre Mappe, die neben ihnen liegt.

»Klar doch«, sagt sie und versucht, nicht peinlich berührt zu sein. Immerhin hat er sie nackt gesehen, da kann sie ihm ja wohl auch ein paar ihrer Bilder zeigen.

Er studiert die in Klarsichthüllen steckenden Blätter, murmelt dann und wann beeindruckt Komplimente vor sich hin. »Und das meinst du ernst?«, fragt er schließlich, als er durch ist. »Die sind nur für dich und für ein paar Freunde und Verwandte? Du zeigst sie nie in irgendwelchen Galerien?«

»Nicht mehr«, antwortet Ivy mit einem Kopfschütteln.

»Sie sind so gut, Ivy. Du solltest sie wirklich irgendwo ausstellen. Ich versteh das gar nicht.«

Plötzlich fühlt sich Ivy unter Rechtfertigungsdruck. Der Nachhall der vergangenen Nacht und des Morgens unter der Dusche verebbt. »Alles in Ordnung«, sagt sie. »Mir gefällt es eben, so zu leben.«

Er legt die Mappe aus der Hand und mustert sie nachdenklich. »Deine Kunst ist demnach … für dich nur diese zwei Wochen im Jahr, mehr nicht?«

»Ich habe dir doch bereits erklärt, wie das mit meinem Kunstretreat funktioniert.«

Eine lange Pause tritt ein. »Und ich?«, fragt er dann.

Sie schaut überrascht auf. »Was soll mit dir sein?«

»Ich meine, wo würde ich in das alles hineinpassen? Denn ich hätte gern, dass das hier, das zwischen uns, nicht bloß zwei Wochen dauert. Ich würde dich gern wiedersehen.«

»Ich würde dich auch gern wiedersehen.«

»Allerdings nur in New York City. Würden wir uns also dann dort treffen?«

»Keine Ahnung. So weit in die Zukunft habe ich noch gar nicht gedacht. Aber ja, ich wäre in New York.«

»Genau. Vielleicht reden wir besser später weiter darüber. Ich sollte jetzt packen.«

Nach seinem Abgang sitzt sie eine Weile allein auf der Terrasse, steht aber dann auf und folgt ihm ins Haus.

»Was soll ich deiner Meinung nach denn tun?«, setzt sie ihre Abwehrhaltung fort. »Willst du hören, dass ich jetzt, nachdem wir uns begegnet sind, mein ganzes Leben auf den Kopf stelle?«

Er schließt den Reißverschluss an seinem Rucksack und schaut sie an. »Das habe ich nicht gemeint«, versichert er und fährt sich durch die Haare, was seine Frisur auf vertraute Art verwuschelt. »Hör mal, es tut mir leid. Ich hätte gar nicht anfangen sollen damit. Nicht heute Morgen. Ich greife den Dingen zu weit vor.« Er betrachtet sie eindringlich, und seine Züge werden sanfter. »Ich mag dich wirklich sehr, Ivy.«

»Ich dich auch«, sagt sie und berührt sein Gesicht. »Wir bekommen das schon hin.«

Er schlingt die Arme um sie, drückt sie an sich und raunt in ihr Ohr: »Ganz bestimmt.«

»Und danke für all die netten Sachen, die du über meine Kunst gesagt hast.«

»Die Bilder sind fantastisch«, erklärt er. »Das ist mein Ernst.«

»Deine aber auch«, sagt sie und macht sich los. »Und jetzt ab zu diesem Wasserfall! In der Zwischenzeit muss ich noch an deinem Weihnachtsgeschenk arbeiten, das ich dir zu meinem Bedauern erst mit einem Tag Verspätung überreichen kann.«

Er hebt eine Augenbraue, lässt sein Grübchen aufblitzen. »Ich dachte, das eben in der Dusche wäre mein Geschenk gewesen.«

»Bloß der erste Teil«, korrigiert sie lachend. »Und jetzt los. Wir sehen uns morgen, okay?«

Er küsst sie leidenschaftlich. »Frohe Weihnachten, Ivy«, sagt er mit leiser Stimme. »Ich mach das wieder gut bei dir, das verspreche ich.«

Ein letzter Abschiedskuss, und er ist fort.

Kurz darauf entdeckt Ivy auf dem Kopfkissen in ihrem Zimmer zwei Geschenke und eine Karte.

»Erst die Geschenke öffnen«, steht auf dem Umschlag.

Das eine ist eine kleine Schachtel, in der eine feingliedrige Goldkette liegt, deren Anhänger den gleichen Aquamarinton hat wie Olivers Augen, nur überzogen mit goldenen Sprenkeln. Sie erinnern Ivy an die Art, wie die aufgehende Morgensonne das Meer bisweilen betupft. Sie legt die Kette um und vermisst ihn sofort nur noch mehr.

Im zweiten Päckchen befindet sich eine gerahmte Fotografie. Eine von Olivers Wellenaufnahmen, überwältigend in ihrer kraftvollen Schlichtheit. Sie lächelt beim Anblick seiner Signatur in der Ecke und weiß, dass dieses Foto stets einen ganz besonderen Platz in ihrem Leben einnehmen wird.

Dann öffnet sie die Karte.

Liebe Ivy,

der Anhänger an der Kette ist ein Kauai Ocean Opal, dessen Farbe mich an das Meer erinnert, vor allem an die Art, wie du das Meer mit deinen Ölpastells malst – wie du das reflektierende Sonnenlicht auf den Wellen einfängst.

Der Abzug stammt von einem der ersten Wellenfotos, die ich gemacht habe. Das dürfte der Moment gewesen sein, in dem mir klar wurde, dass ich Fotograf sein möchte. Ich glaube – ich hoffe –, es kann dir als Ermutigung dienen.

Ich kann es kaum erwarten, dich gleich morgen früh wiederzusehen. Vierundzwanzig Stunden sind eine gefühlte Ewigkeit.

Frohe Weihnachten

Dein Oliver

Ivy blinzelt die unvermittelt hervorquellenden Tränen rasch weg.

Ich glaube – ich hoffe –, es kann dir als Ermutigung dienen.

Kapiert er es einfach nicht, oder was? Bloß weil sie Ermutigung natürlich antreibt, bloß weil das Malen ihre liebste Beschäftigung überhaupt ist, kann sie doch nicht einfach so ihr ganzes Leben auf den Kopf stellen. Aber was genau hat er ihr eigentlich eben zu tun geraten?, ruft eine innere Stimme ihr ins Bewusstsein. Er hatte doch lediglich darauf hingewiesen, dass noch andere Lebensmodelle existierten – und dass es eine gemeinsame Zukunft für sie geben könnte, eine, über die er sich ganz offenbar Gedanken macht.

Ivy holt ihr Malzeug raus und baut die Staffelei auf, kann sich aber nicht konzentrieren. Jedes Mal, wenn sie die Hand zum Malen hebt, denkt ihr Kopf wieder nur an die Farben von Olivers Augen oder die Weichheit seiner Haare. Wovor nur hat sie solche Angst? Warum kann sie sich nicht einfach rückhaltlos zu ihren Gefühlen ihm gegenüber bekennen?

»Frohe Weihnachten!«

Larry steht auf der obersten Stufe der Treppe mit einer roten Weihnachtsmütze auf der langen dunklen Lockenpracht.

»Guten Morgen!«, erwidert Ivy lächelnd.

»Wie ich sehe, ist Oliver schon zu seinem Campingtrip aufgebrochen. Ihr beide hattet doch hoffentlich trotzdem noch eine tolle Nacht gestern, oder?« Ihre Brauen heben sich fragend.

»Die hatten wir«, gesteht Ivy und versucht, es unbeschwerter klingen zu lassen, als sie sich fühlt.

»Feierst du nachher mit uns? Wir werden viel zu essen haben. Ich werde den halben Tag kochen und spezielle Weihnachtscocktails machen.«

»Klingt super«, sagt Ivy. »Das Bild hier noch, dann komme ich runter.«

Ivy ist plötzlich eine Idee gekommen, und sie macht sich an die Arbeit. Sie malt den Strand, dann Oliver und Larry, die mit ihren Surfboards über den Sand laufen, genau wie sie die beiden am ersten Morgen dort gesehen hat. Zwei tief verbundene beste Freunde. Sie spürt einen Stich im Herzen – Holly fehlt ihr –, und lässt dieses Gefühl einfließen in den abschließenden Ausdruck, den sie dem Bild verleiht.

Schon morgen wird Oliver wieder zurück sein, beruhigt sie sich, während sie das Blatt zum Trocknen zur Seite legt. Dann können sie reden. Sie finden schon eine Lösung für eine gemeinsame Zukunft. Alles wird gut.

»Cheers!«, ruft Larry aus. »Auf neue Freundschaften und auf die Liebe.« Sie schaut zu Shira, und ihre Züge strahlen vor Glück. »Auf immerwährende Liebe. Frohe Weihnachten euch beiden!«

»Frohe Weihnachten!«, wiederholt Ivy, die ein dumpfer Schmerz in der Brust nicht vergessen lässt, wie sehr sie Olivers Rückkehr ersehnt, vor allem nach ihrer Meinungsverschiedenheit zum Abschied. Sie stößt mit ihren neuen Freundinnen an, trinkt einen Schluck Wein und lehnt sich in ihrem Stuhl zurück. »Das war ein fantastisches Festtagsessen.«

»Ich weiß. Nur schade, dass Oliver es verpasst hat.«

»Aber da Larry gekocht hat, werden die Reste noch für Tage reichen«, fügt Shira mit verliebtem Lächeln an.

»Bei Ananas-Schinken-Sandwiches kann es nie zu viele Reste geben!«, stellt Larry klar und ergänzt mit Blick auf Ivy: »Und bei veganen Manapua-Man-Dumplings auch nicht.«

Ivy lacht. »Das ist wahr. Die sind so lecker, ich muss mir wohl einen Trick überlegen, wie ich ein paar im Koffer nach Hause schmuggeln kann.« Sie trinkt noch einen Schluck Wein, doch die Erwähnung der Rückreise hat sie unwillkürlich ernüchtert. Sie betrachtet Larry und Shira, die auf der anderen Seite des Tischs eng aneinandergeschmiegt sitzen.

»Hoffentlich nehmt ihr mir die Frage nicht übel, aber ist es sehr schwer, so eine Fernbeziehung erfolgreich zu führen?«

»Ach, warum du das jetzt bloß wissen willst?«, bemerkt Larry lachend.

Ivy wird rot und senkt den Kopf. »Aber mal im Ernst …«

»Ich glaube, es war besonders am Anfang hart«, erklärt Shira und blickt dabei Larry an. »Getrennt zu sein war wirklich eine Qual, ganz ehrlich.«

»Eigentlich fast die ganze Zeit«, verbessert Larry. »Mir hat Shira immer irre gefehlt. Wenn sie an einem Film arbeitet, sehen wir uns oft monatelang nicht. Aber irgendwie hat es alles auch wahnsinnig aufregend gemacht, habe ich recht?«

Shira nickt. »Immer wenn wir uns wiedertreffen, ist es so aufregend wie beim ersten Mal. Aber wir haben auch immer viel Wert darauf gelegt, unsere Beziehung zu pflegen. Telefonate, FaceTime-Gespräche, Besuche – für all das sollte man regelmäßig Zeit finden. Durch die besondere Konstellation haben wir unsere Beziehung nie als alltägliche Selbstverständlichkeit betrachten können – und ich denke, das hat sie bis heute geprägt. Es hat uns beide stärker gemacht. Und das wird so bleiben, denke ich.«

»Es besteht also Hoffnung für dich und Ollie«, sagt Larry. »Garantiert.«

Ivy seufzt.

»Hey, alles okay?«, fragt Larry, der ihre ernste Miene nicht entgeht.

»Alles bestens«, lügt Ivy. »Wahrscheinlich wünsche ich mir einfach nur, dass er hier wäre.«

»Ihr beide seid echt supersüß«, sagt Larry. »Ich find's klasse.« Sie will nachschenken, aber die Flasche ist leer. Shira steht auf, um eine neue zu holen und eine andere Platte aufzulegen. In der eintretenden Stille hört Ivy ihr Telefon klingeln.

Sie schaut auf das Display. Es ist Holly. »Hallo?«

Ein japsendes Schluchzen ist zu hören. »Ivy?« Es klingt, als würde ihre Freundin unter Schmerzen nach Atem ringen.

»Holly! Bist du verletzt?«

»Nein, nichts passiert. Oder … eigentlich doch. Mir geht's nicht besonders gut, ehrlich gesagt. Ich brauche dich. Ich kann jetzt unmöglich allein sein, Ivy. Es tut mir unendlich leid. Bitte, komm!«

20
HOLLY

25. Dezember
Hudson Valley, New York

Holly biegt links in die North Service Road und fährt langsam und vorsichtig weiter, da sie nur verschwommen sehen kann durch die Tränen, die seit ihrer Flucht aus Aidens Elternhaus nicht aufhören wollen zu fließen. Sie hält am Straßenrand, um ihre beste Freundin anzurufen.

»Schon unterwegs«, versichert Ivy ihr sofort. »Ich nehme den nächsten Flieger und bin bei dir, so schnell es geht.« Es tut ihr zwar unendlich leid, ihre Freundin darum zu bitten, ihr Kunstretreat auf Hawaii vorzeitig abzubrechen, aber Holly, die bereits das nächste heftige Schluchzen erschüttert, weiß, dass ihr keine andere Wahl bleibt. Im Augenblick kann sie unmöglich allein sein. All die Tränen, die sie nicht vergießen konnte, als Matt die Hochzeit platzen ließ – jetzt sind sie da, und sie strömen sintflutartig. Ihr Herz ist gebrochen. Dabei weint sie keineswegs über Matt – zumindest nicht direkt. Und sie weint auch nicht einfach nur über Aiden. Es sind vielmehr all die aufgestauten Gefühle, die sich plötzlich Bahn brechen und nach außen drängen. Sie weint über zehn verlorene Jahre. Sie weint darüber, sich selbst vorgemacht zu haben, dass Matt der Richtige sein könnte. Und ja, sie beweint auch, die Sache mit Aiden leichtfertig verspielt zu haben, denn sie mag ihn wirklich, wirklich sehr.

Holly fährt vorsichtig wieder los und bemerkt nach einer Weile aus dem verheulten Augenwinkel einen schwankenden Lichtstrahl neben der Straße. Sie bremst bis auf Schrittgeschwindigkeit ab und starrt in die Dunkelheit. Zwischen den Bäumen huscht definitiv ein Licht mal vor, mal zurück, mal nach unten, mal in die Luft.

Holly hält an, lässt die Seitenscheibe herunter und lauscht. Endlich hört sie eine Stimme, ganz schwach, aber vernehmlich: »Mrs. Claws! Mrs. Claws! Wo steckst du, Mrs. Claws?«

Sie schaltet den Motor aus und springt nach draußen. Die Tränen sind schlagartig vergessen. »George!«, ruft sie.

»Mr. Plaskett? Sind Sie das?«

»Hallo?« Der Lichtstrahl taumelt weiter zwischen den Bäumen, aber dann tritt George auf den grünen Seitenstreifen hinaus, und Holly verschlägt es den Atem.

»George! Was machen Sie denn mitten in der Nacht hier in der Kälte, noch dazu ohne Mantel?«

»Ach, Liebes. Ich bin völlig verzweifelt. Das Haustürschloss macht in letzter Zeit Zicken und ist offenbar nicht richtig zugeschnappt, als ich meinen Weihnachtsbesuch heute Abend zur Tür gebracht habe, damit Drew den Rest von Weihnachten im Kreis seiner Familie verbringt. Ich wollte nach oben ins Schlafzimmer, und normalerweise folgt Mrs. Claws mir dann immer. Aber dann habe ich einen Luftzug gespürt und sah die Tür offen stehen. Und von Mrs. Claws nirgends eine Spur! Sie geht eigentlich nur unter meiner Aufsicht nach draußen, und nachts sowieso nie. Es gibt Wölfe und Kojoten in der Gegend. Oh, Liebes.«

»Wie lange ist das schon her, George?«

»Keine Ahnung … eine halbe Stunde, vielleicht länger?«

»Kommen Sie. Steigen Sie in den Wagen.«

»Aber, bitte, das geht nicht. Erst muss ich sie finden ...«

»Ich werde Ihnen helfen, George. Ich suche nach ihr. Aber Sie können nicht mitten im Winter so draußen herumlaufen. Erst müssen Sie ins Haus zurück und sich aufwärmen.«

»Wahrscheinlich hast du recht«, sagt George und steigt widerstrebend in den Wagen. »Aber du hilfst mir doch und bringst sie wieder zurück, ja?«

»Versprochen«, antwortet Holly und hofft inständig, dieses Versprechen auch halten zu können. Sie wendet, dreht die Heizung auf höchste Stufe und steuert die alte Weihnachtsbaumfarm an. Kurz darauf halten sie vor dem entzückenden alten Gebäude. »Schauen wir doch erst mal nach, ob sie vielleicht nach Hause gekommen ist, während Sie nach ihr gesucht haben«, schlägt Holly vor. Gemeinsam betreten sie das Haus, und George ruft voller Hoffnung nach seiner Katze, aber kein Miauen antwortet, und auch das Glöckchen, das immer an ihrem Halsband bimmelt, wenn sie ihm zur Begrüßung entgegenläuft, ist nicht zu hören.

»Hat Mrs. Claws vielleicht irgendein Lieblingsleckerli, George?«

»Sie ist verrückt nach diesen gefriergetrockneten Minifischen. Im Küchenschrank steht ein ganzer Beutel. Ich fühle mich immer, als würde ich ihr Fischköder verfüttern, aber sie kann gar nicht genug davon bekommen.«

»Den Beutel bräuchte ich. Dann nehme ich ihn mit und beginne hier auf dem Grundstück mit der Suche. Darf ich mir auch Ihre Taschenlampe ausborgen? Vielen Dank. Und hier.« Holly nimmt Stift und Notizblock von der Ablagefläche in der Küche und notiert ihre Handynummer. »Ziehen Sie sich noch einen Extrapullover an, machen Sie Feuer im Kamin und lassen Sie für alle Fälle die Tür einen Spalt offen für Mrs. Claws. Ein paar Leckerlis legen wir direkt vor den Eingang. Vielleicht riecht sie die und kommt von selbst zurück, während ich draußen nach ihr suche. Sollte das passieren, rufen Sie mich einfach kurz an.«

Er nimmt den Zettel und nickt, doch seine Miene bleibt beunruhigt. »Vielen Dank für deine Hilfe, Holly.«

»Ist doch selbstverständlich, George. Ich kann das sehr gut nachvollziehen – Mrs. Claws ist Ihnen eben sehr wichtig. Ich werde sie schon finden, okay? Katzen entfernen sich für gewöhnlich nicht besonders weit von ihrem Zuhause – wahrscheinlich ist sie nur einer Maus hinterher und streunt ein wenig herum.«

»Als sie noch jünger war, hat sie das gern getan«, bestätigt George. »Aber jetzt ist sie viel zu alt, um nachts noch allein draußen zu sein.«

»Ich finde sie bestimmt«, erklärt Holly mit fester Stimme. »Sie warten hier.«

Holly schaltet die Taschenlampe ein und hält sie in der einen Hand, während sie in der anderen mit den Leckerlis raschelt. »Mrs. Claws!« *Raschel, raschel.* »Wo steckst du?«

Sie leuchtet über den Schnee und entdeckt schließlich winzige Pfotenspuren, die zur Rückseite des Hauses führen. Sie folgt ihnen bis zu den dichten Reihen an Weihnachtsbäumen, doch hier bläst der Wind stärker, und die Spur verliert sich. Holly behält die Richtung bei, zielt mit dem Lichtstrahl in die Dunkelheit, raschelt mit den Leckerlis und ruft leise nach der Katze, um sie nicht zu verschrecken.

Nach einigen Minuten fruchtloser Suche beschließt Holly, systematisch vorzugehen. Sie wird eine Baumreihe nach der anderen entlanglaufen und bei den größeren Bäumen unter den tief hängenden Ästen nachschauen, ob sich Mrs. Claws vielleicht dort versteckt.

Eine Stunde vergeht. Selbst in ihren warmen Winterstiefeln werden Hollys Füße langsam taub, doch sie sucht weiter. Reihe um Reihe. »Hallo, Mrs. Claws?« *Raschel, raschel.* »Ich hab hier was für dich. Komm her, meine Hübsche!«

Holly erstarrt. War das ein leises Miauen oder bloß der Wind zwischen den Bäumen? Sie steht ganz still, lauscht und schüttelt noch einmal den Beutel.

Miau.

Raschel, raschel.

Miau.

Holly sieht unter einem der Bäume nach, dann unter dem nächsten, aber Mrs. Claws findet sich nicht. Holly nähert sich einem besonders großen Baum, dessen schwere Äste bis zum Boden hinabreichen. Sie hebt einen davon an und nimmt die strahlend blauen Auge der kleinen Katze wahr, deren helles Fell ansonsten in dem Schnee kaum sichtbar ist.

»Da steckst du«, sagt Holly leise. Sie weiß, dass sie vorsichtig sein muss, damit die Katze nicht vor Angst wegrennt, vor allem, da Holly sie kaum kennt. Sie vermeidet schnelle Bewegungen, zieht langsam einen der kleinen Trockenfische aus dem Beutel, geht in die Hocke und hält ihn ihr hin. Mrs. Claws schnappt ohne jedes Zögern nach der Leckerei und streckt sich dann im Schnee aus, um sich den Bauch kraulen zu lassen. Holly lacht leise und gibt ihr noch eins der Fischchen, bevor sie die Katze vorsichtig hochhebt und in den Arm nimmt. Mrs. Claws schmiegt sich schnurrend an Hollys weichen Parka. »So weit weg wolltest du gar nicht laufen, was? Alles okay, du Arme. Wir bringen dich jetzt zurück zu George.« Beim Namen ihres geliebten Herrchens scheint das Schnurren von Mrs. Claws noch anzuschwellen.

Als sie aus dem Wald tritt, fällt Holly auf, dass im Haus alle Lichter brennen und die Einfahrt voller Autos steht.

»Holly?«

Sie stockt.

»Holly, bist du das? Alles in Ordnung mit dir?«

Es ist Aiden, der vor Erleichterung tief aufatmet, als er sie mit der Katze auf dem Arm zwischen den Weihnachtsbäumen hervortreten sieht. »Gott sei Dank, es geht dir gut. Und Mrs. Claws gefunden hast du auch!«

Der Rest von Aidens Familie stürzt aus dem Haus, und sofort reden alle wie gewöhnlich wild durcheinander und rufen George zu, dass Mrs. Claws wieder da ist. »Holly hat sie gefunden, Holly hat sie gefunden«, wird skandiert, und schon ist Holly zurück im warmen Haus, und Mrs. Claws rollt sich zufrieden vor dem Kamin zusammen.

»Aiden, mein Junge, könntest du sie dir bitte anschauen und nachsehen, ob sie verletzt ist?«, bittet George, dessen Augen voller Dankbarkeit auf Holly ruhen, seit sie mit der Katze das Haus betreten hat. »Ich fühle mich noch zu wacklig, um aufzustehen.«

Aiden kniet sich neben die Katze und fährt mit den Händen über ihren Körper. »Nur ein wenig durchfroren. Nichts, was ein paar Minuten vor dem Kamin nicht kurieren würden. Ansonsten geht's ihr gut. Holly sei Dank.« Er schaut sie quer durch den Raum an, doch Holly ist nicht in der Lage zu erkennen, was er denkt. Die unendliche Traurigkeit hat sich ihrer wieder bemächtigt, bedrängt sie mit unveränderter Wucht.

»Entschuldigt«, sagt Holly und schlüpft hinaus, um irgendwo ungestört für sich sein zu können.

»Holly?«, ruft jemand hinter ihr.

Holly dreht sich um und sieht, dass Alexa ihr in den Flur gefolgt ist. Sie holt tief Luft, drängt die Tränen noch einen Moment zurück.

»Alexa, bitte«, sagt sie. »Mir wird das alles gerade etwas zu viel. Ich brauche einfach eine Minute, um mich wieder zu fangen.«

Aber irgendwas ist ungewöhnlich an Alexa. Sie hat die

Augen weit aufgerissen, presst die Hände ineinander. »Ich bin nur rausgekommen, um dir zu sagen, dass es mir leidtut. Ich bin nicht fair gewesen dir gegenüber. Aiden war sehr sauer, als er herausgefunden hat, dass wir dich einfach haben gehen lassen. Er wollte schon raus und nach dir suchen, aber dann rief George an und erzählte ihm, dass Mrs. Claws verschwunden ist, also sind wir alle los, um ihm zu helfen. Aber du warst ja schon längst hier und bist mitten in der Weihnachtsnacht im tiefsten Schnee losgezogen, um die Katze eines alten Mannes zu suchen.«

»Natürlich bin ich das. George liebt Mrs. Claws heiß und innig.«

»Wirklich nett von dir, dich so für ihn einzusetzen. Im Übrigen tut es mir leid, was ich dir vorgeworfen habe – dass du Aiden absichtlich aufgesucht hättest, nur weil er es inzwischen zu etwas gebracht hat und damit eher deinen Ansprüchen genügt. Ich weiß auch nicht, was in letzter Zeit mit mir los ist.« Sie seufzt. »Also gut, eigentlich weiß ich es schon. Aber bloß, weil irgendwelche Ängste, die ich bereits überwunden geglaubt habe, in mir wieder hochkochen, ist das noch lange kein Grund, andere Menschen so zu behandeln, wie ich das getan habe. Menschen wie dich. Ich hoffe, du kannst mir verzeihen.«

»Natürlich«, sagt Holly und bringt ein zögerliches Lächeln zustande. »Kein Streit an Weihnachten, richtig? Nein, ehrlich, schon okay. Und dich belasten ja auch viele Dinge – das ist bestimmt hart. Tut mir leid. Aber in deiner Familie lieben dich alle wirklich sehr, das weiß ich genau.« Sie spürt, wie ihr wieder die Tränen kommen. »Alexa, ich muss dringend los«, sagt sie.

»Nein, Holly, warte …«

»Ich muss, Alexa. Ganz ehrlich.« Betrübt verfolgt Alexa, wie Holly sich zum Gehen wendet. »Sag allen gute Nacht von mir, ja«, bittet Holly noch. »Dank ihnen für alles. Es tut mir leid. Ehrlich leid.«

Sie streift hastig Stiefel und Jacke über und ist kaum zur Tür hinaus, da beginnen die Tränen schon zu fließen, strömen in der eisigen Nachtluft heiß über ihre Wangen. Im Joggingschritt eilt sie zu ihrem Wagen.

»Holly!«, ruft Aiden und braucht nur ein paar Schritte, um sie einzuholen. »Holly.« Er wiederholt ihren Namen so vorsichtig, wie sie kurz zuvor den von Mrs. Claws ausgesprochen hat aus Angst, sie so aufzuschrecken, dass sie davonrennt.

»Bitte nicht weinen«, sagt er.

»Ich kann nicht anders. Und es ist nichts, um das du dich noch kümmern müsstest.«

»Warum nicht?«, fragt er und tritt einen Schritt näher. »Du bist mir wichtig, Holly. Sehr sogar.«

»Selbst nach all dem? Selbst nach der Tatsache, dass ich verlobt gewesen bin und dir nichts davon erzählt habe?«

»Ich denke, ich kann das nachvollziehen«, erklärt er. »Du bist hergekommen, um zu heilen, und wolltest nicht darüber sprechen. Und ich schwöre dir, ich habe keine Sekunde geglaubt, was Alexa gesagt hat – dass du nur meinetwegen hier rausgekommen bist, weil du von meinem geschäftlichen Erfolg gehört hast und ich nun auf einmal interessant für dich geworden wäre. Auch wenn wir uns so viele Jahre aus den Augen verloren haben, weiß ich einfach, dass du so etwas niemals tun würdest. Eben im Haus meiner Eltern bin ich bloß nach draußen, weil …« Er bricht ab.

Und plötzlich muss Holly unwillkürlich lächeln, selbst durch ihre Tränen hindurch. »Weil du eine Minute brauchtest«, sagt sie. »Weil du immer alles in Ruhe durchdenken musst, und genau das wolltest du tun: nachdenken. Also bist du kurz raus in den Garten.«

Er lächelt jetzt auch, ergreift ihre Hände. »Genau.« Eine Weile stehen sie nur so da, Hand in Hand, ohne sich zu umarmen. Noch nicht. »Und als ich dann ein paar Minuten später wieder reinkam, warst du weg. Ich war schrecklich wütend auf Alexa, weil sie dich so angefahren hat.«

»Schon okay, ehrlich. Wir haben eben im Flur geredet.«

Er schüttelt den Kopf. »Nett von dir, so verständnisvoll zu sein, aber sie und ich werden demnächst ein wirklich ernstes Gespräch führen. Im Moment mache ich mir aber vor allem Sorgen um dich. Es war toll, wie du George geholfen hast. Lauf jetzt bitte nicht auch weg.«

»Ich bin selbst froh, sie gefunden zu haben.«

»Und ich erst darüber, *dich* gefunden zu haben.« Seine Stimme ist ganz heiser, voller Emotion. »Ich möchte aber auch nicht einfach nur eine Rebound-Affäre für dich sein, Holly. Dafür bist du mir viel zu wichtig. Daher, selbst wenn das Warten hart für mich sein wird, nimm dir bitte so viel Zeit, wie du brauchst.«

Holly schluckt schwer mit dem dicken Kloß in ihrem Hals. »Ich weiß. Und eine Rebound-Affäre sehe ich in dir ganz sicher nicht. Ich mag dich wirklich sehr, Aiden. Obwohl ich so viele Jahre mit meinem Verlobten zusammen war und mir eingebildet habe, den Rest meines Lebens mit ihm verbringen zu wollen, ist mir schnell klar geworden, dass meine Gefühle für dich ganz anders sind. Stärker. Es ist das, wonach ich mich immer gesehnt habe, mit dem ich mich aber schon halb abgefunden hatte, dass es nicht existiert.« Sie hält kurz inne. »Heute Abend ist mir aber auch bewusst geworden, dass ich es diesmal gern richtig machen möchte. Ich darf jetzt nicht überstürzt zu viel wollen mit dir, weil ich fürchte, dann alles nur zu vermasseln. Und als ich vorhin dachte, ich hätte es womöglich schon vermasselt, hat mir das echt den Boden unter den Füßen weggezogen. Mit anderen Worten, ich denke, wir sollten es ein wenig langsamer angehen.« Bei diesen Worten fühlt sie sich zugleich magisch von seinen Lippen angezogen, als wären sie zwei Magnete, deren gebündelte Kräfte auf sie wirken. Er scheint genauso zu empfinden und senkt den Kopf, bis ihre Lippen sich berühren. Ganz sanft. Nur einen Hauch.

»Ich verstehe«, flüstert er. »Nichts soll das hier vermasseln, das wünsche ich mir auch.«

Sie küssen sich zärtlich inmitten der verschneiten Weihnachtslandschaft und weichen anschließend beide einen kleinen Schritt zurück. Auch wenn sie sich nichts sehnlicher wünscht, als die Nacht mit ihm zu verbringen, sagt sie nur: »Ich fahre jetzt allein zur Hütte zurück. Aber ich melde mich morgen früh bei dir, okay?«

»Okay«, sagt er und küsst sie zum Abschied ein letztes Mal. Er rührt sich nicht vom Fleck und verfolgt, wie sie in die Dunkelheit davonfährt. Doch am Ende der Zufahrt tritt sie unvermittelt auf die Bremse. In ihrem Kopf sieht sie vor sich, was auf dieser Karte aus Highschool-Tagen geschrieben stand: *Liebe Holly, ich schreibe dir heute, um dir ein schönes Weihnachtsfest zu wünschen – und um meiner tiefen Zuneigung für dich Ausdruck zu verleihen. Meiner Ansicht nach bist du von allen Mädchen an der Schule eindeutig das beste. Du bist hübsch, du bist intelligent, du bist hilfsbereit, du bist lustig, du bist so ganz du selbst, und keine hat mir jemals so gut gefallen wie du. Ich hoffe, wir bleiben für immer in Kontakt.*

Zwölf Jahre lang sind ihr diese Worte nicht aus dem Gedächtnis gegangen. Kein einziges hat sie je vergessen. Und der Verfasser dieser Zeilen war Aiden.

Sie zieht die Handbremse an, steigt aus dem Wagen und rennt durch den sanft rieselnden Schnee zurück zu ihm. Mit jedem Schritt, den sie der Stelle näher kommt, an der er noch immer steht und wartet, fällt mehr Gewicht von ihr ab.

Erneut laufen ihr die Tränen über die Wangen, doch diesmal sind es keine Tränen der Trauer. Und sobald sie ihn erreicht, hören sie abrupt auf.

»Hast du etwas vergessen?«, fragt er verwirrt, aber auch mit verhaltener Freude.

»Ja!«, sagt sie, und jetzt ist ihr eher zum Lachen als zum Weinen zumute. »Ich habe vergessen, dass ich es in Wahrheit gar nicht langsamer angehen will. Ich warte schon seit einer Ewigkeit auf dich. Ich war mit dem Falschen zusammen – aber mit uns hatte das nichts zu tun. *Du* bist es, mit dem ich zusammen sein möchte, Aiden. Und da muss ich auch nicht viel nachdenken oder mir Zeit nehmen. Ich weiß, was ich will. Und das bist du. Irgendwie bist du es schon immer gewesen. Und jetzt habe ich einfach keine Lust, noch mehr Zeit zu verschwenden.«

Sein Lächeln lässt sie aus tiefstem Innern erstrahlen, durchflutet ihren Körper bis in den letzten Winkel mit Glück und Liebe. Jede Faser ihrer Existenz sagt ihr, dass diese Entscheidung richtig ist. Aiden packt sie an der Taille, wirbelt sie herum und küsst sie, als wäre es das letzte Mal. Doch das wird es bestimmt nicht sein, so viel weiß sie genau.

21
IVY

26. Dezember
LaGuardia Airport, New York City

Ivy ist so übermüdet, dass sie kaum geradeaus sehen kann, als ihre Maschine auf LaGuardia landet. Sie ist am Vorabend von Lihue Airport losgeflogen und musste eine Zwischenlandung in Denver einlegen, bevor es endlich nach New York weiterging. Als sie den Flugmodus an ihrem Handy ausschaltet, stellt sie erschrocken fest, dass sie weder Nachrichten noch Voicemails von Oliver hat. Sie wagt gar nicht, sich vorzustellen, was er bei der Rückkehr von seinem Ausflug empfunden haben mag, als sie plötzlich abgereist war. Sie hat ihm das Bild dagelassen, das sie von ihm und Larry am Strand beim Surfen gemalt hatte, und während sie auf ihr Taxi wartete, hat sie noch rasch eine Skizze von ihnen beiden im Nā Pali auf eine Karte gezeichnet. Zwei winzige Gestalten, die sich im Wasser umschlingen und küssen. Sie hat ihm auch einen Brief geschrieben und ihm ihre zwiespältige Gefühlslage erklärt.

Lieber Oliver,

ich kann gar nicht fassen, dass ich wegmuss, aber ich hoffe, du verstehst es. Ich habe Holly gebeten, sich zu melden, wenn sie mich braucht, und ihr versprochen, jederzeit für sie da zu sein. Und jetzt braucht sie mich. Also muss ich los.

Die Tage mit dir gehören zu den kostbarsten in meinem ganzen Leben. Bei unserer ersten Begegnung ging es mir schrecklich, und du hast mir da rausgeholfen – indem du einfach nur du selbst gewesen bist. Ich habe meine Gefühle zu verdrängen versucht, aber in Wahrheit konnte ich seitdem nur noch an dich denken. Und das weißt du. Jedes Mal, wenn ich mich vor meine Staffelei setzte, selbst wenn ich von der atemberaubendsten Landschaft umgeben war, dir mir je untergekommen ist, wollte ich nur dich malen. Wie sollte ich deine Haare genau richtig hinbekommen? Deine wunderschönen meergrünen Augen?

Keine Ahnung, was die Zukunft für uns bereithält. Vielleicht werden wir einander nie wiedersehen. Leider gab es am Ende unseres letzten Zusammenseins ein paar Missklänge, was mich ärgert. Aber ich werde dich nie vergessen, das schwöre ich.

Frohe Weihnachten

Ivy

Mit jeder Flugmeile, die sie sich von Oliver entfernte, wuchs der Schmerz in ihrer Brust, und inzwischen ist er kaum noch zu ertragen. Sie spielt mit dem Gedanken, Larry eine Nachricht zu schicken, um zu erfahren, ob er von seinem Campingtrip gut nach Hause gekommen ist. Aber sie weiß, sie muss warten, muss Oliver Gelegenheit geben, selbst den Kontakt zu suchen, sobald er sich dazu bereit fühlt. Sofern er sich irgendwann dazu bereit fühlt. Womöglich tut er das nicht.

Vielleicht ruft er gar nicht an. Nie mehr.

Der Schmerz wächst weiter.

Und was, wenn es so am besten ist?, fragt sich Ivy. Vielleicht war es nur eine Fantasterei, hatten sie einfach nur ein wenig

Spaß zusammen. Es war zweifellos mit der beste Sex, den sie in ihrem Leben je hatte, und vergessen wird sie ihn nie. Aber eine echte Zukunft hatten Oliver und sie nicht – daher ist ein solch abruptes Ende vielleicht das Beste für alle Beteiligten.

Neue Nachrichten von Holly gehen ein, die in der Nacht abgeschickt wurden, als sie im Flugzeug saß. **Hast du Hawaii schon verlassen? Ruf mich an!** Im Augenblick hat Ivy jedoch keine Zeit zu telefonieren. Während der Weihnachtstage wird der Andrang bei den Mietwagenfirmen enorm sein. **Bin hier. Gerade auf LaGuardia gelandet. Vermutlich in zwei Stunden in Krimbo.** Sie stopft ihr Handy zurück in die Handtasche und eilt auf die Schlange am Mietwagenschalter zu.

Wenig später verlässt Ivy in dem kleinen SUV, den sie noch erwischen konnte, das Flughafengelände, besorgt sich bei Starbucks noch einen Venti mit einer Extraportion Espresso und schaltet vor der anstrengenden Fahrt in den verschneiten Norden ihr Handy auf *Nicht stören*. Sie hat seit fast vierundzwanzig Stunden nicht mehr geschlafen, spürt diesen ständigen Schmerz in der Brust, und ihr Körper verzehrt sich nach einem Mann, den sie womöglich nie wieder treffen wird. Entsprechend riskant könnte jede Art Ablenkung beim Autofahren sein. Sie und Holly werden reichlich Zeit haben, sich zu unterhalten, wenn sie erst mal in der Hütte ist. Und sollte Oliver sie doch noch zu erreichen versuchen, denkt sie gequält, muss das eben einfach warten.

Ungeachtet des extrastarken Kaffees werden Ivy nach einer Weile die Augen schwer. Sie öffnet die Seitenfenster, dreht die Musik auf und sieht wenig später endlich die ersten Schilder, die ihr den Weg nach Krimbo und damit zu der winzigen, verschneiten Hütte weisen, in der sie von ihrer am Boden zerstörten Freundin sehnlichst erwartet wird. Das Wissen, dass sie Holly tatsächlich zur Seite stehen kann, wenn die ihre Hilfe braucht, so wie sie es ihr versprochen hat, hebt Ivys Laune ein wenig. In all den Jahren ihrer Freundschaft hat sie Holly nie derart in Tränen aufgelöst erlebt. Es klang, als hätte es ihr im wahrsten Sinne das Herz zerrissen. Erleichtert entdeckt Ivy den Abzweig in die North Service Road, von der kurz darauf eine Zufahrt abgeht. Die Hütte sieht genauso aus wie auf den Bildern im Netz: klein, gemütlich und weitab vom Schuss.

Ivy sieht Hollys Wagen, bemerkt aber zu ihrer Überraschung auch einen weißen Pick-up, der direkt neben dem alten babyblauen BMW ihrer Freundin parkt. Sie hält auf der anderen Seite des BMW, nimmt ihre Taschen aus dem Wagen und trägt sie den freigeschaufelten Weg zur Hütte. Sie klopft, und als Holly Sekunden später die Tür öffnet, macht die überhaupt keinen traurigen Eindruck. Ihre Haare sind vielmehr vom Schlaf ganz verwuschelt, ihr Teint glüht förmlich, und sie sieht extrem glücklich aus.

»Ivy! Du bist gekommen!«, schreit Holly, schlingt die Arme um Ivy und drückt sie fest an sich. »Du bist die beste Freundin, die es gibt«, flüstert sie ihr ins Ohr. Dann löst sie sich und schaut Ivy über die Schulter. »Aber …«

Ivy ahnt es schon. Der Pick-up. Die verwuschelten Haare. Der vor Glück strahlende Ausdruck im Gesicht ihrer besten Freundin. Um ehrlich zu sein, hat sie Holly noch nie so glücklich gesehen. »Ihr habt euch versöhnt«, sagt sie leise.

Holly nickt.

»Ihr habt euch versöhnt und das heute den ganzen Tag mit Versöhnungssex gefeiert.«

Holly nickt erneut, und Ivy freut sich für ihre Freundin, doch sie spürt auch einen Stich in der Brust. Oliver. Sie hat Oliver verlassen, um bei Holly zu sein, und nun geht es Holly blendend. Ihr ist zum Heulen zumute, doch sie ringt sich ein Lächeln ab. Sie hat getan, was sie tun musste. Sie dachte, dass Holly sie brauchte. Und da ist sie natürlich sofort gekommen.

»Er ist oben und schläft, aber ich schmeiße ihn sofort raus«, sagt Holly und zieht sie ins Innere.

»O nein, völlig okay …«

»Er wird's verstehen. Wir haben uns so viel zu erzählen, Ivy, und ganz im Ernst, du bist absolut die Beste, wie du sofort ins Flugzeug gesprungen und zurückgeflogen bist, nur um mir beizustehen. Tut mir leid, dass ich so ein Theater gemacht habe. Ich habe noch versucht, dich anzurufen, aber du hattest offenbar schon auf Flugmodus geschaltet. Und auf meine Nachrichten kam auch keine Antwort.«

»Schon okay«, sagt Ivy und lässt ihren erschöpften Körper auf die Couch sinken. »Ehrlich. Ich bin froh, dass es dir gut geht. Du verdienst alles Glück der Welt, Holly.«

Von oben ist ein Geräusch zu hören, und ein äußerst attraktiver junger Mann reckt den Kopf über das Geländer. »Du musst die berühmte Ivy sein.«

»Und du der berühmte Öko-Superman«, erwidert Ivy grinsend. »Upps, ich meine, Aiden.«

Er steigt, bekleidet in Jeans und Flanellhemd, die Leiter herab. Seine Frisur ist ebenso zerzaust wie Hollys. »Ich habe schon wahnsinnig viel von dir gehört«, sagt er und reicht ihr die Hand.

Ivy fällt sofort auf, dass Holly recht hat: Er riecht tatsächlich extrem gut. Und er erinnert vom Aussehen an Henry Cavill. Wann immer er quer durch den Raum Holly anschaut, was etwa alle drei Sekunden passiert, ist unübersehbar, wie hoffnungslos vernarrt er in sie ist. Die Ursache für die Unstimmigkeiten zwischen den beiden kann jedenfalls nicht lange bestanden haben.

Ivy wirft beiläufig einen Blick auf das Handy, das neben

ihr auf der Couch liegt. Doch es bleibt weiter stumm, der Bildschirm leer. Keine Nachricht von Oliver.

»Ich werde euch dann mal alleine lassen«, erklärt Aiden.

»Prima, weil wir jetzt nämlich ausgiebig über dich sprechen müssen«, witzelt Ivy und zwingt sich zum Lachen. Die Freude für ihre Freundin soll ihren Gefühlshaushalt unbedingt dominieren.

»So ist meine Ivy, immer ehrlich heraus, auch wenn's wehtut«, bemerkt Holly von der anderen Seite des Raums, wo sie am Wasserkocher hantiert, um ihnen eine Tasse Kaffee zu machen. Bei diesem Kommentar zwickt Ivy unwillkürlich das schlechte Gewissen. Es gibt so vieles, das sie ihrer besten Freundin nicht erzählt hat. Aber sie nimmt sich fest vor, ihr alles zu sagen, sobald Aiden fort ist.

Holly und Aiden küssen sich zum Abschied an der Tür so lange und intensiv, dass Ivy lieber wegschaut. Kaum ist er draußen, seufzt Holly vor Glück tief auf. »Er ist ja so toll«, sagt sie und wirft sich so schwungvoll auf die Couch, dass Ivys Handy herunterfällt. Ivy hebt es auf, legt es auf den Couchtisch und hockt sich mit ihrem dampfenden Kaffeebecher im Schneidersitz zu ihrer Freundin. »Erzähl mir alles«, fordert sie Holly auf. »Der Kaffee hier dürfte mir geschätzt noch eine Stunde geben, bevor ich mit offenen Augen einschlafe. Also schieß los!«

Sie lauscht Hollys Schilderung vom Weihnachtsfest bei Aidens Eltern, wie sich herausstellte, dass seine Schwester von ihrer geplatzten Hochzeit erfahren hatte, allen daraus entstandenen Missverständnissen und schließlich ihrer heldenhaften Rettungstat bei der verschwundenen Katze. »Als ich mit Mrs. Claws zurück aus dem Wald kam, rief Aiden schon nach mir«, sagt Holly und erzählt dann mit verzückter Miene auch den Rest der Geschichte bis zu dem Punkt, als ihr endgültig klar wurde, dass sie ohne Aiden nicht mehr leben kann.

»Bin ich zu unvernünftig? Sollte ich mir mehr Zeit lassen?«

»Meiner Ansicht nach hast du das super gemacht, Holly. Was sollten denn Vernunft oder Logik mit alldem zu tun haben? Du schwebst doch geradezu auf Wolke sieben und vögelst wie ein nimmersattes Meisenweibchen!«

Holly lacht und geht die French Press holen, um Ivys Becher nachzufüllen. »Okay, noch etwas Kaffee, und jetzt berichtest du mir von deiner Reise. Hast du in der Woche schön malen können?«

»Ja«, sagt Ivy und trinkt einen Schluck Kaffee. »Und …«

»Und?«

Ivy stellt den Becher ab, schaut ihrer besten Freundin in die Augen und spürt, wie ihre eigenen feucht werden. Sie beginnt zu blinzeln, aber es hilft nichts. Eine Träne löst sich in ihrem Augenwinkel und rinnt die Wange hinab.

»Ivy, was ist passiert?«

Ivy vergräbt das Gesicht in den Händen. Sie muss Holly alles erzählen, aber womit anfangen? Und was wird aus dieser grenzenlosen Freude, wenn sie von Matt und Abby erfährt?

»Ivy, jetzt sag schon. Warum weinst du? Was ist passiert? Ich bin deine beste Freundin. Erzähl's mir.«

Also versucht Ivy es. »Ich bin gar nicht im Hotel geblieben«, sagt sie. »Ich habe jemand kennengelernt.« Sie beginnt ihr von Oliver zu erzählen, lässt dabei aber weiterhin wichtige Details aus, vor allem verliert sie kein Wort über Matt. Sie bringt es einfach nicht fertig. Noch nicht. Erst muss sie von Oliver erzählen. »Und jetzt habe ich irre Angst, Hol. Ich habe noch nie so etwas empfunden, habe mich noch nie einem Menschen so rückhaltlos geöffnet. Außer dir. Und nun ist er fünftausend Meilen weit weg, und mir wird klar, wie völlig verrückt die ganze Sache ist. Aber der Schmerz ist trotzdem unerträglich. Und er hat weder angerufen noch geschrieben, wahrscheinlich weil ich so gemein zu ihm gewesen bin.« Erneut beginnen die Tränen zu strömen, und Holly macht ein erschrockenes Gesicht.

»Ich hatte ja … keine Ahnung«, stammelt sie. »Es tut mir so leid, dass ich dich angerufen habe. Hätte ich dich doch bloß nicht gebeten, herzukommen. Damit habe ich dir alles versaut.«

»Nein! Mach dir bitte keine Vorwürfe. Du hast mich in diesem Moment gebraucht, und in solchen Momenten sollst du dich natürlich bei mir melden! Immer. Ich würde es umgekehrt nicht anders machen. Außerdem bin ich doch froh, dass ihr beide euch versöhnt habt. Ich freue mich für dich. Ich bin nur …« Sie schnieft. »Ein wenig traurig, was meine Situation betrifft, schätze ich.«

»Warum rufst du ihn nicht an?«

Ivy kontrolliert erneut ihr Handy. Keine verpassten Anrufe. Keine Nachrichten. »Ich habe ihm einen Brief geschrieben«, erklärt sie. »Und ein Bild für ihn dagelassen. Klar, ich bin diejenige, die gegangen ist, aber ich habe ihm damit auch freigestellt, sich nach seinem eigenen Willen zu entscheiden. Ich kann ihn jetzt nicht einfach anrufen. Das wäre zu früh.«

»Er meldet sich bestimmt bei dir, Ivy. Ganz sicher. Völlig ausgeschlossen, dass du in jemanden dermaßen verknallt bist und ihn es umgekehrt nicht zwanzigmal heftiger erwischt hat.«

»Ich könnte natürlich Larry anschreiben und mich erkundigen, wie es ihm geht, aber das würde ich gern vermeiden. Schließlich ist sie seine Freundin, nicht meine.«

»Sie? Larry ist gar kein Typ?«

»Nein, Larry ist eine Frau, eine wunderschöne noch dazu, und zugleich der Mensch, der ihm am nächsten steht. Außerdem ist sie verlobt mit einer Frau namens Shira.«

Holly braucht eine Weile, um das alles zu verarbeiten. »Wow«, sagt sie dann, »da hast du ja eine Menge erlebt, von dem ich überhaupt nichts mitbekommen habe. Zeigst du mir ein paar Bilder? Von Oliver und Larry? Von einigen der Orte, an denen du gewesen bist?«

»Klar doch.« Ivy entsperrt ihr Handy und scrollt gemeinsam mit Holly durch die Fotos. Schon bald nagen schmerzlich die vielen schönen Erinnerungen an ihr – da ist der Baum an der Bar, wo sie Oliver zum ersten Mal begegnete, der Blick vom Strandhaus unmittelbar nach ihrem Einzug, die Zeremonie zur Entzündung des Weihnachtsbaums in Hanalei, Larrys Bar, ihr Campingtrip, der Wasserfall und schließlich das Heiligabend-Lū'au am Strand. »Ah, ihr beide, wie ihr eng umschlungen tanzt!«, seufzt Holly und nimmt Ivy das Handy ab, um besser sehen zu können. »Was für ein Anblick! Wunderschön.«

»Ja, das hat Larry gemacht.«

»Und wie er dich anschaut«, sagt Holly und zoomt näher. »Der ist hin und weg, Ivy. Der meldet sich definitiv. Wahrscheinlich überlegt er bloß noch, wie er es am besten in Worte fasst.« Aber dann verändert sich ihr Gesichtsausdruck schlagartig. Sie zoomt in einen anderen Teil des Fotos, und in diesem Moment begreift Ivy, was sie im Hintergrund entdeckt hat, und ihre Schultern sacken herab.

Matt. Und Abby. Wie sie unmittelbar hinter Ivy und Oliver tanzen.

»Ich fass es nicht …«

Ivy legt die Hand auf den Arm ihrer besten Freundin. »Holly, es tut mir schrecklich leid. Ich wollte es dir erzählen.«

»Matt hat unsere Hochzeitsreise eingelöst?«, sagt Holly und starrt auf den Bildschirm.

Ivy nickt und ist unfähig, etwas zu antworten. Es ist einfach zu furchtbar.

»Mit wem tanzt er da?«

Ivy schluckt schwer. »Das ist Abby«, bringt sie mit Mühen hervor.

»Er ist mit Abby auf unsere Hochzeitsreise gefahren«, murmelt Holly, legt das Handy weg und schaut Ivy an. »Und du hast es mir die ganze Zeit verschwiegen.«

»Sorry, aber ich wusste einfach nicht, wie ich dir das sagen sollte. Ich hatte eine Riesenangst, es würde dich umhauen. Und dann klangst du auf einmal so glücklich. Das wollte ich nicht kaputtmachen.«

»Deshalb bist du in Wahrheit auch nicht im Hotel geblieben«, sagt Holly. »Nicht, weil du dich da nicht wohlgefühlt hättest – es lag daran, dass Matt bereits das Zimmer belegt hatte. Du hast mich angelogen. Du hast mich noch nie angelogen.«

»Ich weiß. Ich bin nicht ehrlich zu dir gewesen, und es tut mir entsetzlich leid. Es hat mich solche Überwindung gekostet, aber ich dachte, dass mir keine andere Wahl blieb. Es tut mir leid.«

Holly greift erneut nach dem Handy, um sich das Foto noch einmal anzusehen. »Ich weiß nicht«, erwidert sie tonlos. »Das alles will mir nur schwer in den Kopf. Du erzählst mir nichts von Matt und Abby – aber du erzählst mir genauso wenig etwas darüber, dass du dich verliebt hast. Bei keinem unserer Gespräche hast du Oliver auch nur erwähnt. Wir erzählen uns doch sonst immer alles, Ivy. Ich kapier's nicht.«

»Es tut mir entsetzlich leid«, wiederholt Ivy, da ihr nichts Besseres einfällt. Doch sie sieht an Hollys Miene, dass es damit nicht aus der Welt geschafft ist. Sie hat es sich mit ihrer besten Freundin verdorben – was zusammen mit der schmerzlichen Trennung von Oliver dazu führt, dass sie sich so schlimm fühlt wie noch nie.

22
HOLLY

27. Dezember
Hudson Valley, New York

Am nächsten Morgen klettert Holly die Dachbodenleiter hoch, um nach Ivy zu sehen, wie sie es schon mehrmals in der Nacht getan hat. Ihre Freundin atmet noch immer ruhig und gleichmäßig im Tiefschlaf, in den sie vor vielen Stunden gefallen ist. Holly kehrt zurück zu ihrem kuschligen Deckenberg auf dem Sofa, wo sie die Nacht verbracht hat, um ihrer Freundin mehr ungestörten Platz für sich allein zu geben. Sie wirft einen kurzen Blick auf Ivys Handy, aber niemand hat angerufen oder geschrieben. »Nun mach endlich, Oliver.«

Sie sinkt zurück auf ihr Kissen und denkt daran, wie sie gestern Abend noch die Hand ihrer besten Freundin ergriffen hat, um ihr zu versichern, dass sie sich keine Sekunde länger Vorwürfe machen sollte, ihr nichts von Matt und Abby erzählt zu haben. »Ich verstehe schon«, beruhigte sie Ivy. »Und es gibt nichts, wofür du dich entschuldigen müsstest. Als gute Freundin hast du eben versucht, mich vor einer Neuigkeit zu schützen, die mir vor ein paar Tagen tatsächlich noch den Rest gegeben hätte. Aber heute ist das irgendwie anders. Wenn überhaupt, verleiht sie mir nur noch größere Sicherheit, dass ich mich bei Aiden richtig entschieden habe. Matt verdient einfach nicht, dass ich ihm noch Gedanken oder Lebenszeit schenke.«

Ivy hatte vor Erleichterung mächtig durchgeschnauft und eine letzte Träne weggewischt. »Und dass ich dir nichts von Oliver und meinen Gefühlen für ihn erzählt habe, lag daran, dass ich sie mir ja nicht einmal selbst eingestehen wollte. Wie sollte ich sie dann dir anvertrauen? Ich hatte Angst, das Reden darüber würde das Unglück nur heraufbeschwören.« An dieser Stelle hatte sie auf ihr Handy geschaut, auf dem noch immer keine Nachrichten eingegangen waren. »Aber vielleicht hat ihn die Sache auch nicht so tief berührt wie mich. Vielleicht ist er sauer, dass ich einfach gegangen bin. Ich werde mich irgendwann bei ihm melden, aber nicht jetzt. Dafür bin ich viel zu müde.«

»Das bist du ohne Zweifel. Geh doch einfach hoch, leg dich ins Bett und schlaf, solange du Lust hast. Und wenn dein Telefon klingelt oder eine Nachricht eingeht, wecke ich dich, okay?«

»Dann lass ich es einfach hier unten liegen«, erklärt Ivy mit einem erschöpften Nicken. »So komme ich auch nicht in Versuchung, alle paar Minuten nachzuschauen. Ich brauche wirklich ein wenig Schlaf.«

Holly hatte verfolgt, wie ihre todmüde Freundin sich die Leiter hinaufkämpfte, und hatte es sich dann selbst auf der Couch bequem gemacht.

Jetzt checkte sie zum x-ten Mal Ivys Handy.

»Was ist los mit dir, Oliver?«, brummt Holly durch die Zähne. Sie wagt gar nicht, sich auszumalen, wie niedergeschlagen Ivy sein wird, wenn sie beim Aufwachen feststellen muss, dass der Typ, der sie umgehauen hat wie keiner zuvor, weiterhin nicht den geringsten Kontaktversuch unternommen hatte.

Aber dann fällt Holly etwas auf. Eine kleine Mondsichel am oberen Rand von Ivys Handy, was bedeutet, dass es seit Ivys Ankunft auf »Nicht stören« steht. Ohne Zögern gibt sie den Code ein – Ivy kennt ihren ebenfalls und würde es umgekehrt genauso machen. Kaum hat sie den »Nicht-Stören«-Modus ausgeschaltet, klingelt das Handy in ihrer Hand auch schon. Da sie es nicht schnell genug die Leiter hinauf zu Ivy schaffen würde, nimmt sie den Anruf an.

»Hallo?«

»Ivy?«, sagt eine tiefe, angenehme Männerstimme.

»Nein, hier ist Holly.«

»Die beste Freundin. Hallo. Mein Name ist Oliver Donohue. Ein Freund von Ivy aus Hawaii.«

»Oh, ich habe schon von dir gehört, Oliver.«

»Alles okay mit Ivy?«, erkundigt er sich besorgt. »Wenn man anruft, springt schon den ganzen Tag sofort der Anrufbeantworter an, und sie antwortet auf keine meiner Nachrichten.«

»Ihr geht's gut. Sie schläft gerade. Anscheinend hat sie ihr Handy versehentlich auf ›Nicht stören‹ gelassen. Das war ganz sicher keine Absicht.«

Sie hört sein erleichtertes Aufatmen. »Ich dachte schon, sie würde mich ghosten«, gesteht Oliver, und Holly findet ihn in seiner aufrichtigen Art auf Anhieb sympathisch.

»Niemals«, sagt Holly. »Das würde Ivy nie tun.« Sie fügt kein *schon gar nicht bei dir* hinzu, da sie weiß, wie meisterhaft Ivy sich darauf versteht, die Supercoole zu spielen. Gewiss würde sie von Holly erwarten, in ihrem Sinne zu reagieren – ganz egal, wie rettungslos verknallt sie in diesen Menschen ist.

»Sehr gut«, sagt er. »Ich hatte schon erste Zweifel, ob es überhaupt Sinn macht, dass ich nach New York geflogen bin, nachdem ich erfahren habe, dass sie weg ist.«

»Oliver!«, ruft Holly entzückt aus und schlägt sich die Hand vor den Mund. »Du bist in New York?«

»Vor einer halben Stunde gelandet«, bestätigt er. »Als ihre beste Freundin wirst du es sowieso früher oder später erfahren: Ich habe mich auf Hawaii in sie verliebt, und dann habe ich ihren Brief gelesen und eine Entscheidung getroffen. Larry meinte etwas von einer beeindruckenden Geste. Ich habe also beschlossen, ihr nachzureisen, und bin ins nächste Flugzeug gesprungen.«

»Als würde man schweben«, murmelt Holly fasziniert.

»Wie bitte?«

»Ach, nichts. Und jetzt bist du in New York?«

»Ja. Und ich habe versucht, Ivy anzurufen, um die Adresse von deiner Hütte zu bekommen. Aber sie ging nie ran. Jetzt verstehe ich, warum.«

Holly schmerzen bereits die Wangen vom ständigen Grinsen. Sie schaut hoch zum Dachboden, wo ihre traurige Freundin schlafend liegt – und das Herz in ihrer Brust scheint anzuschwellen. »Ich werde gleich von hier verschwinden«, sagt sie, nachdem sie Oliver die Adresse gegeben hat. »Dann könnt ihr beide euch ungestört unterhalten, wenn du da bist. Aber Oliver? Ich freue mich wirklich, dich kennenzulernen.«

Sie beendet das Telefonat und schreibt Ivy schnell auf, wie die solarbetriebene Außendusche funktioniert und dass sie später wieder zurückkommt. **Schick mir einfach eine Nachricht, wenn du so weit bist**, notiert sie noch und hofft, damit nicht bereits verraten zu haben, dass es einen Grund geben wird, aus dem Ivy ihre Freundin vermutlich lieber eine Weile aus dem Haus haben möchte. Dann zieht sie sich an, schreibt Aiden und fährt zu ihm, wobei das Lächeln ihr keine Sekunde aus dem Gesicht weicht.

23
IVY

27. Dezember
Hudson Valley, New York

Ivy wacht auf und klettert die Leiter hinunter, kann Holly aber nirgends finden. Verwundert liest sie die Nachricht, die ihre Freundin zurückgelassen hat. Holly hat ihr das Verschweigen von Matt und Abby inzwischen zwar eindeutig verziehen, dennoch findet sie es etwas irritierend, von ihr ausgerechnet in dieser deprimierenden Situation allein gelassen zu werden.

Sie kontrolliert ihr Handy und stößt einen tiefen Seufzer aus. Von Oliver auch nichts. Sie muss sich bei ihm getäuscht haben. Obwohl sie nicht begreift, wie man zu einem Menschen eine derart starke Verbindung spüren kann, die dann am Ende gar nicht existiert haben soll – doch so muss es wohl gewesen sein. Sie wird schon darüber hinwegkommen. Vielleicht wird es eine ganze Weile dauern, aber sie ist stark.

Sie geht raus für eine schnelle, erfrischende Dusche und läuft zurück ins Haus, bevor ihr die nassen Haare zusammenfrieren. Als sie sich gerade anziehen will, klopft es an der Tür. »Gleich unten!«, ruft sie laut. Sie streift rasch T-Shirt und Jogginghose über und klettert nach unten. Die Silhouette einer großen Gestalt ist hinter der Tür sichtbar, aber sie kann nicht erkennen, wer es ist.

Sie öffnet die Tür.

Oliver.

Es verschlägt ihr den Atem.

»Bist du … das wirklich?«, bringt sie heraus. »Oder träume ich nur?«

»Ist das in Ordnung?«, fragt er unsicher zurück. »Ich meine, dass ich hergekommen bin?«

»Ja«, antwortet sie. »Wie hast du mich denn hier gefunden?«

»Ich habe angerufen, als du geschlafen hast, und mit Holly gesprochen. Dein Handy war wohl auf ›Nicht stören‹ gestellt.«

»Oh! Also lag es gar nicht daran, dass du nicht angerufen oder geschrieben hast …?«

»Nein. Daran bestimmt nicht. Ich habe es immer wieder versucht, bis ich am Ende entschieden habe, dass ich dich unbedingt sehen muss. Also bin ich nach New York geflogen.«

»Natürlich bist du das. Weil du eben du bist.« Sie fühlt sich berauscht vor Glück, überwältigt vor Freude, ihn zu sehen. »Es tut mir alles so leid«, sagt sie und tritt einen Schritt zurück, um ihn hereinzubitten. »Meine plötzliche Abreise. Die Sachen, die ich gesagt haben, bevor du weg bist.«

»Nein«, widerspricht er. »Das braucht dir nicht leidzutun. Ich habe dich zu sehr bedrängt, habe vorschnell Schlüsse gezogen. Keine Ahnung, was in mich gefahren ist, dass ich es habe aussehen lassen, als ob du dich in irgendeiner Form entscheiden müsstest. Du bist neunundzwanzig. Du kannst dein Leben gestalten, wie immer du willst. Wir gehen alles einfach in Ruhe an.«

Sie berührt seine Wange, sein Haar. »Du bist da«, wiederholt sie und tritt näher an ihn heran. »Hast du dein Wasserfallfoto bekommen?«

»Ja«, sagt er lächelnd. »Das absolut perfekte. Ich habe es noch kurz vor meiner Abreise dem *National Geographic* geschickt.«

»Das freut mich riesig.« Ihr Gesicht ist jetzt so dicht vor seinem, dass sich ihre Lippen fast berühren. »Du bist gekommen«, sagt sie noch mal.

»Was sonst?«, antwortet er. »Ich habe zwar keine Ahnung, was die Zukunft für uns bereithält, Ivy, aber eins weiß ich ganz sicher: Ich hätte dich niemals einfach so aus meinem Leben verschwinden lassen. Erst möchte ich sehen, wohin das mit uns führen kann.«

»Ich auch«, gesteht sie. »Seit meinem Abflug von Hawaii habe ich an nichts anderes denken können als an dich. Du hast mir schrecklich gefehlt.«

Seine Lippen fahren sanft über ihre. »Ich habe mir überlegt, vielleicht eine Weile in New York zu bleiben. Im Grunde hatte ich das sowieso vor, obwohl ich den Winter dort natürlich hasse. Mein Agent hat angefragt, ob ich nicht Lust hätte, mich bei der einen oder anderen Galerie vorzustellen. Zwischendurch müsste ich ab und zu nach Hawaii zurück. Vielleicht kannst du ja Urlaub nehmen und mich begleiten?« Sein lächelnder Mund berührt ihren. »Ohne jeden Druck natürlich. Uns fällt schon etwas ein.«

»Garantiert«, erwidert Ivy leise. »Und … könntest du mich jetzt gefälligst endlich küssen? Und dann möchte ich das Bild sehen!«

Das machen sie, und es ist wie beim ersten Mal am Wasserfall – perfekt, allumfassend, ein weiterer Kuss aus Ivys Kategorie der besten Küsse überhaupt. So wie letztlich alle, die sie bislang mit ihm hatte.

»Heißt das, es war richtig, den nächsten Flug zu nehmen?«, fragt Oliver atemlos, als sie sich voneinander lösen.

»Absolut richtig«, bestätigt Ivy lachend. Es ist, als wären

sie nie getrennt gewesen. Und sie ist fest davon überzeugt, dass sie beide es schaffen werden, dass räumliche Trennung nie ein Problem für sie wird. Dass sie von dem, was sie für ihn empfindet, mitgerissen und fortgespült wird wie von einer dieser Wellen, die er so unglaublich faszinierend findet und von denen er nie genug bekommen kann. Zugleich hat sie sich noch nie auf solch sicherem Boden gefühlt, und das trotz einer Zukunft, die plötzlich weit offen vor ihr liegt.

»Zeig mir schnell dein perfektes Wasserfallfoto. Und dann ins Bett!«

24
HOLLY

31. Dezember
New York City

Holly öffnet die Tür zu Ivys Schlafzimmer und erstarrt beim Anblick ihres Hochzeitskleids, beziehungsweise der Schleppe, die in der Kleiderschranktür klemmt.

»Ups«, sagt Ivy hinter ihr. »Hätte ich das rauswerfen sollen?«

»Nein. Kein Problem.«

Holly geht zum Schrank und öffnet ihn. Da hängt das Kleid, von dem sie einst dachte, ihre Träume würden darin wahr. Jetzt kommt es ihr vor, als entstamme es einer anderen Zeit, einem anderen Leben. »Hübsch ist es allerdings schon«, sagt sie und berührt den unfassbar weichen Seidenstoff.

»Du hast wie eine Disneyprinzessin darin ausgesehen. Also im besten Sinne, versteht sich.«

In Hollys Lächeln mischt sich eine Spur Traurigkeit. »Ich weiß«, sagt sie und dreht sich zu ihrer Freundin um. »Erzähl noch mal, wie du ›Halt mal meinen Mai Tai‹ gesagt hast und dann zu Abby gegangen bist, um sie damit zu schocken, dass sie, ohne es zu wissen, gerade auf meiner Hochzeitsreise ist, bloß dass sie es bereits wusste und es nur … wie hat sie es noch mal formuliert?«

»›… aus finanziellen Erwägungen das Vernünftigste war‹«, vollenden sie beide synchron, fallen rücklings aufs Bett und lachen so ausgelassen, dass ihnen Tränen in die Augen steigen.

»Ich bin wirklich extrem froh«, sagt Holly. »Über alles, was passiert ist. Sogar die schmerzhaften Dinge.«

»Ich auch«, pflichtet Ivy ihr bei. »Erinnerst du dich noch an das letzte Mal, als wir hier in der Wohnung waren?«

»Und ob. Ich hielt es für die schlimmste Nacht meines Lebens. Dabei hat sie mich letztlich zu etwas Wunderbarem geführt. Und dich genauso. Das ist das Beste daran – dass wir beide unser Glück gefunden haben. Weißt du noch, was ich gesagt habe über den Richtigen, der da draußen irgendwo auf dich wartet …«

»Dabei hast du allerdings von einer Ferienranch in Montana gesprochen.«

»Und schwupp, schon begegnet dir der heißeste Barkeeper überhaupt«, fährt Holly unbeirrt fort. Ivy wälzt sich herum und blickt ihre Freundin mit großen Augen an.

»Echt heiß, oder? Ich meine, o mein Gott. Er ist schon irre attraktiv. Trotzdem habe ich mich eine Ewigkeit beherrschen können, nicht mit ihm zu schlafen. Wie habe ich das bloß geschafft?«

»Ach, komm«, erwidert Holly lachend. »Waren das nicht eher bloß vier, fünf Tage? Trotzdem. Äußerst tugendhaft.« Sie lacht erneut und wirft dann einen Blick auf die Nachttischuhr hinter Ivy. »Wir sollten uns jetzt besser fertig machen. Der Tisch ist für in einer Stunde reserviert.«

Sie springen vom Bett und teilen sich den Platz vor Ivys Badezimmerspiegel, um sich zu schminken. Anschließend schlüpft Holly in ein tief ausgeschnittenes Etuikleid aus champagnerfarbener Seide und Ivy in ein eng anliegendes kleines Schwarzes, dessen Stoff leicht glitzert.

»Meinst du, die beiden Jungs kommen überhaupt?«, witzelt Ivy auf dem Weg zum wartenden Uber.

Während der wenigen gemeinsamen Tage im Hudson Valley haben Aiden und Oliver sich schnell angefreundet. Oliver kennt Air Works und bewundert Aidens Forschungserfolge, und Aiden ist, wie sich herausgestellt hat, ein großer Fan von Olivers Fotokunst und besitzt sogar einige seiner Abzüge. An diesem Nachmittag haben sie sich zusammen die Karl-Blossfeldt-Ausstellung im Museum of Modern Art angesehen und wollen danach Holly und Ivy direkt im Alice treffen, dem Restaurant, in dem die beiden für ihr Silvestertreffen schon einen Tisch gebucht hatten.

Auf der Fahrt dreht Holly sich auf der Rückbank zu Ivy. »Das geht doch wohl, oder?«

»Was?«

»Dass ich zu unserer Silvesterfeier schon mit einem Neuen auftauche, wenn ich kurz vorher noch mit Matt zusammen war und unmittelbar vor der Hochzeit stand?«

»Fühlt es sich denn richtig an?«

»Richtiger geht gar nicht.«

Ivy lächelt. »Dann tu's. Außerdem werden außer uns doch nur Ted und Ming da sein – die Matt, offen gesagt, sowieso nie ausstehen konnten. Und Larry und Shira natürlich, die dir ohne jeden Zweifel gefallen werden.«

»Bei denen gefällt mir schon jetzt, dass sie unserer Silvester-Obsession zuliebe extra von Hawaii hergeflogen sind.«

»Glaub mir, die beiden sind wunderbar.«

Der Wagen setzt die besten Freundinnen vor dem Eingang des Restaurants ab, wo Aiden und Oliver bereits auf sie warten. Während leichter Schneefall einsetzt und die Straßen weiß bepudert, steigen die beiden Frauen aus, und die Männer schauen ihnen mit strahlenden Gesichtern entgegen. Oliver stößt einen leisen Pfiff aus und schließt Ivy zu einem Kuss in die Arme. Bei dem Anblick ist Holly erneut mehr als überglücklich, dass ihre Freundin endlich den Richtigen gefunden hat. Und ja, verdammt heiß ist Mister Hot Barkeeper noch dazu.

Für Holly verschwimmt der ganze Abend zu einem einzigen Moment der Glückseligkeit. Essen, Getränke, Freunde – und dazu Aiden ständig an ihrer Seite. Stets nur einen Blick, ein Lächeln, eine Berührung entfernt.

Kurz vor Mitternacht tippt Holly an ihr Glas. Es erinnert sie an den Probedurchlauf ihres Hochzeitsessens, doch diesmal ist alles viel besser, denn sie fühlt sich weitaus entspannter, weitaus mehr wie *sie selbst*. »Ich würde gerne einen Toast ausbringen«, ruft sie und hebt ihr Champagnerglas. »Auf die Liebe und die Freundschaft. Die beiden wichtigsten Dinge auf dieser Welt.«

»Genau!« und »Wie wahr!«, rufen alle am Tisch, einschließlich des Mannes, in den sie sich so plötzlich und unerwartet verliebt hat und von dem sie schon jetzt weiß, dass sie ohne ihn nicht mehr leben kann. Der Mann, von dem sie ohne den geringsten Anflug von Zweifel weiß, dass er für sie bestimmt ist. Und es schon immer war – seit Highschool-Zeiten, in denen sie einander nacheiferten, seit er ihr diese Weihnachtskarte schrieb, die ihr stets so kostbar gewesen ist und es bis ans Ende ihrer Tage bleiben wird.

Kurz darauf schlägt es Mitternacht, und um sie herum bricht alles in Jubel und wechselseitige Glückwünsche aus. Holly und Aiden feiern mit einem Kuss, der ebenso perfekt ist wie all die anderen, die sie einander bislang gegeben haben, und Ivy und Oliver tun dasselbe. Anschließend stürmen die beiden Freundinnen quer durch den Raum, um sich in die Arme zu schließen. Ihre Herzen quellen über vor Freude, Liebe, Hoffnung und der köstlichen Vorahnung auf all das Künftige, was noch geschehen wird. Glücklich versichern sich die beiden besten Freundinnen im aufgeregten Flüsterton, dass genau das es ist, was Silvester zum besten Festtag im ganzen Jahr macht – Weihnachten allerdings auch höchst bezaubernd sein kann.

EPILOG

Ein Jahr später …

Holly schließt die Augen, während Ivy ihr die Wimpern tuscht und ihrem Make-up den letzten Schliff verleiht. »Sehr schön«, sagt sie, als sie die Augen wieder öffnet und das Ergebnis im Spiegel betrachtet.

»Perfekt«, stimmt Ivy zu. »Holly, du siehst mal wieder wie eine Disneyprinzessin aus – im besten Sinne, versteht sich.« Sie nimmt ihr eigenes Schminkset und nimmt auf dem Hocker vor dem Badezimmerspiegel Platz. »Okay, und jetzt du«, sagt sie.

»Deine Haut leuchtet ja so schon«, meint Holly. »Eigentlich braucht es da kaum noch was.« Sie pinselt ihrer Freundin nur ein wenig Bronzer und danach Rouge auf die Wangen.

»Das liegt an dem grandiosen Sex«, erklärt Ivy augenzwinkernd, woraufhin Holly sofort ihr eigenes Aussehen im Spiegel überprüft.

»Ja«, sagt sie nachdenklich. »Scheint wirklich gut für den Teint zu sein, was?«

»Na, erzähl. Wie oft wirft dich dein Paul Bunyan nach Holzfällerart über die Schulter und schmeißt dich auf sein Bett?«

Holly lacht und wird rot. »Eigentlich ständig«, gesteht sie und macht sich wieder daran, ihre Freundin fertig zu schminken. »Ich kann gar nicht fassen, dass die Hochzeit schon heute ist.«

»Ich weiß«, sagt Ivy mit einem tiefen Seufzer. Ihre Augen leuchten vor Freude und gespannter Erwartung. »Ich auch nicht.«

Sie beugt sich nach unten und zieht eine Flasche des feinsten Tequilas aus ihrer Tasche. »Den habe ich mitgebracht. Noch schnell einen Kurzen, um mir Glück zu wünschen? Nicht dass es mir daran mangeln würde, bloß einfach so aus Spaß.« Sie füllt zwei kleine Schnapsbecher aus Plastik, während Holly ein letztes Mal im Spiegel ihr Aussehen kontrolliert.

»Ich bin noch nie zwei Menschen begegnet, die so verliebt ineinander sind und so gut zusammenpassen wie ihr«, sagt sie dann.

»Abgesehen natürlich von Aiden und dir.«

»Das versteht sich von selbst«, bestätigt Holly lachend.

Sie stoßen an und trinken auf ihre Zukunft. »Als ich vor fast genau einem Jahr zuletzt einen so edlen Tequila mit dir getrunken habe, dachte ich, meine Welt läge endgültig in Trümmern«, sagt Holly und starrt dabei in ihr leeres Glas.

»Ich weiß. Und ich hätte mir nie vorstellen können, dass irgendwas hiervon passieren könnte.«

»Wir standen kurz vor einschneidenden Veränderungen, dann ging plötzlich alles in die Brüche, aber nur, damit wir es anschließend neu aufbauen konnten, so wie es sein sollte.« Holly lächelt. »Weißt du, mit das Beste am vergangenen Jahr war, dass deine Arbeiten endlich wieder in Galerien zu sehen sind.«

»Unfassbar, welches Glück ich hatte«, sagt Ivy und muss ebenfalls grinsen. »Da sträube ich mich so lange dagegen, und dann funktioniert es auf Anhieb.«

»Die Bilder, die du letztes Jahr auf Kauai gemalt hast, gehören aber auch wirklich zu deinen bisher besten – und du wirst ständig besser und besser.« Holly füllt die Gläser nach und stößt erneut mit Ivy an. »Und dann haben dir die Provisionszahlungen von dieser Restaurantkette auch noch erlaubt, deinen Job zu kündigen. Und mit Oliver auf Reisen zu gehen.«

»Der einzige Nachteil daran ist, dass wir beide uns nicht mehr so häufig sehen«, sagt Ivy und schaut im Spiegel zu Holly, während sie noch etwas Lipgloss aufträgt. »Aber irgendwie schaffen wir es immer, oder?«

»Woran sich nichts ändern wird, schließlich haben wir unsere Regel: einmal im Vierteljahr, absolutes Minimum. Und sosehr ich es liebe, meine Wochenenden in Krimbo bei Aiden zu verbringen, so sehr genieße ich es auch, wenn wir vier verreisen, weil es mit euch beiden unter Garantie exotisch und atemberaubend wird.«

»Und *mir* gefällt, dass wir bei unseren Besuchen in Krimbo auf dieser magischen Weihnachtsbaumfarm wohnen, die Aiden gekauft hat, nachdem George Plaskett beschloss, mit Mrs. Claws lieber in diese Wohnung zu ziehen, direkt über … was für ein Geschäft ist da noch mal?«

»Viola's Dress Barn«, antwortet Holly. »Er fühlt sich sehr wohl dort, und Mrs. Claws kann nicht mehr versehentlich davonlaufen.«

»Apropos Urlaub, wie viele Tage wird deine neue Kanzlei dir denn in diesem Jahr geben? Oliver und ich dachten daran, später im Winter einen Abstecher nach Thailand zu machen. Einsame Hütten am Strand, ein paar Wochen nur abhängen?«

»Oh, klingt himmlisch. Und auf der Arbeit ist alles ganz locker – ich bin wirklich froh, zu diesem auf Umweltrecht spezialisierten Start-up gewechselt zu sein. Wir sind dabei.«

Ivy dreht sich um und nimmt ein Slip-Dress im Mermaidstil vom Bügel an der Badezimmertür. »Hilfst du mal, damit ich mir keine Flecken vom Make-up einhandle?« Das Seidenkleid ist dezent in der Farbe, nicht mehr als ein Hauch von Blau.

Holly hilft ihrer Freundin ins Kleid und schließt den Reißverschluss. »Du siehst *fantastisch* aus«, sagt sie. »Wie auch sonst? Okay, jetzt ich noch.«

Hollys Kleid ist kürzer als Ivys, schlichter geschnitten und erinnert von der Farbe her an den hawaiianischen Abendhimmel. Sobald sie hineingeschlüpft ist, setzt sie ihrer Freundin noch einen Blumenkranz auf den Kopf, betrachtet sie eingehend und erklärt seufzend: »Die hübscheste Braut überhaupt.«

»Wirst du die Nächste sein, was meinst du?«, fragt Ivy und rückt den Kranz zurecht, was den zarten Duft der Frangipaniblüten freisetzt.

»Ja, keine Frage, ich habe in Aiden meinen Partner fürs Leben gefunden«, sagt Holly. »Bei uns passt einfach alles, verstehst du?«

»Und ob«, bekräftigt Ivy, und ihr Grinsen wird noch breiter. »Ich habe euch doch zusammen gesehen.«

»Aber wir haben keine Eile. Es ist schön, einfach nur … zu sehen, wohin das Leben uns so treibt. Jetzt gilt der Fokus erst einmal dem neuen Job, unserer gemeinsamen Zeit in der Stadt und in Krimbo, meiner Liebe zu Aiden und dem Glück, das ich habe, ihn in meinem Leben zu wissen. Und natürlich den Plänen für unseren nächsten Wahnsinnsurlaub.«

»Es ist toll, dass Oliver und Aiden sich so gut verstehen«, bemerkt Ivy.

»Und überaus angenehm«, ergänzt Holly. »Ich weiß aber auch nicht, wie es anders hätte sein sollen. Okay, draußen beginnt die Musik. Bist du bereit?«

»Und *wie!*«

Sie treten hinaus auf die Terrasse des Strandhauses und sehen die kleine Gruppe Freunde und Verwandte, die sich unten am Strand versammelt hat. Ein Ukulele-Trio spielt eine langsame, romantische Version von *Sea of Love*. Aiden wartet am Fuß der Treppe, lässt die Augen nicht von Holly, flüstert ihr »Du sieht hinreißend aus« zu und gibt ihr zärtlich einen Kuss. Dann führt er die Brautjungfer den durch Hibiskusblüten im Sand gesäumten Weg zum Traualtar hinunter, gefolgt von Shira am Arm von Larry – die als Olivers Best Man fungiert und dafür von ihm kurzerhand den Titel »Best Mate« erhalten hat. Alle steuern nun den Blumenbogen an, der unmittelbar außerhalb der Reichweite der Wellen aufgestellt ist.

Ivy tritt vor und geht barfuß auf Oliver zu. Neben dem Bräutigam steht Ivys Vater, der sich im Vorfeld extra zum überkonfessionellen Priester hatte weihen lassen, um die Hochzeitszeremonie persönlich durchführen zu können. Ivys Mutter sitzt neben Olivers Schwester in der ersten Reihe. Ivy wirft ihrer Mom eine Kusshand zu und wendet sich dann Oliver zu, der am Meeresrand auf sie wartet. Als sie auf ihn zuschreitet, entfährt ihm ein stummes »Wow«. Und sie weiß sicherer, als sie je im Leben etwas gewusst hat, dass es das ist, was sie will. Bei Oliver angekommen, schaut sie zu Holly zurück, und die Blicke der besten Freundinnen begegnen sich für einen langen, perfekten Moment.

Während die Sonne über dem Strand von Kauai langsam untergeht und die Schatten länger werden, erlebt die kleine Hochzeitsgesellschaft das glückliche Ende dieser Geschichte über wahre Liebe – wie sie immerwährend nicht nur erfüllte Partnerschaft, sondern auch echte Freundschaft kennt.

»Ich will«, erklärt Ivy.

»Ich will«, erwidert Oliver zärtlich.

Sie dreht den Versammelten den Rücken zu und schleudert ihren Orchideenstrauß hoch in die Luft. Holly fängt ihn auf und taumelt rückwärts in die Arme von Aiden, der sie nur zu gern fest umschlingt.

Danksagungen

Dieses Buch ist eine weihnachtliche Liebesgeschichte, aber es ist ebenso eine Liebeserklärung an die Freundschaft, und ich wäre nie in der Lage gewesen, dies überzeugend zu Papier zu bringen, ohne von einigen der Besten zu lernen, was Freundschaft bedeutet.

Meinen Kolleginnen, die mir nahestehen wie Freundinnen: die Lektorinnen Tara Singh Carlson bei Putnam und Deborah Sun de la Cruz von Penguin Random House Canada, eure Namen sind mir stets die erfreulichsten im Posteingang. Dies war eine echte Gemeinschaftsarbeit, und ich habe jede Minute genossen, die ich mit euch und diesem Roman verbracht habe. Bei Putnam vielen Dank an Sally Kim, Aranya Jain, Katie McKee, Molly Pieper, Covergestalter Tal Goretsky und Ausnahme-Korrektorin Mary Beth Constant. Bei Penguin Random House Canada geht mein Dank an Dan French, Beth Cockeram, Sabrina Papas und Jasmin Shin sowie an Nicole Winstanley und Kristin Cochrane, die mich stets mit offenen Armen begrüßten.

Meiner Mehr-als-nur-Agentin Samantha Haywood: vielen Dank dafür, mir stets zur Seite zu stehen und meine größten Träume zu teilen. Irgendwie fühlt es sich an, als würden wir gerade erst so richtig loslegen. Bei Transatlantic Agency geht mein Dank zudem an Laura Cameron, Megan Phillip und Barbara Miller.

Sophie Chouinard, Alison Gadsby, Kate Henderson, Sherri Vanderveen – mit euch zusammen zu lachen bleibt das Größte. Asha Frost, Nan Row, Beatrix Nagy – ich bin sehr froh, euch in meinem Freundeskreis zu wissen.

Verloren wäre ich ohne meinen Hexenzirkel aus Vertrauten in der Welt der Schreibenden: Kerry Clare, Chantel Guertin, Kate Hilton und Liz Renzetti. Darüber hinaus Lauren Fox, Laurie Petrou, Kelly Thompson und Uzma Jalaluddin.

Bruce Stapley, Dad und Freund, dazu Greatest Hype Man alive; Jim Clubine für so viel unerschütterliche Unterstützung; meinen Brüdern Shane, Drew und Griffin; Joe und Joyce Ponikowski samt dem Rest der Familie.

Meiner Mutter Valerie Clubine, die mir Lieder von Dionne Warwick vorgesungen und beigebracht hat, wofür Freundinnen – und Mütter – da sind (kurz gesagt: alles). Kein Tag vergeht, an dem ich dich nicht vermisse, geliebte Mumma, aber du bist immer bei mir, und ich weiß es.

Meinen Kindern Maia und Joseph. Auch hier kann ich nur mit Dionne sprechen: In guten und in schlechten Zeiten werde ich immer auf eurer Seite sein – *that's what moms are for*.

Last, aber ganz sicher nicht *least*, meinem Joe. Du bist vielen ein toller Freund, aber mir ganz besonders. Außerdem kannst du einen Baum auf den Schultern tragen, was ziemlich sexy ist. Bitte stemm weiter deine Gewichte, damit du das alljährlich zu Weihnachten demonstrieren kannst. In ewiger Liebe.